태양의 탑 3
Tower of the Sun

ⓒ이 책은 저작권법에 의해 보호받고 있습니다. 이 책의 저작권은 저자에게 있으므로 어떠한 용도로도 저자의 허락없이 내용 일부분 혹은 전체를 인용, 전재, 모방할 수 없습니다.

태양의 탑 3

초판 1쇄 | 2010년 2월 26일
초판 11쇄 | 2018년 7월 16일

지은이 | 전민희
펴낸이 | 서인석
펴낸곳 | (주)제우미디어
출판등록 | 제 3-429호
등록일자 | 1992년 8월 17일
주소 | 서울시 마포구 상수동 324-1 한주빌딩 5층
전화 | 02-3142-6845
팩스 | 02-3142-0075
www.jeumedia.com

가격 : 12,000원
ISBN | 978-89-5952-199-9
ISBN | 978-89-5952-195-1(SET)
파본은 본사나 구입하신 서점에서 교환해드립니다

| 만든 사람들 |

출판사업부총괄 | 손대현 **책임 편집** | 이상모(이야기날개) **기획** | 전태준, 하일구, 김용진
제작 | 복대한 **영업** | 김한호, 김경훈, 이창배, 정원용, 김소영
디자인 | 이라란 **커버 일러스트** | 군요(kunyo) **맵디자인** | 장근철 **도움주신 분** | 김창원

TOWER OF THE SUN

태양의 탑 3

전민희

제우미디어

등 장 인 물

키릴로차 르 반 주인공. 키릴, 또는 키릴츠로도 불림.
갈 가르퀴 지하 감옥의 주민. 통칭 갈 노인.
율리헨 룩스하펜 지하 감옥의 주민. 축복 받은 손.
빈스 란가르크 지하 감옥의 주민. 갈 노인의 친구.
벵커 지하 감옥의 주민.
이로크 지하 감옥의 주민. 아르마티스 족.
노틀칸 아스칼과(괴인) 지하 감옥에서 가장 오래 산 자.

사샤 아르나브르의 부랑아.
비주 아리나즈미 네이판키아 족 소녀.
일츠 브릴모 키릴로차와 형제처럼 자란 친구.
칼드 로존디아의 궁정 수석 마법사.
롬디오 크레드니에 일츠의 친구.
클라리몽드 프랑슈콘느 키릴로차의 옛 연인.
아디아스 브릴모 아스테리온 대사제. 일츠의 아버지.

카로단 마이프허 세르무즈의 장군.
미칼리스 마르나치야 하얀 부리 엘프의 수장.
이베카 민스치야 그루터기 엘프 여성. 마법사.

지지에 카니크 여자 점쟁이.
순스나 타프스크의 중년 여성.
에첸 타프스크의 중년 남성.
왈도 타프스크의 중년 남성.

2. 탑 카드

지하 감옥의 목소리 10
다시 태어난 자 49
인간 대 인간 85
탈출 119

3. 세계 카드

묘한 동행 140
불타는 천년의 숲 165
파괴자의 날개를 가진 자 187
엘프 미칼리스 225

4. 죽음 카드

카드와 거짓말 266
장미에 파묻힌 죽은 미녀 312

탑 카드

우기가 끝나 쾌청해진 가을은 마른 낙엽의 냄새가 났다.
그건 죽음의 냄새였지만 아직은 잘 느껴지지 않았다.
잎이 죽고 나무는 잠들며 눈이 내려
모든 것을 감추는 계절이 눈앞이었다.
그때가 오면 마른 잎은 불 속에 들어가
죽음의 냄새를 물씬 낼 것이다.

지하 감옥의 목소리

볕 좋은 오후, 키릴로차는 수업 시간을 기다리며 교정의 풀밭에 누워 있었다. 흘러가는 구름을 바라보다가 해가 나오자 손등으로 눈가를 가렸다. 뾰족한 풀이 목덜미를 간질였다. 학교의 낡은 탑들이 푸른 하늘을 배경으로 천천히 도는 듯했다.

요즈음은 연일 날씨가 좋았다. 오후 수업이 끝나면 친구 녀석들한테 내일쯤 북문 뒤편의 숲으로 소풍이나 가자고 해야겠다. 하지만 클라리몽드에게는 내일 얘기해야지. 미리 이야기하면 간식거리라도 준비하려 할지 몰라. 번거롭게 하고 싶지 않으니까.

아, 스노플 세트를 가져가는 것도 좋겠다. 오랜만에 프란디에하고 일츠 녀석의 대접전을 구경할 수 있을지도 몰라. 예전처럼 다함께 편을 나눠서 대결을 벌여보자고 해야지. 클라리몽드의 실력도 만만치 않을

텐데. 정말 재미있겠다.'

그렇게 생각하는 동안 갑자기 하늘이 어두워지며 바람이 불어왔다. 동시에 눈앞의 광경이 깨진 거울처럼 조각나 날려갔다. 사방이 캄캄해졌다. 키릴로차는 영문을 몰라 벌떡 일어났다.

'무엇을 하는 게냐. 수업을 시작할 때가 됐다.'

아, 카 교수의 목소리다.

키릴로차는 즉시 돌아섰지만 눈앞에는 아무도 없었다. 한 걸음 내딛자 자그락 하며 뭔가가 밟혔다. 내려다보니 바닥에 깨진 유리 파편이 그득했다. 파편들은 부르르 떨더니 살아 있는 것처럼 짤깍거리며 서로 부딪쳤다.

허리를 굽혀 파편 하나를 집어 들었다. 유리 안쪽에 익숙한 뭔가가 보였다. 검은 머리의 남자가 다른 곳을 보는 모습이었다. 잠시 후 그자는 고개를 돌려 정면을 보았다. 눈이 마주쳤다. 키릴로차는 놀라 숨을 들이켰다. 자신의 모습이었다.

키릴로차는 당황해서 유리조각을 떨어뜨리고 몇 발짝 물러섰다. 뒤꿈치에 밟힌 유리가 파삭 깨어졌다. 채이고, 밀려나고, 쓸렸다. 이윽고 그는 파편들을 하나하나 보았다. 마치 거울의 방에 갇힌 것처럼, 유리 파편마다 수많은 자신이 돌아보았다. 기억하거나 기억하지 못하는 과거의 자신들이었다. 어제의 자신, 작년의 자신, 십 년 전의 자신, 어린 자신. 그렇게 수억 개로 조각나 있었다.

'아직 준비가 안 됐나.'

다시 카 교수의 목소리가 들려왔다. 동시에 유리로 긋는 듯한 통증이 느껴졌다. 어디인지 몰랐다. 몸 어딘가인지, 정신인지도 몰랐다. 키릴로차는 고통을 참으며 대답했다.
'교수님, 저 왔습니다.'
'늦었다.'
저만치 거대한 횃불이 나타나 타올랐다. 키릴로차는 그리로 나아갔다. 어느새 맨발이었다. 발에서 흐른 피가 유리파편 속의 얼굴들을 붉게 물들이며 번졌다. 횃불 앞에 멈춰선 그가 손을 내밀었다. 혓바닥을 날름대는 불꽃 속에서 목소리가 들려왔다. 노래 같기도 하고 봉헌 의식을 올리는 기도 같기도 한, 느릿하고 묘한 가락이었다. 두 목소리가 되풀이해 말했다.

민감한 자여, 민감한 자여
고통 받아라, 고통 받아라

키릴로차는 불꽃을 움켜쥐려 했다. 불은 머리 수십 개 달린 뱀처럼 손아귀를 빠져나갔다. 아무것도 얻지 못한 두 손이 허공을 더듬었다. 간절히 잡고자 했다. 아름다운 것들, 사라진 것들, 멀어진 것들, 잊힌 것들을.
머리 위에서 목소리가 들렸다.
'너는 영원히 그곳에서 나오지 못할 것이다.'

키릴로차는 눈을 떴다. 사방이 검었다. 좁은 관에 갇힌 기분이었다. 깨어나도 꿈속이나 마찬가지였다. 생각할 수도, 느낄 수도 없었다. 그는 다시 눈을 감았다.

흔들린다.

움직일 공간이 거의 없는데도 몸이 좌우로 쏠리며 부딪쳤다. 어디론가 옮겨지는 듯했지만 관심 없었다. 무엇도 중요하지 않았다. 머릿속도, 몸도 굳어져 아무것도 느껴지지 않았다. 차가운 우물 밑에 든 시체가 된 듯했다.

흔들림이 멈췄다.

머리 위에서 삐걱대며 뚜껑이 열리고 손들이 달려들어 그를 잡아 일으켰다. 푸르스름한 밤기운에 휩싸인 황무지가 보였다. 부서진 회색 바위들이 여기저기 튀어나왔고 희끄무레한 달이 지평선 가까이 떴다. 동물도, 식물도 보이지 않았다. 사람 사는 흔적은 어디에도 없었다.

수레에서 끌려나온 키릴로차는 떠밀려 걸었다. 좌우로 십여 명의 사내들이 둘러싸 감시했고 손목에는 칼드가 채운 마법 구속 팔찌가 여전히 절걱거렸다. 원을 그리며 선 회색 바위들이 창백한 얼굴로 그 모습을 지켜보았다. 바위들은 옛 신비를 잃은 채 돌로 변해버린 신인(神人)들 같았다. 어쩌면 고대에 신성한 제의를 행하던 흔적일지도 모른다.

키릴로차는 이윽고 그 중심에 섰다. 발밑에 대여섯 걸음 너비의 육중한 돌이 반구 모양으로 박혀 있었다. 그 위에 주홍색 봉인석(封印石)이 서 있었다. 검은 로브에 대머리, 떡갈나무 지팡이를 쥔 사내가 키릴로차 옆에 서더니 말했다.

"지키는 자들이여. 새 제물이 왔다."

회색 돌들 사이로 낯선 그림자들이 움직였다. 사내가 지팡이로 바닥을 한 차례 쳤다.

"나서라. 계약을 이행할 시각이다."

하나가 짤막한 고개를 내밀더니 다른 돌 뒤에서 몇 개의 머리통이 튀어나와 키잇, 하는 괴상한 소리를 질렀다. 서서히 무리를 이룬 그들이 어기적거리며 일행 앞으로 다가왔다. 작달막한 키와 축 늘어진 긴 팔, 대조적으로 길쭉하게 솟은 두꺼운 목과 비늘 덮인 머리를 본 자들은 위협을 느끼며 진저리를 쳤다. 일행 중 하나가 낮게 외쳤다.

"콤피!"

콤프로게라고도 불리는 저 콤피들은 방울뱀 같은 삼각형 머리통과 목, 단단한 비늘 가죽으로 덮인 등을 가진 황야의 생물이었다. 그런 모습으로 낮에는 바위 같은 곳에 붙어 자다가 밤이 되면 작은 짐승들이나 가까운 인가의 아기들을 훔쳐 잡아먹곤 했다. 작은 몸집 탓에 첫 인상은 그리 위협적이지 않지만 축 늘어뜨린 긴 팔은 놀랄 만큼 민첩해서 갈고리 같은 세 개의 손톱을 뻗어 먹잇감을 순식간에 낚아챘다. 그럴 때 놈들의 팔은 갑자기 두 배로 늘어나는 것처럼 보였다.

검은 로브의 남자는 콤피들이 그들을 둘러싸도록 기다렸다. 그러고도 조금 더 기다렸다. 기다리던 자가 큰 돌 너머에서 모습을 드러내고

서야 지팡이를 높이 쳐들었다.

"나는 고대인의 약속을 이어받은 자의 대리인이다. 이 지팡이가 그 증표이다. 새 제물을 가지고 왔다."

돌 너머에서 나타난 그림자는 흡사 자라는 듯했다. 머리가 나오고, 어깨가 드러나고, 팔이 올라갔는데도 계속 늘어났다. 어느새 숨어 있던 돌보다도 훨씬 커졌다. 허공에 솟은 머리는 구렁이를 연상시켰다. 성인 남성보다 머리 서너 개는 더 큰 키였다. 콤피의 일반적인 키가 15세 소년 정도에 그치는 것에 비하면 괴물이라 할 법해서 사람들 사이로 겁에 질린 웅성거림이 퍼졌다.

다가오는 발소리도 육중했다. 이 콤피, 아니 콤프로게의 입에서 인간의 말이 나왔을 때 사람들의 경악은 극에 달했다.

"제물은 어디 있나."

반게레는 당황하지 않았다. 그가 옆으로 비키며 눈짓하자 거대한 콤프로게의 눈이 키릴로차의 몸을 훑었다. 이윽고 낮게 으르렁대는 소리가 났다.

"어찌된 일이냐. 이 자에게선 죄의 냄새가 나지 않는다."

반게레의 목소리가 높아졌다.

"알 거 없지 않나? 너는 단지 제물을 받기만 하면 된다. 그것이 어린 아이든 처녀든 너하고는 상관없는 일이다."

콤프로게는 삼각형 머리를 말없이 이리저리 저어댔다. 대답이 떨어졌다.

"좋다."

반게레가 고개를 끄덕이며 사내들을 물러서게 했다. 자신도 멀찍이 물러났다. 거대한 콤프로게가 불타는 듯한 눈으로 키릴로차를 보았다. 왼쪽의 구부러진 세 발가락 사이에 하얀 봉헌 보석이 쥐어져 있었다. 팔을 쳐들고, 보석이 잠시 빛나는가 하는 순간이었다.

콤프로게의 오른팔이 뻗어나가 키릴로차의 몸을 움켜쥐었다. 몸집이 큰 만큼 더욱 빠른 움직임이었다.

"……."

키릴로차는 그때까지 주위에서 일어나는 일을 전혀 느끼지 못했다. 껍질뿐인 몸을 지탱하는 것만으로도 버거웠고, 눈은 떴지만 앞을 보기보다 과거의 편린만을 더듬었다. 풍랑 속에서 흔들리다가 갑자기 큰 파도에 얻어맞은 배처럼, 콤프로게의 손에 움켜잡힌 그의 정신이 잠깐 현실로 돌아왔다. 거대한 콤프로게가 불길 같은 혓바닥을 움직이며 말했다.

"눈을 떠라. 마지막이니까. 세상에 작별을 고해라. 인간인 너의 삶은 끝난다. 그 뒤는 저주받은 벌레가 되어 늪 속을 기어 다닐 뿐이다."

키릴로차는 아무 대꾸도 하지 않았다. 콤프로게는 두려움은 물론 살려는 의지조차 없는 눈을 보고 허공을 올려다보며 기묘한 신음 소리를 냈다.

큐르르르…….

콤프로게가 쥔 봉헌 보석이 짧은 빛을 발하며 부스러졌다. 그러자 돌로 된 반구가 들썩거리기 시작했다. 봉인석이 빛났다. 땅을 울리는 소리가 점차 가까워졌다. 반구 주위의 땅에 균열이 생기면서 흙이 들썩거리고 밀려났다. 이윽고 반구가 바닥에서 솟아났다. 흙 속에 묻혀 있던 부분이 드러나자 그것은 완전한 구였다. 구가 허공에 떠오르자 그 아래 밤보다 검은 구멍이 입을 벌리고 있었다.

봉인석이 황홀한 빛으로 불탔다. 키릴로차의 몸을 움켜쥔 손이 풀렸다. 그러고도 그의 몸은 잠시 허공에 떠 있다가 서서히 아래로 미끄러졌다. 어둠이 눈앞을 감싸면서 설명하기 어려운 비릿한 냄새가 풍겼다.

반게레가 소맷자락 속에서 작은 봉헌 보석을 꺼내 손끝으로 부스러뜨렸다. 그러자 키릴로차의 몸에 남아 있던 마법의 구속구들이 사라졌다. 그곳에 모인 자들이 본 마지막 장면이었다.

키릴로차는 자신을 감싼 암흑을 보고 있지 않았다. 흐물흐물한 점액질 속에 발끝부터 빠져 들어가고, 온 몸과 머리까지 통과하고 나자 그의 몸은 단단한 바닥에 내동댕이쳐졌다.

피와 땀, 썩은 물의 냄새. 비릿하게 풍겨오는 악의. 칠흑 같은 무(無).

슬금슬금.

여러 쌍의 다리를 가진 무언가가 다가왔다. 돌바닥을 긁을 때 나는 엷은 쇳소리는 들을 수 있는 자의 귀에만 들렸다. 한 마리, 두 마리…….

긴 다리가 쓰러진 자의 몸을 탐색하듯 건드렸다. 다시 두 쌍의 다리가 귓가로 다가갔다. 곧 여러 개의 다리들이 먹이를 향해 뻗어왔다. 다음 순간 쿵, 하고 묵직한 것을 내리 찍는 소리가 들리고 사각거리던 소리들이 일제히 급해졌다.

"이놈들이!"

네 쌍의 다리와 불룩한 배주머니를 가진 생물들은 비명을 지를 줄 몰랐다. 발끼리 부딪치는 소리만 들릴 뿐이었다. 사각사각사각. 놈들은 재빨리 어둠속으로 들어갔다. 돌멩이 몇 개가 날아가는 소리가 들렸다. 퉁, 탕, 떵!

"꺼져라, 더러운 거미들! 가서 네놈들의 구정물통이나 실컷 뒤져!"

걸걸한 목소리의 울림이 잦아들자 주위는 잠잠해졌다. 어디선가 물 흐르는 소리가 들려왔다. 이어 발을 질질 끄는 소리와 함께 한쪽에서 부싯돌이 땅, 땅, 벽을 울렸다. 화르륵, 횃불이 밝혀졌다.

거미를 쫓은 남자가 쓰러진 자의 몸을 툭툭 밀어보더니 목소리를 돋웠다.

"어이! 새 친구가 왔군 그래."

어둠 속에서 다른 그림자가 움직였다. 횃불에 일렁이면서 커졌다. 희끗한 머리의 노인이었다.

"허, 콤피놈들이 생각보다 일을 열심히 하고 있잖아."

쭈글쭈글한 손이 쓰러진 남자의 어깨를 끌어당겼다. 곧 불평소리가 나왔다.

"이봐. 좀 도와라, 살덩어리야. 내일 숨이 꺼질지도 모를 노인네가 아까운 기운을 빼야 쓰겠냐?"

"그 소리로만 몇 년을 버텼더라? 영감아, 됐어. 저리 비켜."

걸걸한 목소리가 다가와 팔을 걷어붙이고 쓰러진 남자를 바로 눕히더니 벽에 꽂아 뒀던 횃불을 도로 뽑아 들었다.

"뭐야, 계집애처럼 가볍잖아. 영감탱이가 하루하루 엄살만 늘어서."

콤피처럼 허리가 구부러진 노인은 킬킬 웃었다.

"네놈 같은 살덩어리하고 달라서 이 어르신은 평생 힘든 일은 다 마법으로 처리했단 말이야. 다 늙어 꼬부라져서 다시 두 손을 사용해야 할 줄이야 누가 알았겠느냐 말이다. 핫핫……."

"웃기지 마, 늙은이. 내가 여기 왔을 때 그 꼬부라진 손으로 낚시도 하고 있었잖아. 더 늙으니 손마디까지 점점 콤피를 닮아 가는데?"

"이놈! 대마법사 갈 가르퀴더러 더러운 콤피라니, 말 다 했느냐!"

오가는 말과 달리 둘은 다투는 기색이 아니었다. 이윽고 둘은 사이좋게 횃불로 신참의 얼굴을 비추어 보고는 얼굴을 마주보았다. 둘 다 놀란 표정이었다.

"뭐야, 네놈은 왜 놀라?"

"영감하고 같은 이유지 뭐겠소."

"이놈, 왜 이렇게 어려?"

자칭 '대마법사 갈 가르퀴'가 손가락으로 감긴 눈꺼풀을 건드려보다가 움찔하며 손을 뗐다. 마지막으로 보드라운 살갗을 만져본 것이 언제인지 몰랐다. 그의 손은 '부드럽다'는 감각을 거의 잊고 있었다.

"허. 어린 녀석이 뭔 일로 이런 생지옥엘 들어왔지?"

허리를 굽히고 다른 곳을 살피던 걸걸한 목소리가 외쳤다.

"이놈, 상처를 입었는데!"

횃불이 턱 아래를 비췄다. 검게 말라붙은 핏자국 사이로 칼에 찔린 자국이 보였다. 아직 아물지도 않은 데다 주위의 살점이 거멓게 죽어 있었다. 턱 아래를 찔러 입안까지 관통한 듯했다. 노인은 쓰러진 젊은이의 팔을 잡아 올렸다.

"그뿐이 아니구먼."

젊은이의 팔을 넘겨받은 걸걸한 목소리의 사내도 보았다. 다섯 손가락, 아니 열 손가락 모두 끝이 엉망으로 짓이겨져 있었다. 손톱이 절반도 남지 않았다.

"이런……."

불에 달군 강철 집게 같은 것으로 하나하나 집어 비튼 모양인데 치료를 한다 한들 제 모습을 찾기란 불가능해 보였다. 이대로 두면 글씨 한 자 쓸 수 없는 손이 될 게 뻔했다.

"흐음……."

둘은 입을 다물고 고개를 저었다. 상처의 심함을 떠나 누군가에게 지독한 악의를 품게 하지 않고서야 이런 꼴을 당하기는 힘들었다. 그제야 이 자가 결코 가벼운 일을 겪지 않았으리라는 짐작이 갔다.

갈 노인이 말했다.

"대마법사께서도 이런 데선 어쩔 도리가 없지. 헨을 불러라. 좀 살펴 주라고 해야겠다."

똑, 똑, 똑.

어디선가 물이 떨어지는 소리가 들렸다. 감옥에 주어진 유일한 음악이었다. 비록 늘 같은 음뿐이지만.

해가 떠오를 때면 이 지하 누옥(陋屋)에 남은 마지막 아름다움이 버려진 자들의 눈을 깨웠다. 몇 줄기의 광채가 좁은 돌 틈을 뚫고 들어와 짧은 순간 넘칠 듯 물결쳤다. 시력이 약해진 그들에게 강렬한 빛은 독약이나 다름없는데도 이 광경을 마다하며 고개를 돌리는 자는 없었다. 이 순간 이곳의 주민은 모두 같은 기억을 떠올리는 것이다. 한때 저들의 손을 물들였던 아름다운 마법의 빛, 치유의 광채를.

"정신이 드나?"

젊은이가 눈을 뜨자 갈 노인이 얼른 알아보았다. 걸걸한 목소리의 사내는 어디론가 사라지고 없었고 대신 다른 사람이 젊은이 앞에 꿇어앉아 망가진 손을 제 무릎에 올려놓고 들여다보고 있었다. 어깨까지 자란 치렁한 머리채에 부드러운 갈색 눈을 가진 마흔 줄의 남자였다.

황홀한 광채는 서서히 사그라지고 곧 밤낮 구분만 될 정도로 희미한 빛이 굴속을 떠돌았다. 갈색 눈의 남자는 갈 노인의 말을 듣고 젊은이의 얼굴을 보았다. 갈 노인도 곁에 서서 내려다보았다.

아름다운 눈이었다. 그들이 거의 잊었던 초저녁 하늘의 오묘한 빛깔을 닮아서 더 그렇게 보였는지도 모른다. 갈 노인은 다시금 씁쓸해졌다. 그 아름다운 눈은 주위를 둘러보지도 않았고, 자기를 내려다보는 사람에게 고정되지도 않았다. 아무것도 보지 않았다. 죽은 자의 눈처럼.

그때 다가온 다른 사내가 그 생각을 말로 뱉었다.

"눈뜨고 죽은 시체 같군."

두 사람이 고개를 돌리자 등 뒤에서 고개를 쑥 뺀 사내가 보였다. 한쪽 눈이 짜부라진 익숙한 얼굴이다. 갈 노인이 눈살을 찌푸렸다.

"뭘 얻어먹을 게 있다고 왔나, 벵커."

"전 세계가 좁디좁아 가로세로 수십 발짝인데 어디 멀리 갈 데나 있답디까. 돌고 돌다 보면 거기가 거기지."

빙글빙글 웃는 낯이었지만 갈 노인은 웅크린 몸을 움직여 벵커의 앞을 막아버렸다. 벵커는 개의치 않는 기색이었다.

"뭐, 지금은 먹을 것도 있는 판이니 신선한 고기에 회가 동하는 것도 아니고, 별 관심 없수다. 좋을 대로 삶아 드시구려, 허허허."

벵커와 갈 노인이 뒤이어 상소리를 주고받는 동안 갈색 눈의 남자는 '눈뜨고 죽은 시체'를 바라보았다. 이윽고 벵커가 욕을 퍼부으며 어둠 속으로 사라지자 갈 노인이 물었다.

"무슨 생각 하나, 헨?"

헨, 본명은 율리헨이라고 하는 남자가 대답했다.

"이렇게 어린 녀석을 이 고약한 늪에 처넣은 놈의 얼굴을 한번 보고 싶군요."

갈 노인은 이름 모를 젊은이를 다시 굽어보았다. 정확히는 턱에 났던 상처를 찾았다. 말끔하지는 않지만 그럭저럭 아물어 붙었다. 율리헨의 솜씨였다.

율리헨은 여기 갇힌 다른 사람들과 마찬가지로 마법사였지 의사는 아니었다. 온갖 잡다한 일에 박식한 만큼 의술에도 어느 정도 지식이 있는 듯했지만 이런 폐쇄된 곳에는 의술 도구도, 약도 없었다. 더구나 바깥세상에서 다들 상당한 마법을 익혔을 이들의 옛 일상은 어디를 어떻게 다치든 치유 마법이 가장 익숙한 대책이었다. 사실 그것만 있으면 다른 기술은 필요 없었다.

그러나 여기서는 그럴 수 없었다.

인간이든 엘프든 드워프든, 일단 익힌 마법을 다른 누군가가 빼앗을 방법은 없다. 마법이 어느 정도 경지에 이르면 구속할 방법도 극도로 제한되었다. 강력한 봉헌석을 바쳐 만든 마법의 구속구로 묶더라도 평생을 지탱할 수는 없는 일이었다. 크로노 다임러에 있는 것과 비슷한 마법 차단 감옥도 경지에 오른 마법사들에게는 소용없었다. 그런 자들은 그저 산채로 땅속에 파묻는 것이 유일한 대안일 뿐.

그리고 이곳이 있었다.

정확한 명칭조차 없이 '산 자의 끝', '마법사의 지옥', '들어갈 수만 있는 곳'이라고 불리는 이곳은 능력의 고하를 막론하고 모든 마법사를 가둘 수 있는 장소였다. 이 지하 굴을 둘러싼 정체 모를 힘이 모든 마법을 무력화하기 때문이었다. 마법 연습장 등의 원리와는 달랐다. 그런 시설이 두터운 석벽에 강철을 조합해 물리적으로 마법의 유출을 차단하는 곳이라면, 이 동굴 안에서는 마법을 불러일으키는 일 자체가 불가능했다. 이곳에 갇힌 이상 제아무리 위대한 마법사라 해도 작은 불씨 하나 만들 수 없었고, 긁힌 상처 하나 치료하지 못했다.

그렇다면 율리헨은 어떻게 상처를 치료했을까?

"이제 괜찮은 건가?"

"예. 흉터는 어쩔 수 없겠지만 입이나 손을 못 쓰게 될 일은 없을 겁니다."

"다행일세."

몸을 일으키던 갈 노인은 부스럭거리며 일부러 시간을 지체했다. 이윽고 그가 말했다.

"자네도 오늘 특식이 있는 줄은 알지?"

율리헨은 고개를 들지 않고 대꾸했다.

"예."

"얼른 가서…… 먹어 두라고. 저녁 되기 전에 다 떨어질 것 같으니 말이야."

잠시 사이를 두고 같은 대답이 떨어졌다.

"예."

갈 노인은 굽은 허리를 짚으며 어두운 구석으로 사라졌다.

율리헨은 자신이 치료한 젊은이를 내려다보았다. 깊은 골이 팬 이마에 뭐라 설명하기 어려운 근심이 서려 있었다. 그는 한참이나 그러고 있다가 결국 젊은이를 놔두고 일어섰다.

"결국 죽을 수는 없는 노릇이니 말이지."

율리헨의 그림자도 어둠 속으로 사라지자 빛이 들어오는 자리엔 저녁하늘 빛 눈을 한 산 시체만이 남았다.

반나절이나 하루, 또는 이틀이나 사흘이 흘러갔다.
초점 없는 시선을 천장에 박은 채 꼼짝도 하지 않는 산 시체를 이 사람 저 사람이 흘끔거렸지만 늘 그대로였다. 일어나지도 않았고, 죽지도 않았다. 밤이 되면 동굴 한 구석에 불이 피어올랐고, 아침이 오면 빛이 새어들었다. 두 사람이 겨울에 대한 이야기를 나누다가 말다툼이 붙었다. 반 벌거숭이에 마법사답지 않게 우락부락한 사내와 한쪽 눈이 짜부라진 다른 사내는 이 누옥에서 가장 따뜻하다는 안쪽 자리를 놓고 주먹질 비슷한 것을 두어 번 교환하고는 그냥 자리에 주저앉았다. 우격다짐 따위로 기력을 낭비하기엔 너무나 혹독한 곳인 까닭이었다.
다른 감옥과 달리 여기에는 배급되는 음식이 없었다.
동굴 한구석에 이곳에 갇혔다가 오래 전에 삶을 마감한 자들의 뼈가 한 무더기 있었다. 갈 노인은 그중 비교적 튼튼한 대퇴골 두 개를 묶어 만든 지팡이를 썼다. 자잘한 잔해는 동굴 안쪽을 흐르는 물에 쓸려가고 없었다.
겨울이 되면 누구나 한두 곳쯤 동상이 걸렸다. 한쪽 눈이 짜부라진 벵커는 왼쪽 귓불도 거멓게 죽어 있었다. 바위벽에 기대어 깜빡 잠들었다가 그렇게 된 것이다. 이곳의 살인적인 추위는 종종 실제로도 사람을 죽였다. 갈 노인은 예전에 엄청난 혹한이 닥쳤을 때 이레 만에 셋이 죽어나간 일도 있었다고 했다. 추위 탓도 있었지만 먹을 것을 구하지 못한 탓이 더 컸다. 그들이 먹는 것은 동굴 안쪽의 검은 호수에서 잡히는 약간의 물고기와 해초가 고작이었는데 겨울이 되어 호수가 얼어붙으면 아무리 발버둥을 쳐도 꼼짝없이 며칠씩 굶는 일이 생겼다.

여름도 견디기 힘들기는 마찬가지였다. 저 밖의 황무지가 더 뜨거울 테지만 동굴 안도 만만치 않게 달아올라서 사방의 벽이 구운 돌처럼 뜨끈뜨끈해졌다. 거무튀튀하든 말든 호수에라도 들어갈 수 있다면 좋을 텐데 결코 그럴 수 없는 이유가 있었다.

호수 물을 가져다 뿌리며 겨우 낮을 견디고 나면 밤은 살 만했지만 낮 동안의 더위로 머리가 이상해지다 못해 결국 미쳐버린 녀석의 기억도 몇 명의 머릿속에 남아 있었다.

산 시체가 몇 끼를 내리 굶어도 꼼짝도 하지 않자 갈 노인이 말했다.

"정신이 아주 나갔어. 자기가 뭘 해야 좋을지 모르는 거야."

"뭘 해야 좋을지 아는 인간이 이 안에 하나라도 있소?"

갈 노인의 말벗인 빈스가 게걸댔다. 갈 노인이 농담 삼아 '살덩어리'라고 부르는 그의 본명은 빈스 란가르크였다. 이스나미르의 네 건국 영웅 중 하나와 같은 이름이어서 종종 영웅을 자칭하며 제멋대로 만든 과거사를 늘어놓곤 하는 그도 처음 왔을 때는 이런 모습이 아니었다. 그가 당장 죽어버리겠다고 바위에 머리를 짓찧는 것을 죽을힘을 다해 말렸던 인연이 갈 가르퀴와 빈스 란가르크를 나이를 넘어선 친구로 만들었다.

그 일은 두 사람 모두에게 변화를 가져왔다. 서로를 지분거리며 절망을 서서히 극복해나간 둘은 빈스가 입버릇처럼 '불공평한 거래'라고 부르는 한 가지 약속을 하기까지 이르렀다.

마법이 무효화되는 곳에 영원히 갇힌 마법사.

그 사실은 단순한 불편함 이상의 의미를 가졌다. 이곳의 추위와 더위가 아무리 혹독하고, 배고픔이 일상이고, 존엄성을 잃은 스스로를 보기가 역겨워도 그보다 고통스러운 사실은 따로 있었다.

대부분의 마법사는 마법 말고 아무것도 할 줄 모른다. 마법에 생애를 바친 훌륭한 마법사일수록 더욱 그렇다. 그런 그들이 이곳에 갇힌 순간 삶에 필요한 하등의 재주도 갖지 못한 무용지물, 쓰레기가 되어야 했다.

바깥세상에서는 어딜 가든 존경을 받았고, 스스로를 선민(選民)이라 믿으며 조금쯤 거만하기까지 했던 그들이었다. 그런 그들이 열 서너 살 먹은 아이보다 못한 무능력자로 전락했음을 실감하는 것이야말로 가장 견디기 힘든 굴욕이자 고문이었다. 세상에 마법사보다 자부심이 강한 무리도 없다고 했다. 이 자부심이야말로 손에 잡히지 않는 것을 탐구하느라 젊음을 바치는 그들의 가장 달콤한 쾌락이자 은밀히 꺼내보는 보석과도 같았다. 그들은 그것을 잃었다. 기억 속에는 아직도 선명하건만, 산산조각이 나 사라져버렸다.

그들은 한동안 바보가 되었다. 누구든 마찬가지였다. 이곳에서 죽어간 마법사들도, 아직 살아남아 죽은 인생을 보내는 자들도 그랬다. 산

지옥이라는 말은 그래서였다. 지옥은 그들이 앉고 누운 곳에도 있었지만 마음속에도 있었다. 한층 선명하게, 더 검게.
율리헨이 들어왔을 때, 그들의 삶이 처음으로 달라졌다.

희미한 푸른 별빛 속에 잊힌 아름다운 사람…….

동굴 구석에서 들려오는 노랫소리에 무관심한 체 하면서도 다들 귀를 기울였다. 갈 노인이 돌아보니 역시 율리헨의 입에서 흘러나오는 노래였다.
처음 이곳에 왔던 저녁에도 그는 저렇듯 노래를 불렀다. 사람들은 경악했다. 저 자도 그들처럼 세상으로부터 저주받은 마법사일 텐데 이런 지옥에 떨어져 어떻게 저런 노래가 나올까?

희미한 푸른 별빛 속에 잊힌 아름다운 사람
내 그대를 떠나보낸 자리에 이제는 다시 가지 않아
그대가 매일 닦던 희고 고운 그릇들
내 손이 매만져 닳은 탁자의 매끈한 모서리
그 모두가 해마다 희미해지는 내 기억처럼
잡초와 덤불 속에 스러져 다시는 찾지 못하네.

"헨. 그 노래, 자네 얘긴가?"

갈 노인이 묻자 율리헨의 눈이 약간 흔들렸다.

"아닙니다. 누군가가 부르던 노래를 도둑질해 배운 거죠."

"좋은 노래네."

율리헨이 희미하게 웃었다.

"슬픈 노래죠."

그의 이름은 율리헨 룩스하펜이라고 했다.

몇 달 전, 길을 잘못 든 여행자 같은 모습으로 나타났던 율리헨의 등장은 사람들에게 큰 충격을 주었다. 이후 그들끼리 서로 기억을 비교해 보았으니 누군가가 엉뚱하게 기억하는 건 아니었다. 당시 율리헨은 절망한 기색도 없었고, 울분도 없었으며, 처음에는 누구나 품기 마련인 자살충동도 없었다. 그저 머리를 긁적이며 남의 집에 찾아온 사람처럼 말했을 뿐이었다.

"아, 반갑습니다. 이런 곳이었군요."

그 후 율리헨은 서서히 이곳의 생활을 바꾸어나갔다. 첫 번째 변화는 불이었다. 율리헨이 오기 전에는 날고기를 익힐 불씨 하나를 얻지 못하던 이곳에서 처음으로 밤이 밝혀졌다.

갈 노인은 화염 마법에 일가를 이루었다고 자부하던 마법사였다. 긴 세월 마법의 불에 익숙했던 까닭에 오히려 자연의 불을 얻는 방법은 전혀 몰랐다. 갈 노인뿐 아니라 다른 자들도 마찬가지였다. 마법을 익히기 시작한 후로 실용적인 지식을 배우려 한 일은 없었다. 그런 것은 마법과 거리가 먼 무지렁이들이 대신 해주면 되는 일이었다. 이곳에 갇혀 마법을 잃은 그들은 수족이 끊어진 것처럼 무능하게 살아왔다.

율리헨은 불을 얻는 데 필수적인 황철석과 부싯돌을 가지고 있었을 뿐 아니라 불을 피우는 데도 능숙했다. 주머니칼도 있었고, 물에 적실 수건도, 긴 노끈도, 빗물을 받을 그릇과 기름주머니도 있었다. 키릴은 할아버지의 유품인 목걸이 하나마저 빼앗겼는데 그를 이곳에 처넣은 자들은 어째서 그런 소지품을 허락했는지 이해하기 힘들었지만 덕택에 새삼스럽게 '익힌 고기'에 익숙해지느라 여러 사람의 위장이 고생했다.

그뿐이 아니었다. 생선 낚는 바늘을 만드는 법부터 겨울을 견뎌내는 요령까지, 마법 공부는 언제 했는지 의심스러울 정도로 그의 잡다한 지식은 한이 없었다.

심지어 율리헨은 종종 노래를 불렀다. 남은 삶을 저주하며 살아가는 자들의 입에서 노래 따위가 나올 리 없었기에 이 또한 수십 년 만에 얻은 선물이었다. 바깥세상에서라면 흘려듣고 말았을 소박하고 서정적인 노래였지만 생각 이상으로 그들의 절망을 순화시켜 주었다.

그 모두가 쓸모 있고 소중했지만 율리헨이 가진 가장 큰 힘은 그의 왼손이었다. 율리헨의 왼손에는 '치료의 손'이라 불리는 축복이 깃들여 있었다. 축복이란 마법과는 별개로 정령이나 이스나에 같은 초자연적 존재에게 능력의 일부를 선물 받는 것을 뜻했다. 그런 축복을 어디서 받았는지 몰라도 가벼운 상처는 그의 손만 닿아도 쉽게 아물었다. 마법이 불가능한 이 누옥에서는 이름 그대로 축복 그 자체였다.

한때 나름 한다하는 마법사들이었던 이들도 율리헨의 능력을 처음

접하고는 얼굴을 마주보며 미심쩍어했다. 축복을 지닌 사람을 직접 본 것은 다들 처음이라 했다. 축복을 지녔던 자로 가장 유명한 엘프 마법사 시딜 숨프레치야의 별칭이 '축복 받은 손'이었을 정도로 축복이란 드문 능력이었다.

"오늘도 안 일어나려나 보군요."

노래를 그친 율리헨이 젊은이 쪽을 흘끗 보았다. 빈스가 고개를 흔들었다.

"내 여기 와서 갖가지 놈들을 봤지만 저런 식으로 자살하려는 놈은 또 처음이야. 일어나 앉아도 지옥일 뿐이니 그냥 저대로 인생 마감하고 싶다는 건가."

율리헨이 고개를 돌리며 대꾸했다.

"마음속에 더한 지옥이 있을지도 모르지요."

밤이 왔다.

하루 두 번, 위장만 달랠 정도로 빈약한 식사였지만 저녁만은 모여서 먹었다. 저녁에만 익힌 음식을 먹기 때문이었다. 땔감으로 쓰는 호수 주변의 잡목은 조금씩 주의 깊게 자르지 않으면 금방 말라죽어버렸다. 그나마 볕이 조금 들었기에 그거라도 자랐으니 불평할 수는 없었다. 그들은 율리헨이 불을 가져다주었을 때와 마찬가지로 칭찬도 사양도 없이 그 상황을 받아들였다.

거무스름한 그림자, 누더기라고도 부르기 힘든 삭아빠진 옷 조각을 걸치고 얼굴이 누렇게 뜬 자들이 슬금슬금 모였다. '살덩어리'로 불리

곧 하는 빈스도 깡마르기는 마찬가지였다. 움푹 팬 눈두덩마다 침묵이 먼지처럼 내려앉았다. 아무도 쓸어 내지 않았다.

연기가 키 큰 무희처럼 몸을 꼬며 솟아올랐다. 부싯깃이 마땅찮다보니 불은 금방 붙지 않았다. 장작이 극도로 부족하니 불씨를 보존할 수도 없었다. 이윽고 주위가 환해지자 상처투성이 장딴지와 어깨들이 어슴푸레 드러났다. 긁히고 베이고 찍힌 자국들은 한때 로브 속에 감춰져 연약했던 몸이 바위투성이 험한 땅에서 살아남으려 애쓴 흔적이었다.

타닥, 탁, 타닥.

이름 모를 생선살을 굽는 냄새가 풍겨나갔다. 저 불을 피우느라 물경 반시간을 소모했다. 한때 마법사였던 자들의 머릿속에선 잠깐 만에 양손 가운데 활활 타오르는 불을 만들어내던 시절이 어렴풋이 스쳤다.

물고기의 이름은 박식한 율리헨도 몰랐다. 이곳에서만 잡히는 종류거나 어쩌면 바깥에서는 평범하던 고기들이 지하에서 이상하게 변했는지도 모를 일이었다. 어쨌든 먹어서 죽지는 않으니 그것으로 충분했다. 막대기들이 불을 헤치자 불티가 튀어 올랐다. 덴 자국투성이인 손과 입이 주섬주섬 생선살을 뜯기 시작했다.

갈 노인은 다시 돌아보았다. 젊은이는 그대로 꼼짝도 하지 않았다. 그는 어깨를 으쓱하고는 구운 생선을 후후 불었다.

겨울에 이곳에 온 자들이 그나마 나은 옷을 걸치고 있었다. 반면 여름에 왔거나 온 지 오래된 자들은 반 벌거숭이나 다름없었다. 젊은이를 제하면 가장 마지막에 들어온 율리헨은 자신의 망토를 갈 노인에게 주었다. 노인은 겨울이 오면 후회할 거라며 거절했지만 두 번째 권하자 군말 없이 받아들였다. 역시 남의 겨울보다 자신의 겨울이 더 두렵기 때문이었다.

짜부라진 눈의 벵커가 제 몫의 생선을 다 먹어치우고는 갈 노인의 기색을 살피다가 이죽거렸다.

"어이, 늙은이. 생선으로 모자라슈? 왜 자꾸 생고기는 돌아보고 그래? 하기야 네 발 달린 고기가 제일 맛나긴 하다만……."

"이놈, 검댕 묻은 입이나 닦아라."

노인은 식사를 마치고 젊은이에게 갔다. 그제야 그가 깨어 있음을 알았다.

눈은 맑았지만 표정은 여전히 없었다. 손끝 하나 움직이지 않은 듯했다. 흐트러진 머리도 조금 전 모양 그대로였다.

"이봐, 뭘 좀 먹어야지. 그러다가 그냥 가버릴 참인가."

대답이 없었다. 듣는 기색이 아니었다.

"그렇게 죽는댔자 아무한테도 득 될 건 없네. 우리한테조차도 말이야. 살아야 오늘의 고기 맛도 있고 내일의 앙갚음도 있네. 어떤 일을 당하고 여기 들어왔는지 몰라도 삶이란 그리 간단히 내던질 수 있는 게 아니야."

벵커가 고개를 젖히며 키들거렸다.

"무슨 소리요? 어째서 우리한테 득이 되지 않는다는 건데? 며칠 전만 해도……."

갈 노인이 성난 얼굴로 고개를 돌렸다.

"모르는 놈의 고기에 손을 대다니, 벌 받을까 두렵네. 아직까지 그 정도로 짐승이 되진 못했네."

율리헨이 생선 가시를 입에서 빼내며 노인을 돌아보더니 일어나 그쪽으로 갔다. 율리헨이 곁에 서자 갈 노인이 중얼거렸다.

"이놈의 얼굴을 보고 있자니 까마득한 옛날에 다 잊은 줄 알았던 일들이 자꾸 떠오른단 말이야."

"어떤 일인가요?"

갈 노인은 대답하지 않았다. 기억은 머릿속에서만 흘러갔다. 빛, 해와 달, 열네 개의 별들, 천상에 그린 그림들의 모습, 바람이 풀밭을 헤치고 나아가며 내는 사각거리는 소리, 잃어버린 어린아이, 흙 속에 묻힌 소년.

갈 노인이 불쑥 말했다.

"이 녀석을 차마 죽게 못 내버려두겠어."

나흘째 되는 날, 젊은이는 꿈에서 깨어났다.

달콤한 잼과 검은 숯을 뒤섞어 놓은 듯한 꿈이었다. 좋은 기억력이 오히려 저주스러운 꿈이었다. 눈을 뜨든 감든 추억 속 풍경의 세세한 부분이 너무나 잘 보였다. 빛에 비추어 본 비단처럼 섬세한 꼬임들이 망막에 맺혀 떨어지지 않았다.

어느 날인가 생일 케이크에 그려졌던 장미의 윤곽, 날씨 좋던 날의 가벼운 승마와 친구들이 걸쳤던 옷 색깔, 찾아갈 때마다 덥석 달려들던 꼬맹이의 무게, 첫 파티에서 그와 춤을 추었던 소녀의 드레스에 달렸던 꽃장식의 모양, 너무 깊이 파인 가슴선 때문에 얼굴을 붉혔던 일, 친구들의 얼굴, 그들의 달라진 얼굴, 그리고 그를 버린 그의 형제의 마지막 눈빛.

깨고 나니 눈앞에는 바위벽만이 보였다. 좌우, 위아래 모두 바위와 어둠뿐이었다. 관절과 근육은 굳어지고 텅 빈 위장에서는 아무것도 느껴지지 않았다. 목이 막혀 소리도 나오지 않았다. 입술을 달싹여 무슨 소리를 내기까지 상당한 시간이 걸렸다.

"여긴……."

거기까지 말했을 때 곁에서 그림자가 움직이는 것이 느껴졌다. 탈진 상태에서 오히려 신경이 극도로 예민해진 결과였다. 손이 다가와 뺨과 마른 입술을 어루만지고 지나갔다. 두툼하고 거친 손이었다. 이윽고 물에 적신 수건 같은 것이 다가와 입술을 닦아 주었다.

"후……."

그가 한숨을 토하자 그림자도 '아' 하는 소리를 냈다. 또 다른 그림자가 다가왔다.

"깨어난 거야, 죽기를 포기한 거야?"

"제 놈도 인간일 테니까."

혼란스러운 그의 정신은 곁에서 들려오는 목소리를 자꾸만 잘 아는 누군가의 목소리와 바꾸어 들으려 했다. 이윽고 노인의 목소리가 들려오자 그의 정신은 순식간에 과거로 휩쓸려 들어갔다.

"할아버지······."

노인의 목소리가 뚝 그쳤다.

"할아버지······ 할아버지?"

다른 사람들도 입을 다물었다. 젊은이의 목소리는 너무나 애처롭고 다정해서 며칠 동안 죽을 듯이 쓰러져 있던 사람이 냈다고는 도저히 생각되지 않았다.

"저예요······. 할아버지······."

갈 노인은 마음을 푹 찌르고 들어온 옛 기억을 가까스로 추슬러 넣으며 마음을 다잡았다. 그러나 목소리가 떨리는 것만은 어쩌지 못했다.

"왜 부르는 게요?"

그러자 목소리는 더 들려오지 않았다. 율리헨이 입에 손가락을 가져다 대며 작게 말했다.

"이 친구의 할아버지인 체 해 줘요."

다가앉은 갈 노인은 망설이며 젊은이의 손을 잡아당겼다. 율리헨이 치료해서 아물기 시작한 망가진 손가락들이 잡혔다. 노인은 얼결에 물었다.

"이 손은 어쩌다 이랬느냐?"

"아, 그건요."

사이를 두고 말이 이어졌다. 중간 중간 애써 목을 가다듬어 가며 또렷이 말하려 했다.

"제가…… 나쁜 사람한테 속았나 봐요. 큼, 으흠! 누가 나빴는지 모르겠어요. 그렇지만, 그렇지만…… 아, 말하지 않겠어요. 말하면 괜히 할아버지만 마음 아프실 것 같아요."

그때 그들 곁에 다가왔던 빈스는 깜짝 놀랐다. 갈 노인의 눈에서 눈물이 주르륵 떨어졌던 것이다.

"괜찮다. 말하지 말거라. 그래, 그래……."

율리헨과 빈스가 침묵을 지키는 가운데 다시 젊은이의 입술이 열렸다. 이번에는 애써 미소를 지으려 했다.

"꼬맹이가 보고 싶어요. 어디 있죠?"

꼬맹이가 누굴까? 세 사람은 얼굴을 마주보았지만 적당한 해답을 찾아내지 못했다. 갈 노인이 어물어물 대답했다.

"아, 잠시 나갔으니 곧 돌아올 거야."

입가에 미소가 피어올랐다. 젊은이의 눈동자가 무언가를 보는 듯 조금 움직였다.

"양치기한테 갔군요. 아, 금방 오겠죠. 녀석이 많이 늙어서 이젠 힘들 텐데. 저, 할아버지, 저 말이죠…… 좀 아픈 것 같아요. 가슴이 답답해요. 할아버지…… 저 이제 여기서 살아도 되죠? 이젠 돌아가지 않겠어요. 할아버지랑 꼬맹이랑 여기서 그냥 살래요. 저…… 멜헬디에도 안 가고, 마법 같은 것도 안 배우고…… 그냥 양치기가 되었으면 좋겠어요. 그래도 될까요?"

갈 노인은 눈에서 흐르는 눈물을 닦으려 하지도 않았다. 주름진 두 손이 젊은이의 손을 보듬으며 토닥거렸다.

"그래라. 양치기가 되면 돼. 이 할아버지하고 같이 양이나 치자꾸나. 그러려면 어서 일어나야지."

"네에……."

그때였다.

"멜헬디라고?"

뒤에서 벽력같은 목소리가 들려와 모든 사람이 펄쩍 뛰어오를 정도로 놀랐다. 언제 다가왔는지 몰랐다. 누워 있는 젊은이를 둘러싼 그들의 등 뒤로 거대한 그림자가 드리워졌다.

사자 갈기 같은 회색 머리와 거무튀튀한 얼굴, 반 벌거숭이에 눈만이 불길처럼 번뜩이는 자였다. 모두가 그의 등장에 경악해 마지않았다. 그가 낯선 인물이어서가 아니었다. 이곳의 주민이면서 유일하게 그들과 함께 생활하지 않는 자, 동굴의 구석에 박혀 모든 기술을 혼자 습득하고 누구에게도 알려 주지 않는 자, 이곳에서 가장 오래 살아온 자, 그럼에도 불구하고 이름조차 알 수 없는 그 자가 제 발로 걸어 나와 누가 묻지도 않았는데 먼저 말을 했던 것이다. 그것도 평소의 낮고 음침한 목소리가 아니라 흥분해서 갈라지기까지 한 목소리였다.

"멜헬디라고 했느냐! 멜헬디에서 왔느냐!"

고함치는 소리가 벽을 울렸다.

"대답하라! 너는 멜헬디에서 왔느냐!"

젊은이는 더 말하지 않았다. 더듬던 기억이 끊어져버린 모양이었다.

그는 갈깃머리의 번뜩이는 눈을 보았으나 무관심하게 도로 눈을 감아 버렸다.

"……."

사람들은 내색하지 않았지만 모두 두려워했다. 이윽고 갈깃머리 사내는 돌아서서 자신만의 구석자리로 가 버렸다.

"이게 어떻게 된 일이지?"

빈스가 한참 만에 말했지만 갈 노인도 율리헨도 고개를 저을 뿐이었다. 젊은이는 다시 잠든 것처럼 잠잠해졌다.

다음날 아침, 젊은이는 일어났다.

일어나 갈증이 나는 듯 물을 찾았고, 그가 위태하게 걷는 것을 보고 갈 노인이 호수에서 뜬 물을 가져다주었다. 갈 노인은 어제의 사건 이후로 한층 더 젊은이에게 마음이 쏠리는 듯, 그의 일거수일투족을 놓치지 않고 지켜보았다.

물을 마시고 나자 곧 식사시간이었다. 그는 갈 노인이 나눠주는 날고기를 거의 먹지 못했다. 그러나 조금이라도 먹어 보려 애쓰는 듯했다. 힘든 식사가 마무리되자 갈 노인은 그에게 이름을 물었다.

"키릴……."

그리하여 그는 다시 어린 시절처럼 키릴이라고 불리게 되었다.

키릴은 반나절 동안 가만히 앉아 주위 사람들을 바라보기만 했다. 누가 말을 걸어도 고개를 저을 뿐이었다. 갈 노인이 다가앉아 말을 붙여

보다가 왜 이제야 일어났느냐고 묻자 그의 입이 열렸다.

"꿈에 할아버지께서 저더러 그만 일어나라고 했어요. 그래서 일어나야 할 것 같았어요."

갈 노인은 그게 자신이 키릴의 손을 부여잡고 한 말임을 깨달았다. 노인은 사실을 말해주려다가 마음을 고쳐먹고 아무 말도 하지 않았다. 그의 할아버지가 어떤 사람인지도, 어떻게 되었는지도 묻지 않았다.

그날 밤 저녁식사 시간이 되자 갈 노인이 재촉하여 키릴도 작은 불 주위에 와 앉았다. 그는 율리헨이 불을 피우는 광경을 오랫동안 바라보았다. 마치 무언가를 찾아내려는 것 같았다.

"왜 그렇게 쳐다보지?"

율리헨이 묻자 키릴은 막 붙은 불에서 눈을 떼지 않은 채 말했다.

"여긴 마법이 안 되는군요."

그새 시험해 본 것인지, 혹은 깨달은 것인지 알 수 없었지만 더 이상 이야기는 이어지지 않았다. 불이 다 피워지고 얼마 뒤 구운 생선살 몇 점이 사람들에게 돌아갔다. 갈 노인은 벵커가 불만스럽게 노려보는 것을 눈치 챘다. 이유는 뻔했다. 일하지 않은 자에게 음식을 나눠주는 것이 싫은 것이다. 그들 각자에게 돌아가는 생선살과 이상야릇한 물풀의 양은 너무도 적었다.

얼마 지나자 사람들도 키릴에게 거의 말을 걸지 않았다. 지상의 마법사들이 그렇듯 그들도 독단적이고 협조에 무관심해서 최소한의 선의를 넘어서는 공동체 의식은 기대하기 힘들었다.

새로운 삶이 시작된 날이었다. 일어나고도 키릴의 얼굴에는 표정이 잘 나타나지 않았다. 정신을 잃었을 때처럼 다정스런 목소리도 다시는 나오지 않았다. 그는 대부분의 시간을 침묵으로 보냈다. 사람들은 그의 나이를 스물 이하라고 짐작했지만 그렇게 짧은 삶 동안 무슨 일이 벌어졌을지 짐작이 가지 않는다는 것이 중론이었다.

이때의 키릴은 이곳에 살되 정신은 다른 곳에 두고 온 듯했다. 현실을 받아들이려 노력해 보았지만 잠들면 늘 옛 일이 보였고, 눈을 뜬 채로도 가끔 꿈을 꾸었다. 미워해야 할 자를 그리워하다가 깜짝 놀라고, 사랑하던 자를 추억하다가 문득 그가 죽었음을 깨닫고 멍해졌다. 아직도 자신이 어떠해야 하는지, 무엇을 해야 하는지 갈피를 잡을 수가 없었다. 절망에 빠져야 하는지, 슬픔에 잠겨야 하는지, 분노로 이를 갈아야 하는지, 복수심을 불태워야 하는지, 누구도 가르쳐주지 않았고 자신에게 물어도 답이 나오지 않았다.

무심코 예전처럼 상냥한 생각을 떠올렸다가 곧 자신을 비웃거나 독한 마음을 먹어보려다가 그런 자신에게 놀라는 나날이 흘러갔다. 갈피를 잡지 못한 이유는 그의 마음이 폐허였기 때문이었다. 옛 가치관은 부서졌는데 그 자리에 다시 세울 것이 없었다. 오직 의문만이 남았다.

사람을 사랑해도 사랑만이 되돌아오지는 않는다.

아무도 미워하지 않아도 누군가는 그를 미워한다.

도대체 왜?

세상은 악의로 가득 차 있는가? 아니면 악일 것도, 선일 것도 없이 필요에 따라 남의 신뢰 따위는 헌신짝처럼 내버리는 것이 미덕인 세상인가? 무엇을 위해서? 그토록 대단한 필요가 무엇이기에?

중심을 잃은 그는 밸러스트(배의 중심을 잡기 위해 밑바닥에 싣는 무거운 짐)가 사라진 채 파도치는 바다를 항해하는 배나 다를 바 없었다. 그런 상태로는 아주 작은 단 하나의 질문에도 대답할 수 없었다. 허우적거려봤자 텅 빈 곳에서 걸리는 것은 바람뿐이었다.

하나만은 분명했다. 다시는 그런 일을 당하고 싶지 않았다. 사람간의 관계가 가져다주는 상처를 생각하자 몸서리가 쳐졌다. 호의든 악의든, 더 이상 어떤 관계도 만들고 싶지 않았다.

열흘이 흘러갔다. 키릴은 불평 없이 이곳의 생활을 받아들였다. 율리헨과 갈 노인이 도와준 덕택에 적응이 쉬웠다. 율리헨은 몇 달 앞서 들어와 삭막하던 이곳의 분위기를 크게 바꿔 놓았고, 갈 노인은 키릴이 손자라도 되는 것처럼 작은 일까지 챙겨 가르치고 도왔다. 그러나 키릴의 마음에는 딱딱한 껍질이 생기기 시작한 터라 옛날 같으면 크게 감사했을 이런 도움에도 아무 감정도 생기지 않았다.

그날 키릴은 처음으로 동굴 안을 돌아다녀보았다.

처음에 쓰러져 있던 자리로 가 보니 높이 솟은 천장이 어둠에 묻혀 있었다. 저 높은 꼭대기 너머에 그가 들어온 입구가 있을 것이다. 그쪽부터 완만한 경사가 내려와 사람들이 주로 생활하는 동굴로 이어졌다. 이쪽의 천장은 낮아서 팔을 뻗으면 닿는 곳도 있었다.

동굴 곳곳에는 구석진 공간이 많아 언뜻 보기보다 꽤 넓었다. 깨진 바위틈으로 아침마다 햇빛이 드는 두어 곳을 제하면 낮에도 눅눅한 어둠이 깔렸다. 안쪽으로 들어갈수록 바닥은 점차 낮아지다가 호수가 나왔다.

시작되는 곳에서 보기에는 작은 연못 같았지만 꺾이는 곳 너머로도 한참이나 이어지는 큰 호수라고 했다. 얼마나 큰지는 아무도 몰랐다. 호수가 굽어지는 지점의 벽 밑에 좁다란 땅이 드러나 있었다. 그리로 햇빛이 들어 가지가 축 늘어진 관목이 자랐다. 땔감은 그곳에서 나왔다.

호반을 따라 걸어보니 과연 호수는 넓어져 곧 맞은편이 보이지 않았다. 키릴은 굽어진 지점을 돌아 계속 걸었다. 잠시 후 신발을 벗어 들었다. 발끝에 물이 와 닿았다. 진흙이 발가락 사이로 밀려들었다. 앞은 어두웠다.

어둠 속으로 나아갔다. 뒤를 돌아보지 않았다. 손을 뻗어 더듬거리지도 않았다. 곧 눈앞으로 바위벽이 닥쳐올지도 모른다. 물이 갑자기 깊어질지도 모른다. 낯선 괴물이 도사렸을지도 모른다. 갈라진 틈이 발밑에서 빨아들일지도 모른다.

그러나…….

걷고 또 걸어 더 깊이, 더 낯선 곳으로, 알던 세계에서 한 걸음씩 멀어질수록 어렴풋한 욕망이 되살아났다. 조금이라도 더 멀리 가면 가시덤불처럼 달라붙어 엉킨 기억에서 놓여날 것만 같았다. 걸음이 빨라졌다. 저 보이지 않는 끝은 과거를 깨끗이 지워주는 미지의 구원일지도 모른다. 빛이 없는 곳, 아무것도 보이지 않는 곳, 그래서 아무것도 기억할 수 없는 곳.

가고 싶다.

잠깐 동안 키릴을 사로잡았던 몽상은 발끝에 돌부리가 부딪치면서 깨어져버렸다. 손을 뻗어보니 그곳부터 바위벽이 거대한 식물의 줄기처럼 솟아 있었다. 차가운 돌에 근원을 알 수 없는 악의가 서린 듯했다. 어쩌면 착각인지도 모른다. 그러나 그렇게 느껴졌다.

가로막혔다. 그는 갇혔기에.

잠시 떠올랐던 마음이 다시 가라앉아 심연에 잠겼을 때 등 뒤에서 탁한 목소리가 들려왔다.

"여기서 나가고 싶나?"

탈출구를 찾으려고 여기까지 온 것은 아니었다. 하지만 어느새 감옥 동굴의 끝까지 왔다. 그 구석에는 사람들이 접근하지 않는 한 인간의 은신처가 있었다.

키릴은 소리가 난 쪽을 돌아보며 어둠 속에서 쏘아보는 눈동자를 느꼈다. 보이지는 않았다.

"그런 식으로는 절대 못 나가지."

알고 있다. 키릴은 대답하지 않았다.

"영원히 못 나가. 이곳에 들어온 놈치고 다시 태양을 마주본 놈은 없었어. 너도 그중 하나가 되는 거야. 젊으면 젊을수록 더 길고 고통스러운 세월이겠지. 세상으로부터 저주받은, 바로 나처럼 되겠지."

"……."

"네 미래는 그것뿐이야."

키릴은 오던 방향으로 돌아섰다. 암흑에 익숙해진 눈은 어렴풋한 빛에도 아릿했다.

"돌아갈 셈인가? 그것도 좋겠지. 어차피 어디에 있든 네놈의 운명은 바뀌지 않을 테니까. 어디서 구르든 편한 데서 구르라고."

킬킬거리는 웃음소리가 울렸다. 예전 같았으면 등골이 저려올 서늘한 웃음소리였지만 키릴은 아무 기분도 들지 않았다. 목소리가 다시 이어졌다.

"뭔가 건방진 일을 했겠지. 안 그런가? 그래서 높은 분의 심기를 건드렸겠지. 높은 분께서 네놈 하는 꼴을 내려다보자니 얼마나 같잖았겠나? 조금 잘 봐주려 하니까 분수 모르고 갖은 참견을 다 하려드니 어이가 없었을 거야. 그렇게 거치적거리는 놈은 밟히기 마련이지. 그게 제격이지."

저 자가 키릴이 당한 일을 알 리 없었다. 무심히 하는 말일 텐데 묘하게 키릴의 기억을 찔렀다. 심지어 점차 집요해졌다. 일부러 지난 일을 되살려주려는 것처럼.

"어때? 후회되나? 벌레면 벌레답게 얌전히 빌붙어먹으며 살았어야 하는 건데 싶어서 안타깝나? 대답해봐. 어떠냐! 네놈의 썩어빠진 신세에 절망하고 쓰러지란 말이다. 돌바닥에 머리를 부딪치고 쥐어뜯으며 죽고 싶다고 외쳐 보란 말이다!"

그때까지만 해도 그 자의 말은 키릴의 귓가를 맴돌며 한두 마디씩 스며들었을 뿐, 급격한 발화는 일으키지 않았다. 그러나 뒤이어 나온 말은 달랐다.

"너…… 네놈 때문에 죽은 사람들이 있지? 그렇지?"

그들이 마치 키릴 때문에 죽기라도 한 것처럼 들리는 말이었다. 아니, 키릴의 상태로는 그렇게 받아들이고도 남았다.

상대는 작은 변화를 놓치지 않았다.

"그래, 그럴 줄 알았지. 흥! 그놈들은 지금쯤 지하에 묻혀 네놈을 골백번 저주하고 있겠지. 안 그래? 놈들이 죽던 꼬락서니를 생각해 봐! 누가 그렇게 만들었지? 말라붙은 피! 고통스런 비명! 원망 섞인 눈! 그 모두가 네놈의 눈과 귀에 달라붙어 떨어지질 않지? 그들의 혼이 지금이라도 뒤쫓아 와서 네 어깨를 덥석 움켜쥘 것 같지 않나?"

그날의 미칠 듯 쏟아지던 비와…… 피…… 그를 두고 떠나던 친구의 얼굴…….

상대는 어둠 속에서도 키릴이 어떤 표정인지 보이는 모양이었다. 아니면 숨소리만으로도 감정을 알아낼 수 있는 게 틀림없었다.

"또 떠올려 봐! 썩어 굴러다니던 시체도, 갈가마귀의 우짖음도! 지금쯤 늦봄이니 바깥세상에는 바람이 많이 불겠지? 원한이 서린 바람은 차지 않나? 시체를 부여잡고 돌이킬 수 없는 눈물을 흘려 보았나? 그러나 이미 굳어버린 시체는 늦게 온 네놈을 저주하며……."

거기까지 말했을 때였다. 갑자기 달려든 키릴의 손이 그 자의 목을 움켜쥐었다.

어둠 속에서 어떻게 정확하게 보았는지 몰라도 키릴의 두 손은 더듬거리지도 않고 그의 목을 잡아챘다. 놀란 것도 한순간, 평정을 되찾은 억센 두 손은 키릴의 손을 잡아 떼어내려 했다. 그런데 연약한 팔목에도 불구하고 키릴의 손은 쉽사리 떨어지지 않았다.

"으…… 놔……."

집요하게 그 자의 목젖을 누르자 숨이 급해졌다. 헐떡거리는 소리가 바위벽을 울리며 퍼졌다. 진땀이 흘렀다.

"……."

키릴의 입에서는 아무 말도 나오지 않았다. 불길처럼 뜨거운 숨만이 쏟아졌다. 손도 뜨거웠다. 은둔자의 억센 손아귀가 한 손으로 꺾을 수도 있을 것 같은 손목을 밀쳐내기까지는 그러고도 몇 초가 더 걸렸다.

"흠, 크흠! 후……."

손이 떨어지고, 사내가 힘껏 밀치자 키릴은 기운 없이 비틀거리며 바위벽에 부딪쳤다가 호숫가에 한 발을 디뎠다. 그는 중심을 잡지 못하고 그대로 호수에 빠지려 했다. 그때 불쑥 손이 튀어나와 그의 손목을 잡아당겼다.

간신히 호수에서 끌려나왔으나 몸 절반이 흠씬 젖었다. 키릴을 끌어낸 남자는 한참 말이 없다가 혼자 혀를 찼다.

"죽게 내버려둘 수는 없었다고? 흥, 병신 같은 놈. 날 죽이려던 놈을 살리다니 재수도 더럽게 없지."

키릴이 대꾸하지 않자 남자가 다시 말했다.

"알고나 듣는 거냐? 저 호수에 빠지면 어떻게 되는 줄 알아? 왜 여기 있는 놈들이 하나같이 저 호수를 헤엄쳐 건너 달아날 생각은 못 하는지 알기나 해?"

"……."

"지독한 괴물이 있단 말이다. 빠졌다간 살점 한 조각도 안 남게 된다. 후훗, 훗, 훗훗, 그러나저러나 죽은 거나 진배없는 목숨, 그런데도 산 생명이랍시고 살려고 버둥대지."

키릴은 물을 뚝뚝 흘리며 서 있었다. 상대를 죽일 뻔했다가 다시 살리는 일이 연달아 벌어진 직후였으나 두 사람 사이에는 불안정한 침묵만이 흘렀다.

"너."

호수 너머로 바람이 불어 나갔다. 잔물결이 졌지만 이들의 눈에는 보이지 않았다. 어렴풋한 반달처럼 떠오른 얼굴이 일순 이를 악무는 것처럼 일그러졌다. 이어 나온 목소리는 조금 전과는 판이하게 무거웠다.

"네놈의 울분과 원한은 뭐냐. 왜 그렇게 집요한 거냐. 어째서 그게 다른 사람에게까지 전해지는 거냐. 생생하다 못해 내 몸이 다 쑤시는구나."

다시 태어난 자

 키릴은 자신을 '저주받은 자'라 칭하는 동굴 구석의 괴인(怪人)과 있었던 일을 다른 사람에게 말하지 않았다. 다시 그를 방문하지도 않았다. 그렇게 수십 일이 흘러갔다.
 여름이 다가왔다. 동굴 속은 하루가 다르게 더워졌다. 사람들은 호숫가에 앉아 손발을 적시며 더위를 달랬지만 누구도 물속에 직접 들어갈 엄두는 내지 못했다. 유난히 찌는 듯하던 어느 날 누군가가 말했다.
 "정령과 소통이 되는 자가 있었으면 요르실드의 도움이라도 청해 보련만."
 한쪽에서 말을 받았다.
 "그것들이 청한다고 말을 듣나? 요르실드의 유난스런 변덕을 못 들어 봤어? 도와줄 듯 말 듯 하다가 뒤통수를 치고 달아나는 놈들이 아니

더냐고."

"이봐, 누군 마법사 아닌 줄 아나?"

갈 노인이 말했다.

"이봐, 여기 마법사가 어디 있다고 그래. 아무 짝에도 쓸모없는 놈들만 한 방 가득 앉았지."

투덜대면서도 우울한 기억들이 떠올랐기 때문인지 동굴 안은 다시 잠잠해졌다.

이곳의 주민은 일곱이었다. 갈 노인과 율리헨, 빈스, 벵커와 키릴이 있었고, 동굴 구석의 괴인을 포함해서 여섯, 마지막으로 이로크라고 불리는 남자가 있었다. 큰 키에 갈색 피부를 가진 이로크는 괴인과는 다른 의미에서 그들과 잘 대화를 나누지 않았다. 다시 말해 공용어를 잘 모르는 것 같았다.

몸집으로 보아 '살덩어리' 라고 불려야 할 사람은 이쪽인 것 같았지만 이로크를 그렇게 부르는 사람은 없었다. 이로크는 가끔 혼자 웃거나 바위벽과 대화라도 나누는 것처럼 중얼거렸는데 빈스는 그가 미쳤다고 단언했다.

키릴이 다시 구석을 찾아갔을 때 이름 모를 괴인은 마침 생선을 먹어 치우는 중이었다.

괴인은 율리헨이 가져다 준 불의 도움을 받지 않는 유일한 사람이었다. 호수 너머를 비추는 햇빛이 이곳에도 약간의 빛을 던져 지저분한 광경을 잘도 밝혀 놓았다. 먹다 남긴 찌꺼기와 뼛조각, 연장 대신 쓰는 모양인 깨진 돌, 옛 모습을 알아볼 수 없는 섬유 조각, 그리고 거대한 원숭이처럼 웅크린 채 부지런히 손발을 움직이는 그 자가 있었다. 동굴 벽의 오래된 회색만이 햇빛 속에서 아름다웠다.

날 생선을 다 먹고 뼈를 호수에 던져버린 괴인은 그제야 한쪽 벽에 등을 기대고 앉은 키릴 쪽을 보았다. 잿빛 갈깃머리를 젖히며 퉁명스럽게 말했다.

"무슨 볼일이야."

괴인이 이렇듯 먼저 말을 꺼내는 모습을 동굴 안의 다른 사람들이 보았다면 놀랐을 것이다. 그러나 키릴은 그에 대해 아는 것이 별로 없었으므로 놀라지 않았다.

"전날 일은 미안합니다."

헛, 하고 괴인은 헛웃음을 쳤다. 그게 언제 일인데 이제 와서 사과를 한단 말인가.

"하지만 당신에게 잘못이 없었다고는 못하겠습니다. 남의 아픈 곳을 의도적으로 건드렸으니까요. 그럼, 이만 가겠습니다."

키릴은 바로 일어섰다. 지금껏 머문 것은 괴인이 식사를 마치도록 기다렸을 뿐인 모양이었다.

"잠깐."

가려던 걸음이 멈췄다.

"왜 이제 와서 그런 소릴 하지? 좀 더 빨리 올 수도 있었잖아."

"오늘 아침에야 그 생각을 해냈습니다. 그간의 날들은 지금과 같은 평정을 되찾는데 썼습니다. 그것도 사과해야 한다면 하지요. 미안합니다."

다시 걸음을 떼놓는 키릴의 등에 대고 괴인이 말했다.

"내킨다면 오늘 저녁에 다시 와라."

왜 오라고 하는지는 말하지 않았다. 키릴은 대답 없이 모퉁이를 돌아 사라졌다.

갈 노인은 오랜만에 젊은 시절의 꿈을 꾸었다.

그는 일찌감치 마법에 재능을 보였다. 친구와 선배들을 앞질러 가장 먼저 스승의 밑에서 독립하고 이름이 알려진 마법사가 되었다. 젊은 나이에 남들을 앞서니 오만함은 하늘을 찔렀고, 아집과 독선에 차 부모도 친구도 눈에 보이지 않았다. 머릿속에는 언제까지나 이런 위치를 빼앗기지 않아야겠다는 생각만이 가득했다.

놀고먹어도 성취가 보장될 만큼 천재는 아니었기에 그는 밀려나지 않으려고 부단히 노력했다. 연구실에 틀어박혀 살다보니 인간적인 감정을 경험할 기회는 거의 없었다. 마흔이 가까워지는데도 마음은 어린 아이에 불과해서 다른 사람에 대한 책임이라는 말도 몰랐고, 사랑하는 사람들에게 둘러싸여 위안을 얻을 줄도 몰랐다.

어느 날 한 번의 실수로 그의 아이를 가졌던 여인이 나타났다. 얼굴조차 잊었던 여인이 겨우 걷기 시작한 계집아이를 데려온 걸 보고 그는 당황해서 화를 냈다. 그녀가 무어라 설명하든 그는 굽힘없이 자신의 딸일 리 없다고 주장했다. 그러면서 여자가 잘나가는 마법사인 자신에게 돈을 뜯어내기 위해 계략을 꾸몄다고 확신했다. 정말로 자신의 아이인가 아닌가 하는 점은 조금도 중요하지 않았다. 윽박지름과 궤변으로 여자와 아이를 쫓아버린 그는 자신의 빼어난 말재주에 만족감을 느끼며 그 일을 잊어버렸다.

  십 수 년 후, 똑같은 일이 한 번 더 벌어졌다. 그런데 이번에는 옛 일에서 교훈이라도 얻은 것처럼 그를 만나 설득하는 대신 문 앞에 아이를 놓아두고 가버렸다. 포대기 속의 편지는 짧았다. '딸일 리 없는 사람이 손자를 두고 갑니다.'

  나이가 들어 한 도시의 마법사로 명망을 얻은 갈 가르퀴는 그게 누구의 아이였든 갓난아이를 내버리는 냉혈한이라는 오명을 쓸 수는 없다. 그는 어쩔 수 없이 아이를 돌봐 줄 보모를 고용했다. 그는 수입이 좋았으므로 보모에게 돈을 넉넉히 지불한 다음 아이에 대한 관심을 끊어버렸다.

  아이는 말을 배우면서 그를 할아버지라고 불렀다. 아내도 자식도 가져본 일이 없던 그는 그런 소리가 징그러웠다. 후덕한 만큼 남의 일에 참견하기 좋아하던 보모는 싫어하는 걸 뻔히 알면서도 아이를 종종 할아버지의 연구실에 데려다 놓았다. 그런 일이 되풀이되자 아이는 마법이라는 신기한 학문에 관심을 갖기 시작했다.

  소년이 아홉 살이 되었을 무렵 갈 가르퀴는 어느 새 소년에게 이것저것 가르쳐 주며 심부름을 시키는 자신을 발견했다. 열한 살 무렵에는 소년이 없으면 실험이 불편할 정도였다. 다만 그가 '마법사님'이라고 부르라고 한 후로 소년은 감히 할아버지라는 말을 입에 올리지 못했다.

늙어가기 시작한 갈 가르퀴는 노후를 생각하다가 저 녀석을 가르쳐서 자신의 마법을 잇게 해야겠다 싶었다. 어디까지나 제자를 키워 뒤를 잇게 하는 이상의 의미는 없다고, 스스로에게 되풀이해 말해 주었다. 자기 정도의 마법사에게 제자가 한 명쯤 있는 것도 이상할 것 없다, 어려서부터 시중을 들면서 기본을 잘 익힌 녀석이라면 더할 나위 없지 않겠는가, 그런 생각이었다.

아이가 열다섯 살이 되었을 때 그가 기억하고 싶지 않은 사건이 일어났다.

"으음……."

갈 노인이 신음 소리를 내며 깨어나자 걱정스러워하는 율리헨의 얼굴이 보였다.

"괜찮으십니까?"

"……괜찮네."

"좋지 않은 꿈을 꾸신 것 같습니다만."

갈 노인은 일어나 앉아 손등으로 땀방울을 훔쳐냈다. 벌써 저녁 무렵이었다. 낮잠이란 본시 악몽을 가져다주는 게야, 하고 생각하며 그는 율리헨의 얼굴을 보았다. 그런데 그의 낯빛도 어두웠다.

"저녁 준비나 하세. 그런데 자네 얼굴은 또 왜 그런가?"

"요즈음 키릴이 동굴 구석의 그 자에게 자주 가는 것 같습니다."

율리헨은 요 며칠 동안 키릴의 행동을 지켜보았다. 벌써 닷새째였다. 점심식사 후에 산책하듯 호숫가를 따라 걷다가 사라지고, 저녁식사 무렵이 되어서야 돌아왔다. 올 때는 물고기 한두 마리도 가져왔다. 키릴이 저녁거리를 내놓기 시작했다고 벵커는 좋아했지만 율리헨은 그가 낚시를 하다가 돌아온다고는 생각하기 어려웠다. 아직까지 그에게 물고기 낚는 법을 가르쳐 준 사람이 없었다. 바깥세상에서 낚시를 해 보았다 하더라도 연장이 없는 이곳에서의 낚시는 특별한 요령과 도구가 필요했다. 키릴은 그중 어느 것도 없었다. 실은 그에게 나누어 줄 여분의 도구가 없었다. 호수의 물고기를 빈손으로 그리 쉽게 낚을 수는 없었다.

"그렇다면…… 설마 그 괴짜 놈이 줬다는 건가? 그럴 리가 없는데."

"저도 의심스럽습니다. 어르신께서 죽 그자를 보아 오셨지만 남에게 뭔가 베푸는 일은 한 번도 없었다고 하지 않으셨습니까?"

"그렇지, 그랬어."

두 사람은 고개를 갸웃거렸지만 딱히 다른 답은 나오지 않았다. 식사 준비를 하러 일어나면서도 상상은 머릿속에서만 맴돌았다.

식사 때가 되어 키릴이 돌아왔다.

여느 때처럼 말없이 식사를 마치고 일어난 키릴은 그의 자리로 정해진 구석으로 가 앉았다. 자리라고 해 봐야 들어올 때 걸쳤던 망토를 펴놓은 게 고작이었다. 잠시 후 갈 노인이 따라와 다가앉았다.

"요즈음 지내기 어떤가?"

인사치레라고나 해야 할 말이었다. 아무리 억지로 갖다 붙여도 이곳이 조금이나마 살기 좋아질 리는 없었다. 키릴은 고개를 끄덕였다. 그가 제대로 된 반응을 보이는 사람은 갈 노인이 유일했다. 어쩌면 갈 노인도 할아버지이기 때문일지도 몰랐다.

"그래. 좀 나아진 것 같아 다행이군. 마음을 굳게 먹어야지."

거기까지 말한 갈 노인은 뒷말을 어떻게 이어가야 좋을지 몰라 입을 다물었다. 바로 묻자니 지나친 참견일지도 모르고, 돌려 말하려니 할 말이 마땅치 않았다.

다행히 율리헨이 다가왔다.

"자네가 요즘 만나는 사람 때문이야. 그는 우리가 잘 알지 못하는 자라 염려하는 걸세."

"……."

"알지도 못하면서 무작정 그를 나쁘게 말하려는 건 아니네. 아이들한테 하듯 참견하자는 것도 아니야. 다만 그가 하는 이야기가 자네에게 특별한 영향을 주는 것 같아서 말이지."

넘겨짚은 것이었지만, 평소 말이 없는 키릴이 그와 긴 시간을 보내는 것으로 보아 멀거니 얼굴만 마주보고 있지는 않으려니 싶어 해본 말이었다.

"말없이 지내기보다 누구하고라도 이야기를 하는 건 좋지만……."

율리헨이 거기까지 말했을 때 갈 노인이 말을 받았다.

"난 그자를 5년이나 봐 왔지. 그놈은 내가 처음 들어왔을 때부터 그

구석에 있었고, 그 후로 여럿이 죽어나가고 또다시 들어오고 하는 와중에도 변함없이 거기 있었어. 그렇게 오래 살았지만 자신이 터득한 것을 가르쳐주는 법도 없었고, 우리 도움을 받는 일도 없었지. 그자만큼 여기 생활에 익숙한 자도 없을 거야. 물론 그자만큼 여기서 빠져나갈 수 없다는 걸 잘 아는 자도 없을 거고. 그런데 말이지, 그놈은 절망하거나 자포자기한 사람이 아니었어. 우리와 달리 그놈에게는 삶의 목표가 있는 것만 같아. 난 그 목표가 두렵네. 이런 곳에 갇힌 자에게 무슨 미래나 희망이 있단 말인가. 이런 곳에서조차 놓치지 않은 미래의 구상은 과연 뭘까. 아무와도 나누고 싶어 하지 않는 그것은 무언가 두려운 것이 아닐까."

노인이 말을 멈추자 동굴을 지나는 바람 소리가 한 차례 울렸다. 키릴의 얼굴에는 표정이 떠오르지 않았다. 언제부턴가 붉은 빛이 약해지기 시작한 입술을 열어 그가 대답했다.

"무엇이든 상관없습니다."

파비안느 아룬드(8월)에 접어들자 동굴은 열화 지옥을 방불케 했다. 동굴 속은 흔히 야외보다 서늘하다고들 하는데 이곳은 특별한 힘이 있어서인지, 아니면 밖은 이보다 더한지 몰라도 인내심을 한계까지 밀어붙이는 폭염이 연일 계속되었다. 사람들은 모두 호숫가에서 낮과 밤을 보냈다.

그날 키릴은 처음으로 호수 속 괴물을 보았다.

유난히 더위를 타는 빈스가 참지 못하고 호수에 뛰어들었을 때였다. 어두컴컴한 수면에서 물결이 일렁이기 시작했다. 곧 소용돌이로 변하더니 점점 커졌다.

"모두 호수에서 떨어져! 어서!"

공포에 질려 허우적대는 빈스를 갈 노인이 끌어내려 했지만 노인의 힘으로는 역부족이었다. 율리헨이 함께 달려들었다. 그러는 동안 고요하던 호숫가에 거센 파도가 밀어닥쳤다.

"빨리! 빨리!"

돕지도 않는 주제에 벵커가 부산을 떨었다. 동굴 전체가 웅웅거렸다. 키릴은 호수에서 거대한 유선형의 머리가 솟아오르는 것을 보았다. 비늘 덮인 머리 아래 커다랗게 벌린 입이 드러났다. 제멋대로 엉켜 솟은 이빨더미가 삭은 고깃덩이로 뒤덮여 너덜거렸다.

무표정하게 번들거리는 눈동자가 다가왔을 때 키릴은 그 눈을 유심히 보았다. 죽은 생선의 눈이었다. 살인자이되 지성도 감정도 없었다. 그런 존재가 이 안에 갇힌 자들의 자유를 손에 쥔 간수였다. 그놈은 원초적인 공포만으로 죄수들을 지배했다.

이 호수 너머는 저렇게 거대한 놈이 드나들 정도로 넓을 것이다. 분명 지상 어딘가로도 통할 것이다. 그런데도 그들 모두는 이 좁은 동굴에서 꼼짝도 못했다. 이곳은 불편할 뿐만 아니라 치욕적인 감옥이었다.

빈스는 아슬아슬하게 구출되었다. 잔뜩 벌린 놈의 입은 세 걸음 너머에서 물러갔다. 부풀어 오른 물결에 호숫가의 잡동사니가 모조리 쓸려갔다. 이 부근의 호숫가는 몇 걸음만 들어가면 갑자기 깊어져서 놈의 몸이 가까이 올 공간이 충분했다.

"휴, 십년감수했다."

사람들이 정신을 차렸을 무렵, 키릴은 절망을 발견했다. 그때까지 그는 몰랐다. 자신이 얼마나 밖으로 나가고 싶어 하는지. 시체도 직접 거두지 못한 할아버지와 꼬맹이를, 홀로 살아남았을 친구 이스카시안을, 그리고 클라리몽드를 얼마나 보고 싶어 하는지 모르고 있었다. 그를 이곳에 처넣은 자들 앞에 나타날 날을 얼마나 바라는지도 모르고 있었다.

끝난 일인 줄로만 알았다. 포기했다고 생각했다. 아니었다. 그는 나가고 싶었다. 그러나 그럴 수 없었다. 저 본능뿐인 괴물이 무력한 그를 가로막고 영원한 복역을 선고했다. 바깥세상에 남겨두고 온 것들은 영영 그 자리에 나뒹굴고 있을 것이다. 아니, 그의 머릿속에서 나뒹굴 것이다. 이끼가 끼고, 삭아 먼지가 되도록 어떤 것도 거두지 못할 것이다. 갇힌 자에게는 미래를 계획할 자유도, 과거를 마무리할 자유도 없었다. 인간 이하의 생활을 하며 하루하루 미쳐갈 자유, 오직 고통 받을 자유뿐이었다. 이곳은 산 자의 무덤, 희망 없는 납골당이었다.

"네 생각은 우습군."

괴인이 벌떡 일어나 몇 걸음 왔다 갔다 했다.

"사람은 살아가기 위해 태어난다. 내가 살지 못하게 하는 모든 것은 멸절되어 마땅하다. 상대가 돕는다면 나도 돕겠지만 한 번 적대적이었던 자는 적일 뿐이다. 그런 꼴을 당한 주제에 적의 궤변에 마음이 흔들리는 너 같은 자가 세상에 어디 있나?"

"궤변이라고요?"

"그렇다. 궤변이다. 너를 배신했다는 그놈이 악이 어쩌고 선이 어쩌고 멋대로 떠들어대도 너에게는 하등 소용없는 소리일 뿐이다. 그놈이 생각하는 선이 뭐고 악이 무엇인지는 알 필요가 없다. 아마 그놈도 똑같이 생각하겠지. 그놈이 네가 생각하는 선이나 악 따위에 관심이나 갖던가?"

"……"

"그놈은 관심 없었을 것이다. 중요한 것은 자신의 선과 악뿐이니까. 그러니까 너도 거기에만 관심을 쏟으면 된다. 너의 선은? 네가 살아남도록 돕는 것들 전부다. 너에게 악은? 너를 죽이려는 놈들 전부다!"

괴인의 눈은 기묘한 열기로 번뜩거렸다. 키릴은 입을 다물고 시선을 벽으로 보냈다.

"이제 확실한가? 마음 놓고 그놈을 미워해라. 그놈이 예전에 무슨 일을 해줬고 앞으로 다른 놈들을 위해 무슨 좋은 일을 하든 말든, 그놈은 너를 이 지옥에 처넣었다. 그런 놈을 미워하지 않으면 달리 누구를 미워한단 말인가? 네가 이곳에서 나갈 수만 있다면 백 번 쳐 죽여도 시원치 않은 놈이 그놈이다!"

"그가 맞고 제가 틀렸을지도 모르죠."

"네가 틀렸을지도 모른단 생각은 할 필요가 없어. 왜냐면 너는 그놈이 아니고 바로 너니까. 수백 명이 몰려와 네가 틀렸다고 윽박지르면 얌전히 독약을 받아먹고 죽어줄 테냐? 자신이 세상에서 가장 악하고 살아 있는 자체가 재앙인 살인마라 해도, 인간이라면 자신이 살아 있는 것이 가장 옳은 일이다. 너를 가로막는 쓰레기 따원 시궁창에 처넣어 버려라!"

"당신은 스스로의 말을 어떻게 확신합니까?"

그 순간 괴인의 목소리가 높아졌다.

"나 역시 날 이곳에 처넣은 놈을 죽여 버릴 생각이니까!"

키릴은 괴인을 똑바로 보았다. 지금까지와는 사뭇 다른 눈빛이었다.

"당신에게는 나갈 방법이 있군요."

괴인은 걸어 다니기를 멈추고 키릴을 보았다. 흐트러진 머리 안쪽의 불길 같은 눈은 묘하게도 키릴의 눈을 보지 않았다. 그를 보긴 했지만 초점은 애매한 허공에 맺혀 있었다.

"지금은 말할 수 없다."

시인한 거나 다름없는 말이었다. 어두운 통로에 불빛이 하나 켜졌다. 괴인은 입을 다물고 맹수처럼 어슬렁거렸다. 몇 번인가 입을 열려다가 멈추더니 이윽고 말했다.

"어차피 그런 썩어빠진 마음가짐을 가진 네놈에게는 소용없는 방법이니까 희망을 품을 필요는 없어."

"그렇지만 당신은 방금 전까지 저도 나갈 수 있다는 전제를 가지고 이야기하셨죠."

"그건 어디까지나……."

괴인의 태도는 약간 이상했다. 숨기려던 비밀을 들켰다면 당황해야 할 텐데 그러지 않았고, 어차피 말해줄 작정이었다면 속 시원하게 털어놓으면 될 텐데 또한 핑계를 대며 미루었다. 키릴은 곧 깨달았다. 괴인은 말하지 않으려는 것도, 당장 하려는 것도 아니었다. 그는 지금이 아닌 때, 나중에 말할 작정이었고 그 나중이란 어떤 조건이 충족된 다음 일 것이다.

다시 말해 괴인이 원하는 것은 거래였다.

"제게 뭘 원하시죠?"

일종의 발전이기도 했다. 옛날의 키릴이었다면 이런 직관력을 발휘하지 못했을 것이다. 괴인은 키릴을 돌아보더니 손을 내저으며 그만 가라는 표시를 했다.

여름이 저물고 가을장마가 시작될 무렵 키릴의 외모는 상당히 달라졌다. 거울도 없었고 호수의 물도 흐렸으므로 얼굴을 자세히 볼 방법은 없었지만 주위 사람들의 말만으로도 충분히 알고 남았다.

우선 비죽비죽 자란 수염이 턱을 뒤덮었다. 율리헨의 주머니칼로는 깨끗이 면도하기가 어려워서 이곳 사람이라면 누구나 그랬다. 한 번도 수염을 길러 본 일이 없던 키릴은 불편했지만 도리가 없었다.

한여름 햇빛이 동굴 벽에 복사되는 것을 고스란히 받아 희던 피부는 거뭇거뭇하게 변해 버렸다. 귀족처럼 살던 시절의 윤기와 탄력도 사라진 지 오래였다. 늘 같은 음식만 먹어야 하다 보니 영양이 부족해서 얼굴이 누르스름해지고 몸은 화살처럼 여위었다.

그 사이 일어난 좋은 일은 하나였다. 엉켜 있던 마음이 정리되어 명쾌해졌다.

혹독했던 여름이 도리어 도움이 되었다. 더위는 사람의 화를 돋우기 마련인데 심지어 도피할 곳조차 없는 곳에 갇혀 있으니 분노는 증오로 변했다. 괴인의 이분법, '나를 가로막는 자, 모두 적이다'가 점차 마음을 파고들었다. 그가 옳았다. 누군가를 미워하면 머릿속이 맑아지고 잡념이 사라진다. 육체가 정신을 지배할 수밖에 없는 이런 곳에서는.

지하로 떨어진 벌레에게는 어울리는 사고방식이 따로 있었다. 세상 사람들의 모든 행동을 좋게만 보려던 자신과는 작별을 고해야 할 때였다. 이제는 그에게 어울리지 않는 보석이었다. 그게 아무리 고귀하고 가치 있는 마음이더라도 이곳에서 살아남고, 심지어 살아서 나가려는 그에게는 아무런 도움도 되지 않았다.

살아서 밖으로 나간다.

그 생각이 준 영향은 컸다. 희망이 없던 때와는 분명히 달랐다. 언제일지 모를 그때까지 살아남으려면 다시 태어나야 했다. 지옥에서도 버틸 수 있는 자로. 버텨내야만 미래가 있었다. 키릴은 옛날 그와 이름이 같았던 상냥한 어린아이를 마음속에서 죽여 버렸다.

저녁식사도 끝난 한밤중이었다. 새벽이 다가오는 시간은 하루 중 가장 시원한 때이기도 했다. 그 시각, 침묵으로 유보되었던 대화가 재개

되었다.

"서로를 죽여야 살아남게 된 친구들 사이에서 전 무엇도 택할 수 없었습니다. 누구의 편도 아니었습니다. 누구도 죽게 내버려 둘 수 없었기에 결국 패배한 친구들을 도울 수밖에 없었습니다. 다른 쪽이 졌다면 아마 그들을 도왔겠죠."

"흥, 네놈은 예나 지금이나 우유부단한 놈이었군."

키릴은 희미하게 웃었다. 괴인 앞에서만 보이는 미소였다.

"그렇게 생각하셔도 별로 할 말이 없군요."

이야기는 계속되어 마침내 키릴이 쉽게 말을 이어갈 수 없는 곳까지 왔다.

"무력하게…… 두 친구의 죽음을 바라볼 수밖에 없었습니다. 저는 가능하다면…… 모든 일이 좋은 방향으로…… 풀리기를 바랐지요. 최악의 상황에 대비했어도 모자랐을 그때, 마음에 드는 면만 보고 싶어 한 내 어리석음, 친구들을 살리지 못한, 아니 결과적으로 살해해 버린 내 어리석음 때문에……."

일츠를 믿었던 순간을 떠올리자 자신을 용서하기 힘들었다. 일츠의 가식을 꿰뚫어봤더라면, 그러지 못했더라도 '잘못될지도 모른다'는 생각을 한 번이라도 했다면 위험에 빠진 친구들을 내버려두고 편히 잠들 수 있었을까? 일츠가 사신의 소매를 준비할 때까지 마지막으로 주어진 하루 낮의 기회를 어리석게도 무심히 내버릴 수 있었을까? 그때 당장 마법으로 일츠를 잡아 묶고 프란디에와 앙리오트를 구원했더라면…….

그랬더라면 프란디에가 부상으로 말을 늦게 달리는 일도 없었을 것이고, 추적에서 따라잡혀 그가 자신을 내던지는 일도, 앙리오트가 뒤를 따르는 일도 없었을 것이다.

천진한 성품에서 나온 결론이 독이 되었다. 의심할 줄 모르는 성품으로 결국 친구들을 죽음에 몰아넣었다. 키릴은 간신히 마음을 다잡으며 말을 맺었다.

"다시는 그런 꼴을 되풀이하지 않을 겁니다."

키릴의 이야기를 듣는 괴인의 표정은 드물게 진지했다. 그는 버릇대로 비웃지도 않고 입을 다문 키릴을 바라보았다. 그 눈빛에, 뺨에 서린 어두운 기억을 읽어내려는 것 같았다.

잠시 후 괴인이 헛기침으로 침묵을 깼다.

"그놈들은 묘하다. 그렇지, 내가 보기에는 이렇다. 그놈들은 네놈을 폐인으로 만드는 게 목적이었던 모양이야. 왜 그런 귀찮은 짓을 했을까? 죽여 버리는 쪽이 간단할 텐데 말이야. 심지어 이런 곳에 처넣는 수고까지 마다하지 않다니. 네놈의 말대로라면 정치적으로 아무 의미도 없는 네놈을 살려 놓고 번거로운 처치를 하느라 골머리를 앓을 필요가 뭐란 말이냐? 내 답은 하나다."

키릴이 눈을 들었다.

"그들 중에 너를 비호하는 자가 있는 게다. 누구도 반대할 수 없을 만큼 영향력이 강한 자겠지. 그리고 또 하나."

키릴은 고개를 흔들었다. 추리를 하기 시작하자 괴인의 음침한 목소리에 검은 윤기가 돌았다.

"그놈들은 널 살려두기가 껄끄러웠어. 뒷일이 두려웠던 거야. 그래서 네놈을 복수 따위 생각도 못할 맛이 간 놈으로 만들려고 했어. 그런 걸 보면 네놈에게 그들이 두려워할 만한 뭔가가 있는 모양이야. 그게 뭘까?"

"모르겠습니다."

괴인은 짐작하는 바가 있는 듯했으나 말하지 않았다. 대신 이렇게 물었다.

"그 모든 일을 네 친구 일츠라는 자가 꾸몄더란 말인가?"

"아니오."

키릴의 얼굴이 고통스러워졌다.

"일츠의 뒤에 칼드라는 자가 있었지요. 그가 일츠에게 마법의 힘을 빌려줬습니다. 그자는 우연히 일츠를 도왔던 게 아니었습니다. 둘 다 오래 전부터 차근차근 준비해 왔지요. 칼드는 일츠와 브릴모 대사제에게 협력해서 궁정 마법사가 됐던 모양입니다. 물론 그는 그만큼 대단한 실력의 마법사였습니다. 그리고 잔인하기도 했죠. 마법을 쓰던 시절을 회상할 때마다 스스로를 저주하게 해주겠다며 제 손가락을 하나씩 비틀어 뭉갠 것도 그자였습니다. 눈을 베어버리려다가 생각을 바꾸어 턱에 구멍을 낸 것도 그자였지요. 율리헨의 도움이 아니었다면 전 얼마 안 가 죽었을 겁니다."

괴인은 율리헨의 이름에 코웃음을 쳤지만 동의했다.

"그랬겠지. 그런데 그자한테 네놈이 뭐라고 그런 수고로운 짓을 했단 말이냐?"

"그는 제가 알던 자였습니다."

키릴의 입가가 부르르 떨며 일그러졌다. 자신의 처지를 비웃는 듯도 했고, 어리석음을 한탄하는 듯도 했다.

"멜헬디 학교에서 저의 스승이었던 카 교수, 그가 바로 칼드였습니다. 그는 저를 가르치며 동시에 일츠를 가르쳤고, 저를 버릴 순간이 되자 사제 간의 도리 따위는 조금도 신경 쓰지 않았습니다."

카는 늘 완벽을 요구했지만 완벽한 성취를 보여도 기뻐하는 기색이 없던 스승이었다. 멜헬디의 어떤 학생보다 뛰어난 제자였던 키릴을 자랑스러워하지도 않았다. 돌이켜보면 제자를 키우는 일 따위는 처음부터 안중에도 없었던 자였다. 그렇다면 그는 왜 멜헬디에 있었을까? 거기서 무엇을 기다렸을까? 그만한 실력으로 궁정 마법사가 되지 못할 것도 없었을 텐데 왜 굳이 일츠와 손을 잡았을까?

"흥. 그놈은 본래 그런 놈이지."

키릴은 감정을 추스르느라 괴인의 말을 이해하지 못했다. 잠시 후, 키릴의 입에서 의아한 목소리가 흘러나왔다.

"그자를 압니까?"

"흐흐, 흐흐흐, 흐흐흐흐흐……"

기묘한 웃음소리가 한참이나 흘러나왔다. 키릴은 불안해졌다. 괴인에게는 광증이 있어 가끔 발작을 일으키면 광폭해졌다. 그럴 때면 그의 손이 닿지 않는 곳으로 달아나는 수밖에 없었다. 하지만 오늘 키릴은 이야기를 마저 듣고 싶었다.

"그래! 흐흐흐…… 역시 기대를 저버리지 않는구나. 상을 줘야겠어."

무엇을 기대했으며 무엇에 상을 주겠다는 건지 이해가 가지 않았다. 괴인이 갑자기 벌떡 일어나더니 소리쳤다.

"됐어!"

괴인의 얼굴에는 분노나 광기가 없었다. 그는 만족스러워했다. 그가 이토록 기뻐하는 것을 처음 보았다.

괴인은 곧 침착해졌다. 동시에 눈동자가 이글거렸다. 그가 다가와 키릴의 어깨를 잡았다. 그의 손이 힘을 주기만 해도 키릴의 어깨는 부러져 버릴 듯했다.

"여기서 나가고 싶겠지?"

대꾸가 필요 없는 말이었다. 키릴은 퍼뜩 고개를 들어 괴인의 눈을 마주봤다.

"내가 널 내보내준다면 넌 내게 무엇을 해주겠나?"

"나갈 방법이 있다면 왜 지금까지 여기 계셨습니까?"

괴인은 어깨를 으쓱했다.

"글쎄. 그거야 네놈이 알 바 아니지. 두 번 묻게 하지 마라. 네놈은 지금 일생일대의 기회를 만난 거니까."

키릴은 선뜻 대답하지 못했다. 농담이 아님을 깨닫자 전류 같은 전율이 한 차례 지나갔다. 나간다고?

그 단순한 표현 속에 얼마나 많은 것이 들어 있는지 몰랐다. 키릴은 나가고 싶었다. 더 이상 어리석지도, 순진하지도 않은 자가 되어 옛 친구 앞에, 옛 스승 앞에 나타나고 싶었다. 그들을 벌하고 싶었다. 자신을 산산이 부숴서라도 그렇게 하고 싶었다.

그걸 위해서라면 무엇이라도, 라고 대답할 수도 있었지만 키릴은 그러는 대신 생각했다. 저렇게 묻는 괴인은 자신만의 답을 갖고 있을 것이다. 그게 무엇인지 키릴은 알 수 없다. 어쩌면 '뭐든 하겠다' 는 대답을 기다리고 있을지도 모른다. 그런 후에 요구를 말할 것이다. 거절할 수 없을 것이고, 어차피 거절할 생각도 없다. 그러나 그는 왜 키릴에게 이런 제안을 하는가?

괴인에게 정말로 밖으로 나갈 방법이 있다면, 괴인 자신이 나가는 쪽이 가장 좋다. 당연한 일이다. 그러나 그는 나가지 않았다. 십 수 년 동안 이 끔찍한 곳에 갇혀 물고기와 해초만 먹으며 버텼다. 그런 괴인에게 이제 와서 나갈 방법이 있다는 말은 무슨 뜻인가? 그것도 자신이 아닌 키릴을 내보내주겠다고 하는 이유는 무엇인가? 만난 지 몇 달밖에 안 된 키릴에게 애틋한 정이 있을 리도 없고, 무엇보다 괴인은 이 감옥에서 누구의 도움도 받지 않고, 물론 주지도 않고 살아온 자였다. 고집 세고 이기적이며 인정이나 협조 따위는 몰랐다. 오직 거래를 알 뿐이었다. 다시 말해 그가 키릴에게 그런 제안을 하는 것은 키릴이 가진 뭔가가 탐나기 때문이었다. 그게 무엇인지 몰라도, 적어도 은혜를 베풀려는 것은 아니었다. 이 상황은 거래였다. 무엇을 제안해야 할 것인가?

일생 무언가를 이토록 원했던 적도, 간절했던 적도 없었다. 그런 만큼 어울리는 대가를 주어야 했다. 한때 자신에게 생명과도 같았던 것, 그러나 이제 다시는 누구에게도 주지 않으리라 결심했던 것, 나가게만 해 준다면 그것을 이자에게 줄 것이다.

"저는 당신에게 신의를 주겠습니다."

괴인은 눈을 몇 번 깜빡거렸다. 생각하는 기색이었다. 소리 나지 않게 그의 입술이 '신의'라는 말을 따라했다. 그러더니 느닷없이 웃음을 터뜨렸다.

"으하하하하하!"

키릴은 괴인이 웃도록 내버려두었다.

"으하하, 하하, 하, 신의라고? 하, 하하, 신의를 주겠다고? 내 평생…… 그렇게 썩어빠진 거래는 처음 들어보는데?"

"제가 드릴 수 있는 것은 그게 전부입니다."

"이것 봐. 난 그따위 말장난은 안 믿어. 난 진실한 대답만을 듣는 주문을 걸고도 속았던 놈이야. 인간의 신의 따윈 호수 밑바닥의 개흙한테나 주라지."

키릴은 몸을 뒤로 물려 동굴 벽에 기대앉았다.

"그렇다면 제가 지금 무엇을 약속한들 무슨 소용이 있겠습니까? 저를 믿지 않는다면 모조리 헛된 약속에 불과할 텐데요."

"네놈의 그 말조차 거짓일지 어찌 알지?"

키릴은 고개를 젓고 피식 웃었다.

"어차피 이 감옥에 갇힌 당신과 저는 말장난밖에 할 수 없는 처지입니다. 밖에 나가 하룻밤 만에 궁전을 지어주고 전설 속의 보물을 찾아주고 위대한 왕으로 만들어주는 이야기가 듣고 싶으시다면 오늘 밤이 새도록 해드릴 수 있어요. 제가 은혜를 갚는 요정이 아닌들 무슨 상관입니까? 어차피 헛소리일 뿐인데. 말해 보세요. 뭘 원하시죠? 이조르칸트를 넘겨드릴까요?"

"대담하게 구는군. 그러다가 내가 다 집어치우자고 하면 어쩔 셈이냐?"

"그래봤자 달라질 건 없습니다. 당신과 나, 둘 다 여기 앉아 썩어갈 뿐이죠."

"네가 나를 가르칠 참이냐!"

괴인이 벌떡 일어나 세 걸음 만에 다가왔다. 우뚝 선 채로 키릴을 굽어보았다. 키릴은 천천히 고개를 들어 마주 올려다보았다. 그리고 상대의 눈에 분노가 없음을 알았다.

"저는 여덟 살 때부터 지금까지, 반생이 넘도록 믿었던 자로부터 배신당했습니다. 그를 얼마나 뼈아프게 믿었던지 저는, 그가 제 앞에서 자신의 본색을 폭로하는 바로 그 순간까지도 그를 믿었습니다. 저는 이제 누구도 쉽게 믿지 않을 겁니다. 제 입에서 신의와 같은 말이 다시는 쉽게 나오지 않을 겁니다."

"그런 네놈이 왜 내 앞에서 신의를 논했지?"

"왜냐하면…… 당신이 주겠다고 한 것은 제가 생명과도, 내세와도 기꺼이 바꿔 얻고 싶은 것이었으니까요."

"……."

괴인은 허리를 굽혀 키릴의 얼굴을 자세히 보려 했다. 잘 보이지 않자 멱살을 잡고 구석에서 끌어냈다. 해가 뜨려면 아직 수 분이 남았다. 괴인은 바위 천장 틈으로 손바닥만 한 별빛이 비쳐드는 자리에 키릴을 밀치다시피 눕혀 놓고 손으로 얼굴을 더듬었다. 그렇게 해서 표정을 알 수 있다는 것처럼 눈, 코, 입, 귀를 구석구석 만져 보았다.

이윽고 괴인은 손을 뗐다.

"그래서 네놈이 다시 한 번 나를 믿겠다는 것이냐? 내가 어떤 놈인지도 모르면서? 내가 이곳에 갇혀 있다가 돌아버린 놈이어서, 아니면 뼛속까지 사악한 놈이어서 헛된 약속으로 네놈을 희롱하며 즐길 셈으로 이런 소리를 하는지도 모르는데?"

"말씀대로 저는 당신이 어떤 사람인지 모릅니다. 그러나 한 가지만은 알겠습니다."

"무엇을?"

"당신이 돌아버렸고, 뼛속까지 사악한 자일지 몰라도 당신의 분노만은 진심이었습니다. 당신만이 제 원한을 느낀 것이 아닙니다. 저 역시 당신 속에 든 분노를 알아봤습니다. 아마 예전의 저였다면 결코 알아보지 못했겠지만……."

키릴은 몸을 일으켜 앉으며 자신의 손끝을 내려다봤다. 그걸 볼 때마다 웃음이 나왔다. 자신에 대한 조소였다.

"그래서 제가 줄 수 있는 가장 귀한 것을 걸고 당신의 제안에 응한 겁니다. 당신이 무엇에 분노하는지 저는 모릅니다. 알 필요도 없습니다. 그러나 그런 분노를 품은 자에게 적어도 단 한 가지 진실만은 존재한다는 것을 압니다. 세상 모두를 속여도 자신의 분노, 그것만은 속이지 못하죠."

과거였다면, 밝은 세계에서 살던 자신이었다면 알지 못했을 것이다. 그러나 이곳은 세상으로부터 저주받았다고 믿는 자들의 감옥이었다. 율리헨을 제외하면 분노나 후회, 울분을 품지 않은 자가 없었다. 그들 속에 있으면 저절로 그런 감정에 민감해졌다.

"말해 보세요. 제가 당신의 분노를 위해 쓰일 데가 있는 존재였기에 부른 것이 아닙니까? 무엇입니까? 제가 무엇을 하기를 바랍니까? 제 최후의 신의를 걸고 당신의 대답을 들으려 합니다."

"분노라······."

괴인이 기묘한 웃음소리를 냈다. 킬킬대는 듯하지만 달리 들으면 우는 듯도 한 소리였다.

"나 역시 네놈의 신의를 믿기보다 분노를 믿는다. 좋다. 너나 나나 분노 앞에서는 벌거벗은 자다. 네놈의 분노를 받고 내가 가진 것을 주마. 그렇지만 각오는 해야 해."

"각오는 되어 있습니다."

"그렇지. 아까 생명과도, 내세와도 바꾸겠다고 했던가? 그 말 잘 했다. 각오해라. 난 분명히 네놈을 내보내 준다. 하지만 그걸 위해 네놈의

다시 태어난 자 73

생명을 깎아낼 거다. 그 다음에는 네놈을 시체처럼 건조하고 악귀처럼 잔혹한 놈으로 만들 거다. 세상의 즐거움 따위는 느끼지 못하게 될 거다. 누구도 네놈과 협상하거나, 네놈을 회유하거나, 평화를 되찾아 안주하게 하지 못할 거다. 내가 그럴 수 없도록 만들어놓을 테니까. 네놈과 나의 분노가 사그라질 때는 오직 우릴 흙 밑에 묻어버렸을 때뿐이야. 으하하하하!"

괴인은 처음으로 '우리'라는 말을 썼다. 또한 그는 즐거워했다. 그때 별빛만 들던 천장 틈새에서 희끄무레한 빛이 비쳤다. 키릴은 그 빛 속에서 괴인을 보았다. 그의 동공은 피의 세례를 받은 듯 붉었다. 그 핏발 선 눈으로 그는 웃고 있었다. 바깥세계에서였다면 섬뜩했을 그 모습이 두렵지 않았다.

괴인도 키릴을 보았다. 밤새 흰 뺨이 한층 창백해져 시체와 얼음의 빛이 되었다. 입술조차 핏기를 잃었다. 머리털은 까마귀의 깃처럼 보였다. 가면을 씌운 듯한 그 모습이 괴인의 마음에 들었다. 분노에 사로잡힌 자라면, 복수할 자라면 마땅히 이러해야 했다.

"네놈에게 명령한다. 너를 이렇게 만든 자들을 죽여 버려라. 방관하던 자들도 대가를 치르게 해라. 그놈들을 미워해라. 진짜로 죽이기 전에 백 번, 천 번 마음속에서 죽여라. 그놈의 꿈에 네가 나타나 목을 조를 정도로, 악몽에 시달려 정신이 너덜너덜해질 때까지 저주해라."

키릴은 고개를 끄덕였다. 저 모퉁이 너머 동굴 구석에는 오늘도 해가 흘러넘칠 것이다. 그 빛을 보기 위해 모두 모여 앉았으리라. 그 찬란한 광채도 이곳까지는 닿지 않는다. 이곳은 어둠이다. 이곳에서 산 자는 그림자로 변한다.

"오늘부터 내가 네놈에게 악마의 발톱을 빌려주겠다. 그건 이름처럼 네놈에게는 아무 행복도 못 주지만 네 적들에게는 지옥의 고통을 안겨 주는 그런 것이지. 기뻐해라. 그리고 각오해라. 오늘부터 네 적들에게 '내가 돌아간다' 고 외쳐도 좋다."

그날 밤 키릴은 괴인의 제자가 되었다. 살아오며 세 번째로 얻은 스승이었다. 새 스승의 요구는 그가 약속한 힘만큼이나 폭압적이었다. 괴인은 과거 키릴이 배웠던 주문을 모두 버리라고 명령했다.

카 교수, 아니 칼드에게 배운 주문은 물론이고 망드르 교수에게 배웠던 주문도 예외가 아니었다. 괴인이 가르치는 새 마법을 익힐 동안은 마력의 요체만이 쓸모 있을 뿐, 과거에 스스로 만들어 낸 주문은 방해물에 불과했다.

새 마법을 완성한 후에는 옛 주문도 다시 사용해도 좋다고 했다. 그 때도 쓸모가 있다면 말이다. 괴인은 비웃듯 말했다. 원수의 것이라도 쓸모만 있다면 이용해야 한다고. 칼드에게 배웠던 것조차 거절할 이유는 조금도 없다고 했다.

다음 요구는 갈 노인과 율리헨을 비롯한 감옥 안의 누구에게도 그가 배우는 마법에 대해, 또는 배운다는 사실조차 말해서는 안 된다는 것이었다. 그러려면 자연히 그들과의 교류를 끊어야 했다. 감옥이 좁았으므로 언젠가는 그들도 낌새를 채겠지만 설명해주지 않으면 그만이었다. 또한 아직은 까마득하게 느껴질지 몰라도 바깥세상에 나간 후, 그때도 그가 배운 마법의 정체나 스승이 누구인가를 발설하는 것은 금지되었다. 당연히 남에게 가르쳐서도 안 되었다. 하늘에서 떨어지기라도 한 것처럼, 키릴은 오직 이 새 마법을 쓸 수만 있었다.

"너는 내가 읊어주는 두 권의 책을 문자 그대로 한 자도 빠짐없이 외워야 한다. 보다시피 난 빈손이고 모든 것은 내 머릿속에 있다. 내가 온갖 도둑놈들의 손에서, 급기야 이런 곳에 떨어지고도 내 지식을 잃지 않은 비결은 암기뿐이었다. 목숨을 빼앗아갈지언정 내가 외운 책은 빼앗아가지 못하지. 흥, 하긴 네가 제대로 배우기만 한다면 네 목숨을 빼앗을 수 있는 놈도 없겠지만."

무엇이 즐거운지 괴인은 혼자 킬킬거렸다.

"그러고 보니 너, 학교에서 공부는 잘했나? 머리가 나빠서야 책 두 권을 외우는 데 몇 년이 걸릴지 모르잖아."

키릴은 괴인을 흘끗 올려다봤다.

"그런 걱정은 마시죠."

"흥. 자신만만하군 그래."

문제의 두 책은 〈하치러그 랄트라〉, 그리고 〈젤나러그 아이〉라는 제목이었다. 둘 다 고대 이스나미르어였고 뜻은 '탐험가의 지도', 그리고 '선원의 섬'이었다. 괴인은 그걸 줄여 〈랄트라〉와 〈아이〉라고 불렀다.

"〈랄트라〉와 〈아이〉가 주는 마법은 전무후무하다. 너도 마법을 배웠으니 주문을 만들고, 만든 주문과 마력을 연결하여 구현하는 일이 쉽지 않음을 알겠지. 주문을 외우며 집중하는 데 걸리는 시간, 그 시간이 얼마나 짧은가야말로 마법사의 힘 자체를 좌우하지 않나? 그렇기에 빠른 주문이 많은 자들은 강한 마법사이며, 중요한 주문들을 빠르게 발동하는 자들을 대마법사라고 칭송하는 게지. 마법사들은 끊임없이 정신을 집중하는 시간을 줄여 주문을 짧게 만들기 위해 노력하지 않더냐? 그런데 말이야, 〈랄트라〉와 〈아이〉의 마법은 그 과정이 필요 없다."

괴인의 한 말의 뜻을 깨닫자 키릴은 눈을 크게 떴다.

"그 과정이 없다면 어떻게 마법이 됩니까?"

"흥, 고정관념을 버려. 네가 이제부터 배울 마법은 시동시간 없이, 머릿속에 떠오르는 순간 쓸 수 있다. 이것이야말로 마법사를 세상에서 가장 강하게 만드는 경전이 아니고 무엇이냐! 코앞으로 달려드는 검을 주문 한 마디 없이 부러뜨려 내동댕이치고, 상대가 먼저 발동한 마법도 한 줄기 연기로 만들어버릴 수 있다. 모든 마법사들의 꿈이 〈랄트라〉와 〈아이〉에 들어있다. 어떠냐!"

흥분한 괴인의 목소리가 쇳소리를 내며 가늘게 떨렸다.

"이 마법을 손에 쥐면 너는 지고한 존재가 되어 저 신성한 영혼, 이스나에들과도 같아지는 거다. 누가 너를 막고 대적하랴! 누가 감히 너를 가두고 구속하랴!"

뜻밖의 놀라운 이야기를 들은 키릴은 생각에 잠겼다. 이 안에 들어온 후 그의 머리는 새로이 안 사실을 자신의 처지에 즉시 적용하는 전략적

사고에 익숙해졌다.

"그렇다면 이곳에서 마법을 무력화하는 원리가 주문을 발동하는 데 걸리는 시간과 관계가 있는 것입니까? 그래서 시동 시간이 필요 없는 이 마법을 배우면 감옥의 구속을 뚫고 나갈 수 있는 것입니까?"

"바로 그렇지! 〈랄트라〉와 〈아이〉를 완성하면 이까짓 감옥쯤은 아무것도 아니란 말이다. 자, 이걸 봐라."

괴인이 호수 쪽을 바라보며 입술을 움직이는가 싶더니 손가락을 세 번 튕겼다. 그러자 손가락 끝에서 전광이 번쩍 하며 튀어나갔다. 키릴은 깜짝 놀랐다.

"마법입니까?"

이어 괴인이 손을 바닥에 짚자 물결 소리가 들리기 시작했다. 곧 호숫가로 죽은 물고기 몇 마리가 밀려왔다.

괴인은 허탈하게 웃었다.

"고작 이 정도의 요령이 여기서 내 목숨을 질기게 살려냈지. 봤나? 내가 정신을 집중하는 시간은 순간이랄 정도로 짧았다. 빠르게 셋을 셀 정도에 불과하지. 이 정도가 이곳의 마법 반탄력을 피하기 위한 임계점(臨界點)이다. 하지만 난 이보다 복잡한 마법은 이만큼 빨리 집중할 수가 없다. 왜인지 아나?"

키릴은 고개를 저었다. 괴인이 말을 이었다.

"내게는 너와 같은 마법의 기초가 없기 때문이지. 난 스승이 없었다. 나는 내가 직접 수련해 깨달은 부분 외에는 아무것도 모른다."

금지되었을 뿐 아니라 부작용도 심하기로 유명한 개인 수련자였다는 이야기였다. 키릴은 내심 당황했다. 정식 마법 교수들 밑에서 공부했고 심지어 멜헬디 출신인 그가 개인 수련자에게 마법을 배워도 될까 하는 의심이 드는 것은 당연했다.

대륙 곳곳에 흩어진 이들 개인 수련자는 성과가 지지부진하여 제풀에 포기하기 마련이었지만, 드물게 대성하는 자가 나오기도 했다. 특히 법적으로 개인 수련이 금지되지 않은 이스나미르나 노르마크 같은 곳에서 그런 경향이 강했다. 그러나 그런 나라에서도 개인 수련자들은 골칫거리였다. 이조르칸트의 마법사 회의가 내린 결정들을 따르지 않는 것은 물론 심심치 않게 권위를 훼손했고, 무엇보다 제멋대로 수련을 하면서 공인된 마법의 체계를 망쳐 놓았다. 이들의 입에서 흘러나와 떠돌아다니며 점차 증폭되는 엉터리 수련법들을 바로잡거나 선별해 폐기하기 위해 이조르칸트의 마법사 회의가 해야 하는 수고는 이루 말할 수 없었다. 한번 널리 알려진 수련법을 폐기하려면 수십 명의 마법사들이 직접 재현해서 각 과정을 증명하는 복잡한 과정을 거쳐야 했다. 그럼에도 불구하고 어떤 수련법은 지지자가 너무 많아서 몇 년씩이나 회의에 계류되어 있기도 했다.

키릴의 얼굴을 본 괴인이 나직이 킬킬거렸다.

"왜, 나 같은 야매한테 배우다가 공들여 배운 마법을 다 망칠까봐 겁나냐? 그런데 그놈의 걸 안 망치고 고이 간직하면 뭣에 쓴다지? 네놈이 여기 들어온 이상 다 그림 속의 진수성찬이 아니었나? 어차피 죽을 때까지 한 번도 못 써볼 거!"

 키릴은 문득 정신을 차렸다. 그랬다. 여기 갇힌 이상 예전에 정식으로 배운 근사한 마법은 물론, 과거의 제약이나 두려움도 아무 의미가 없었다. 조금 전에 괴인이 보여준 물고기 몇 마리를 잡는 전광, 그것만이 희망이었다. 그것만이 그를 여기서 건져낼 것이다.

 "아뇨. 망칠 마법 같은 건 제게 없습니다. 보시다시피 불빛 하나도 만들지 못하는 무능한 몸입니다. 다만 한 가지가 궁금합니다만……."

 "뭐지?"

 "조금 전 하신 말씀은, 앞으로도 당신은 〈랄트라〉와 〈아이〉의 마법을 완성할 가망이 없다는 뜻입니까?"

 스스로 완성하지도 못한 마법을 남에게 가르칠 수 있을까? 괴인은 피식 웃었다.

 "그래. 난 못한다. 시간이라도 많았다면 어쩌면 가능했을지 모르지만 이 마법은 그렇게 관대하지 않거든. 말해 두지만 너한테도 똑같은 시간만이 주어질 거다. 내 계산으로는 8년이다."

 "8년이라고요? 그 안에 완성해야 한다는 뜻입니까? 만약 못하면 어떻게 됩니까?"

 "알고 싶나?"

 괴인의 얼굴이 기묘하게 일그러지더니 광대의 분장 같은 웃음으로 변했다. 그는 두 팔을 들어올렸다. 자신을 가리켰다.

 "내 꼴을 봐. 이게 네 미래야."

처음에는 괴인이 무슨 말을 하는지 몰랐다. 그러나 곧 깨달음이 왔다. 괴인의 웃는 얼굴, 그것도 저렇게 웃는 얼굴을 볼 수 있는 때는 하나뿐이었다. 그가 발작했을 때.

"내 머릿속은 절반만 맑고 나머지는 흙탕이야. 흙탕에 빠진 기억은 사라져버렸어. 남은 건 맑은 부분으로 몰려든 나쁜 기억뿐이지. 잊을 수 없으니까 그쪽으로 몰려든 거야. 절대로 잊을 수 없으니까! 아, 물론 〈랄트라〉와 〈아이〉도 그곳에 있어. 그것들이야말로 내가 살아 있는 이유니까. 난 남은 힘을 다해서 그것들을 지키려 애써왔지만 맑은 부분이 점점 좁아지고 있어서 온전히 지켜내기가 쉽지 않지. 아니, 실은 이미 얼마간 잃어버렸는지도 몰라. 그런들 어쩌겠어?"

괴인의 '흙탕'은 광기의 늪이었다. 그가 발작을 일으키면 온갖 말이 폭포수처럼 쏟아져 나왔다. 아마 흙탕 속에 잠겨버린, 그래서 제정신으로는 영영 기억해 낼 수 없는 과거일 것이다. 그럴 때면 그는 주위의 모든 것을 공격했다. 자기 자신까지도. 한바탕 광증이 지나가고 나면 괴인의 온 몸은 상처투성이였다. 그는 눈앞의 바위가 자신의 대적(大敵)인 양 후려쳤고, 그 바위를 공격하는 자신의 손을 물어뜯었다. 때로는 괴로워하며 자신을 욕하고는 목 놓아 울었다. 그는 나쁜 기억만 간직했다고 했지만 잃어버린 기억 중에도 좋았던 것은 거의 없었던 것 같았다.

"8년이 지나면 네놈도 미쳐갈 거다. 난 올해로 19년째지. 마법이 차단되는 이곳에 갇혔기 때문에 오히려 오래 견딘 셈이다. 바깥세상에서 마법을 계속 썼더라면 분명 10년도 못 넘겼을걸? 어쨌든 11년 동안 난 기억을 절반 이상 잃었고, 사라진 기억들이 남긴 실마리가 어슬렁대며 괴롭힐 때마다 답답해하다가 발작을 일으키며 살아왔다. 또 난 눈이 거의 보이지 않아. 아주 약간은 보이는데 그거라도 유지해 보려고 내가 이 어두컴컴한 구석에서 나가지 않는 거다. 네놈들이 좋아하는 아침 빛 따위를 보다가는 사흘 만에 장님이 되고 말걸. 그러니 네놈도 그따위 빛은 그만 쳐다봐라. 눈만 나빠지니까."

처음 만났을 때 괴인은 어둠 속에서도 키릴의 움직임을 다 보는 듯했다. 그건 그가 반(半)장님인 상태로 어둠 속에서 오랫동안 감각을 키워왔기 때문일 것이다. 오히려 빛이 있을 때 괴인은 시선을 바로 맞추지 못하고 엉뚱한 곳을 바라보곤 했다.

"그뿐이 아니야. 온 몸의 근골이 약해지고 내장이 상해서 타고난 건강체였던 몸도 만신창이가 됐다. 그놈의 마법은 이 세상의 것이 아니기 때문에 우리 같은 인간들의 몸으로는 견뎌낼 수가 없는 모양이야. 〈랄트라〉와 〈아이〉의 단어들을 입에 담을 때마다 혈관이 떨며 부풀어 오르고, 마음으로 실천하는 순간에는 심장의 맥이 뒤틀리며 짧은 발작마저 일어난다. 그걸 이겨내는 방법은 단 하나, 그 마법을 완성해 너 자신과 하나가 되는 길뿐이다."

"이 세상의 것이 아니라고요? 고대 이스나미르의 마법이라고 하지 않았습니까?"

"고대 이스나미르에 대해 우리가 아는 게 얼마나 된다고 생각하나? 그 자들은 이 땅에 살다가 사라졌는데 어디로 갔는지, 왜 사라졌는지 아무도 모른다. 그럼 그들이 어디에서 왔는지는? 물론 모르지! 그들은 얼마든지 다른 세계에서 왔을 수도 있어. 그들이 남긴 〈랄트라〉와 〈아이〉 역시 고대 이스나미르어로 번역됐을 뿐, 이쪽 세상의 마법이 아닌 게야. 〈아이〉에 적힌 경고를 보면 알 수 있지. 고대 이스나미르인들은 나 같은 놈들을 우려해서 '이곳에서 태어난 자들의 몸에는 맞지 않는다'고 적어 놓았더란 말이야. 누가 내게 그게 얼마나 두려운 말인지 가르쳐줬더라면 애당초 이놈의 마법을 수련하지 않았을지도 모르지. 하지만 네놈은 나와 달라. 선택의 여지 따윈 없지! 하하하!"

8년이라고 했다. 그 안에 저 자가 스스로도 익히지 못한 마법을 완성해야 했다. 길지 않은 시간이었다. 망설이는 것이 당연했다. 누구라도 두려워하고, 결국 거절하는 것이 마땅했다.

그러나 키릴은 두렵지 않았다. 8년이라는 시한이 그에게는 오히려 무한히 길게 느껴졌다. 그 안에 완성하고도 남는다고 자만해서가 아니었다. 그에게 8년은 지상으로 돌아가기까지 걸리는 시간을 뜻했다. 반드시 돌아가 그들 앞에 나타나야 하는데, 한시라도 빨리 그렇게 하고 싶은데, 누군가가 8년만 기다리라고 붙든 기분이었다.

시한 따위가, 8년 따위가 다 무슨 소용인가? 8년 동안 마법을 완성하든 못하든 그때까지 기다리다가는 자신이 먼저 미쳐버릴 것이다. 그 전에 그는 복수자로 다시 태어나든 미쳐서 죽어버리든 둘 중 하나는 하고야 말 것이다. 괴인의 말이 맞았다. 선택의 여지 따윈 없었다.

"어때? 마음에 드나? 짜릿한 조건이지? 네놈의 미래를 8년간에 거는 거야. 성공하면 넌 세상을 발아래 두게 되지만, 실패하면 죽는다. 그것도 비참한 광인이 되어서."

키릴은 고개를 끄덕였다.

"복수를 끝낸 뒤라면 죽어도 상관없습니다."

인간 대 인간

〈랄트라〉와 〈아이〉를 공부하는 방법은 다른 어떤 마법과도 달랐다. 먼저 키릴은 괴인의 주장대로 두 책을 모조리 외웠다. 책의 내용은 묘했다. 다시 말해 마법 책답지 않았다. 문제의 마법을 구현하는 원리나 요령에 대한 이야기는 한 마디도 없었다. 의미를 이해하기 힘든 문장이 경전이나 서사시처럼 이어질 뿐이었다. 끊기는 부분마다 다음 것과 이어 외울 수 있도록 언어유희를 이용한 연결 고리들이 있었다. 어떤 부분은 단어만 한없이 나열되기도 했다. 고대 이스나미르어를 배웠으니 단어들의 의미는 알지만 그것들이 서로 무슨 관련이 있는지는 전혀 알 수 없었다.

암기가 끝나자 분석이 시작되었다. 어쩌면 '분해'라고 부르는 편이 나을 과정이었다. 외운 모든 구절이 잘게 분해되고, 심지어 단어처럼 보였던 것조차 따로따로 잘렸다. 그제야 두 책의 구절이 문장처럼 보였든 단어의 나열로 보였든 아무 의미가 없었음을 알았다. 분해된 글은 몇 가지 규칙에 의해 다시 모여 새로운 단어나 문장으로 변했다. 그러한 과정 자체가 마법처럼 보이는 놀라운 경험이었다. 그런 일이 수없이 되풀이되었다.

괴인은 분해를 거쳐 조합하는 규칙을 여러 가지 알고 있었지만 완벽하지는 않았다. 곳곳에 분석되지 못한 구절들이 흩어져 있었다. 키릴은 괴인이 가르친 규칙들을 완전히 익힌 후 남은 부분을 해석하는 데 집중했다. 곧 그는 괴인이 놀랄 정도로 빠르게 새로운 규칙을 몇 가지나 찾아내어 공백을 직접 분석해 나갔다. 괴인이 발견해 놓은 규칙을 배워 수없이 적용해보며 유형에 익숙해졌기에 가능했던 일이었지만 키릴이 지금껏 해온 마법 공부가 큰 도움을 준 것도 사실이었다.

키릴은 어려서부터 좋은 스승 밑에서 제대로 기초를 닦았고 멜헬디에서도 가장 뛰어난 학생이었다. 그 나이로는 대륙에서 최고 수준에 이르렀다 해도 과언이 아니었다. 예전에 망드르 교수는 '주문이란 유형과의 싸움'이라고 말한 적이 있었다. 세상에는 비슷비슷한 효과를 내는 주문이 많지만 그 모두가 탄생한 과정이 같지는 않았다. 마법사마다 각자 다른 과정을 거쳐 '불'이라는 효과를 내는 주문을 만들어냈고, 그 안에 얼마나 많은 유형이 존재하는지 몰랐다.

그런 유형을 가닥가닥 분석해 보면 불을 만드는 마법 안에 재를 만드는 주문, 어둠을 부르는 주문, 물체를 소멸시키는 주문, 주변을 밝히는 주문, 열을 일으키는 주문 등은 물론 마법사에 따라서는 바람을 부르거나, 물체를 폭발시키거나, 얼음을 소멸시키거나, 주변의 물체가 서로 부딪치고 휘몰아치게 하는 주문까지도 들어 있을 수 있었다. 이 두 권의 책 〈랄트라〉와 〈아이〉에 든 것도 유형들이었다. 다만 모두 분석하기 전까지는 이 유형들이 모여서 어떤 주문을 만들어낼지 짐작하지 못할 뿐이었다.

괴인은 키릴이 새로운 규칙을 발견해서 미해결 상태였던 부분을 풀어낼 때마다 크게 기뻐했다. 둘은 날마다 마주 앉아 외운 구절들을 풀어보며 분석을 하고 새로운 구절을 추가했다. 외워야 할 부분은 계속해서 늘어났다. 새 구절을 외우는 것은 괴인보다 키릴이 빨랐다. 젊기 때문이기도 했지만 사실 키릴은 무언가를 공부하는 재능 자체가 뛰어났다. 괴인은 빈정대면서도 그런 제자가 꽤 달가운 눈치였다.

마침내 두 사람이 분석을 끝냈을 때, 세월은 해가 바뀌어 264년이었다. 그러고도 봄이었다.

그 동안 〈랄트라〉와 〈아이〉는 크게 불어났다. 처음 외운 부분, 일차 분석으로 나온 구절들, 거기서 다시 이차 분석본으로 나온 구절들을 모두 합치면 두 권인 줄 알았던 책이 십 수 권이었다. 그것들이 뒤섞이지 않게 잘 나눠 기억해야 했다. 최종 분석본만이 의미가 있는 것이 아니라 처음의 구절과 새로 만든 구절 사이에도 연결점이 있었다. 어마어마한 양의 구절들이 둘의 머릿속에서 하나의 세계를 이룩했다. 마치 중심에 놓인 별과 그 주위를 도는 여러 개의 달과도 같았다.

이 계(系) 속을 규칙에 따라 오가며 매번 용도에 맞춰 필요한 것만 뽑아내는 일은 악단의 연주와 비슷한 데가 있었다. 어떤 때는 바이올린 주자가 되고 어떤 때는 북을 치는 사람이 되었다. 어떤 역할을 하든 복잡한 악보 속에서 자신이 연주하는 부분만 보면 되지만 다른 악기의 역할도 의식해야 했다. 그런 식으로 두 사람은 그들만의 악보를 점점 더 복잡하게 만들어갔다.

분석을 끝내긴 했지만 정말로 끝났는지는 아무도 알 수 없었다. 그들이 알아내지 못한 또 다른 규칙으로 처음부터 새롭게 분석할 수 있을지도 몰랐다. 언제까지나 그러고 있을 시간이 없을 뿐이었다. 다만 키릴은 이 두 책의 훌륭한 구조에 흥미를 느껴서 언젠가 분석을 계속할 날이 오기를 바라는 마음도 약간이나마 생겼다.

그러나 지금은 아니었다. 그보다 중대한 목적이 머릿속을 꽉 메우고 있었다.

"내가 처음 분석을 끝냈을 때에 비하면 우린 두 배가 넘는 구절을 갖고 있다. 이 마법에서 많은 구절은 곧 힘이지."

괴인과 키릴은 동굴 벽에 나란히 기대 앉아 있었다. 키릴은 고개를 젖힌 채 어깨를 으쓱했다.

"글쎄요. 지금까지 배워온 대로라면 이 마법을 완성한다는 것이 가능하긴 한 일인가 하는 의문이 듭니다."

"왜?"

"분석만으로도 무한할 것 같아서요. 그리고 〈아이〉의 끝부분이 약간 이상해요. 뭔가 더 있어야 하는데 뚝 잘린 느낌이거든요."

괴인이 키들키들 웃더니 키릴을 건너다봤다.

"알아봤나? 네 말이 맞다. 나한테는 〈아이〉의 맨 끝부분 몇 페이지가 없어. 훼손되지 않은 〈아이〉의 원본은 로존디아 왕궁의 비밀서고에 있을 거다. 네가 지금 외우고 분석한 부분만 수련한다 해도 그 안쪽은 네 집 뒷방처럼 드나들 수 있을 테니 걱정할 필요는 없다. 더구나 그걸 찾지 않는다 해도 네놈의 복수에는 지장이 없지. 서너 해만 지나면 네놈의 〈랄트라〉와 〈아이〉는 세상에 이름이 알려진 어떤 마법사보다도 강해지거든. 네놈의 적들을 쳐 죽이기에는 충분하고도 남지."

사라진 페이지가 있다는 말조차 담담하게 듣던 키릴이 뒷말에 오히려 반응을 보였다.

"서너 해라고 하셨습니까? 확실합니까?"

"장담할 수야 없지만 그 정도면……."

괴인은 이상한 기색을 느꼈는지 몸을 돌렸다.

"너, 만약 서너 해 뒤에 네놈의 적들에게 이기겠다는 확신이 들면 그냥 이곳을 나갈 작정이냐?"

키릴은 고개를 끄덕였다. 괴인의 표정이 희한해졌다.

"정말로, 정말로 네놈은 복수만 하고 나면 죽든 미치든 신경 쓰지 않겠단 말이냐?"

"〈랄트라〉와 〈아이〉에서 가장 곤란하게 느껴진 부분이 그 8년이었습니다. 그 전에도 충분한 능력이 생긴다니 그때까지 기다릴 필요가 없어

참 다행이네요."

"……."

키릴의 표정은 평온했다. 괴인은 고개를 돌린 채 말을 지체했다.

그간 스승으로서의 애정 따위는 한 번도 보여주지 않은 괴인이었지만 그의 입장에서 젊은이, 아니 소년에 불과한 키릴이 아직도 수십 년은 남았을 자신의 인생을 그렇듯 무가치하게 여기는 모습은 어쩐지 달갑지 않았다. 물론 성공할 가능성이 낮은 것에 목숨을 걸게 한 사람은 괴인 자신이었지만 키릴은 그 길에 주어진 얼마 안 되는 가능성에조차 마음을 두지 않았다.

다른 사람이었다면 젊은이가 삶을 간단히도 내던진다고 꾸짖었을지도 모른다. 그러나 괴인이 불만스러워하는 이유는 조금 달랐다.

"그 말대로라면 네놈은 그야말로 복수의 자식이군. 어찌 보면 내가 제자를 잘 택했고 어찌 보면 잘못 택했다. 나 역시 세상에 복수할 이유가 충분한 놈이지. 그래서 네놈 같은 놈만이 날 움직인 것이고."

괴인이 벌떡 일어나더니 키릴을 내려다봤다.

"하지만 〈랄트라〉와 〈아이〉가 내게 준 의미는 그 이상이었다. 그 두 마법서는 수십 년 동안 내 인생을 공깃돌처럼 갖고 논 힘이었어. 어쩌면 어떤 것보다 먼저 그 힘이 날 매혹했고, 그래서 내가 여기 있는지도 모를 일이다. 그 두 책과 나란 놈은 엉킨 매듭처럼 분리될 수가 없는 운명이야. 내 삶 자체, 아니 나 자신이지. 그 책들과 무관한 삶을 상상조차 할 수 없는 걸 보면 나는 그 책들 없이 존재할 수 없는 일종의 기생

체인지도 모른다."

괴인은 호수 쪽으로 몸을 돌리더니 잠시 더 생각했다.

"그런 것을 네게 가르치기로 했으니 넌 내게 정신적인 자식이 되는 셈일지도 모른다. 내가 네놈에게 애정이 없더라도, 네놈한테 건네주는 것은 최소한 보물이야. 그런데 넌 그런 것을 절반쯤 먹다가 그냥 내버릴 작정이란 말이다."

키릴은 고개를 흔들었다.

"저도 〈랄트라〉와 〈아이〉에 제 삶을 건 셈입니다. 복수가 끝난 뒤의 삶은 고려하지 않으니까."

괴인은 고개를 저었다.

"넌 내게 그 두 책이 어떤 의미인지 모른다. 내 모든 불운과 행복, 죄와 벌이 그 책들에서 나왔다. 그런 것을 전수할 자라고는 너뿐이다. 내 삶 따위에 별 대수로운 가치는 없다 하더라도 유일하게 물려받은 네가 그걸 토막양초처럼 써버릴 것을 생각하니 달갑지 않다. 내게는 구원이었고, 저주였고, 희망이자 절망이었던 것을!"

키릴은 아무 대꾸도 하지 않았다. 괴인의 말이 머리로는 이해되었으나 마음은 움직이지 않았다. 그의 가슴은 누군가의 말에 공감하기에는 너무 단단하게 굳어 있었다. 그에게 괴인은 복수의 수단을 제공하는 자이자 같은 고통을 겪는 동료일 뿐, 그 이상의 의미는 없었다. 그는 괴인을 조금도 존경하지 않았다.

괴인은 자기가 늘 앉던 더러운 구석으로 가 앉더니 키릴에게 그만 가라고 손짓했다. 키릴이 일어나며 보니 괴인은 초점 없는 시선을 아무 곳에나 둔 채 깊은 생각에 잠겨 있었다.

공부는 중단되었다. 키릴은 매일 괴인이 있는 구석으로 갔지만 괴인은 말없이 가라고만 손짓했다. 그러면 키릴은 별 말 없이 다른 사람들이 있는 쪽으로 돌아왔다.

키릴이 사람들과 동굴에 머무는 시간이 길어지자 사람들은 그와 괴인 사이에 다툼이 있었으리라 짐작했다. 지금껏 잘 지낸 것이 오히려 별나게 보였기에 의아해하는 사람은 없었다. 그들이 아는 괴인은 광기에 사로잡힌 괴팍한 은둔자일 뿐이었다.

나흘째 되던 날 율리헨이 물어왔다.

"무슨 일이 있었나본데 물어봐도 될까?"

키릴은 고개를 흔들었다. 이 사람의 친절함은 일찌감치 알았지만 보답할 수 없으리라 생각해서 되도록 받지 않으려 마음먹고 있었다. 그런 생각이 아니라한들 괴인과의 일을 발설할 수도 없는 일이었다.

"아니, 걱정하지 말게. 자세한 이야기는 필요 없으니까. 우리 눈에는 표면적인 것만 보이지. 그와 자네가 함께 무언가를 하다가 그만뒀다는 정도는 누구나 알 수 있어. 그게 무엇인지 몰라도 몇 달을 함께 해오던 것인데 갑자기 그만두다니 무슨 큰 사건이 있었던 게 아닐까 싶군."

키릴은 대꾸하지 않았다. 천성적으로 요령 좋게 말을 꾸밀 줄도 몰랐지만 이제는 그래야 할 필요성도 느끼지 않았다. 침묵이 계속되자 율리헨이 웃었다.

"말하고 싶지 않다면 마지막으로 하나만 물어보겠네. 자네는 그만둔 그 일을 계속하고 싶나?"

그 말에 대답하면 그만둔 원인이 괴인에게 있음을 밝히는 셈이었지만 그 정도는 괴인이 금지한 범위에도 들어가지 않았다. 키릴은 고개를 끄덕이며 동시에 어깨를 으쓱했다.

"그러면 자네는 어떻게든 그 사람을 설득해야겠군."

키릴이 고개를 저었다.

"제가 어찌할 수 있는 일이 아닙니다."

"그렇다면 포기해야겠군. 그럴 텐가?"

"……."

그럴 수 없다는 생각을 했다. 이번 일은 며칠 동안의 냉전으로 끝날 수도 있겠지만 생각보다 길어질 수도, 결국 풀리지 않을 수도 있었다. 괴인이 키릴을 가르치기를 거절한다면 키릴은 감옥을 빠져나갈 방법도, 복수할 방법도 영영 잃고 만다. 이대로 있을 수는 없었다. 다시 공부를 시작해야 했다. 괴인을 설득해야 했다.

그러나 방법을 몰랐다.

"포기하지 못하겠다면 설득하러 가야지. 원인을 알아야 대책도 세울 수 있겠고. 그런데 말이야, 난 그 사람이 화가 난 이유를 알 것 같군."

어리둥절해지는 이야기였다. 괴인과 키릴이 무엇을 하고 무슨 이야기를 해왔는지 전혀 모르는 율리헨이 어떻게 그걸 알 수 있단 말인가?

"혹시……."

거기까지만 말했는데도 율리헨은 고개를 흔들었다.

"아니. 난 염탐 따위는 하지 않아. 그 사람과 자네가 무엇을 하는지 난 전혀 모르네."

"그런데 어떻게……."

"어떻게? 어른의 통찰력이 아닐까."

마치 일츠와 지내던 과거가 돌아오기라도 한 것처럼 율리헨은 키릴이 구구한 설명을 하지 않아도 쉽사리 대답했다. 키릴은 기분이 묘해져서 입을 다물었다.

"긴 말을 할 생각은 없고, 한 가지만 떠올려 보게. 세상 모든 것은 주고받음으로 이뤄졌지. 자네가 그 사람에게 무언가를 받았다면 돌려줄 몫도 있다는 거야. 알다시피 이곳에 물질적인 보답을 할 만한 것은 전혀 없네. 그러나 사람은 빈손이라도 실은 빈손이 아니지. 과거에는 자네도 그 점을 잘 알고 수많은 사람에게 그걸 주었을 것이네만 이곳에 온 지금 그럴 여유 따윈 얼어붙고 만 것이겠지."

율리헨은 키릴의 표정을 살피더니 일어나며 덧붙였다.

"이곳에서 가장 마음이 닫힌 사람은 다름 아닌 자네거든."

이튿날, 키릴은 다시 괴인을 찾아갔다.

괴인은 가라고 손을 내젓는 것조차 귀찮은 것처럼 벽을 보고 앉아 꼼짝도 하지 않았다. 키릴은 그 곁에 앉아 같이 벽을 바라보았다.

시간이 흐르자 어둠에 익숙해지며 벽에 새겨진 무늬 같은 것이 보였다. 손을 내밀어 만져 보니 그건 무늬가 아니라 글자였다. 거친 도구로 새겨 삐뚤빼뚤한 나머지 무늬로 보였을 뿐이었다. 키릴은 글자를 손끝으로 더듬어 읽었다.

미안하다

키릴에게 하려 한 말일까? 그렇지 않았다. 글자는 오래 전에 새긴 듯했다. 그렇다면 과거 다른 일 때문에 새겼을까? 그러나 동굴 안에 괴인이 미안해할 법한 상대는 없었다. 그리고 사과할 자가 가까이 있다면 말로 하면 되었을 것이다. 굳이 동굴 벽에 새길 필요는 없었을 것이다.
키릴은 문득 괴인이 누군가에게 미안해하는 모습을 떠올릴 수 없다는 데 생각이 미쳤다. 그러자 율리헨이 한 말이 떠올랐다. 이곳에서 가장 마음이 닫힌 사람, 그건 키릴 자신이라고 했다. 그 역시 누구에게 고마워하지도, 미안해하지도 않았다. 일부러 그런다기보다 그런 감정 자체가 일어나지 않아서였다. 그 결과 은연중에 다른 사람들도 자신과 같은 기분이리라고 간주했던 게 아닐까?
"누구에게 미안한가요?"
대답은 한참 만에 돌아왔다.
"어머니."
키릴은 멈칫했다. 괴인에게 어머니가 있다는 생각은 생소하기 이를 데 없었다. 그러나 이곳에서 가장 냉담하다는 소리를 들은 자신에게도 할아버지가 있지 않았던가. 어머니는 누구에게나 있다. 괴인이 어머니를 사랑했고, 그래서 이런 곳에 떨어져버린 자식을 보며 슬퍼할 어머니에게 미안해한다는 것은 조금도 이상한 일이 아니었다.

그렇게 생각해도 생소함은 여전히 가시지 않았다. 왜일까? 어쩌면 키릴이 괴인의 이름조차 모르기 때문인지도 모른다. 동굴 안의 누구도 그의 이름을 몰랐다. 다른 사람들은 '그자', '그놈', '동굴 구석의 괴인' 등으로 불렀지만 키릴 자신은 어떤 이름으로도 그를 지칭한 일이 없었다. 돌이켜보면 이름을 물은 일도 없었다. 그건 어쩌면 그를 한 인간으로, 그와 자신의 만남을 인간과 인간 사이의 만남으로 여기지 않았다는 의미일지도 몰랐다. 그렇다면 무엇으로 여겼는가? 혹시 그를 '분노', '광기'와 같은 일종의 현상으로 느꼈던 건 아닐까?

"왜죠? 어머니가 당신이 이런 곳에 떨어져서 슬퍼할 테니까?"

"그럴 수 없다. 그 전에 죽었으니까."

"그럼 어머니가 기대한 사람이 되지 못했기 때문인가요?"

"그런 기대는 없었다."

"그럼……"

괴인이 키릴을 향해 고개를 돌렸다. 오늘 하루 처음으로 돌리는 것처럼 느린 움직임이었다. 마침내 키릴과 마주본 괴인은 한쪽 입가를 올리며 웃고 있었다.

"죽여서."

머릿속에서 짧은 단절이 지나가고서야 그 말이 이해되었다. 죽여서. 어머니를.

저도 모르게 무슨 표정이 나타났던 모양이었다. 괴인이 말했다.

"왜? 새삼 끔찍한가? 혐오스러워? 그럼 이런 데 떨어진 내가 무슨 고매한 인격자일 줄 알았나?"

괴인은 두 손을 들어올렸다. 그 손으로 키릴의 목을 조르는 시늉을 했다.

"이렇게, 두 손으로 목을 졸라서 죽였지."

이런 이야기를 듣게 될 줄은 예상하지 못했다. 키릴이 대꾸하지 못하자 괴인은 히죽히죽 웃었는데 점차 얼굴이 우는 것처럼 일그러졌다.

"거참 이상한 일이야. 지금 돌이켜 봐도. 내가 어떻게 그 여자를 죽일 수 있었을까?"

그 말은 언뜻 후회하는 것처럼 들렸다. 그러나 착각이었다.

"그 여자는 웬만한 사내만큼이나 억셌다고. 나는 손을 덜덜 떨 정도로 쇠약했고. 그런데도 그 여자는 내 손을 못 뿌리쳤어. 왜일까? 역시 내가 미쳐서였겠지. 미친놈은 강하거든. 미친놈은 뭐든지 할 수 있거든. 그래서야. 그래서 내가 네놈을 가르치기로 마음먹은 거야. 네놈은 뭐든지 해낼 놈이야. 네놈은 내 목적도 반드시 이뤄줄 놈이야. 내가 그걸 언제, 어떻게 알았는지 알아?"

괴인의 목에서 딸꾹질 같은 기묘한 소리가 흘러나왔다.

"네놈이 내 목을 졸랐을 때야. 그 순간의 네놈은 오래 전 그날의 나와 같았어. 광기가 준 힘으로 저보다 센 상대를 제압한 거야. 아니, 물론 네 놈은 제압하지 못했지. 왜냐면 나도 미친놈이잖아. 하지만 그 광기, 증오의 냄새! 난 바로 알아보았지. 그리고 생각했어. 이놈이라면, 이놈의 손이라면 내 적을 맡길 수 있겠다고. 그렇게 생각하니 네놈의 증오는 근원이 뭔지 알고 싶어지더군. 듣고 보니 그 또한 맞추기라도 한 것처럼 어찌나 잘 들어맞던지! 네놈은 분명 내 운명의 끄트머리에 매달린 꿀 한 방울인 게야. 난 그게 미끄러져와 내 혀끝에 닿을 때까지 견뎌냈고!"

무엇이 맞추기라도 한 것처럼 잘 들어맞았다는 것인지 몰랐지만 그렇게 생각했다면 왜 며칠 동안 그런 반응을 보였느냐고 한마디 하고 싶어졌다. 시간낭비일 뿐인데. 낭비할 시간이 없다는 걸 누구보다도 잘 아는 사람이.

아니, 말하기 전에 키릴은 문득 생각했다.

이 자의 인생은 대체 왜 이 모양일까. 어머니를 죽였고, 감옥에 갇혔고, 점점 미쳐가고, 마침내 이 안에서 죽을 운명이었다. 그런 자에게 자신의 존재가 꿀 한 방울이었다고 했다. 왜? 단지 마법을 가르칠 제자가 생겨서?

아니었다. 그런 따위가 아니었다. 괴인은 분노를 품은 자였다. 그는 원하는 것이 있었다. 말하지 않았을 뿐이었다. 말하지 않으면 소원을 들어줄 수 없을 텐데도 지금까지 말하지 않았다.

심지어 자신은 묻지도 않았다.

"왜입니까?"

저도 모르게 그렇게 말했다. 왜냐고 물을 일은 많았다. 왜 원하는 것을 말하지 않는지, 왜 그 마법들에 그토록 집착했는지, 왜 어머니를 죽였는지, 왜 이 감옥에 들어왔는지. 생각하기 시작하니 뭐든 의문투성이였다. 괴인의 정체는 무엇인지, 정체가 무엇이기에 〈랄트라〉와 〈아이〉와 같은 희한한 책들을 손에 넣었는지, 그리고 그 마법들은 본래 어디에서 나온 것인지도 알지 못했다.

왜 지금까지는 묻지 않았을까. 아니, 궁금해 하지도 않았을까. 어쩌면 그것들 말고도 더한 '왜'가 그들 사이에 가로놓여 있는지도 모른다. 그들의 운명은 무엇으로 맺어져 있는가? 왜 이곳에서 만나야 했는가?

"왜냐고? 글쎄, 왜일까? 나란 놈이 이 세상에 떨어진 이유는 뭐였을까? 위대하신 마법의 손에 한바탕 놀아날 장난감이 되라고? 나 자신은 결코 익힐 수 없는, 몽매에도 그리던 마법으로 네놈의 복수나 도와주라고? 낳아주신, 아니 낳아주진 않았지만 어쨌든 어머니라는 여자를 죽여 놓고 고작 미안하다고나 중얼대는 썩어빠진 고깃덩이가 되라고? 어느 쪽일까? 내가 알겠나? 알겠어? 알겠냐고!"

괴인의 마지막 말은 고함이었다. 이러다가는 다시 발작을 일으킬 게 뻔했다. 고함의 여운이 사라지기도 전에 키릴이 말했다.

"아뇨."

"뭐?"

괴인이 휙 돌아보자 제멋대로 가닥이 진 머리가 얼굴을 가렸다. 그는 머리를 걷어내고 키릴에게 얼굴을 들이밀었다.

"뭐라고 했지?"

"아니라고요. 그중 어떤 것도."

"아니면?"

"없어요. 이유 따윈. 태어난 이유 따윈. 당신도, 저도."

"없으면? 그냥 아무렇게나 뒹굴며 살다가 죽으라고 태어났다는 거냐? 그럴 것 같으면 더러운 꼴 그만 보고 콱 죽어버리면 되지, 네놈이나 내가 이렇게 버둥거리며 살아가는 이유는 대체 뭔데? 대관절 나이도 어린 네놈이 뭘 안다고 사람에게 태어난 이유 따윈 없다고 지껄이냐?"

키릴이 고개를 가로저었다.

"그럼 달리 말하죠. 그런 게 있어선 안 됩니다. 만약 그런 게 있다면 제가 이런 꼴이 된 데도 이유가 있다는 뜻이 될 테니까요. 제가 겪은 그 모든 일에 이유가 있다는 생각만큼…… 처참한 생각은 없을 것 같습니다. 이를테면 수만 명을 구원하기 위해서였다 해도…… 전 납득 못합니다. 어떤 숭고한 위업을 위해서라도, 제가 아니라 다른 누구한테라도, 그런 일은 일어나선 안 됐습니다. 사람한테 일어나선 안 되는 일이었습니다."

말하는 키릴의 입술이 새삼 파랗게 질렸다.

"그러니 이유가 없다는 쪽을 택할 수밖에요. 당신도 마찬가집니다. 이 감옥에 떨어진 누구도 까닭이 있어서 이런 꼴을 당하는 건 아닐 겁니다. 이 혹독한 곳에 갇혀 죽지도 살지도 못하고, 그간 배운 마법은 모조리 빼앗기고, 희망 하나 없이 벌레처럼 살아가도 좋을 정도로 큰 죄를 사람이 지을 수는 없습니다."

괴인은 아직도 키릴의 얼굴을 들여다보고 있었다. 그의 얼굴이 일그러지더니 키득거림이 새어나왔다.

"하, 하, 흐, 흐흐, 크크큭, 그런 죄가 없다고? 사람이 그런 죄를 지을 수 없다고? 없긴 왜 없어? 사람은 온갖 일을 할 수 있어. 죽으면 고기 몇 덩이밖에 안 나올 몸뚱어리가 저지를 수 있는 죄의 가짓수만도 억만 가지지! 백 년도 못 살면서 이조르칸트의 탑만큼 덕을 쌓을 수도 있는가 하면 아르나브르가 땅 밑으로 꺼져버릴 정도로 죄를 지을 수도 있어. 영혼을 갈고 닦아 윤회의 바퀴에서 벗어나는 놈이 있는가 하면 나처럼 내세에는 벌레로 태어날 놈도 있지. 네놈이 아직 어려서 사람이 짓는 죄를 다 못 보았구나. 내가 말해줄까?"

괴인은 벌떡 일어나 바위벽을 탕탕 두드리더니 다시 자신의 두 손을 들여다봤다. 흥분 때문인지 다른 이유 때문인지 손이 덜덜 떨렸다.

"내가 열두 살 먹었을 때 할아버지가 죽으면서 상자를 하나 남겼지. 그 안에는 할아버지가 공부하던 마법 책들과 함께 봉랍이 붙은 양피지 봉투가 있었다. 책은 볼 수 있었지만 봉랍은 무슨 수를 써도 떼어지지 않았고 봉투도 찢을 수 없었어. 일 년쯤 마법 책을 뒤적거리고서야 그게 마법으로 건 봉인임을 알았지. 난 그 정도로 마법에 대해 아무것도 몰랐거든. 가르쳐 줄 사람도 없었고. 하지만 그 일을 계기로 나는 마법 공부에 빠져들었다. 전에 말했다시피 스승도 없는 개인 수련이었지만. 그래도 한 가지씩 주문을 익히는 재미에 밤낮이 가는 줄 몰랐다. 그 즈음 친어머니가 죽었고 아버지는 계모를 맞아들였지."

그 계모가 괴인이 죽였다는 어머니라면 좋은 어머니는 아니었으리라는 짐작이 들었다. 그러나 이어진 말은 뜻밖이었다.

"얼마나 정이 많은 여자였는지 모른다. 비록 무식하긴 했지만 어차피 그런 여자와 딱 어울리는 집안이었으니까, 뭐. 아버지는 떠돌이 행상 일을 시작해 한 해에 서너 번이나 돌아올까 말까 했으니 계모가 실질적으로 나를 키운 셈이었지. 마법 공부를 한답시고 방에 틀어박혀 나오지도 않는 나 같은 놈을 거둬 먹이느라 새벽같이 밭일을 하고 품을 팔러 다니고 집안일까지 돌봤다. 딸을 하나 낳았는데 젖먹이를 업고 나가 밭둑에 앉혀 놓고 일하느라 어린애 발이 흙물이 들어 새카맸지. 그 꼴로 친자식도 아닌 나를 스물여섯 살이 되도록 먹여 살렸다면 믿겠나?"

키릴은 당혹감을 느끼며 괴인을 올려다봤다.

"그런 분을……."

"왜 죽였느냐고? 그야 내가 개새끼라서 그렇지만 어쨌든 그렇게 된 과정은 있었어. 내가 그렇게 스물여섯이 됐을 때……."

여름밤이었다고 했다. 그 즈음 아버지는 이미 타지에서 돌림병으로 죽은 뒤라 가족이라고는 계모와 괴인, 그리고 열 살 먹은 배다른 누이뿐이었다. 그날 밤, 14년간의 연구가 마침내 결실을 맺어 괴인은 할아버지가 남긴 양피지 봉투의 봉인을 풀어냈다. 안에서는 두 권의 책 〈하치러그 랄트라〉와 〈젤나러그 아이〉를 베낀 필사본, 그리고 그 책들을 연구하며 남긴 일지가 나왔다.

처음에 키릴이 그랬듯 괴인도 〈랄트라〉와 〈아이〉는 읽어봐도 무슨 뜻인지 알 수 없어 일지를 먼저 살펴보았다. 그리고 농부나 행상뿐인 줄 알았던 자신의 가계에 생각지도 못한 어마어마한 마법사가 있음을 알게 되었다. 로존디아의 국조 알스님 여왕 시절에 궁정 부수석 마법사를 지낸 약스나 아마칼란이 바로 그의 6대조 할머니였던 것이다.

약스나 아마칼란이라면 키릴도 이름을 알고 있었다. 국조 알스님 여왕은 본래 세르무즈 왕비 출신으로 태후와 권력다툼을 벌이다가 왕비에서 폐해진 끝에 가문을 이끌고 새로운 땅으로 이주해 로존디아를 세웠다. 약스나는 그때 알스님 여왕을 따라 세르무즈를 떠난 이주자들 가운데 하나였으나 새 왕국을 세우는 과정에서 두각을 드러내어 일약 궁정 마법사의 자리까지 오른 인물이었다. 당시 수석 마법사는 명망 높은 마법사 가문 출신인 혼 히페로였으나 실력으로는 약스나가 그를 능가했다고 알려졌다.

약스나는 로존디아 역사상 몇 손가락 안에 꼽히는 위대한 마법사였으므로 그녀의 행적은 멜헬디의 수업 시간에도 다뤄졌다. 낯선 땅에 왕국을 세우며 부딪친 수많은 문제를 해결한 것은 물론, 저 유명한 알스님 여왕의 타로핀 돌궤를 파낼 때 여왕이 꿈에 본 장소를 정확히 찾아낸 사람도 약스나였다. 〈랄트라〉와 〈아이〉의 원본은 그 돌궤에서 나왔다.

"잠깐만요. 그 돌궤 속에 마법에 대한 문서만은 없었다고 하지 않았습니까?"

"그게 다 왕가의 계략이야. 그 안에서 나온 문서들의 내용은 철저히 비밀에 붙여졌다고 듣지 않았나? 그런데 거기에 마법에 대한 것이 있었는지 없었는지 아는 놈은 대체 누구란 말이냐? 역사가 놈들이야 왕실에서 그렇게 쓰라면 쓰는 거지."

그 말을 듣자 오래 전 멜헬디 학교에서 플로엔의 술수에 말려들어 이상한 공간에 갇혔던 일이 생각났다. 실로 오랜만에 다시 떠올린 사건이었다. 거기서 읽었던 책 중 알스님 여왕의 돌궤에 대해 쓴 '엔제고르'라는 책이 있었다. '문제의 궤에서 나온 위대한 마법이 미지의 것에 대한 왕들의 경계심 때문에 영영 사라져버렸'는 글귀도 생각났다. 그리고 그 마법은 부작용이 심하니 절대 개인적으로 수련해선 안 된다고 했다…….

"그 마법이…… 바로 이것이었군요. 〈랄트라〉와 〈아이〉가……."

기분이 묘했다. 마치 예언이 성취되기라도 한 것처럼. 그것도 뜻밖의 방식으로. 책을 읽던 때는 말도 안 된다며 웃어 넘겼던 그 마법을 이런 지경에 이르러, 마침내 자신이 배우게 될 줄은 상상도 하지 못했다.

괴인은 키릴의 감상을 알지 못했으므로 이야기는 계속 이어졌다. 그날 밤 괴인은 자신의 손에 엄청난 물건이 들어왔음을 깨달았다. 할아버지의 일지에는 약스나로부터 할아버지 자신에 이르기까지 5대에 걸쳐 〈랄트라〉와 〈아이〉를 연구한 기록이 모조리 남아 있었다. 이 두 책이 어떤 힘을 가져다주는지도, 그리고 어떤 부작용이 있는지도 적혀 있었다. 두 책을 몰래 베껴왔던 약스나와 두 아들은 물론 알스님 여왕의 부군이자 역시 마법사였던 단스킬 대공, 시이를 2세의 셋째 아들 트로반 왕자도 이 마법의 부작용에 희생당해 죽었다.

"일지를 다 읽고도 나는 두려워하기는커녕 흥분으로 몸을 떨었다. 고작 시골의 개인 수련자에 불과했던 내가 위대한 약스나 아마칼란의 후손이라니! 난 갑자기 얻은 자부심에다가 무식한 농사꾼으로 전락한 가문의 신세에 대한 분노, 그리고 연구 과정과 부작용까지 세세히 적힌 일지를 손에 넣었다는 자신감에 사로잡혀 반드시 조상들의 유지를 이어 이 마법을 완성할 것이고, 심지어 이 마법을 완성하기 위해 내가 태어났다고까지 생각했다. 이제 몇 해만 지나면 나는 대륙에 이름을 떨치는 마법사가 된다, 그날 밤 내 머릿속에는 그런 생각이 꽉 차 있었다. 그런데 다음 날……."

새벽녘에 잠들었다가 다음날 저녁 무렵에야 깨어난 괴인은 어젯밤 〈랄트라〉와 〈아이〉를 넣고 닫아 두었던 상자가 텅 빈 것을 발견했다. 미친 듯이 뛰어내려온 그에게 계모는 자신이 책들을 가져갔다고 아무렇지도 않게 털어놓았다. 대체 왜? 계모는 괴인이 누이에게도 마법을 가르치기를 원했다. 그러겠다고 약속하면 책을 돌려주겠다는 것이었다.

며칠 전에 고생하는 계모를 돕지 못하는 것이 미안해서 그간 놀기만 한 것은 아니라며 근사한 것으로만 골라 몇 가지 주문을 보여줬던 일이 화근이었다. 신기한 광경에 매료된 계모는 아들이 이미 훌륭한 마법사가 됐다고 덮어놓고 믿었고, 딸도 마법사가 되면 자신처럼 가난한 농사꾼이 되어 고생하지 않으리라 생각했다. 농사일이나 바느질이 그렇듯 자신이 할 줄 아는 것은 남에게 가르칠 수 있다, 그런 단순한 생각뿐이었다. 정식 스승 없이는 마법을 배우기가 매우 어렵다는 것도, 딸이 마법처럼 어려운 학문은커녕 글자도 겨우 익힌 우둔한 소녀라는 현실도 안중에 없었다.

두 권의 책에 몸이 달아 있던 괴인은 누이를 가르치겠다고 약속했다. 그러자 계모는 책을 돌려주었는데 〈아이〉의 뒤페이지 몇 장이 찢어지고 없었다. 찢어낸 페이지는 누이동생이 괴인만큼 마법을 쓸 줄 알게 되는 날 돌려주겠다고 했다.

그쯤 되면 이만저만한 억지가 아닌데다 귀한 책을 생각 없이 훼손했다는 사실에 울화가 치밀었지만 괴인은 그간 계모가 베푼 정을 생각해 참기로 했다. 시일이 흐르면 마음을 돌리려니 싶어 누이를 데려다 자신도 뒤죽박죽 순서도 없이 익혔던 마법을 조금쯤 가르치려고도 해 보았다. 그러나 재능도 열의도 없는 열 살 소녀는 지루하고 알쏭달쏭한 글귀들에 질려 그저 볕 좋은 바깥으로 내뺄 궁리만 했다.

그런 상황인데 설상가상으로 계모는 이제나저제나 딸이 손끝에서 불꽃을 자아내지나 않나 하고 안달이었다. 제대로 공부가 되어가도 눈에 보이는 주문을 쓸 줄 알려면 앞으로 몇 년은 더 걸릴 판인데, 기초가 필요한 학문의 속성은 전혀 모르고 실질적인 기술만 익혀본 계모는 그런 점을 조금도 이해해 주지 않았다. 네가 큰 불꽃을 만들면 애는 작은 불꽃이라도 만들어야 되지 않느냐는 것이었다.

반년이 흐르도록 그 지경으로 지지부진하자 계모는 아들이 좋은 것을 제 혼자 독점하려고 누이를 따돌리는 줄로 알고 괘씸하게 여겼고,

둘의 관계는 급격히 악화되어갔다. 괴인은 괴인대로 그 사이 조바심을 참지 못하고 〈랄트라〉의 수련을 시작했고, 이렇다 할 성과도 얻지 못했는데 첫 부작용을 체험하면서 더럭 겁을 먹어 제정신이 아니었다.

"그렇게 4년을 버텼다. 기가 막힌 세월이었지. 한 해가 흘렀을 즈음부터 하루가 다르게 몸 이곳저곳이 무너지는데 해야 할 공부는 끝도 보이지 않았다. 무엇보다 마지막 부분이 내 손에 없다는 사실이 극도로 신경에 거슬렸다. 만약 계모가 잃어버렸다면? 또는 없애버린다면? 훼손됐다면? 도둑이라도 맞는다면? 그러면 나는 어떻게 되나? 이대로 고통에 허덕이다가 죽고 마는 건가? 잃어버린 페이지를 돌려받기 전에 시작하지 말았어야 했다고, 내 성급함과 자만심을 후회하고 또 후회하고, 무식한 계모를 원망하고 멍청한 누이를 원망하고, 그런 나날을 보내며 건장한 농사꾼 체질이던 내 몸은 병자처럼 말라들어 갔다. 부작용에 대한 글을 되풀이해 읽을수록 밤잠이 오지 않고 음식물이 넘어가지 않아 마지막 일 년간은 하루걸러 한 번씩 먹은 것을 토했지."

괴인의 얼굴이 그때의 고통을 상기하는 듯 일그러졌다.

"그래봤자 변명은 안 돼. 나도 알고 있어. 내가 〈랄트라〉를 빨리 수련하지 못한 것도 다 내가 돌대가리라서 그랬겠지. 하지만 그땐 모든 것이 불안감 때문인 듯했다. 그 불안감을 만든 건 계모였고. 어느 날, 마른번개가 끊임없이 내려치는 소리에 예민해지다 못해 미칠 지경이 된 나는 계모에게 달려가 사생결단을 낼 것처럼 찢어간 페이지를 내놓으라고 소리를 질렀다. 하지만 그 여잔 벽창호처럼 억세게 버텼어. 계속

되던 마른벼락 소리에 마침내 돌아버리고 만 나는 계모의 목을 졸랐지. 아주 오랫동안……."

잠시 침묵이 흘렀다. 이윽고 괴인은 키득키득 웃었다.

"그날로부터 난 지금까지 미친놈이야. 더러운 개새끼야. 시궁창 속의 벌레야. 그날 난 증거를 인멸하려고 누이도 목 졸라 죽였어. 그 앤 잠든 채로 죽었지. 둔하고 게으른 것 말고는 아무 죄도 없었는데. 머리는 나빠도 손재주는 좋았지. 다섯 살 먹었을 때 제가 만든 미나리아재비 화관을 쥐고 뛰어 들어와 내 머리에 씌워줬었어. 보이는 끈마다 모조리 매듭을 지어 놔서 계모한테 숱하게 머리를 쥐어 박히고도 멈출 줄 몰랐어. 머리도 예쁘게 잘 땋았어. 그 앨 파묻기 전에 머리를 땋아주려 했지만 아무리 해도 안 됐어. 안 되더라고. 절대로 안 됐어."

마지막 말은 중얼거림처럼 잦아들었다. 언뜻 흐느낌 같기도 했다. 그러다가 곧 다시 커졌다.

"죄가 뭔지 궁금한가? 그건 바로 제가 죽인 누이의 머리를 땋아주려 애쓰다가 그게 안 되니 화가 나서 흙을 퍼부어버리는 거야. 미쳤을 때 일을 저질러 놓고 제정신이 돼서도 자기 목을 매달지 않는 거야. 뒷마당에 가족을 파묻고 혼자가 된 놈이 집으로 돌아와서 유품을 모조리 뒤집어엎으며 제 살 길만 찾는 거야. 난 그 페이지를 찾아야 했어. 살아서 위대한 마법사가 되어야 했어. 그래서 사흘 밤낮으로 온 집을 이 잡듯이 뒤졌는데 비슷한 것도 나오지 않더라고. 아무것도, 정말 아무것도 나오지 않지. 어쩌면 무심코 불쏘시개로 써버렸을지도 모른다 싶었어. 그래서 못 준다고 버텼는지도 모르고. 그렇게 생각하니 뒤뜰에 묻힌 계모를 도로 파내 따귀를 때려 주고 싶어지더군."

괴인은 키릴의 얼굴을 흘끗 보더니 웃으려는 것처럼 이를 드러내어 보였다.

"이제 내가 왜 여기 갇혀 있는지 알겠나?"

키릴은 괴인의 얼굴을 바라봤다. 엉킨 머리와 검게 얼룩진 얼굴, 초점은 없지만 불타는 듯한 눈과 일그러진 입가를 보았다. 두 사람의 목을 졸랐던 손은 지금도 간헐적으로 떨렸다. 지난 번 발작 때 낸 상처들은 피가 말라붙어 검은 무늬처럼 보였다.

"아뇨. 모릅니다. 그러나 한 가지는 알겠습니다."

예전에 보았더라면 꿈에 나왔던 악귀라 해도 믿었을 기괴한 꼴을 한 괴인을 향해 키릴은 말했다.

"당신이 인간이라는 것을요."

그날 밤 키릴의 꿈속에는 옛 일이 나오지 않았다. 일츠도, 친구들도, 클라리몽드도, 할아버지나 꼬맹이도 나오지 않았다. 대신 낯선 소녀를 보았다.

소녀는 어딘지 모를 집의 문설주 앞에 서 있었다. 한쪽 머리만 땋고, 다른 한쪽은 풀린 채였다. 해가 지고 있었다. 키릴은 문 앞으로 다가가 소녀에게 물었다.

너 이 집에 사니?

소녀는 고개를 끄덕거렸다.

엄마는 어디 계셔?

소녀는 집 뒤편을 가리켰다.

오빠는?

그러자 소녀는 키릴의 등 뒤를 가리켰다. 키릴은 뒤를 돌아보았다. 뒤에는 아무도 없었다. 돌 몇 개를 쌓아 표시한 무덤 비슷한 것이 보일 뿐이었다. 그가 도로 고개를 돌리자 소녀는 사라지고 없었다. 집만 우뚝 서 있었다. 2층 창에 불빛이 보였다. 수십 년 동안 늘 그랬던 것처럼. 그러나 그 방에 아무도 없다는 것을 키릴은 알고 있었다.

이튿날 키릴은 다시 괴인에게 갔다.

"궁금한 것이 있습니다."

괴인은 전처럼 벽을 바라보고 있었으나 곧 대답해 왔다.

"말해."

"마법 책 두 권이 당신을 이렇게 괴롭혔는데도 왜 그것들을 버리지 않았습니까?"

"버린다?"

괴인이 천천히 키릴 쪽으로 돌아앉았다. 희한한 표정이 떠올랐다.

"버린다고? 마법을 버려? 네놈은 그게 가능하다고 생각하나? 너라면 그랬을 것 같단 말인가?"

키릴은 고개를 끄덕였다.

"저라면, 제가 겪은 일과 마법을 바꿀 수만 있다면, 그때 겪은 일을 돌이킬 수만 있다면 기꺼이 평범한 인간으로 살아가는 쪽을 택했을 겁니다."

"그래서 지금의 넌 복수만 할 수 있다면 마법에도, 그 후의 삶에도 관심이 없는 거냐?"

"그런지도 모르죠."

"그런 식이니 다른 사람이 무얼 생각하든 관심도 없는 것일 테고. 아니 그러하냐?"

키릴은 긍정도 부정도 하지 않은 채 그저 천장을 올려다보았다. 담담한 목소리가 흘러나왔다.

"어제 당신의 이야기를 듣고 나니 세상에는 죄와 벌이 있는 게 아니라 욕망이나 집착, 그리고 후회 같은 것이 있을 뿐이 아닌가 하는 생각이 들었습니다. 당신은 죄를 지었고, 그래서 여기 갇혀 벌을 받는다고 했지만 제가 보기에는 마치 무언가에 홀린 것처럼 달리다 보니 이곳에 와 있을 뿐이었습니다. 그런데도 당신도 저도, 여전히 욕망을 버리지 못한 자들이죠. 그러면서도 후회하고 있고요. 당신은 저 두 권의 책에서, 그리고 저는 복수에서 어쩌면 영영 벗어나지 못할지도 모르겠습니다. 그렇더라도 이곳에서, 당신과 만난 사실을 잊고 싶지는 않다는 생각이 처음으로 들었습니다."

괴인은 아무 말도 하지 않았다.

"저는 지금까지 이곳에서의 생활을 마치 꿈처럼 여겼는지도 모르겠습니다. 현실은 이곳에 들어오기 직전에 멈췄고, 이곳의 사람들은 신기루에 불과한 것처럼 알아야겠다는 생각도, 이해하겠다는 생각도 하지 않았죠. 돌아가고 싶은 과거야말로 오히려 밤마다 보는 꿈에 불과했는데도. 당신을 만나 마법을 배우면서도 제가 아닌 저의 껍질에게 가르치기라도 하는 것처럼 무감각했습니다. 당신도, 〈랄트라〉와 〈아이〉도, 제게는 복수의 도구였을 뿐이었습니다. 복수하겠다는 목표가 없었더라면 아마 전 무기력하게 죽음만을 기다리고 있거나, 지금쯤 죽었을지도 모르겠습니다.”

키릴이 말을 맺고도 동굴에는 한참 동안 침묵만 흘렀다. 이윽고 괴인이 쉰 목소리로 말했다.

“도구라 했나? 내가 네 도구였다고?”

키릴은 부인하지 않고 괴인을 바라보았다. 괴인은 구부렸던 몸을 천천히 폈다. 사나운 기색은 없었다.

“그 말이 맞을지도 모른다. 그간 네놈을 가르치면서 느꼈지. 나와 네놈은 엄청나게 달랐어. 네놈이야말로 이 위대한 마법을 배우기 위해 여기 들어온 게 아닌가 하는 생각이 들 정도였지. 그게 사실이라면 난 네놈을 가르치기 위해 여기 떨어진 게다. 아니 그러하냐? 이 마법은 기묘한 놈이야. 지금까지 네놈을 찾고 있었던 게야. 만날 장소로 하필 이런 구렁텅이를 택한 건 악취미라 할 만하지만, 이런 곳이 아니었다면 너처럼 곱게 자란 놈과 나 같은 농사꾼 무지렁이 개인 수련자가 말 한 마디인들 나눌 일이 있었겠나? 끔찍한 일을 겪게 하고 이런 곳에 처넣어 놓으니 자연히 서로가 필요해져서 스승과 제자가 된 거잖아. 하긴 따지고 보면 나 역시 널 도구로 대했지. 내 복수의 도구 말이야."

키릴이 아닌 괴인의 입에서 '복수'라는 말이 나온 것은 오랜만, 아니 어쩌면 처음인지도 몰랐다. 물론 아주 예전에 괴인은 자신을 이곳에 처넣은 놈을 죽여 버릴 예정이라고 말한 적이 있었다. 그러나 그 후로 그 자가 누구인지, 자신은 나가지 못한다면서 어떻게 죽여 버린다는 건지 말한 적은 없었다. 오직 키릴에게 〈랄트라〉와 〈아이〉를 가르쳤을 뿐이었다.

문득 머릿속에 빛이 비쳤다. 키릴의 복수를 도와준다, 그러나 자신의 적은 말하지 않는다. 프란디에였다면 예전에 답을 알아냈을 것이다. 아니, 이제는 키릴도 알았다. 답이 하나뿐임을.

그의 적과, 자신의 적은 같은 자였다.

"그랬군요. 그 자가 당신의 적이었군요. 그래서……."

괴인이 고개를 홱 쳐들며 키릴을 보았다. 잠시 후, 얼굴에 숨길 수 없는 희열이 드러났다.

"알아챈 거냐? 흥, 흐흐, 흐흐흐, 고맙군 그래. 그놈이야. 그놈이라고. 그래서 네놈을 꽉 믿은 거야. 네 복수심이 강하면 강할수록 난 아무 걱정이 없었지. 내 비록 이런 곳에 떨어진 벌레 같은 놈이어도, 그래서 영영 나갈 수가 없어도 해야 할 일은 분명히 있었거든."

속였다고도 볼 수 있었지만 반드시 그렇지만도 않았다. 어쨌든 괴인은 키릴에게 무기를 쥐어 준 자였다. 키릴이 원하는 일을 하면 괴인도 행복해지는 거였다. 거래랄 것도 없었다. 서로에게 좋은 일이었다.

"우린 이렇게 잘 만난 관계야. 참 기막히게 잘 맞아. 그놈은 이 감옥에서 네놈과 내가 만날 줄은 꿈에도 몰랐겠지? 이곳에서 5, 6년 이상 살아남는 놈은 없으니 나는 예전에 죽었을 줄 알았겠지. 하지만 난 네놈이 올 때까지 끈질기게 버텨 살아남았어. 그래서 네놈한테 〈랄트라〉와 〈아이〉를 전해줄 수 있게 된 거야. 다시 말해 이 마법이 네놈과 나를 이 꼴로 만든 거다. 네놈을 전승자로 삼기 위해서 우리에게 필연적인 이유를 만들어 준 거라고."

괴인은 끊임없이 자신이 이런 곳에 갇힌 '이유'가 있다고 믿으려 했다. 키릴은 그런 생각을 받아들이고 싶지 않았지만 감옥에 오래 갇혀 몇 가지 일만 되풀이해 생각한 끝에 편벽해진 괴인을 설득하기란 불가능할 듯했다.

"당신은 어째서 그와 원수가 되었습니까?"

"훙. 그것도 말하자면 길지."

괴인이 칼드를 만났을 당시에도 그 자는 카라는 이름을 쓰고 있었다고 했다. 그는 오랫동안 약스나 아마칼란의 후손을 찾고 있었다.

국조 알스님 여왕은 알려진 대로 어느 날 신비한 꿈을 꾸고 꿈에서 본 자리를 찾아내어 커다란 문이 새겨진 타로핀 석판과 돌궤를 발굴했다. 석판에 새겨진 고대의 문은 이후 시이를 2세 시대에 이르러 실제로 발견되었고, 그 문에 신성한 의미를 두어 지금의 자리에 아르나브르가 건설되었다.

알스님 여왕의 돌궤를 여는 자리에 참석했던 궁정 마법사는 혼 히페

로와 약스나 아마칼란뿐이었다. 거기서 나온 문서들도 그들이 조사했다. 이후 단스킬 대공은 그들의 보고를 받고 나서 돌궤에서 나온 모든 문서의 내용과 종류, 수량을 비밀에 붙이도록 여왕을 설득했다. 이후 시이를 2세의 시대가 올 때까지 그곳에서 나온 문서들을 다시 본 사람은 없었다.

그 사이 단스킬 대공이 원인 모를 병으로 죽었고, 약스나 아마칼란과 역시 궁정 마법사를 지낸 그녀의 아들도 젊은 나이에 죽었다. 그들은 공통적으로 비밀문서에 접근할 수 있는 지위의 마법사들이었다. 그 후 시이를 2세가 돌궤의 비밀문서들을 개방해 연구하도록 장려한 지 몇 년 뒤, 왕의 셋째 아들 트로반 왕자가 정체불명의 병으로 요절했다. 그 역시 마법의 길을 걷던 자였다.

그 시절의 마법사들도 모두 바보는 아니어서 키릴이 읽었던 '엔제고르' 의 저자 외에도 몇몇은 알스님 여왕의 돌궤에서 마법에 대한 것은 나오지 않았다는 말이 거짓임을 짐작하고 있었다. 또한 어디선가 소문이 새어나와 돌궤에서 나온 마법은 고대 이스나미르의 것으로 그걸 배우는 자는 모든 마법사를 능가하는 존재가 되리라는 말도 암암리에 떠돌았다.

그런 마법을 찾아내려 한 자들이 없었다면 이상한 일이었다. 그러나 트로반 왕자의 죽음 후로 궁정 마법사들조차도 왕실의 비밀서고에 접근할 수 없게 되었다. 칼드가 어떻게 해서 그 마법에 관심을 가졌는지는 알 수 없으나 그는 왕궁에 침투해 문제의 문서를 찾아낼 수 없다면 다른 하나의 길이 있음을 추리해냈다. 바로 약스나의 가문이었다.

약스나의 맏아들이 죽은 후로 아마칼란 집안에서 궁정 마법사의 명맥은 끊어졌으나 칼드는 약스나의 막내아들도 수십 년 뒤 다시 의문사했음을 알아냈다. 그는 약스나가 문제의 비밀문서를 은밀히 베껴 아들들에게 건네주었다고 확신했다. 그렇다면 문제의 사본은 아직도 약스나의 가문에 있을 터였다.

칼드가 궁정 마법사의 가문에서 몰락한 나머지 성까지 바뀌어버린 아마칼란의 후손, 즉 괴인을 찾아냈을 때 괴인은 여전히 찾을 수 없는 페이지들 때문에 광인처럼 변해 있는 상태였다. 자신을 멜헬디 학교의 교수 카라고 소개한 칼드는 근방을 여행하던 도중 이 집 주인이 마법사라는 소문을 듣고 일부러 찾아왔으니 마법 이야기도 나눌 겸 하룻밤 묵어가도 되겠느냐고 청했다.

괴인은 칼드가 멜헬디의 교수라는 말을 듣고 내심 크게 반색했다. 그만한 마법사라면 분명 숨겨진 물건을 찾아내는 마법쯤은 가지고 있을 것이기 때문이었다. 당시의 괴인은 사람의 호의를 믿는 순진한 구석이 있어서 칼드에게 다른 꿍꿍이가 있을지도 모른다는 의심은 조금도 하지 못했다.

이윽고 괴인의 부탁을 받은 칼드는 집안에 혼자 있어야 한다면서 괴인을 집 밖으로 내보낸 후 마법을 걸었다. 그러더니 순간이동으로 멀리 떨어진 장소로 옮겨가 목소리를 전송하여 괴인에게 말을 걸었다. 찢어진 페이지를 찾아냈지만, 넘겨주는 대신 〈랄트라〉와 〈아이〉를 베끼게 해달라는 것이었다.

분노한 괴인이 거절하자 칼드는 다시 제안하는 일도 없이 사라져버렸다. 괴인은 속아서 페이지들을 빼앗겼다는 분노와 자책감으로 정신을 잃을 지경이었다. 몇 달이 지나 칼드가 다시 나타났을 때는 폐인이나 다름없는 상태가 되어 있었다.

칼드는 다시 한 번 같은 제안을 했다. 그러나 이제는 괴인도 칼드를 믿지 않았다. 다음날 칼드를 만난 괴인은 그간 창안한 '진실한 대답'이라는 마법을 걸어버렸다. 괴인은 지난 4년 동안 계모를 실토시킬 생각만으로 이 마법을 연구해왔는데 줄곧 실패만 거듭하다가 그날에야 성공했던 것이다. 그리하여 들은 진실한 대답은…….

"찢어진 페이지 따위는 없었다는 것이었다. 정말로, 계모는 그 페이지들을 없애버렸던 것이다. 실수였는지 고의였는지는 나도 모른다. 어쨌든 칼드의 마법으로도 찾아내지 못했으니 이젠 존재하지 않는 거지. 그래서 지금도 없는 거고."

칼드는 괴인보다 훨씬 강한 마법사였기에 대답을 들은 이상 책을 건네주지 않을 수는 없었다. 괴인은 두 필사본을 그에게 주었다.

"흥, 내가 그걸 그냥 주었을 것 같나? 너도 잘 알겠지만 〈랄트라〉와 〈아이〉는 문장 순서 몇 개만 바뀌어도 의미 없는 책이 되어버리거든. 나를 속인 그놈을 위해 그 정도 성의는 보여야 마땅했지. 그놈은 그 책을 수련하는 방법을 결코 알아낼 수 없었을걸. 하긴 그랬으니 네놈이 봤을 때도 멀쩡하고 건강하게 살아가고 있었겠지. 하지만 그놈이라고 책을 받고 나를 잠자코 두진 않았다. 이 감옥은 본래 왕의 것도 귀족의 것도 아니야. 고대의 계약자로부터 권리를 물려받은 몇몇 마법사 가문들이 복수를 위해 적들을 처넣던 곳이었거든. 그놈도 그 권리를 가진 가문의 일원이었던 모양이야. 그놈은 잃어버린 페이지들 대신 뒤뜰의 시체들을 찾아내서 나를 고발해 죄수로 만든 다음 호송 과정에서 빼돌려 이곳에 가둬버렸지. 그리고 15년이다. 15년 동안 감옥 밑바닥에서 썩은 시체가 도로 일어나 네놈한테 〈랄트라〉와 〈아이〉를 가르쳐 그놈의 목을 조르게 된단 말이야. 아아, 그날을 어서 보고 싶어 못 견디겠구나. 칼드를 죽이고 나면 내게 소식은 알려 주겠지? 그 정도는 해주겠지?"

키릴은 고개를 끄덕였다. 그는 이 사람이 측은하면서도 동시에 이해가 갔고, 자신도 똑같은 자라고 느꼈다. 괴인의 말대로 〈랄트라〉와 〈아이〉가 그랬든, 또는 다른 이유가 있든, 또는 없든, 그들 둘의 삶은 기묘한 끈으로 연결되어 있는 것이다.

그러자 한 가지가 알고 싶어졌다.

"당신의 이름은 무엇입니까?"

두 손을 맞잡은 채 들떠 있던 괴인이 키릴을 돌아보았다. 그의 무시무시한 얼굴도 이제는 끔찍하게 느껴지지 않았다. 그건 단지 사람의 얼굴이었다. 무서운 고생을 겪었으되 아직도 집착을 버리지 못한 불운한 사람의 모습일 뿐이었다.

"노틀칸 아스칼과. 그게 할아버지가 물려준 내 이름이다."

탈출

 그해 겨울이 오기까지 키릴과 노틀칸은 〈랄트라〉의 구절들로 실제 주문을 만들어 내는 작업에 몰두했다. 이듬해에는 만든 주문들을 되풀이해서 익혔다. 입과 동작만으로 발동되지도 않는 마법을 익히는 과정이었다. 그것을 가르치고 따라하게 한 노틀칸도 대단했지만 결과가 보이지 않는데도 인내심 깊게 따라하는 키릴도 놀라웠다. 그들은 일체의 생각을 잊은 채 가르치고 배우는 데에만 몰두했다.
 〈랄트라〉의 수련이 끝나가던 265년의 겨울 무렵, 노틀칸은 거뭇하게 변했던 키릴의 얼굴이 다시 희어졌음을 눈치 챘다. 과거의 맑은 피부와는 어딘가 다른 기묘한 유백색 광채가 감돌았다. 대리석 조상(彫像)이나 대낮의 설원처럼 차가운 빛에 물든 얼굴이었다.
 순진하고 부드럽던 눈매는 오래 전에 사라졌다. 과거 상냥하던 그도 아름다웠으나 지금의 모습은 그때와 다르면서도 오히려 눈부신 데가 있었다.

그 모습을 깨달은 사람은 노틀칸만이 아니었다. 그 무렵 노현자 아룬드(14월)의 혹독한 추위 탓에 심하게 앓던 갈 노인은 그런 키릴을 보며 가슴에 얼음이 돋아나는 느낌을 받았다. 자신의 옛 모습, 사람을 사랑할 줄 모르던 자신이 일어나 다가오는 듯해 진저리를 쳤다. 키릴은 노인이 말을 걸면 늘 대답했고, 또 예의를 지키며 나지막하게 말을 걸곤 했다. 그러나 괴인에 대한 일만은 결코 대답하지 않았다.

그런 태도는 율리헨에게도 마찬가지였다. 그는 어느 날 갈 노인에게 자신의 생각을 말했다.

"돌이키기는 그른 것 같습니다. 이미 돌아올 수 없는 다리를 건너갔습니다. 이제는 그가 빨리 목적을 성취해서 다시 본래의 자신으로 돌아오도록 돕는 수밖에 없겠다는 생각이 듭니다."

갈 노인은 상대방의 말을 듣는지 마는지 멍한 시선을 허공으로 보냈다. 그러더니 갑자기 기침을 했다.

"크으, 쿨럭! 내가 내 손자 얘기를 안 해줬지?"

"예. 들은 일이 없군요."

"난…… 내 부주의로 사랑해야 마땅한 소년을 한 번 잃었네. 이제 또 하나를 잃을 것만 같군 그래…… 으흠!"

율리헨은 대답하지 못했다. 갈 노인이 말을 이었다.

"휴……. 나는 가끔 자네 마음속에 뭐가 들었는지 궁금해. 내가 키릴에게서 죽은 손자의 모습을 본다면 자네는 뭘 보고 있나? 아니, 그보다 도대체 왜 자네는 이렇게 우리 모두를 걱정해…… 큭, 쿨럭! 자네의 과거에는 도대체 뭐가 들었나?"

율리헨은 웃었다.

"별 거 없습니다. 그저 평범하게 살아온 사나이일 뿐입니다."

끊어진 듯했던 말이 다시 이어졌다.

"그러나 그 평범하게 살아온 사나이가 이제 몇 마디 해 주는 편이 좋겠다는 생각이 드는군요."

그날은 오래지 않아 찾아왔다.

266년의 음유시인 아룬드(1월)가 밝으면서 키릴은 〈아이〉의 수련에 들어갔다. 노래로 세상을 열었다는 고대의 시인들을 기리는 음유시인 아룬드는 어떤 일을 시작하기에 가장 좋은 때로 알려졌다. 그래서 키릴과 노틀칸도 〈랄트라〉를 끝내고 한 달 정도 쉬면서 기다렸다. 어느 저녁, 벵커의 횡설수설에 한참이나 붙들렸던 율리헨은 겨우 그에게서 벗어나 키릴에게 왔다. 등 뒤에서는 예의 발작이 일어난 벵커가 갖고 싶은 것들, 먹고 싶은 것들에 대해 쉬지 않고 외쳐댔다.

"정말로 예쁘고 귀여운 소녀! 그래, 녹색 눈을 빛내는 은빛 머리 소녀를 한 번만 본다면 소원이 없겠어! 아니, 그냥 예쁜 여자만 되더라도……. 제기랄, 내가 왜 이런 곳에 갇혀서 아름다움에 길든 눈을 혹사시키고……."

율리헨은 한 시간도 넘게 계속된 넋두리에 질렸다는 듯 머리를 저었다. 키릴과 그는 이윽고 호숫가에 나란히 앉았다.

"노인이 앓고 있네. 오래가지 못할 것 같군."

"……."

"자네는 이 감옥이 어떻게 만들어졌는지 아는가?"

생각해 보지 못한 일이었다. 키릴은 고개를 저었다.

"처음부터 감옥은 아니었다네. 들어올 때 보았겠지만 입구 주위에 늘어선 돌들은 이곳이 제사를 지내는 장소였음을 뜻하지. 대륙 곳곳에 흩어진 고대 이스나미르인의 유적 중 하나로, 이 마법이 통하지 않는 동굴도 그들이 만들었다고 하더군. 추측이지만 고대인들은 이 동굴을 일종의 수련 장소로 짓지 않았을까 싶어."

그 말이 맞다면 마법을 쓰지 않는 수련이 필요했다는 뜻이 된다. 그런 수련이 존재할까?

"알다시피 고대인들은 우리와 비교할 수 없는 위대한 마법사들이었네. 그런데도 알 수 없는 이유로 멸망하고 자취 없이 사라져갔지. 그들은 저들의 마법을 스스로 버렸다고 해. 그때 스스로 마법을 버리지 못한 자들은 대안으로 이곳에 은거했던 게 아닐까 싶어."

"왜 그런 일을 했을까요?"

"글쎄. 나 따위가 고대 이스나미르인의 생각을 들여다볼 수야 없는 일이지만 세상에는 가끔 자신이 가진 것을 버려서 얻을 수 있는 것도 있다고 하지. 그런데 말일세. 자네도 요즘 일종의 마법을 수련하고 있지 않나?"

 키릴은 대답하지 않았다. 율리헨도 짐작한 듯 그의 대답을 기다리지 않았다.

 "대답하지 않아도 되네. 그보다 방금 한 고대 이스나미르인의 이야기를 잠시 돌이켜 보게나. 나갈 수 없는 곳에 스스로 들어올 자가 세상에 몇이나 되겠나? 본래 감옥이 아니었음을 생각하면 더더욱 이곳에서 나가는 방법은 있을 수밖에 없네. 다만 지금 우리의 마법으로는 무리일 뿐이지."

 율리헨이 이곳을 탈출하고 싶어 하는 기색을 보인 일은 없었다. 그런 그의 마음속에도 탈출에 대한 심상은 떠오르는 모양이었다.

 "자네도 마법을 배웠으니 알겠지만 고대 이스나미르인의 마법은 거의 우리에게 전해지지 않았네. 지금의 마법은 후세가 조악한 솜씨로 창안한 것일 뿐이지. 그렇지만 고대의 마법이 모두 사라진 건 아니야. 일례로 알스님 여왕의 궤에서 나왔다는 책들만 해도……."

 키릴이 과거처럼 순진한 소년이었다면 이 대목에서 눈을 휘둥그렇게 떠서 비밀을 폭로하고 말았을 것이다. 그러나 키릴은 눈을 내리깐 채 아무 말도 하지 않았다.

 "왕실의 비밀서고에 감춰둬서 아무도 연구할 수 없다고는 하지만 존재하는 것만은 사실이라고들 하지. 그렇기에 지금까지도 끊임없이 온갖 소문이 흘러나오는 게 아니겠나. 특히 시이를 2세 폐하께서 아르나브르를 건설할 때 유용한 문서들을 풀어놓으면서 몇 가지 신비로운 고대의 전승도 함께 알려졌지. 그중에 내 손에까지 들어왔던 신기한 필사본도 있었네. 혹시 '오노르 다 휘프타'가 무엇인지 들어보았나?"

키릴은 저도 모르게 대꾸했다.

"태양의 탑 말입니까?"

'오노르 다 휘프타'라면 역시 키릴이 멜헬디 학교에 다니던 시절 플로엔 때문에 갇혔던 이상한 공간에서 읽었던 책의 제목이었다. 아무것도 쓰이지 않은 듯 보였지만 문자 아룬드에 접어들자 읽을 수 있었던 빨간 표지의 책이다.

율리헨이 반색을 했다.

"알고 있었나? 태양의 탑을? 그게 어떤 곳인지도?"

키릴은 기억을 더듬었다.

"제가 본 책에서는…… 모든 것을 완전하게 해주는 곳이라고 되어 있더군요. 그리고 바다 건너 아주 먼 곳에 있다고……."

율리헨이 고개를 끄덕였다.

"그 말이 맞네. 태양의 탑은 모든 것을 완전하게 하지. 부서진 것, 망가진 것, 잃어버린 것, 모두가 새로워진다네. 사람도, 기억도, 마법도. 어떻게 그럴 수 있는지, 그리고 새로워지거나 완전해진다는 말이 무슨 의미인지 다 알 수는 없지만 상상만으로도 가슴 뛰는 장소가 아닌가. 난 언제고 꼭 한 번 태양의 탑에 가보고 싶었네. 열사의 땅에 숨겨진 황금, 신화의 바다에서 솟아오른 고래, 황무지를 헤매는 천 년 전의 짐승…… 이 아름다운 말들은 다 무엇을 가리킬까. 읽고도 알 수 없었기에 가서 보고 싶었다네. 자네가 읽은 책에도 이 말이 있었나?"

"아뇨. 제가 본 책에는 고귀한 종족이 모두 사라진 현세에야 깨어날 고대의 금빛 알이 잠든 곳이라 하더군요."

율리헨은 웃었다.

"어느 쪽이든 뜻을 알 수 없는 건 똑같군. 누가 들으면 시를 읊느냐고 하겠어. 하지만 그보다 구체적인 이야기도 있긴 했지. 태양의 탑 속에는 모든 힘과 마법을 빨아들이는 신비한 타로핀이 잠자고 있다고 하더군. 또한 인간이 신체를 벗어던지고 이스나에가 될 수 있는 힘도 잠재되어 있다고 해. 고대인들은 우리보다 체격도 컸고 능력도 뛰어났다고 하지. 우리가 다시 고대 이스나미르인과 같은 신인(神人)으로 태어날 수 있는 힘이 그 안에 있을까?"

키릴은 문득 생각했다. 태양의 탑에 가면 〈랄트라〉와 〈아이〉가 주는 부작용에서도 벗어날 수 있지 않을까? 지금의 연약한 인간에게는 버거운 고대의 마법을 자유로이 쓸 수 있게 해주는 힘이 그곳에 있을지도 모른다.

"하지만 그곳까지 가더라도 누구나 들어갈 수 있는 건 아니지."

키릴은 퍼뜩 정신을 차리며 대답했다.

"문이 없다는 내용은 읽었습니다."

"맞네. 그 탑에는 문이 없지. 이조르칸트에 있는 '마음의 궁전'이 태양의 탑의 모양을 본떴다고 하는데 물론 '마음의 궁전'에는 입구가 있지. 태양의 탑에 들어가고자 하는 자는 '파괴자의 날개'라는 열쇠를 찾아서 가지 않으면 안 된다고 하더군. 파괴자가 되지 않고서는 탑의 자족적인 세계를 열고 자신을 밀어 넣을 수 없기 때문이야. 그 열쇠는 네이판키아 족에게 있다고 하는데 그들은 역사를 전혀 기록하지 않으니 과연 찾을 수 있을지는 알 수 없는 일이지."

"네이판키아라면, 이진즈 숲에서 문명을 거부하고 자연 그대로 살아가다던 사람들 말입니까?"

"이진즈 숲에만 사는 건 아니지만 그곳에 가장 많다고 하더군. 어차피 다른 땅에서 건너온 우리 마브릴을 제외한 대륙의 세 인간족은 모두 조금씩 고대 이스나미르인의 계보를 잇고 있네. 이스나미르를 세운 엘라비다 족에게 남은 전통이 가장 많긴 하지만 아르마티스나 네이판키아도 나름대로 물려받은 무언가가 있다는 거지. 기록은커녕 아무것도 가르치거나 배우지 않는 네이판키아에게도 전승이 있다는 이야기가 참 놀랍긴 해."

"아까 태양의 탑에 가보고 싶다고 하셨지요. 왜 당신은 찾아가지 않았습니까?"

율리헨은 발끝으로 호수에 파문을 만들며 웃었다.

"어디 있는지 몰랐거든. 자네가 읽은 책에는 쓰여 있던가?"

"서쪽으로 가라고 하더군요. 스조렌 산맥 너머로요. 그 뒤에는 안내자가 기다리고 있다고 쓰여 있었습니다. 탑은 사면에서 바다를 바라볼 수 있는 자리에 서 있다고 하고요."

율리헨이 다시 웃음을 터뜨렸다.

"그거 쉽지 않은 일이군. 스조렌의 고봉들을 넘은 자가 있다는 이야기는 아직 못 들어보았는데. 그 안내자가 누구인지도 알 수 없고, 무엇보다 파괴자의 날개를 찾아야만 하고 말이야. 난 이제 갈 수 없겠지. 하지만 말이야, 자네는 꼭 가보는 것이 좋겠어."

그제야 키릴은 이상한 낌새를 느끼고 물었다.

"가다니요?"

"자네라면 여기서 나갈 수도 있겠지. 아닌가?"

그간 아무 설명도 해준 일이 없는데 율리헨이 왜 그렇게 확신하는지 이해가 가지 않았다.

"나가거든 꼭 태양의 탑을 찾아가게. 거기에 자네를 위한 해답이 있을 거야. 원치 않는 답일 수도 있지만 그것도 답인 이상 피해서는 안 되겠지."

"왜 제게 그런 말을……."

"난 자네의 희망이, 가능성이, 빨리 목표에 이르렀다가 이윽고 돌아오기를 바라네."

키릴은 그때 그 말을 이해하지 못했다.

갈 노인의 상태는 갈수록 나빠졌다.

검은 비가 내려 바깥세상에서도 문밖출입을 하기 힘든 암흑 아룬드(2월)가 되자 한층 고통이 심해졌다. 본래 생명을 움츠러들게 하고, 잘못을 저지르게 하고, 나락으로 떨어지게 한다는 의미를 지닌 암흑 아룬드였다. 암흑 아룬드의 기운이 생기를 앗아가는 것처럼 노인의 팔다리도 서서히 굳어져 갔다.

율리헨의 축복받은 손도 이런 상태를 되돌릴 힘은 없었다. 율리헨과 키릴은 교대해 가며 밤새 잠을 이루지 못하고 신음하는 갈 노인의 곁을 지켰다. 그날 밤, 키릴이 다가오자 노인은 꺼져 가는 목소리로 빈스를 불러 달라고 했다.

"이 살덩어리야……."

빈스는 턱과 입술을 일그러뜨리며 노인을 내려다보았다.

"영감쟁이, 명줄 놓을 작정이냐?"

"이놈아, 네놈은 안 죽을 줄 알아……. 크흠, 큭!"

노인은 피 섞인 침이 흐르는데도 개의치 않고 웃었다.

"약속한 때가 왔어. 네놈은 손해 보는 장사랬지만 결국 수지는 맞았지? 안 그런가?"

갑자기 빈스의 목소리가 높아졌다.

"미친 소리 작작해! 난 이런 손해나는 거래는 안 한단 말이다! 이 꼴통 노인네야, 당신이 죽긴 왜 죽어? 이따위 토굴에서도 땅강아지처럼 잘도 살아온 당신이 아니냔 말이야!"

목소리에는 울음이 묻어 있었다. 노인이 말을 이었다.

"너무 오래됐잖아. 휴우, 휴…… 다들 영양보충 좀 해야지."

키릴은 노인의 말이 무슨 뜻인지 몰랐으나 뒤이어 불길한 상상이 떠올랐다. 그때 갈 노인이 키릴의 손을 잡았다.

"해줄 거지? 너를 볼 때마다 잃어버린 손자가 떠올라서 견디기가 힘들었는데……. 만약에, 만약에, 만약에라도 밖으로 나가게 되면 말이야……."

키릴은 그가 무슨 말을 하려는가 싶어 눈을 크게 떴다.

"내 손자 녀석의 무덤에 가줘. 쿨럭! 할애비는 후회하고 있다고, 한 세상 살며 온갖 후회할 짓을 했지만, 그 모두보다 널 사랑한다는 사실을 깨닫지 못한 할애비는 죽어서도 후회하고 있다고 말이야. 모든 것을 용서했지만 나 자신만은 용서하지 못했다고……. 그 앤 천진하고 깨끗한 영혼이니 이스나에가 되었을지도 몰라. 휴우…… 꼭 전해 줘. 추워하지 말고 따뜻하게 잘 자라고……."

키릴이 멍해 있는 동안 갈 노인은 다시 빈스를 보았다.

"빈스……. 어린 녀석한테도 고기는 좀 남겨 줘. 내 자네하고 약속한 바지만 내 고기도 혼자 먹어치울 정도로 만만한 양은 아니라…… 컥, 쿨럭! 크윽……."

이야기는 거기에서 끊어졌다. 갈 노인이 의식을 잃자 사람들은 물러 앉으며 얼굴을 마주보았다. 키릴은 방금 들은 말 때문에 혼란스러웠다. 결국 빈스가 말했다.

"우린 죽은 자를 먹네."

"……."

어쩌면 어렴풋하게 짐작했던 일이었을지도 몰랐다. 한 번쯤은 물어보려 했던 것도 같았다. 그러나 눈앞에서 그 일이 벌어지려 하는 것과는 달랐다. 천지차이였다. 키릴의 눈이 사람들을 쓸고 지나갔지만 그들은 침착했다.

"아무도 부끄러워하지 않는군요."

"아니."

율리헨이 고개를 저었다.

"그렇지 않아. 이해하기 힘들겠지만 우리에게도 나름의 원칙은 있거든. 이것만은 말하지. 우리는 언젠가 우리 가운데 단 하나라도 바깥으로 나가 세상 빛을 다시 보길 바라네."

"……."

키릴은 율리헨이 지난번에 했던 말을 떠올렸다. '자네라면 여기서 나갈 수도 있겠지.'

"불가능하더라도 그 외에 달리 품을 희망은 없어. 죽어가는 자는 그 희망을 위한 거름이 되기를 바라지. 왜냐고? 그가 자신의 살을 주면 우리는 그가 풀지 못하고 온 소원을 들어 줄 의무를 지게 되기 때문이야."

갈 노인의 손끝이 약간 움직이다가 멈췄다. 숨소리가 거칠었다.

"우리 모두는 짐을 지고 있네. 우리 대신 죽어 우리의 팔다리에 생기를 불어넣어준 자들의 소원을 풀어줘야 하는 의무, 바로 빚이지. 죽어 이 지하에서 스러져버리면 아무것도 남지 않겠지. 그들은 그런 식으로라도 세상에 자신의 소망을 남기고 가는 거야."

이해하기 어려웠지만 어렴풋이 알 듯도 했다.

"원하지 않으면 짐을 지지 않아도 돼. 다만 죽는 자 역시 소망을 남기고 싶어 한다는 점을 잊지 말게. 그 소원을 들어주지 않는 것 역시 죽은 자에 대한 예의는 아닌 것 같아. 사실 어느 쪽도 예의라고는 할 수 없겠지만 우리는 세상 사람들이 짐작도 할 수 없는 곳에 갇혔으니 이제 우리 나름의 예의를 지킬 도리밖에 없다네."

예의는 다음날 아침에 지키게 되었다.

갈 노인은 밤새 누구도 지켜보지 않는 가운데 숨을 거두었다. 우습게도 노인이 죽은 날은 암흑 아룬드의 마지막 밤이었다. 아르나 아룬드(3월)가 시작된 아침은 유난히 환했다. 환청으로라도 지저귀는 새 소리가 들릴 정도로 완벽한 봄이었다.

모여 앉은 그들에게 유일한 도구는 주머니칼 하나뿐이었다. 율리헨은 놀랍게도 살을 베어 내는 일조차 맡았다. 그는 충심으로 애도하는 얼굴이었지만 추호도 망설이지는 않았다.

슬픈 카니발이었다. 먼저 죽는 편의 짐을 져 주기로 약속했다는 빈스가 땅을 팠고, 베어 낸 고기들이 그 안으로 들어갔다. 율리헨이 그 위에 불을 지폈다. 평소보다 오래 타도록 피웠다. 늘 모자라는 장작도 넉넉히 썼다. 한참을 익혀 그슬린 자국이 완연한 고기를 파냈을 때 키릴은 뱃속에서 올라오는 역한 기운을 느끼며 먹지 않겠다고 했다. 율리헨이 키릴에게 노인의 유언을 들었다는 사실을 상기시켰지만 그래도 설득할 수는 없었다.

먹을 만한 고기를 베어 낸 노인의 사체는 호수 속으로 던져졌다. 그날 저녁, 갈 노인이 늘 짚고 다니던 허벅지 뼈로 된 지팡이를 동굴의 옛 주인들의 흔적인 낡은 뼈 무덤에 도로 가져다 놓으며 키릴은 고민했다. 긴 고민이 끝났을 때 그는 저녁식사 자리로 돌아가 카니발에 동참했다.

269년이 밝았다.

키릴은 지난해에 〈아이〉의 수련을 마무리했고, 다시 한 해 동안 두 책에서 뽑아낸 주문들을 다듬고 확장했다. 수년간 공들여 배운 이 마법이 밖에 나가서도 효력이 있을지 가끔 의심이 들지 않은 건 아니었다. 무엇보다 〈아이〉에서 찢어져 나간 페이지들이 마음에 걸렸다. 혹시 그것 때문에 전체 주문의 균형에 문제가 생기지는 않을까?

탈출한 뒤 왕실의 비밀서고를 뒤져볼 수도 있겠지만 그 안의 책이 한두 권이 아닐 테니 시간이 많이 걸릴 것이다. 또한 태양의 탑에 가면 사라진 페이지조차 완성될지도 모른다. 그러나 그럴 시간 역시 없다.

〈아이〉의 마법조차 3, 4초 안에 발동할 수 있게 된 키릴이 감옥을 나갈 날이 다가왔다. 일부러 암흑 아룬드를 피해 여행하기 좋은 아르나 아룬드를 거행 날짜로 잡았다. 날짜가 정해지고 나자 더욱 밖의 소식이 궁금했다. 클라리몽드는, 일츠는, 이스카시안은 어떻게 되었을까. 롬디오는 어떻게 지낼까. 칼드는 어떤 음모를 꾸미고 있을 것인가.

결행 전날 밤, 키릴에게 이로크가 다가왔다.

공용어를 잘 하지 못하는 그가 아르마티스 족임을 이제 키릴도 알고 있었다. 그는 손짓으로 이야기를 하고 싶다는 표시를 하더니 다짜고짜 말했다.

"너, 아프다."

그간 키릴은 이로크와 이렇다 할 친분을 가진 일이 없었다. 그가 하는 말도 익숙하지 않았다.

"나, 안다. 사람이다. 몸, 고쳐준다. 안 아프다."

"전 아픈 데가 없습니다."

이로크가 강하게 도리질하더니 말했다.

"많이 아프다."

키릴이 대꾸하지 못하는 동안 이로크가 계속해서 말했다.

"큰 강, 어머니 강, 숲에 산다. 고칠 수 있다. 두 번 아버지다. 나, 작은 아들이다."

"문제의 치유자가 자신의 삼촌이라는 뜻이네. 그 사람이 이진즈 강 주위의 숲에 사는 모양이지. 이진즈 숲인가."

어느새 다가온 율리헨이 말해 주더니 곁에 앉아 같이 귀를 기울였다.

"아버지, 고친다. 고치는 자는 싸움 안 한다. 아픈 사람, 오라고 했다. 많은 것 안다. 말도 한다. 성으로 가는 길, 알려준다."

"성이라고?"

율리헨이 되물었다. 이로크는 얼굴을 찌푸리며 생각하더니 큰 소리로 말했다.

"큰 개미성이다! 산, 넘는다. 산에 우리 마을 있다. 마을에 길 있다. 큰 새 만난다. 새가 말해 준다. 멀리 있는 벼락 새, 무서운 새가 말해 준다."

율리헨은 이로크와 똑같이 찌푸린 얼굴로 생각에 잠겼지만 이번에는 그도 해석이 쉽지 않은 모양이었다. 그가 키릴을 돌아보았다.

"아무래도 삼촌이라는 사람을 만나 묻는 편이 낫겠군. 공용어를 잘한다니까 좀 낫겠지. 이런 식으로는 이로크의 고향이라는 아르마티스 부락에 무엇이 있다는 건지 도무지 이해하기가 어렵군 그래."

율리헨이 그 정도라도 해석해 내는 것이 신기했다. 그러나 잠시 후, 키릴은 더 중대한 것을 깨달았다.

"제게…… 가라고 하셨습니까?"

율리헨은 희미하게 웃었다.

"오늘 밤 이곳을 나갈 것 아닌가?"

역시 그는 알고 있었다. 생각해 보면 이로크도 알고 있었던 모양이었다. 빈스는, 벵커는 알고 있을까?

"나만 아는 줄 알았더니 여기 대지의 기운을 느낄 줄 아는 청년이 있음을 깜빡했군. 아르마티스 족은 예로부터 대지를 어머니로 섬기지. 그들은 대지를 '신(神)'이라고 부르네. 대륙에서는 굉장히 드문 개념이지만……. 어쨌든 그들은 대지로부터 여러 가지 이야기를 듣는다고 하던데 그게 정말인 모양이군."

이로크는 아르마티스 족 애기가 나오자 눈을 반짝였으나 할 말을 다 했는지 더 입을 열지는 않았다. 율리헨과 키릴이 그가 한 말을 다 이해하지 못한 줄도 모르거니와 그런지 아닌지 생각할 필요도 느끼지 않는 것 같았다.

"다른 사람에게는……."

"아니. 비밀은 지켜야지. 자네 혼자 이 지옥을 빠져나간다는 사실이 부담스러운 게 아닌가. 괜찮아. 자네가 익힌 마법이 여러 사람을 데려갈 수 있다면 자네가 왜 그리하지 않겠나. 적어도 자네의 스승인 저 구석의 사람만은 데려가려 하지 않았겠나?"

"당신은 어떻게 말하지 않은 일들을 그렇게 쉽게 알아내죠? 축복 받은 손 말고 혹시 다른 힘도 있는 겁니까?"

답하지 않으리라 생각했지만 한참 뒤 율리헨이 고개를 끄덕였다.

"뭔가가 있음은 인정하겠네. 다만 힘든 추억이 얽혀 있어 설명하고 싶지는 않군. 밖으로 나가면 그 얘기를 해줄 사람을 만날지도 모르지."

율리헨은 이로크의 어깨를 툭툭 두드리며 자리에서 일어섰다. 이로크는 호숫가의 물풀에 천진한 관심을 보이고 있다가 흠칫 놀라더니 벌떡 일어나 자기 자리로 가 버렸다. 율리헨이 키릴을 내려다봤다.

"너무 궁금해 하지는 말게. 몰라도 무방한 이야기야. 다만 조금 걱정스럽긴 하군. 자네는 그 사람과 대립하기가 쉬울 것 같네. 하지만 그와 자네의 대립은 전적으로 두 사람의 일, 나는 누가 죽고 살든 관계하지 않네."

그 말을 맺을 무렵 율리헨은 이미 어둠 속에 있었다. 키릴은 보이지 않는 뒷모습을 당혹스럽게 바라보았다.

밤이 왔다.

모두 잠들었다. 아니, 잠든 체 하고 있었다. 키릴은 빈스와 작별 인사를 하지 못한 것이 마음에 걸렸다. 율리헨과는 인사가 된 셈이라 해도 빈스는 그가 처음 들어왔을 때부터 도움을 주었던 사람이었다. 빈정대기 잘하는 벵커가 불만을 터뜨릴 때도 종종 막아 주곤 했다.

마지막 순간, 어둠 속에 선 키릴과 노틀칸은 서로를 마주보지 않았다. 키릴은 노틀칸이 마지막으로 할 말이 있으리라 생각해서 기다렸다. 그의 복수는 노틀칸의 복수이기도 한 것이다. 당부나 요구 사항이 있다 해도 이상하지 않았다. 모두 들어줄 생각이었다. 그는 그런 대접을 받을 자격이 충분했다.

그러나 나온 말은 뜻밖이었다.

"내 꼴은 되지 마."

키릴은 고개를 돌려 노틀칸을 보았다. 그렇게 보아선지 그의 키도, 몸집도 전 같지 않은 듯했다. 머리도 희끗했다. 노틀칸이 감옥에서 보낸 세월만 20년이었다. 마음속에 불길이 없었던들 지금까지 살아남지는 못했을 것이다.

"너에겐 기회가 있어. 재능도. 헛되이 마라. 복수가 끝나도 네겐 50년도 넘는 세월이 있어."

오래 전 키릴을 제자로 받아들일 때 노틀칸은 세상의 기쁨을 모르는 자, 평화를 되찾을 수 없는 자, 복수밖에 모르는 자가 되라고 요구했다. 그러나 오늘 그는 떠나려는 제자에게 남은 세월을 말했다. 처음에는 서로에게 도구, 살아 있는 분노였을 뿐인 그들이었다. 6년이 지난 지금은 달라졌는가?

키릴이 답했다.

"복수를 원하는 자가, 복수를 행한 뒤에도 살아남으려 하면 안 되겠지요."

준비된 주문을 말할 시각이었다. 아니, 떠올릴 시각이었다. 천 번도 넘게 되풀이한 결과 키릴은 가장 긴 주문도 1, 2초가 지나기 전에 상기할 수 있었다. 이 마법의 요체는 빠른 상기이기도 했다. 정해진 문장, 또는 단어 열을 떠올리는 순간 마법이 발동되었다.

"신의를 약속한 그날부터, 당신은 내 유일한 스승입니다. 소원은 반드시 풀어 드리겠습니다. 그때까지 살아 계세요."

소리도 없었다. 광채도 없었다. 그럴 줄을 누구보다도 잘 알고 있었으면서도 노틀칸은 묘한 이질감을 느끼며 그 자리에 서 있었다. 눈앞에는 아무것도 없었다.

남은 것은 지독한, 오직 하나뿐인 희망에의 집착.

세계 카드

변하고 있었다. 수십 가지 빛깔로 너울거렸다.
강렬한 태양빛을 베일처럼 휘날리며 한 손으로 나무줄기를 짚고,
두 발은 가지를 디디고, 다른 손에는 막대를 쥐었다.
살아 있는 것처럼 어지러이 춤추는 머리카락은 형체도 규칙도 없는 에너지의 춤이었다.
다음 순간, 광채가 도약했다.
화살 깃이 나는 듯한 소리가 공기를 날카롭게 쪼갰다.
시시각각 가까워지면서 물처럼 투명한 몸에 천변만화하는 빛깔이 스쳐갔다.
불꽃과 흰 달, 황금과 나뭇잎, 은빛 거미줄과 흔들리는 물방울……
온갖 풍경이 비쳤다가 사라졌다. 숲의 모든 것이 맺힌 결정(結晶)처럼.

묘한 동행

키릴은 문득 정신을 차렸다.

사람의 기억은 스쳐가는 순간에도 한때의 모든 것을 떠올릴 수 있다. 생생한 기억일수록 순식간에 끼쳐와 정신을 아득한 상태로 몰고 간다.

코끝에 물씬한 지하 호수의 비린내와 날고기의 맛. 얼음 같은 겨울 석벽과 화덕 같은 여름 바다. 키릴의 6년이 그곳에 묻혀 있었다. 그는 아이였던 자신을 죽여 그곳에 파묻고 다른 인간으로 태어나 이곳에 있었다. 키릴로차가 아닌, 키릴츠도 아닌, 키릴이 되어서.

이윽고 키릴은 피식 웃었다. 올해는 270년이다. 지하 감옥에서 나오고도 해가 바뀌었다. 그간 무엇을 했던가. 제대로 한 일이라면 율리헨이 알려준 대로 갈 노인의 손자가 묻혀 있다는—묻혔다기보다 상징적인 빈 무덤이었지만—마르텔리조라는 마을에 다녀온 것뿐이었다. 긴 여행이었다. 마을 외곽에 있다는 무덤을 찾기도 쉽지 않았다. 무덤을 돌아보고 나니 그날의 해가 저물었다. 그는 속으로 혀를 차며 생각했다. 그 고기값, 비싸기도 하지.

다음으로 이진즈 숲에 산다는 이로크의 삼촌을 찾아갔다. 어지러움과 함께 며칠씩 정신을 잃는 일이 잦아져 이대로는 아르나브르에 가도 목적을 달성하기 어렵겠다는 생각이 들어서였다. 오랜 수소문 끝에 만난 노인은 태양의 탑에 가야만 문제의 마법을 완성할 수 있다고, 그것만이 죽음을 피하는 길이라고 말했지만 키릴은 고집스럽게 거절했다. 그러나 몸과 마법의 기운을 맞추도록 몇 달 동안 치료받는 것에는 동의했다.

그 이름 모를, 아니 이름을 물어보지 않은 아르마티스족 노인은 저들의 고향이 북 스조렌 산맥에서 로존디아와 스조렌의 경계가 되는 산중턱 언저리라고 했다. 그곳을 넘어가면 태양의 탑으로 갈 수 있다고도 했다. 그러나 키릴은 가지 않았다. 탑을 찾아가려면 먼저 네이판키아족의 부락을 찾아 '파괴자의 날개'를 얻어야 했다. 운 좋게 그것을 손에 넣고 스조렌 산맥마저 잘 넘어간다 해도 태양의 탑이 얼마나 먼 곳일지 모르거니와, 그곳에 간다고 몸 상태가 완전해진다는 보장도 없었다. 그는 8년이 되는 해인 271년까지 복수를 완수하는 것이 먼저라고 생각했다. 그것만 해낸다면, 지금의 상태로도 해낼 수만 있다면 그 다음이야 어찌되든 좋지 않은가.

그러나 아르나브르에서 키릴은 실패했다. 왕실의 서고를 수색하는 일도 불가능해졌다. 어쩌면 칼드를 단숨에 죽이지 않고 사로잡으려 했던 것이 패인(敗因)이었는지도 몰랐다. 칼드에게는 정말로 태양의 탑에 있는 타로핀과 비슷한 것이 있는지도 모른다. 이제 키릴도 탑을 찾지 않으면 안 될 상황이었다.

지금 상태로는 칼드를 이길 수가 없다.

키릴은 일츠의 얼굴조차 보지 않은 채 아르나브르를 빠져 나왔다. 아르나브르에서 들은 유일한 소식이라면 마지막 남은 친우인 이스카시안이 원인 모를 병으로 벌써 몇 년 전에 세상을 떴다는 이야기뿐이었다. 이스카시안의 아버지인 알리당스 대공 집안은 7년 전 주드마린이 대공주로 책봉된 후 변경으로 쫓겨났고 이스카시안도 그쪽에서 죽었다고 했다. 충격적인 일이었음에도 불구하고 감옥에서 단단히 굳어져 버린 그의 가슴에는 그리 큰 파문이 일지 않았다. 오히려 그런 자신 때문에 당황했다.

키릴은 적들에게 마땅한 대가를 치르게 하고 나면 이스카시안의 무덤을 찾아보기로 마음먹었다. 지금은 자신이 아니면 누구도 할 수 없을 일을 먼저 해야 했다. 그 후에야 다른 일에도 의미가 있었다.

시간이 없는 것이 가장 큰 문제였다. 과연 내년까지 태양의 탑에 다녀올 수 있을까. 시간에 맞춰 돌아와 저들의 숨통을 끊을 수 있을까.

이런 생각으로 가득 차 키릴은 스물여섯이 된 자신을 느낄 겨를도 없었다. 〈랄트라〉와 〈아이〉를 배우기 시작한 뒤로 그의 피부는 백색증이라도 오는 것처럼 점점 창백해졌다. 마른 몸에 걸친 헐렁한 로브 밖으로 드러난 얼굴과 목 언저리, 손목 어디에서도 핏기라고는 찾아볼 수 없었다. 뺨에는 홍조도 없었고 입술에서도 연한 분홍빛밖에 나지 않았다. 반면 머리는 여전히 검었고 손질되지 않은 채 물결처럼 자랐다. 눈은 차디찬 겨울 빛이었다. 좋은 별 아래 태어났다고들 하던 자신에게 고통과 침묵뿐인 표정이 더 잘 어울리는 것을 그는 어떻게 생각했을까.

키릴이 어떻게 생각했는지 몰라도 그의 뒤를 쫓는 작은 추적자에게는 풀리지 않는 숙제였다.

"내가 저런 놈을 왜 따라가는 거람. 아무래도 돌아버렸나 봐. 그러니까 제정신이 들 때까지 계속 따라갈까."

사샤, 검은 새를 닮은 소년이 황야를 가로지르는 한 사람의 그림자를 바라보며 끊임없이 걷고 있었다.

상상 이상으로 지독한 놈이었다. 어쩌면 따라가기로 한 것부터가 실수였는지도 몰랐다.

처음엔 그럭저럭 괜찮았다. 사샤는 기운찬 녀석이었고 눈도 좋은데다 발도 빨랐다. 다만 가진 음식이 오렌지 하나밖에 없었던 것이 화근이었다. 이튿날 한나절도 되기 전에 지독한 허기가 엄습해왔다. 소년이 바보라서 식량을 준비 못한 것은 아니었다. 살아오며 비축이라는 것이 한 번도 의미를 가져본 일이 없었던 탓에 그날도 하필 그것밖에 없었을 뿐이었다.

그런데 저 지독한 놈은 자기가 한 말 그대로 뒤도 한 번 안 돌아보고 갈 길만을 갔다. 그리 빠른 걸음은 아니었기에 그럭저럭 거리를 유지하며 뒤를 쫓았지만 성문을 떠난 이래 말은커녕 눈길조차 받지 못했다.

"당신 일행이오?"

남자가 여행자와 마주쳐 길을 묻고 답하는 가운데 약간 떨어져 선 사샤를 본 여행자가 그 자에게 던진 말이었다. 그러자 남자는 이렇게 대꾸했다.

"누구 말입니까?"

식사를 할 때도 마찬가지였다. 남자는 식량을 갖고 있었지만 굶주린 사샤에게 말라비틀어진 빵조각 하나도 주는 일이 없었다. 직접 건네주기가 뭣하면 그냥 먹던 자리에 남겨두기만 해도 되는데, 빵가루 한 톨도 아깝다는 것처럼 앉았던 흔적까지 싹싹 지워버리고 일어서는 꼴을 보고 있자니 욕이 저절로 나왔다.

이틀째 밤이 되자 욕할 기운도 떨어졌다. 사샤는 하릴없이 엊그제 먹고 버린 오렌지 껍질을 생각했다. 지금 같아선 껍질이고 뭐고 남김없이 먹어치울 것 같은데. 지금쯤은 다 말라비틀어졌겠지. 지금 되돌아가도 소용없을까. 누군가가 벌써 집어먹었을까.

저만치 나무 밑에 앉아 빵과 말린 과일을 먹고 물을 마시는 악독한 작자가 보였다. 그걸 보자니 이가 잇몸 사이에서 모조리 흔들거리는 듯했다. 어라, 떨고 있는 건가.

물병 닫는 소리까지 잘 들렸다. 이 황무지에는 시냇물 한 줄기 없어서 그간 사샤가 마신 물은 어제 아침에 어느 웅덩이에 고여 있던 거무튀튀하게 흐린 물뿐이었다. 그나마도 물병이 없어 담아올 수도 없었다.

저놈뿐 아니라 황무지도 지독했다. 쓸 만한 나무열매는커녕 씹고 뱉을 풀포기도 없었다. 떠나보니 새삼 어느 구석에 버린 음식, 아니면 훔칠 음식이라도 있는 도시가 대단히 좋은 곳이었다는 생각이 들었다. 허기로 눈이 핑핑 돌아가는 가운데 어떻게 저 남자를 놓치지 않고 계속 따라가고 있는지가 슬슬 수수께끼처럼 느껴졌다. 이 와중에 저 사람까지 놓치면 자포자기해 쓰러질지도 모른다는 위기감이 한몫했는지도 몰랐다.

저 자가 무시무시한 마법사라는 생각만 아니었다면 벌써 덤벼들어서 되든 말든 물이라도 뺏으려 시도해 보았을 것이다. 보통사람쯤이야 이기진 못해도 재주 좋게 훔쳐낼 자신이 있었다. 그러나 상대는 시간도 멈춰버리는 마법사였다. 아직까지 죽을 날짜를 앞당길 정도로 맛이 가지는 않았다. 비록 아르나브르를 떠나고 아직껏 한 번도 마법을 사용하는 모습을 못 봤지만.

사흘째 날이 밝았다. 사흘 굶으면 남의 집 담장 안 넘는 놈이 없다던데 담장이 있어야 넘든 말든 할 일이었다. 누가 시켜서 하는 짓 같았으면 예전에 작파하고 길게 늘어져 버렸을걸.

혹시라도 놓칠까봐 깊이 자지도 못하고 햇빛이 뺨에 닿자마자 일어나 앉은 사샤의 눈에 잠든 남자의 모습이 보였다. 침낭까지 있는 아주 늘어진 살림살이였다. 미운 마음이 비죽비죽 솟아났다. 어쩌면 저렇게 속편하게 잘 수 있을까. 길지도 않은 인생에 저런 독종은 처음이다. 이러다가 죽어 넘어져도 그냥 가려나보지.

그런 생각을 하면서도 사샤는 기운이 없어 그저 멍하니 앉아 있었다. 도시 바깥에는 야경꾼도 없으니 몇 시쯤 되었는지 몰라도 하늘을 보니 저 작자가 일어나려면 조금 기다려야 될 듯했다. 저 자는 일어나는 시각도, 자는 시각도, 식사시간도 거의 일정했다.

그간 저 남자의 생활이라면 꽤 많이 관찰했다. 몇 번인가는 혼잣말을 해도 들릴 정도로 가까이 따라간 일도 있었다. 그런다고 토끼 한 마리만큼도 신경을 쓰는 것 같지는 않았지만.

얼굴은 볼수록 묘했다. 상반된 인상이 한 곳에 든 모습이었다. 고집스러운가 싶다가 만사를 포기한 사람 같기도 하고, 연약한 듯싶다가 잔인해 보이기도 했다. 어찌 보면 자신도 그랬다. 실망했으면서도 계속 따라가고 싶었다. 이게 다 어찌된 일인가 몰라.

그건 그렇고 어디로 가는 걸까? 왜 사람 사는 곳으로 가지 않고 황무지로만 걷는 걸까? 죽을 자리를 찾아가기라도 하나? 계속 이런 데로만 가다보니 방향도 잘 모르겠다.

더 생각하려니 빈속 때문에 머리가 빙글빙글 돌았다. 이러다가 마을이라도 만나면 저 재수 없는 놈과 '영영 안녕' 해버릴 것인지, 아니면 요기만 마치고 도로 죽자 사자 따라갈 건지 생각해 봤지만 결론이 잘 나지 않았다. 뭔가 결정하기에는 기력이 너무 부족했다.

이윽고 남자가 일어났다. 수통의 물로 수건을 적셔 얼굴을 닦고 말린 고기 약간을 씹었다. 보고 있자니 침이 입 밖으로 흘러내릴 지경이었다. 말린 고기에서 별다른 냄새가 퍼질 리 없는데도 온 들판이 고기 냄새로 가득한 듯한 지경에 이르자 사샤도 더 견딜 수가 없었다.

"저기…… 당신!"

바람만 휑하니 지나갔다. 남자는 식사를 마쳤다. 아침은 본래 조금밖에 먹지 않았다.

"저, 저기, 나는……"

입을 뗐지만 적당한 말이 떠오르지 않았다. 사샤는 지금까지 도둑질, 소매치기, 돈푼 생기는 좀 묘한 일들에서 쓰레기 더미를 뒤지는 일까지 다 해보았지만 단 하나, 구걸만은 해보지 않았다. 타고난 재능 덕택에 구걸해야 하는 상황까지 가본 일이 없었다. 그래선지 처음에 무슨 말을 꺼내야 할지 몰랐다.

"그러니까…… 잠깐 나 좀 봐!"

구걸하는 사람이 이따위로 말해서야 성공할 리가 만무했다.

남자는 귓구멍이 막힌 사람처럼 아무 반응도 없었다. 사샤는 일어나 그쪽으로 다가가다가 적당한 거리에서 멈춰 섰다.

"당신……"

남자는 침낭을 챙겨 넣었다. 얇은 가죽으로 만든 가방을 한쪽 어깨에 짊어졌다. 사샤가 말을 잇기도 전에 그는 걷기 시작했다.

"어떻게 이럴 수가 있는데?"

저도 모르게 하려던 말이 바뀌었다.

"당신 같은 사람은 진짜 처음이네. 사람이 사람으로 안 보여? 눈도 멀고 귀도 막혔어?"

화가 났지만 사샤는 여전히 말을 조심했다. 마법에 대한 두려움이 아직 사라지지 않았다.

"비오는 날 뛰어든 개한테도 이렇게는 안 하겠다. 사람이라면 말이야! 아르나브르의 어떤 나쁜 놈한테도 이런 대접은 안 받았어. 그놈들은 사람이었거든!"

소리 지를 기운이 남았다는 게 신기했다. 사샤는 내친김에 몇 마디 더 외치려다가 문득 상황을 깨달았다. 남자의 모습은 어느새 작은 점처럼 멀어져서 뭐라 외치든 들릴 리가 없었다. 안 들린다 싶으니 그제야 욕이 튀어나왔다.

"빌어먹을 개자식. 젠장, 지독한 놈한테 걸렸잖아."

그러면서도 급히 발을 놀려 따라가는 까닭을 자신도 알지 못했다.

밤이 왔다.

사샤는 남자가 야영을 위해 모닥불을 준비하는 것을 보고 자리에 주저앉았다. 순간, 기절하는 사람처럼 머릿속이 캄캄해졌다. 정말 반쯤은 기절할 뻔했다. 정신이 돌아와 눈을 바로 뜨고 보니 코앞에 흙바닥이 있었다. 하마터면 얼굴을 바닥에 처박을 뻔했다.

돌아온 정신도 오래 가지 못했다.

다시 눈을 뜬 사샤는 바닥이 묘하게 부드럽다고 생각했다. 몸에도 뭔가가 덮여 있었다. 이불?

벌떡 일어나려 했지만 몸 상태를 망각한 행동이었다. 정신없는 와중에도 사샤는 생각했다. 이불 속인지 뭔지 모르겠지만 그런 곳에 누워 있는 거라면…… 그 사람이 나를 구해 줬을까? 그런 일이 정말 일어난 걸까?

"정신이 드나?"

저건 그 마법사의 목소리가 아닌데?

눈을 뜨고 보니 자신을 들여다보는 사람은 얼굴이 거무스름한 중년 남자였다. 딸인 듯한 젊은 여자도 있었다. 아르나브르에서 가끔 보던, 큰 마을 사이를 오가는 등짐 상인들인 것 같았다.

입이 바짝 말랐다. 여자가 다가와서 입술에 가죽 물주머니를 대어 주었다. 몇 모금 넘어가니 조금 살 것 같아졌다.

"어쩌다 그런 곳에 혼자 쓰러져 있었나? 근처에는 마을도 없는데 납치라도 당했나?"

그 말을 듣는 순간 울화가 끓어올랐다. 사샤는 마른 입술을 비틀어 열었다.

"근처에 나 말고 아무도 없었어?"

두 사람은 사샤의 반말에 당황한 것 같았으나 어린아이가 고생을 겪은 끝에 정신이 없어서 그러려니 싶었는지 군말 없이 답해 주었다.

"아무도 없었네. 일행이 있었나?"

일행이었으면 좋았게! 그 자식, 쓰러진 걸 보고도 그냥 버려두고 갔잖아? 진짜 그 자식, 인간이 아니잖아!

사샤는 몸 상태를 무시하고 이불에서 벌떡 일어나며 부르짖었다.
"썩어빠진 개자식!"
소리친 뒤에도 사샤는 한참이나 혼자 식식거렸다. 물론 그 다음에는 좋은 일을 하고도 '썩어빠진 개자식'이 돼버린 천막 주인 부녀의 오해를 풀어주는 일이 남아 있었다.

그날이 저물 무렵, 사샤는 다시 남자를 따라잡았다.
어떻게 가능했는가? 상상을 초월하는 인내심과 강인한 체력의 결과는 물론 아니었다. 증오심 덕택이었다.
사샤는 화가 난 나머지 고맙다는 말마저 떼어먹고 천막 부녀에게 여기가 어디쯤이냐고 물었고, 이곳을 지나는 사람들이면 누구나 메르네 샘을 거쳐야 한다는 말을 듣자마자 뛰쳐나가려 했다. 서두른 나머지 하마터면 그들이 끝까지 친절한 마음으로 제공한 식사 한 끼조차 얻어먹지 못할 뻔했다.
메르네 샘은 이 근방에서 유일하게 수원이 있는 곳이어서 벌판을 가로지르는 여행객들이 많이 모여들었다. 여관도 있었지만 규모가 작아서 대부분의 여행자는 샘 근처에서 야영을 했다. 겨울만 아니라면 야영도 그럭저럭 나쁘지 않았다.
사샤는 남자를 발견했다.
여행자들은 잠을 청했을 시각이어서 샘가에 나온 사람은 많지 않았다. 삼삼오오 일행을 이룬 사람들 사이에 '썩어빠진 개자식'이 혼자 앉아 있었다. 걱정 따위는 전혀 없는 모습으로, 한 손을 물에 잠근 채 그렇게 앉아 있었다.

"안녕."

어디서 이런 소리가 튀어나오는지 모를 노릇이었다. 사샤는 그 옆에 앉았다. 남자는 돌아보았다가 다시 고개를 돌렸다. 끝까지 무시할 셈인 모양이었다.

"나 안 죽었어."

반응이 없었다. 성질을 누르고 한마디 더 했다.

"유감이지?"

남은 사람들도 하나 둘 잠자리를 펴러 샘가를 떠나갔다. 이제 세 명밖에 남지 않았다.

"난 계속 따라갈 거야."

사샤는 남자가 끝까지 대답을 안 할 줄 알았다. 그런데 어스름 속에서 익숙한 목소리가 들렸다.

"끈질기군."

"……."

순간 말문이 막혔다. 동시에 자신은 바보인가 생각했다. 조금 전까지 이를 갈다가 목소리를 듣는 순간 눈물 나게 반가워졌던 것이다. 죽지 않고 여기까지 따라온 보람이 있구나 싶달까. 기가 막힌 노릇이었다.

"왜 그렇게 모질게 굴어? 도대체 왜 그러는데?"

남자는 샘에 뜬 달을 바라보며 대꾸했다.

"나도 몰라."

'알 것 없어' 대신에 저런 말을 할 줄은 또 몰랐다. 슬슬 상대가 십 년 만에 만난 형제라도 되는 것처럼 느껴졌다.

"나, 그냥 데려가면 안 돼?"

그 대답만은 여전히 기대에 어긋났다.

"안 돼."

싫은 게 아니고 안 된다고? 사샤는 조금 다가앉았다.

"이유라도 있어?"

이어 나온 대답은……

"귀찮아서."

젠장, 아까 생각은 전부 다 취소다!

물론 생각을 상대가 보거나 들을 수야 없겠지만 사샤는 왠지 다시 한 번 배신당한 기분이 되어 남자를 노려보았다. 그러나 사방이 캄캄해져서 노려본댔자 상대방은 그걸 알아볼 수조차 없었기 때문에 이 행동도 완전히 헛수고였다. 빌어먹을 놈, 전혀 달라진 게 없다니.

한 대 갈겨 줬으면 속이 시원하겠다고 생각할 무렵 남자가 샘가에서 일어났다. 이어 말 한마디 남기지도 않고 가 버렸다.

남겨진 사샤는 배신감에 몸을 떨며 생각했다. 내가 다시는 따라가나 봐라. 이제 끝장이야! 관심이나 가질 줄 알고? 백 살이 될 때까지 혼자 다니다가 장가도 못 가고 늙어 뒈져라! 뒈져도 묻어 줄 사람도 없어서 까마귀밥이 될걸!

이튿날 사샤는 일찍 잠에서 깼다. 어젯밤에 안 따라가기로 마음을 정했으니 혹시 남자가 떠나지 않나 감시할 필요도 없는데 왜 이러는지 스스로도 몰랐다.

천막 부녀가 줬던 마지막 빵조각을 찾아 씹으며 주위를 둘러보았다. 누군가를 찾지는 않는다고 생각했지만…… 그는 찾던 사람을 발견했다.

남자는 일찍 일어난 모양이었다. 벌써 식사도 마치고 짐을 챙기는 중이었다. 며칠 동안 관찰한 것보다 두 시간은 빠른 행동 개시였다. 어쩐 일일까?

고개를 돌렸다가 다시 쳐다보았다. 남자는 가방을 둘러메고 막 가려는 참이었다.

가만히 앉아 있으려니 기분이 이상했다. 지금 놓치면 다시는 못 보겠지. 다시 보든 말든 무슨 상관이냐 싶지만. 이걸로 충분한 걸까? 지금까지 기를 쓰고 따라온 건 다 뭐가 되는 거지? 일껏 한 수고가 아까운 것 같기도 하고.

달리 할 일도 없는데.

아르나브르에서 너무 멀리 와서 돌아가는 데만도 한참이 걸릴 듯했다. 오는 동안은 쫓아갈 사람이라도 있었지만 돌아가려면 여비도 필요할 터였고, 길도 몰랐다.

사샤는 일어섰다. 다시 말하지만, 그냥 일어선 거였다. 절대 남자를 따라가려고 일어선 것이 아니었다. 주변이나 좀 걸어볼 생각이었다.

"끈질기군."

"그 말은 어제 했잖아."

남자가 어물어물 따라오는 사샤를 발견한 것은 샘에서 십여 걸음도 멀어지기 전이었다. 대화는 그 두 마디가 전부였다.

지루한 놀음이 다시 하루밤낮동안 계속되었다. 사샤는 전보다 훨씬 빨리 지쳤다. 아르나브르에 있을 때라고 뭘 잘 먹었던 건 아닌데도 요 며칠 동안 뺨과 눈두덩이 움푹 들어가 인상이 한결 달라 보였다.

사샤가 남자를 따라간 지도 엿새가 되었다. 엿새째 밤에 남자가 잠자리를 마련했을 무렵, 둘은 서로에 대해 놀라는 중이었다. 아니, 스스로에게도 놀랐다. 이런 황당한 상황이 무려 엿새나 계속되다니.

사샤는 마지막으로 각오를 했다. 평생토록 이러고 다닐 수는 없으니 딱 한 번만 제대로 말해 볼 셈이었다. 마지막일 수밖에 없는 이유는 드디어 체력이 다한 듯했기 때문이었다. 꽤 근성 있는 체질을 타고났다고 생각했지만 이 정도가 한계였다.

사샤는 남자에게 다가갔다. 다리가 휘청거리고 눈앞이 몽롱했지만 애써 다잡아 세웠다.

"당신, 내가 그렇게 싫어?"

"안 싫어."

샘터를 떠난 후로 처음 듣는 말이었지만 이번엔 어쩐지 순순히 대답해 주는 것 같았다. 대답의 내용은 더 이상했다.

"그런데 왜 그래? 싫은 게 아니라면 좀 같이 다녀주면 안 돼?"

"너야말로 왜 그렇게 날 따라와."

의문문인데 끝이 올라가지 않는 묘한 어조였다.

"몰라."

모른다는 것은 진심이었다. 고작 말 한마디만 건네 줘도 크게 칭찬이라도 받은 것 같은 기분이 드는 상황을 뭐라고 설명해야 한단 말인가. 여자도 아닌데 사랑에 빠져서 그런 것도 아니고, 옛 인연 따위도 없고, 도움을 줬다고는 하지만 딱히 호의로 그런 것도 아닌데 무엇 때문에 이토록 따라가려 애쓴단 말인가.

"그거 이상한 일이군."

"나도 알지만, 그렇지만, 그래도, 그럴 수도 있잖아?"

남자가 고개를 돌렸다. 처음으로 사샤의 얼굴을 똑바로, 찬찬이 들여다보았다. 뭔가를 찾는 듯한 눈길이 이마부터 눈, 광대뼈와 턱을 따라 내려갔다. 사샤는 당황했지만 가만히 있었다. 머릿속으로는 까닭을 찾아 생각을 굴리고 있었다.

이윽고 남자가 말했다.

"너는 갈 데 없는 아르나브르의 어린아이지. 돌아가서 거기서 살아."

"거기서 살면 어떻게 되는지 다 안다면서? 그물에 대해서 얘기해 줬잖아."

"그래도 할 수 없어. 그렇게 살아온 이상 그렇게 되는 수밖에."

"너무하잖아."

가까이에서 보니 남자는 멀리서 봐오던 때보다 차가운 인상이었다.

입에서 나오는 말도 한결같았다.

"내가 널 도와줄 이유는 없어. 네게 날 도와달라고 하지도 않았지. 난 귀찮은 일을 싫어해."

거기까지 들었을 때 사샤는 그 말속에 있는 한 단어를 도저히 참을 수가 없었다.

"그딴 식으로 말하지 마!"

남자는 당황하지 않았다.

"말하는 건 내 마음이다. 참견하지 마."

피로한 가운데 화가 나서 열이 오르자 입가에서 침이 약간 흘러내렸다. 한 걸음 물러나다가 그 자리에 주저앉을 뻔했다. 울컥 솟는 것을 뱉어놓지 않고 견딜 수가 없었다.

"이 정도 정성이면 길가의 바윗덩어리라도 감동하겠네. 조각상을 보고 이만큼 절을 했으면 벌써 돌아앉았을 걸? 당신은 호기심도 없어? 사람이 이렇게까지 하는데 까닭이 궁금하지도 않아? 한번 알아보겠다는 생각도 안 들어? 사람이 죽어가도 불쌍하단 마음도 먹을 줄 몰라? 귀찮은 것이 그렇게 중요해? 당신은 건드리면 부서지는 유리인형이야? 사람을 그렇게 피하는 이유가 도대체 뭐야!"

두서없이 아무 말이나 나왔다. 해가 지고 있었다. 황무지는 해가 지고 나면 검푸르게 변했다. 상한 빵에 생기는 곰팡이처럼 기분 나쁜 빛깔이었다. 밤이 되면 추웠다. 그걸 엿새나 견디면서 왔다.

남자는 말이 없었다. 상처 입은 짐승처럼 눈만 번쩍이던 사샤의 입에서 마지막 말이 튀어나왔다.

"나도 내가 왜 이러는지 몰라서 이렇잖아!"

결국 주저앉아 버렸다. 남자는 시선을 내리깐 채 서 있었다. 해는 지고 주위엔 검정과 청색뿐이었다. 입술이 움직이는가 싶더니 먼 공간을 지나온 것처럼 느리게 소리가 도달했다.

"내 속엔 껍질이 있어."

여미지 않은 로브 자락이 펄럭거렸다. 머리를 묶은 흰 천이 풀려 떨어졌다.

"그 정도 일로는 건드려지지 않아."

남자는 검은 날개를 가진 새가 된 듯했다. 눈은 차갑게 흐렸다. 비인간적인 행동만큼이나 낯선 눈으로 소년을 내려다보았다. 한 사람이 죽어도 눈썹 하나 까딱하지 않을 얼굴로 허공을 보는 듯, 사람을 보는 듯, 그렇게 서 있었다.

정말로 인간이 아닐지도 모른다고 생각했다.

"……."

기묘한 광경을 보고 만 것은 사샤의 머리가 어지러웠기 때문일지도 모른다. 뒤이어 사샤는 애써 쥐고 있던 정신의 끈을 놓쳐버렸다. 잠인지 어둠인지 모를 것이 쏟아졌다. 눈앞의 남자가 아무것도 못 봤다는 듯 몸을 돌리는 모습이 보였다. 이젠 느낌이 없었다. 어쩌면 소년의 열다섯 해 생애에서 이보다 심한 일도 몇 번이나 일어났는지도 몰랐다.

마지막 말은 사샤 자신도 느끼지 못하는 가운데 흘러나왔다.

"그래. 나만이 예외는 아니다 그거지? 이 엉망진창인 세상 속에 버림받는 사람 하나 정도 더 생겨나 봤자……."

별이 떠 있었다.

눈을 비볐다. 정말로 별이었다. 잿빛 섞인 감청색으로 변한 새벽별빛이었다. 언젠가 보았던 그 눈빛 같기도 하고, 아니, 방금 전에 봤던…….

"당신!"

누워 있는 사샤 곁에 검은 바위처럼 웅크린 남자가 있었다. 도저히 기다려 줄 것 같지 않던 남자가 거기에 있었다.

"깼냐?"

사샤는 눈앞의 광경을 믿을 수가 없었다. 흙바닥에 밤새 쓰러져 있어서 온 몸이 쑤시고 아팠지만 그런 것쯤은 문제도 아니었다.

"저기, 지금 어떻게……."

"네가 그렇게 간절히 바랐으면서 뭘 또 물어봐."

사샤는 더듬더듬 일어나 앉아 남자를 바라봤다. 진지하게, 태어나서 한 번도 그래 본 일 없는 진지함을 담아서 물었다.

"날 데려가는 거야?"

"그 반말만 안 쓰면."

튀어 일어나 공중제비라도 넘기엔 너무 뻐근한 몸이었다. 그러나 몇 번 아니라 몇 십 번은 넘고 남을 정도로 기뻤다.

남자가 사샤의 얼굴을 보았다. 날이 밝을 무렵이라 소년의 얼룩진 얼굴은 꽤 잘 보였다. 남자가 피식 웃었다.

"이상한 녀석."

마주보고 웃어주고 싶어졌다. 애써 입 언저리를 움직거려 봤다.

"찢어진 입술로 웃어 봤자 전혀 보기 안 좋아."

하긴 저 자의 본성이 하룻밤 만에 깨끗이 변할 리는 없었다.

"아침이나 먹자."

어쩌면 저렇게 쉽게, 지금까지 늘 그래 왔다는 것처럼 말할 수 있을까. 지금까지의 일은 꿈이기라도 했다는 것처럼.

이윽고 둘은 마주보고 앉아 아침식사를 했다. 남자가 나눠 준 딱딱한 빵과 말린 복숭아는 며칠 전까지 그렇게 열망하며 쳐다본 것에 비해 한참이나 떨어지는 맛이었다. 그러나 사샤는 그렇게 느끼지 않았다. 굶은 탓인지 다른 기쁨 탓인지 몰라도 구두밑창처럼 마른 고기도 그렇게 맛있을 수가 없었다.

먹고 나니 세상이 밝아 보였다. 아니, 실제로 세상은 밝아져 있었다.

"여기가 이런 데였네."

태양 아래서 본 풍경은 묘했다. 동녘 지평선의 붉은 기운 속에 홀로 우뚝 선 거대한 문이 있었다. 주변에 벽도 없거니와 받침까지 허물어지기 직전이라 문이라고 부르기에도 이상한 폐허를 보고 사샤는 고개를 갸웃거렸다.

"하리아누그 라바티."

등 뒤에서 남자가 말했다.

"응?"

"저 문의 이름이야. 하리아누그 라바티. 고대 이스나미르어로 '인도자의 문'이라는 뜻이고. 국조 알스님 여왕이 꿈에 본 유적에서 발굴한 타로핀 석판에서 보았던 문이야. 하늘의 일곱 별자리 가운데 '열린 문' 자리와 상응하는 지상의 존재지. 너도 인도자 아룬드(6월)의 '인도자' 정도는 알겠지."

사샤한테 이렇듯 친절하게 설명해 주는 남자의 모습이 낯설기 이를 데 없었다. 어젯밤만 해도 죽든 말든, 죽으면 시체까지 버려두고 갈 태세였는데. 어째서 심경의 변화가 일어났을까? 산 사람이 죽는 일을 낙엽 하나 떨어지는 만큼도 생각하지 않는 것 같더니.

"그리고 반말 할 거면 다시 가."

"아, 아뇨."

참으로 익숙하지 않은 존댓말이었다. 앞으로도 수십 번은 되풀이해서 실수할 것이 틀림없었다.

"왜 나랑 같이 가기로 했죠?"

남자는 그 말을 듣지 못하기라도 한 것처럼 눈길도 주지 않고 침묵을 지켰다. 답답해져서 한 번 더 물을 즈음이 되어서야 대꾸가 나왔다.

"어디선가 들었던 말 때문이겠지."

그것만으로는 전혀 설명이 되지 않았다. 자기가 쓰러진 사이에 누군가가 와서 충고라도 해줬다는 건가? 그러나 남자는 더 말해줄 기색이 아니었다. 사샤도 괜히 꼬치꼬치 묻다가 혹시 결정이 뒤집히기라도 할까 싶어 입을 다물었다.

자리를 주섬주섬 정리하고 떠날 차비가 되었다. 남자는 문득 떠오른 것처럼 말했다.

"그런데 이름은 뭐지?"

왜 이렇게 기분이 좋은지 알 길이 없었다.

"사샤예요."

"스아드 지방 이름이군. 사샤라면 본명은 알렉산드르인가."

"아뇨. 본래는 아르카디예요. 그게 설명하자면 좀 길어요."

"그럼 하지 마."

"……"

그것 참 할 말 없게 만드는 사람이었다. 사샤는 발끝으로 흙바닥을 문지르다가 물었다.

"당신 이름은 뭐죠?"

"알 것 없어."

사샤는 당황했다.

"아니, 나도 뭐라고 부르긴 해야 할 것 아냐…… 요?"

"좋을 대로 불러. 지금까지도 잘 불러 왔잖아. 당신이라든가, 뭐."

억지나 다름없는 대답이었다. 남자가 걸음을 옮기기 시작하자 사샤도 종종걸음으로 따라가며 말했다.

"그건 두 사람만 있을 때 얘기고 다른 사람이 있다면 헷갈릴 텐데……."

"그런 다른 사람은 없을 테니까 걱정은 접어둬."

"그래도, 만약 잘못해서 헤어지기라도 한다면 뭐라고 찾아야……."

다음 대답은 더 가관이었다.

"헤어지면 그걸로 끝이지."

둘은 문을 향해 갔다. 폐허가 된 문 앞에 도착한 사샤는 올려다보느라 고개를 잔뜩 젖혔다. 높이 쌓인 돌덩이들이 아침빛 속에서 부드러운 갈색 빵처럼 보였다. 동그란 햇살이 꼭대기에서 빛나다가 사그라졌다. 올려다보다 휘청거릴 정도로 높은 문은 금방 덮쳐들 것처럼 위압적이었다. 무거운, 너무 오래 살아 너무 무거운 문이었다.

"저러다 얼마 안 가겠는데요."

남자는 문을 올려다보지 않았다.

"거대한 묘석이지."

"누가 묻혔는데요?"

"많이들 묻혔고 앞으로도 묻히겠지."

사샤가 입을 다물었다가 말했다.

"만일 내가 죽었으면 나도 여기 묻혔겠네요."

"그런 일은 없었을 거야."

"왜요?"

"내가 묻히기로 한 곳이니까. 방해자는 원치 않아."

아직 묻힐 자리 물색할 정도로 나이 들어 보이진 않는데. 방해자는 원치 않는다는 말에 약간 심술이 올랐다.

"그렇게 늘 혼자 다니면 누가 물어 주는데요?"

"아무도 없으면 구덩이 파고 들어가 눕지."

빈말로라도 사샤는 계산에 넣어주지 않았다. 그런 건 이제 적절히 포기해야 되려나.

문을 지나쳤다. 사샤는 문 가운데로 걸으면서 의기양양한 걸음걸이를 흉내 냈다. 남자는 굳이 눈길을 주지는 않았지만 애써 무시하려는 것 같지도 않았다.

"우리 어디로 가요?"

"벌써부터 귀찮게 시끄럽군."

기분이 좋아진 사샤는 이런 말 정도로 기가 죽지 않았다. 하루 밤낮을 꼬박 굶고 나서 고작 빵조각 몇 개 씹었으면서 어디에서 기운이 나는지, 사샤는 갑자기 남자를 앞질러 달려가며 바닥을 짚고 몇 번 회전을 해 보였다.

"그런데 도대체 어딜 가는 거냐니까요!"

날렵한 실루엣이 다리 긴 곤충처럼 뛰어오르며 공중제비를 넘었다. 그림자가 줄었다 늘어났다 했다. 사샤도 대답을 기대하는 태도는 아니었다. 기껏 대답한댔자 '알 거 없어' 정도일 것이다.

키릴은 어이없는 일행이 생겼다는 생각에 헛웃음을 흘렸다. 이제 열다섯 살밖에 안 된 소년이 껍질이 앉을 정도로 딱딱하게 굳은 자신의 마음을 어떻게 움직였을까. 엿새 동안 줄기차게 따라온 것 정도는 해답이 되지 못했다. 엿새의 열 배를 따라왔어도 그러려고만 했다면 얼마든지 무시했을 것이다.

그러나 소년이 쓰러지며 마지막으로 했던 말은 예전에 누군가가 그에게 던진 뼈아픈 말과 닮았다. 본능인지 기억인지 모를 말이었지만 그래도 그 말을 외면할 수가 없었다.

사샤는 남자의 고민쯤은 모르는 듯 활기찼다. 같이 가기로 한 이상 복잡한 생각은 나중에 하면 그만이었다. 지금은 한 가지 기분에만 들떠 즐겁게 달리고 뛰어올랐다. 아이였다. 이제 열다섯. 키릴의 열다섯 살은 어떠했던가.

불타는 천년의 숲

잎사귀들이 지저귀었다.

키티아 아룬드(5월)의 막바지 봄이 가지마다 구슬처럼 매달려 빛났다. 녹색 머리를 늘어뜨린 버드나무 처녀들이 연이어 소리 없는 홍소(哄笑)를 터뜨렸다. 하늘은 깨어질 듯 맑게 뻗었다. 흠집 하나 없는, 유리 천장 같은 날씨였다.

"우와, 날씨 좋은데요."

어느새 자연스럽게 존대를 쓰게 된 사샤가 눈을 빛내며 앞장 서 걷다가 휙 돌아보았다. 검은 머리칼 위에 햇빛이 부서지며 반월형의 광채를 그렸다. 입가엔 천진한 미소가 방금 떠올랐다.

지치는 법이 없는 소년은 금세 달려 나갔다가 되돌아오더니 키릴의 얼굴을 보고 픽 웃었다.

"왜 웃어?"

"이 좋은 날씨에도 심각한 체 하고 있는 당신이 우스워서요."

키릴은 어이가 없어서 입술을 약간 일그러뜨렸다. 사샤가 그 얼굴을 보고 다시 웃음을 터뜨렸다.

"뭐야. 우스우면 실컷 웃으란 말이에요. 하여간 당신은 정말 문제가 많아."

슬쩍 반말을 해 버리고 다시 잠자리처럼 두 팔을 펴 앞으로 달려갔다. 좌우로 나무가 늘어섰고 그 너머에는 은빛 띠 같은 강이 흘렀다. 늦봄의 아름다운 마찻길에는 그들 둘뿐이었다.

키릴은 그런 소년을 무미건조한 눈으로 볼 뿐이었다. 다음에 갈 곳에 대한 생각으로 가득 차 다른 감상을 떠올릴 겨를 따위는 없었다.

요즘의 사샤는 아르나브르에 있던 때와 확실히 달랐다. 어린 나이로도 일대의 소년들을 한 손에 휘어잡던 카리스마는 잠시 어디론가 숨기라도 한 듯했다. 잘못 웃자란 곡식처럼, 아이의 몸에 깃들였던 무표정하고 자신만만한 어른의 태도는 내면으로 쑥 들어가 버렸다.

지금이야말로 그 나이다웠다. 어쩌면 사샤는 지금까지 그를 소년으로 보아줄 사람을 만나지 못했는지도 모른다. 물론 키릴이 그를 딱히 돌봐주거나 하지는 않았다. 문제는 사샤의 마음이었다. 사샤의 마음이 키릴을 만나 스스로를 아이로 느끼기 시작한 것이다.

그 모두가 한두 마디로 설명 가능한 변화는 아니었다. 다만 한 달 가까이 함께 다니며 이름조차 알려주지 않아도 개의치 않고 거리낌 없이 행동하는 모습만은 예전과 비슷한 점이긴 했다.

"정말 어디 가는지 안 말해주네. 우리 대단한 보물이라도 찾으러 가요? 내가 비밀을 못 지킬까봐 그래요?"

"……"

"그건 그렇고 정말 그 얼굴 좀 펴면 안돼요? 당신은 그렇게 분위기 잡고 있으면 무섭단 말예요."

"……"

"오늘 저녁은 뭘 먹을 거죠? 난 닭고기 스튜를 먹었으면 좋겠지만 그건 당신 마음이겠죠? 내가 먹고 싶다고 해서 사줄 당신도 아니고, 별로 기대는 안 하지만 그냥 한번 말해 보는 거예요."

"그렇게 빙빙 돌다가는 나무에 부딪쳐."

"에이, 설마. 내가 얼마나 날랜데."

시범이라도 보일 참인지 사샤는 몇 걸음 물러나 갑자기 빙글 돌며 나무에 부딪치는 체하다가 재빨리 허리를 뒤로 꺾었다. 몸은 유연한 나뭇가지처럼 쉽사리 휘었다. 두 손을 바닥에 짚고 발로는 낮게 달린 가지를 걷어차면서 어느 새 한 바퀴 돌아 바닥에 내려서자 나뭇잎이 우수수 떨어졌다. 그러나 키릴은 사샤의 훌륭한 묘기를 봐주지 않고 그저 앞으로 갈 뿐이었다.

"에이, 너무하다! 좀 본 체라도 하면 안 되나?"

키릴은 이 소년이 자신을 얼마나 안다고 이렇게 뻔뻔스러운가 싶어 기가 막혔지만 어쩐지 웃음이 나오기도 했다. 사샤는 몇 걸음 처졌다가도 금방 기운차게 쫓아왔다. 감히 키릴을 건드리지는 못해도 오른쪽 어깨 아래로 불쑥 머리를 내밀며 씩 웃어 보였다. 도무지 통제할 수 없는 동행이었다.

키릴이 머리카락을 쓸어 넘기자 사샤가 옆에서 그대로 따라했다. 키릴의 긴 머리에 비해 사샤의 머리는 목뒤로만 조금 자랐을 뿐이었다. 머리가 짧다보니 쓸어 넘기기 다음에 멋대로 앞머리를 흐트러뜨리는 동작을 추가했다. 돌이켜 볼 때 둘이 변화해 온 방향은 정반대였다. 순진하던 소년에서 가슴속까지 차가운 자로, 오만한 냉혈 소년에서 장난기 넘치는 개구쟁이로.

마찻길이 저만치에서 끝이 났다. 좁다랗던 강이 대하(大河) 이진즈와 합쳐지는 도시, 아세이유에 도착한 것이다.

그날 사샤는 기분이 좋았다. 처음 보는 이진즈 강의 위용에도 감탄했고, 오랜만에 온 왁자지껄한 도시도 즐거웠다. 역시 도시야말로 그에게 가장 익숙한 공간이었다. 아르나브르를 떠난 뒤로 이렇다 할 도시에 들른 일이 없었기에 도시의 활기는 소년에게 생기를 불어넣어 주었다.

어찌된 셈인지 저녁은 정말 닭고기 스튜였다. 키릴은 음식을 많이 먹는 편이 아니었지만 한참 자랄 나이인 사샤는 식욕도 왕성했다. 사샤는 자기를 생각해서 닭고기를 주문한 거냐고 물어보려다가 그만두기로 했다. 그래봤자 제대로 된 대꾸가 나올 리 있겠느냐고 스스로에게 핀잔 아닌 핀잔을 주면서.

"여기가 아세이유라고 했죠? 얼마나 머물러요?"

두 사람은 시끄러운 식당에서 그리 눈에 띄는 존재가 아니었다. 싸구려 객실을 잡고 저렴한 식사를 시키는 흔한 여행객일 뿐이었다. 사샤는 아무 불만 없었다. 어차피 돈 한 푼 없었고, 이제부터 길바닥에서 잔다고 해도 개의치 않았을 것이다.

키릴이 고개를 숙인 채 낮게 말했다.

"내일까지."

"그것 참, 아쉬운데."

아세이유는 마을과 도시의 중간 정도 되는 규모였지만 입지가 좋아 드나드는 사람이 많았다. 그런 탓에 주변의 어느 나라가 탐을 낸다는 소식도 있어서 다른 테이블들은 온통 그 화제였다. 한 사람은 남쪽에 있는 낫소를 조심해야 한다고 주장했고, 다른 사람이 고개를 저으며 작지만 단단한 실 공국의 음모가인 아젠틀리 공작에 대해 한바탕 늘어놓았다. 그러자 웅성거리던 다른 테이블에서 두 사람이 넘어와 그들의 대화에 끼어들었다. 몸집이 큰 남자가 말했다.

"어쨌든 이곳은 국조 여왕 폐하께서 이스나에와 정령들에게 제사를 지내고 이 나라의 이름을 정하신 땅이야. 다른 놈들에게 빼앗긴다는 것은 말도 안 되지."

"말이 나왔으니까 말인데, 여왕 폐하께서 엄청난 보물을 발견하셨다는 그 유적들은 다 어디로 숨어버렸을까?"

자그마하고 약삭빨라 보이는 남자의 질문에 키 큰 여자가 대꾸했다.

"지진이 일어나서 모조리 땅속에 묻혀 버렸다고 하잖아. 그렇지만 않았으면 나도 지저분한 괴물들하고 실랑이하느니 유적을 찾아서 다이아몬드니 에메랄드니 하는 것들로 한몫 잡아보는 건데."

사샤는 귀가 솔깃해져서 키릴을 쳐다보았다.

"여기가 정말로 알스님 여왕이 보물을 얻었다는 거긴가요?"

키릴은 식사를 마치고 물을 마시던 참이었다. 사샤가 본 바로 저 자는 아르나브르에서 처음 본 날 이후로 술을 마신 일이 없었다.

"도시 외곽의 들판."

불친절한 설명에 익숙하다보니 그것만으로도 충분했다. 이어 사샤는 은근한 눈빛으로 목소리도 낮춰 물었다.

"우리 거기로 가는 거예요?"

"픕!"

키릴은 물이 목에 걸렸는지 한참이나 기침을 하며 얼굴이 붉어졌다.

"아냐."

테이블 너머에서는 어느 새 화제가 바뀌었다.

"……맞아. 어젯밤부터 이진즈 숲에 진을 친 놈들이 있다면서? 그놈들은 낫소 놈들일까, 실에서 온 놈들일까?"

"알 수 없는 노릇이지. 우리나라도 국경이 이렇게 허술해서야 힘없는 상인들은 어디……."

"휘장도 깃발도 없는 군대라던데. 여기 주인장의 정보니까 확실할 걸. 낫소든 실이든 다른 나라의 놈들이 도둑으로 가장하고 숨어든 게 틀림없지."

"원하는 게 뭘까? 숲속에 뭐가 있다고?"

"거기 있긴 뭐가 있어. 말도 안 통하는 이상한 종족밖에 더 있어? 그 놈들이야말로 빼앗을 것도 없는 놈들 아냐?"

순간, 키릴의 눈빛이 달라졌다. 사샤도 눈치를 챘다. 여행객과 상인, 용병들이 몰려든 큰 테이블에서는 계속해서 소문이 흘러나왔다.

"아냐, 아냐. 이번에 온 놈들은 세르무즈 놈들이 확실하다더라고. 내가 아는 놈이 세르무즈에서 유명한 청년 장군의 얼굴을 그 속에서 봤다는군."

"세르무즈라니! 그놈들이야말로 아세이유에 무슨 볼일인데? 세르무즈 국경이 여기서 어딘 줄 알고나 하는 소리야?"

"왜 몰라? 낫소 땅을 거쳐 내려가야지! 어쨌든 그 소린 틀림없어. 그 소릴 한 놈이 세르무즈에서 8년이나 떠돌다가 건너온 놈이거든. 이유가 뭘까? 설마 전쟁을 하자는 건 아닐 거고."

"이진즈 숲에 있다는 것만 갖고야 알 길이 없지. 그게 어디 한 나라에만 걸친 숲도 아니고."

키릴이 갑자기 자리를 박차고 일어섰다. 막 식사를 마치려던 사샤가 놀라서 올려다보았다.

"무슨 일 생겼어요?"

키릴은 사샤가 물을 마실 동안도 기다려주지 않았다. 가방을 집어 들더니 곧장 계산대로 가서 은화 몇 닢을 던졌다. 이어 입구로 성큼성큼 걸어갔다. 사샤는 급히 물을 마시고 따라가려다가 사레가 들려 캑캑거렸다.

"젠장, 아까의 복수구나."

이윽고 사샤도 후닥닥 홀을 뛰쳐나갔다.

밤의 숲은 낮과 달랐다.

숲에 본격적으로 들어서기까지 두 사람은 두 시간 가량을 빠르게 걸었다. 막 식사가 끝나자마자 그랬기 때문에 사샤는 속이 불편해졌다. 그러나 키릴은 아무 내색 없이 앞서 걸을 뿐이었다. 그러고 보니 저 남자가 사샤보다 앞서 걷는 것도 자주 있는 일은 아니었다.

"무슨 일 생겼어요?"

물론 질문은 아무 효과가 없었다. 앞서 가는 자는 돌아보지도 않았다.

숲이 깊어지자 앞이 잘 보이지 않았다. 잠시 후 남자의 손에서 빛이 솟아나 날아올랐다. 어린아이의 머리만 한 둥근 빛 세 개가 따라오며 두 사람의 발밑을 비춰 주었다. 남자의 마법을 본 것도 실로 오랜만이었다.

키릴은 가슴 한구석에서 찌르르한 통증을 느꼈지만 개의치 않고 나아갔다. 칼드에게 심하게 당한 후로 마법을 쓸 때마다 이와 같은 통증이 오곤 했다. 이런 이상을 느낄 때마다 마음이 급해졌다. 1년 반 남짓 남은 세월은 그지없이 짧았다.

잔가지가 밟혀 부스러지는 소리와 흙을 차는 소리만이 되풀이되었다. 사샤는 밤의 숲이 전에 남자를 구했던 곳과 비슷하다고 생각했다. 그러나 이진즈 숲은 그보다 훨씬 넓고 깊었다.

키릴이 걸음을 멈췄다.

왜냐고 물으려던 사샤도 정체모를 압박감을 느끼고 놀랐다. 사방에서 흙먼지가 일어났다. 말없는 파도가 몰아쳐왔다. 키릴은 몇 걸음 물러나며 뒤따르던 광채들을 지워버렸다. 동시에 왼손으로 사샤의 손목을 잡아챘다.

"아!"

놀랄 틈도 없었다. 자신의 몸이 떠오르고 있음을 깨달은 사샤는 어디에 몸의 중심을 두어야 할지 몰라 허둥거리며 발을 휘저었다. 무슨 짓을 하든 달라지는 것은 없었다. 두 사람은 서서히, 선 자세 그대로 허공으로 올라갔다. 그리고 멈췄다.

사샤는 발 아래로 놀라운 광경을 목격했다.

짐승들이 달려왔다. 수천 개의 북을 두드리는 듯한 발소리가 땅을 울리고 귓전을 울렸다. 나무들이 떨며 잎을 떨어뜨렸다. 흥분한 짐승들이 내뿜는 숨결 때문에 더욱 숨이 막힐 듯했다.

"저건…… 도대체……."

토끼에서 사슴, 너구리에서 곰에 이르는 짐승들과 각종 괴물들까지 사방팔방으로 달려가고 새들이 한꺼번에 날아올랐다. 높은 곳이었기에 사샤도 곧 상황을 깨달았다. 숲이 타고 있었다.

"큰일 났네요!"

키릴 역시 때 이른 일출처럼 넓게 퍼진 붉은 기운을 바라보고 있었다. 불꽃은 보이지 않았지만 검은 하늘에 노을이 드리워진 듯한 광경이었다.

"저걸 어떻게 해야……. 저기 사람도 살고 있다고 아까……."

더 말하려던 사샤는 자신의 손을 잡은 키릴의 손바닥에서 땀이 배어 나는 것을 깨닫고 그를 쳐다보았다. 키릴이 말했다.

"놓치지 마라. 죽는다."

뒤이어 일어난 일은 일생 처음 겪는, 영영 잊을 수 없을 경험이었다. 사샤는 몸이 허공에 뜬 채 나아가는, '난다' 고 부를 만한 상태에 돌입했음을 깨닫고 비명인지 감탄사인지 모를 소리를 내질렀다.

"우와아!"

빠르지는 않았지만 정말로 날고 있었다. 손발을 스치는 공기가 그렇게 신기할 수가 없었다. 발아래 어둠 속에서 물결처럼 달려가는 동물들과 바람에 몸부림치는 나뭇가지들이 보였다. 위험한 상황인데도 불구하고 기분만은 걷잡을 수 없이 짜릿했다.

슬슬 얼굴에 열기가 닿았다. 사샤가 앞을 유심히 보다가 한 곳을 가리켰다.

"저기! 숲 가운데 빈터가 있어요!"

눈이 빠른 사샤의 말에 키릴은 곧 방향을 바꾸었다. 힘든 마법은 쓰지 않으려 애써왔지만 이제부터 불길의 한가운데로 들어갈 터라 예비 조치 정도는 하지 않을 수 없었다.

둘은 어느새 바닥에 내려섰다.

"이걸 꽉 쥐어."

사샤의 손에 반짝이는 비늘 비슷한 것이 건네졌다. 조개껍질처럼 딱딱하고 납작하며 테두리가 날카로웠다. 사샤는 무심결에 꽉 쥐었다가 몸이 선뜩해지는 바람에 깜짝 놀랐다.

"으앗!"

허둥지둥 몇 발짝 물러서다가 타버린 통나무를 밟을 뻔했다. 그제야 깨달았다. 머리부터 발끝까지 온 몸을 감싼 시원한 기운은 손에 쥔 비늘에서 나오고 있었다.

"이게 뭐죠?"

"미라티사의 비늘."

익숙해지기까지는 조금 시간이 걸렸지만 몸에 익고 나니 생각보다 유쾌했다. 불 속을 뛰어다녀도 타지 않을 뿐더러 뜨거움도 거의 느낄 수 없었다. 사샤는 키릴을 따라 서슴없이 불타는 숲 속을 걸어갔다.

사샤는 알아보지 못했지만 키릴은 누군가가 덩굴을 여러 그루의 나무에 연결해 놓았음을 눈치 챘다. 이 근방부터일 것이다. 숲의 인간족, 침묵하는 정령사, 보호색의 종족인 네이판키아의 보이지 않는 마을은.

잠시 후, 키릴은 마법의 기운을 느꼈다.

그들은 이미 알고 있았다. 숲은 타 들어가기 전부터 비명을 울렸고, 나무줄기는 놀란 아이처럼 두근두근 떨었다. 동물들이 애써 지은 터전을 버리고 달아날 무렵 그들의 눈과 귀, 피부는 숲에 일어난 모든 일을 짐작했다.

다만 그들의 적은 불뿐이 아니었다.

"찾아라! 반드시 찾아내야 한다!"

네이판키아 족의 마을은 눈에 보이지 않는다. 마법으로 가려지거나 교묘하게 감춰져서가 아니었다. 애당초 어디에도 존재하지 않기 때문이었다.

인간과 엘프, 드워프는 이 기묘한 인간족을 '침묵의 종족'이라고 불렀다. 침묵이란 다른 종족과 대화하지 않는다는 의미가 아니었다. 그들은 서로 간에도 말이 없었다. 마을은 만들어진 일조차 없었다. 천성적으로 태어난 자리를 떠나지 않는 까닭에 우연히 비슷한 곳에 모여 살 뿐, 아무리 억지로 의미를 끌어 붙이려 해도 그들은 공동생활을 한 일이 없었다. '타인'이라는 말이 그들만큼 어울리는 종족도 없을 것이다. 그들에게도 고유한 언어가 있다면.

그런 그들이라 해도 이런 상황에서는 공동체 의식을 느낄 법도 했다. 숲 곳곳에 흩어져 사는 그들을 포위망이 한 곳으로 밀어붙였다. 처음에는 창칼이었다. 뒤이어 불로 변하고, 다시 그 불과도 차단된 마법 보호막이 토끼몰이 하듯 그들을 둘러쌌다.

"한 놈도 놓치지 마라!"

네이판키아들은 공동체가 아닌 대신 각자가 강한 전사들이었다. 그들의 이와 손톱은 맹수처럼 튼튼했고 팔다리는 네 발 동물들처럼 억셌다. 기껏해야 죽은 나무를 잘라 만든 곤봉으로 무장했는데도 금속제의 창을 쥔 병사 두셋은 네이판키아 한 명 앞에서 무력하게 패해 쓰러졌다. 그럼에도 불구하고 네이판키아들은 점차 수세에 몰려 침략자들이 계획한 대로 좁은 빈터에 모여들었다.

학살이 시작되었다. 재빠른 네이판키아를 상대하기 위해 경갑과 짧은 창으로 무장한 보병들, 장창과 검을 지닌 기사들이 짠 진이 좁혀오는 동안, 수색을 맡은 자들이 저항하지 못하는 네이판키아를 붙잡아 사정없이 웃옷을 벗겨 등에 무언가가 없는지 확인했다. 확인이 끝나면 기다리는 것은 검이었다. 등에서 가슴까지 꿰뚫려 바닥에 내팽개쳐진 네이판키아를 향해 보병들의 창이 달려들었다. 구멍투성이가 되어 숨진 자들의 시체는 뒷전에 버려졌고 흔적은 불이 삼켰다.

병사들은 점차 학살의 기운에 취했다. 누가 시키지 않아도 반 벌거숭이인 네이판키아들을 보는 순간 창검을 휘둘렀다. 상대와 말이 통하지 않는다는 자기 암시가 저들 역시 인간의 모습을 하고 있다는 명백한 사실을 가려 주었다. 암시는 모두의 마음속에서 진행 중이었다. 그들은 짐승몰이를 하는 것처럼 유희의 분위기에 사로잡혀 들떴다.

"죽여라! 저들은 맹수일 뿐이야!"

마법사 세 명이 빈터의 중심에 서서 힘을 합쳐 보호막을 조절했다. 그들의 임무는 기사와 보병들이 불길의 힘을 빌려 네이판키아들을 몰아오면 그 너머에 보호막을 쳐 불의 침입을 막고, 안쪽으로 번진 불을 끄면서 네이판키아들의 퇴로를 차단하는 것이었다.

마법사들은 병사들과 달리 네이판키아들을 두려워했다. 각오하고 왔는데도 막상 눈에 핏발이 선 그들을 보자 섬뜩함으로 몸이 떨려왔다. 집요한 추적과 불길, 그리고 동족의 죽음을 목격하며 달려온 그들은 이 순간 성난 침묵의 종족이었다.

빈터 곳곳에 솟은 나무들 사이로 살아남은 네이판키아들의 모습이 언뜻언뜻 보였다가 사라졌다. 보호색이었다. 숲이 공격당하면 늘 호전적으로 대응해 온 그들인데 오늘은 상당수가 전투에 뛰어드는 대신 보호색으로 몸을 가리려 했다. 공동체라는 의식이 없는데도 어렴풋이 핏줄의 절멸 가능성을 느끼고 두려워하는 것일까.

"저기 있다!"

한 네이판키아 여성이 높이 솟은 나무에서 뛰어내리는 것을 몇 명이 한꺼번에 보고 소리쳤다. 마법사들의 보호막에 갇혀 달아나지 못한 새 몇 마리가 우짖으며 날아올랐다.

과악, 깍!

무려 어른 키의 세 배는 되는 높이였는데도 여자는 몸을 구부리며 가볍게 착지했다. 아마빛 머리가 갈기처럼 휘날렸다. 얼굴로 보아 중년이었지만, 몸은 인간 남성들보다도 힘이 넘쳤다. 웅크렸던 몸을 일으키자 몇 명인가가 저도 모르게 겁에 질린 목소리를 냈다.

"으으……."

허벅지와 종아리, 팔뚝에서 근육이 씰룩거렸다. 분노에 찬 눈빛이 휘둘러보는 곳마다 창칼을 든 자들이 움찔했다. 여자의 손에는 네이판키아들의 유일한 무기인 나무 곤봉이 쥐어져 있었다. 유연한 몸이 첫 번째 희생자를 찾아 몸을 날렸다.

"으악!"

바닥을 차고 솟구친 다리가 춤추듯 움직이더니, 상상하기 어려운 동작으로 상대의 목을 휘감았다. 병사는 목이 꺾인 채 바닥에 메어 꽂혔다. 도사린 곤봉이 다음 적의 뒷목을 후려쳤다. 병사가 피를 내뱉으며 창을 꼬나 쥐려는 순간 여자의 손아귀가 달려들어 창대를 꺾어 버렸다. 그 곁에 섰던 기사는 다음 목표물이 되기 전에 급히 물러났다. 그러면서 생각했다. 한 손으로 창을 꺾다니, 저게 사람인가?

"억……"

여전사의 억센 팔이 세 번째 희생자를 노렸다. 왼손에 뭔가 쥔 채 병사의 귀를 후려치자 코와 귀에서 동시에 핏줄기가 튀어나왔다. 납작한 돌이었다. 다시 한 번 때리자 머리뼈가 바스러지고 골수가 흘러내렸다.

"잡아라! 뭣들 하는 거냐!"

쓰러진 병사의 창을 빼앗으면 훨씬 편할 텐데 여자는 그들의 무기에 손대지 않았다. 즉시 포위망이 만들어졌다. 곤봉만 쥐고도 여자는 잘 싸웠다. 열 명도 넘는 병사와 넷이나 되는 기사가 여자 하나를 노리고 달려들었다. 한 기사의 장창이 여자의 왼쪽 어깨를 꿰뚫었다. 여자의 오른손이 어깨를 관통한 장창의 자루를 움켜쥐었다. 그러나 이번에는 쉽게 꺾이지 않았다.

"……"

증오로 불타는 눈이 기사를 노려보자 인간은 버텼으나 말이 겁을 내며 뒷걸음질 쳤다. 뒤에서 병사들이 내민 창은 맨발로 다 차 버렸다. 종아리에 무수한 상흔이 생겼으나 힘은 아직 줄어들지 않았다. 다른 기사가 검을 쥐고 내리쳤으나 남은 왼손이 달려드는 칼날을 잡아버렸다. 기사는 흠칫했으나 검은 역시 검이었다. 내리치던 힘과 합쳐져 검이 그녀의 손을 쪼갰다.

"끄윽······."

동시에 장창 자루를 잡은 힘도 약해졌다. 기사는 이때다 싶어 장창을 든 채 말의 배를 걷어찼다.

히히히히힝!

말이 내닫는 순간, 어깨에 꽂힌 장창 자루가 여자의 어깨를 찢으며 빠져나갔다. 치명상이었다. 그럼에도 불구하고 여자는 무릎 꿇지 않았다. 뒤이어 벌어진 일을 본 자들은 모두 입이 떡 벌어졌다. 여자가 팔을 벌리더니 달려드는 말의 앞발을 껴안다시피 뛰어들었던 것이다.

"허억!"

보통 사람 같았으면 말발굽에 깔려 즉사했을 테지만 여자는 달랐다. 그녀의 힘은 다른 네이판키아들과도 비교할 바가 아니었다. 그들 중에서도 빼어난 장사였다. 갈라진 손과 찢어진 어깨로 말 다리를 움켜잡은 여자는 힘껏 잡아 밀어 말을 쓰러뜨렸다.

쿵!

바닥에 떨어진 기사를 향해 달려드는 여자의 몸놀림은 원숭이보다도 빨랐다. 그러나 다른 것이 여자를 막았다. 등을 찢고 들어오는 장창에 꿰뚫린 그녀는 우뚝 멈추어 섰다. 피 묻은 창끝이 흙바닥에 박혔다.

모두의 눈이 한 곳에 집중되었다. 화려한 술 장식이 달린 거대한 장창, 금장식이 번쩍이는 안장과 검은 말, 달려들면서 겨냥해 명중시키는 번개 같은 솜씨는 한 명밖에 없었다.

"장군님!"

그들의 지휘관, 카로단 마이프허 경이었다. 장군이라 했지만 외모는 아직 청년이었다. 싸움에 혼이 팔려 병사들도 그가 언제 나타났는지 기억하지 못했다. 제압한 적을 쏘아보던 그는 곧 주위를 둘러보며 불쾌한 표정을 지었다. 본래는 부드러운 눈매인데 형형한 안광에 가려진 인상이었다. 오른손에는 은빛 버클이 달린 붉은 전투용 장갑을 끼었다. 장갑 위로는 화상을 입은 자국이 팔꿈치까지 이어져 있었다.

네이판키아 여자는 창에 관통된 채 그 자리에 서 있었다. 피투성이 손가락이 몇 번 꿈틀거리더니 그만이었다. 몸이 맥없이 허물어졌다. 그제야 두 기사가 달려들어 여자를 찔렀다. 장창이 등과 허리뼈를 뚫으며 흙에 꽂히자 단말마의 비명이 숲을 뒤흔들었다.

그것을 신호로 힘을 잃은 맹수를 향해 창칼이 앞 다투어 달려들었다. 여자가 쓰러진 자리는 곧 포도주 같은 피로 샘을 이루었다. 형체를 알아볼 수도 없게 된 고깃덩이를 놓고도 칼질이 계속되었다.

"죽어라! 죽어! 뒈져!"

죽음의 위기에서 살아난 기사는 병사들의 도움으로 쓰러진 말 아래에서 벗어났다. 그는 먼저 투구를 벗으며 마이프허 장군에게 경의를 표한 후 여자의 시체로 다가가 침을 뱉었다.

"퉤! 더러운 년. 저런 성질머리로 어찌 제 명에 살기를 바라? 저런 것들은 마땅히 씨를 말려야 하고말고!"

평화로이 살던 종족을 저들이 침략한 주제에 말 한번 잘 나온 셈이었다. 그리고 그 말 한마디가 그의 명도 동시에 줄이고 말았다. 어디선가 날아든 길쭉한 것이 투구를 벗은 기사의 안면에 정통으로 꽂혔다.

"으악!"

비명도 잠시였다. 날카로운 끝은 얼굴과 머리뼈를 짓뭉개놓았다. 기사는 뒤로 나자빠졌다.

"뭐, 뭐냐!"

놀란 병사들이 우르르 물러섰다. 기사의 머리를 뚫은 것은 두툼한 나무로 된 단창이었다. 한 기사가 주춤거리며 다가가 뽑아내고 보니 나무를 뾰족하게 깎았을 뿐 금속제 촉은 없었다. 그런데도 이만한 파괴력을 가지려면 얼마나 힘이 세어야 할지 짐작도 가지 않았다. 겨냥 또한 놀랄 만큼 정확했다.

"저기다!"

누군가가 허공을 가리켰다. 위를 올려다본 자들은 나무 꼭대기에서 또렷한 동그라미를 그리는 광채를 접하고 잠시 아뜩해졌다. 물방울 같기도 하고 투명한 보호막 같기도 한 뭔가가 저 높은 곳에서 태양을 등지고 빛났다. 그 속에서 모습을 판별하기까지는 잠시 더 시간이 걸렸다.

움직이고 있었다. 바람에 나부꼈다.

변하고 있었다. 수십 가지 빛깔로 너울거렸다.

강렬한 태양빛을 베일처럼 휘날리며 한 손으로 나무줄기를 짚고, 두 발은 가지를 디디고, 다른 손에는 막대를 쥐었다. 동그라미처럼 보였던 까닭은 머리카락이었다. 살아 있는 것처럼 어지러이 춤추는 머리카락은 형체도 규칙도 없는 에너지의 춤이었다.

"저것은……."

다음 순간, 광채가 도약했다.

화살 깃이 나는 듯한 소리가 공기를 날카롭게 쪼갰다. 이번의 도약은 조금 전에 죽은 여전사보다도 높고, 훨씬 가벼웠다. 시시각각 가까워지면서 물처럼 투명한 몸에 천변만화하는 빛깔이 스쳐갔다. 불꽃과 흰 달, 황금과 나뭇잎, 은빛 거미줄과 흔들리는 물방울…… 온갖 풍경이 비쳤다가 사라졌다. 숲의 모든 것이 맺힌 결정(結晶)처럼.

탁!

새처럼, 한 발로 바닥을 디디며 내려섰다. 광채의 정체가 날렵하고 아름다운 소녀임을 본 병사들 사이로 놀란 웅성거림이 퍼졌다. 나이는 많이 잡아도 스물 가량, 장밋빛 뺨이 탐스럽고 짙은 눈매는 밤하늘처럼 서늘했다. 목덜미와 어깨를 지나 가슴과 허리로 이어지는 윤곽은 더할 것도 뺄 것도 없는 완벽한 곡선이었다. 연약한 인간 소녀들처럼 가냘프지 않았으나 죽은 여전사처럼 억센 근육질도 아니었다. 그러나 지금껏 병사들이 몇 번이고 스스로에게 암시를 건 것처럼, 소녀의 시선은 인간

불타는 천년의 숲 **183**

의 눈빛이 아니었다.

"저것도…… 네이판키아야."

분노한 소녀는 숲을 더럽힌 자들을 벌하는 복수의 천사처럼 보였다. 감정의 격동 때문에 몸에서는 수백 가지 색깔이 물결쳤다. 심지어 소녀는 알몸이었다. 그럼에도 불구하고 티끌만한 수치심도 없이 당당했다. 이윽고 희한한 무늬가 나타나 목뒤에서 등을 타고 내려오더니 다리와 사타구니를 감싸고 굽이쳤다. 짐승들, 특히 호랑이의 털가죽처럼 교묘한 곡선 무늬의 다발이었다. 녹색과 은회색으로 번쩍이며 뱀처럼 꿈틀거렸다.

소녀가 유일하게 가린 것은 한쪽 눈이었다. 다치기라도 한 것처럼 흰 천으로 싸맸다. 남은 한쪽뿐인 눈동자가 죽음의 빛을 띠고 맥동했다. 보랏빛이었다.

소녀가 두 팔을 벌리자 온갖 빛깔이 흘러넘치던 머리카락이 다시 허공으로 떠올랐다. 양손을 떨치자 돌풍이 일어나 소녀를 감싸고 휘몰아쳤다. 꽃잎과 잎사귀들이 빛 속으로 빨려들어 갔다.

"요르실드!"

마법사 하나가 외치자 다른 자들도 상황을 깨달았다. 바람의 정령인 요르실드를 다루는 자가 나타난 것이다. 기사와 병사들은 절로 움찔하여 몇 걸음씩 물러섰다.

"마법을 막는 주문을 써!"

누군가의 외침에 한 마법사가 날카롭게 대꾸했다.

"저건 마법이 아니야!"

돌풍은 회오리로 변했다. 분노한 바람이 뛰놀기 시작하자 말들이 일제히 울부짖고 사람들은 견디지 못해 고개를 돌렸다. 무기를 놓치는 자가 속출했다. 마법사들은 마법을 유지하기가 힘겨워졌다. 바닥에 엎드린 자들의 몸조차 들썩거렸다.

바람에는 무게가 있었다. 평소 느끼지 못하던 사실이 이 순간만은 명확했다. 쏟아지는 돌덩이에 맞은 것처럼 몸이 비틀거리고 부들부들 떨렸다. 소녀가 두 손을 들어올렸다. 펼친 손바닥이 허공에서 교차하자 주변의 공기가 작렬하는 소리를 냈다. 보이지 않는 폭발이었다. 소녀가 화를 낼수록 몸의 빛깔은 더욱 현란해졌다. 피부는 물처럼 일렁이며 번쩍였다.

"사…… 살려 줘……."

"더 이상은 도저히……."

찢어진 채 나뒹굴던 시체들과 나동그라진 무기들이 같은 회오리 안으로 말려들어 춤을 추었다. 필사적으로 나무둥치를 휘어잡은 자들도 곧 소용없게 되었다. 굵은 나무마저 뽑혀나갈 듯 흔들거렸다.

"마법사들은 뭘 하는 거야!"

마법사들도 버티지 못했다. 발동된 마법이 유지되려는 항상성 덕택에 제자리에 서 있을 수 있는 형편이었다. 그중 하나가 마법을 거두자마자 비명을 토했다.

"으윽!"

불타는 천년의 숲

하나가 힘을 잃자 다른 둘의 보호막도 급속도로 약해졌다. 함께 만든 마법은 협동이 깨어지면 즉시 흐트러지기 마련이었다. 그때였다.

"어리석은 것들!"

외침과 함께 한쪽에서 번갯불 같은 빛이 작렬했다. 저항할 마음조차 잃었던 침략자들이 갑작스럽게 상황을 깨닫고 덜덜 떨며 소리쳤다.

"자, 장군님의 마법이야!"

"으으...... 이런......"

이상한 일이었다. 장군은 그들의 편인데 그가 마법을 쓰는 것을 다들 불편해했다. 구원을 받을지도 모른다는 안도감만은 있었지만 그럼에도 불구하고 두려움은 가시지 않았다.

카로단이 높이 쳐든 검에서 문제의 번개가 번뜩였다. 말에서 내려선 그는 제대로 버티고 선 유일한 사람이었다. 때를 기다렸다는 얼굴이었다. 마법이 집중되면 네이판키아 소녀를 내리칠 것은 자명했다.

소녀도 카로단을 발견했다. 아름다운 얼굴에 증오심이 들끓었다. 상대에게 원한을 품은 것이 분명했다. 조금 전에 카로단이 죽인 여전사와 관계가 있는지도 몰랐다.

그때, 키릴은 보호막이 걷히는 것을 느끼고 상황을 눈치 챘다. 그의 힘으로 보호막을 뚫는 것쯤은 일도 아니었지만 직접 수고할 필요가 없어졌다. 그는 사샤의 손을 당겨 잡고 숲의 빈터, 네이판키아의 보이지 않는 부락으로 발을 들여놓았다.

그리고 바람을 느꼈다.

파괴자의 날개를 가진 자

 바람은 폭풍이 되었다.
 폭 십여 걸음의 공간에 갇힌 바람이 맹렬히 몰아치며 솟아올랐다. 나무둥치 곳곳에 긁히고 문질러진 자국이 생기고, 흙바닥에도 갈퀴로 긁어낸 듯한 자국이 나타났다.
 정령의 바람이다.
 키릴은 즉시 알아챘다. 정령의 힘이 이 정도로 발현된 광경은 그도 처음 보았다. 정령이라는 자들은 종종 어린아이의 말에도 응답하지만 한층 높은 의지를 다루는 마법사에게는 오히려 말문을 열지 않았다. 그간 보아온 어떤 마법사도 정령의 힘을 저렇게 다루지 못했다.
 인간이든 엘프든 드워프든, 지상의 종족이 정령들을 온전히 지배할 방법은 없었다. 강과 비의 미라티사, 땅과 흙의 나스펠, 불꽃과 화덕의

블로지스틴, 바람의 폭풍의 요르실드. 그들 정령은 원시자연에 속한 존재로 지배는커녕 온전한 대화조차 불가능했다. 비록 잠시 대화를 나누거나 도움을 받았다 해도 정령들이 그 일을 어떻게 받아들이는지 짐작할 길은 없었다. 사고방식과 선악관념 자체가 전혀 달라서, 아니 사고니 선악이니 하는 말 자체도 어울리지 않는 종족들과 자연의 중간체, 또는 매개자에 해당하는 존재가 정령이었다.

그런 정령들이 한 인간의 의지를 전폭적으로 따르다니, 도대체 무슨 일이 일어났을까. '요르실드의 딸'이라고도 불리는 네이판키아지만 정령의 힘을 빌려 고위 마법에 준하는 파괴력을 내는 것이 가능한가?

키릴이 거기까지 생각했을 때였다.

"으와! 이 바람은 뭐죠?"

보호막이 걷혀 갑작스레 강한 바람을 맞닥뜨린 사샤가 부여잡을 것을 찾아 허우적거리다가 키릴의 팔을 움켜쥐며 매달렸다. 키릴은 중심을 잡지 못하고 넘어지면서 하던 생각의 끈을 놓쳐 버렸다.

"와앗!"

이런 상황에서야 순간적으로 발동하는 마법 어쩌고도 아무 소용이 없었다. 키릴은 넘어지는 순간 마법을 발동하는 수준에 이르지 못한 자신을 탓해 보려다가 자기 손이 누구에게 잡혀 있는가를 깨닫고 생각이 바뀌었다. 그는 자유로운 왼손으로 사샤의 뒷목을 잡고 흙바닥에 한 번 박아준 다음 몸을 일으켰다.

"우우, 좀 아픈데."

일어나고 보니 그새 조짐이 이상했다. 요르실드의 바람이 몰아치던 자리에 다른 마법의 기운이 빠르게 확장되고 있었다. 두 힘이 팽팽하게 맞서며 부풀어 올랐다. 곧 균형이 깨진다!

키릴의 머릿속에서 단어의 열이 빛처럼 스쳐갔다. 손짓도 주문도 필요 없었다. 즉시 보이지 않는 파동이 일어나 바닥을 치며 깨어지려는 균형 속으로 뛰어 들어갔다.

"으큭!"

휘몰아치던 공기가 갑자기 실재하는 벽처럼 우그러지며 밀려가자 병사들의 입에서 비명이 터져 나왔다. 지금의 키릴은 사람들을 고려해서 힘을 조절할 만한 성격이 아니었기에 강력한 충격파를 맞은 자들은 망치에라도 얻어맞은 것처럼 눈앞이 하얘졌다. 목표는 네이판키아 소녀를 향해 검을 휘두르려 하는 카로단 마이프허였다. 유일한 생존자로 보이는 소녀를 죽이면 곤란했다.

카로단은 다른 적이 나타난 것을 깨달았지만 발동되기 시작한 마법을 멈출 수 없었다. 그는 불완전하나마 힘껏 검의 방향을 틀며 외쳤다.

"칼날과 창날을 산산이 부수는, 어떤 날보다 강한 방패가 이 손에 있다!"

주문 내용 그대로였다. 흙을 파내며 몰려가던 파동이 카로단이 내민 검에 이르러 뭔가에 부딪친 것처럼 격한 반동을 일으켰다. 흙과 풀잎이 뒤섞여 폭풍처럼 휘날렸다.

"휴……."

갑작스러운 마법을 힘겹게 막아낸 카로단은 눈썹을 찌푸리며 방해자를 찾아 시선을 모았다. 좀 전에 볼썽사납게 넘어지며 등장한 이 사제 간은 카로단이 처음 보는 자들이었다. 키릴과 사샤를 사제 간으로 생각했다는 것만 봐도 틀림없는 사실이었다.

"넌 누구냐!"

키릴이 대답 대신 가늘게 비웃음을 날렸다.

"'이미 이루어져 있다'는 형태의 주문은 초심자용이지?"

대화는 필요 없었다. 둘은 동시에 마법 발동에 들어갔다. 당연히 키릴의 마력이 훨씬 빨리 주변을 뒤덮었다. 이번에는 눈에도 보였다. 보랏빛 날개 같기도 한 연기 덩어리였다. 사람의 정신을 몽환경으로 빨아들이는 기묘한 향이 퍼졌다. 달콤하다 못해 유독한, 아득하다 못해 구렁텅이로 밀어 넣는 혼미한 향이었다. 회오리치는 요르실드의 바람 덕택에 연기는 빈터의 중심부로 집중되었다.

"흡!"

"흐……."

남은 자들은 오래 버티지 못했다. 도망치려 해도 마법사들의 보호막이 걷힌 이상 스스로가 질러댄 불길에 갇힌 꼴이었다. 카로단은 각성계의 마법을 써서 정신을 차렸지만 병사들은 분노와 고통을 느낄 필요가 없는 망각 상태로 들어갔다. 물론 그들은 그래서는 안 되었다. 성난 불길이 다가오는 중이었으므로.

마법사들 중 둘은 충격으로 쓰러졌으나 하나는 아직 정신이 있었다.

그 역시 각성계의 마법을 쓰려 했으나 조금 전까지 보호막을 유지하느라 힘을 너무 쓴 까닭에 마음처럼 되지 않았다. 그는 정신을 잃기 전에 적의 얼굴을 확인하려 했다. 그의 머릿속에 무언가가 떠오르는 순간 의식이 꺼졌다.

네이판키아 소녀도 정신을 잃었으나 바람은 여전히 멈추지 않았다. 키릴 자신은 여러 마법을 동시에 사용할 수 있었으므로 각성 상태를 유지했지만 곁에서 그가 잊었던 일행이 반쯤 죽어가는 소리를 내고 있었다.

"으…… 이게…… 도대체 뭐죠?"

돌아본 키릴은 어이가 없어 헛웃음이 나왔다. 주저앉은 소년의 손을 잡아 일으키자 사샤는 몸 안으로 보이지 않는 힘이 흘러 들어오는 희한한 감각을 경험했다. 비유하자면 박하 향처럼 싸한 느낌, 혼미함을 밀어내는 얼음물이 불어넣어진 것 같았다.

사샤가 기운을 차리자 키릴은 손을 놓고 일어나 다시 새로운 마법을 발동시켰다. 연속해서 마법을 써도 힘겨운 기색 따위는 없었다. 노련한 검사가 쓰는 검처럼 모든 마법은 그의 손에서 가볍고 능란하게 솟아났다. 이번에는 사샤도 한 눈에 알아볼 만한 마법이었다. 불이었다.

숲을 태워 온 불과는 달랐다. 키릴이 쥔 주먹 만한 구슬에서 폭죽 같은 불꽃이 솟아나 커다란 동그라미를 만들었다. 동그라미는 곧 불의 구로 변했다. 요르실드의 힘이 바람이라면 이 구슬은 불의 정령 블로지스틴의 힘을 응축한 물건이었다. 불이 공기를 태우며 타오르듯 요르실드의 바람 속에서도 꺼지지 않는 불이었다.

"어!"

주문을 말하지 않는 마법사 대신 사샤가 짧은 비명을 내질렀다. 그 소리를 신호로 구체에서 불꽃이 일제히 풀려났다. 사과껍질이 깎여나가는 것처럼 빙글빙글 허공으로 뻗어가더니 불꽃의 리본이 되었다. 리본은 바람에 휘말려 춤을 추기 시작했다.

놀라고 있는 사샤에게 더 놀라운 일이 벌어졌다. 키릴은 사샤의 손에 문제의 구슬을 쥐어 주었다.

"이, 이걸 저더러 어쩌라고요!"

키릴은 별 거 아니라는 듯 턱을 저어 보였다. 이거라면 네 몸은 지킬 수 있겠지, 라고 하는 것처럼. 사샤가 멍해져 있는 동안 키릴은 왼손을 올려 몸 쪽으로 당겼다가 밀었다. 그러자 흙바닥에 밭고랑처럼 패인 자국이 생겨나며 엄청난 흙더미가 카로단을 향해 몰려갔다. 카로단은 곁의 말이 쓰러지는 바람에 뛰어 피할 수밖에 없었다. 자세를 다잡은 그가 격분하여 소리쳤다.

"네놈은 누구냐! 누구 편이냐!"

"……."

카로단으로서는 짐작도 가지 않는 상대였다. 적인 것 같은데 본 적이 없었고, 네이판키아의 편이라면 저 강한 마법으로 불타는 숲을 구하려 하지 않는 것이 이상했다.

키릴은 카로단 정도는 적으로 여기지 않았으므로 기동력을 없앤 것으로 만족하고 네이판키아 소녀 쪽으로 관심을 돌렸다. 또한 남의 궁금증에 일일이 친절하게 대꾸해주는 사람도 아니었다. 대답은 엉뚱한 곳에서 나왔다. 곁에 있는 제자인지 일행인지 모를 소년이 냉큼 대답해 왔던 것이다.

"어쨌든 네 편은 아닌 것 같지 않냐? 내가 봐도 그 정도는 알겠다."

소년의 거침없는 반말에 화가 치민 카로단이 쏘아보자 사샤는 어느새 구슬을 쥔 손을 흔들며 자신만만하게 웃어 보였다. 구슬이 뿜는 불의 채찍이 흔들흔들 춤을 추었.

사샤도 처음에는 구슬을 어찌해야 할지 몰랐다. 그러나 채찍이나 리본을 휘두르는 것과 별로 다르지 않음을 깨닫자 타고난 곡예사의 천성이 자극되었다. 지금껏 위험을 피해가며 살아온 그가 아니었다. 신나는 일인데 못해볼 이유가 없지! 생각을 바꾼 사샤는 망설임 없이 손에 쥔 불꽃을 휘둘러댔다.

"신나잖아! 어디 한바탕 놀아 볼까?"

이어 키릴도 생각하지 못한 방식으로 구슬을 다뤘다.

"한 바퀴!"

손을 떠난 구슬이 빙그르르 날았다. 리본 같은 불꽃의 띠가 꼬리를 끌며 솟아오르자 사샤는 힘껏 바닥을 차고 한 바퀴 공중제비를 돌았다. 떨어지기 직전에 왼손을 등 뒤로 내밀자 그 위로 구슬이 떨어졌다. 신나는 몸놀림이었다.

공격을 하겠다는 건지 곡예를 하겠다는 건지 모를 꼴에 카로단은 어안이 벙벙해졌지만 그렇다고 방심할 수도 없었다. 불꽃 띠가 바닥을 내리치자 흙더미가 물줄기처럼 튀어 올랐다. 채찍을 다루는 방식 그대로였다. 키릴이 준 미라티사의 비늘은 어느 새 입술 사이에 단단히 물려 있었다.

이번엔 던지지 않고 몸을 솟구쳤다가 바닥을 짚고 한 바퀴 거꾸로 돌아 내려섰다. 불꽃 띠가 원을 그리며 불티가 금가루처럼 사방으로 날렸다. 간만에 즐거워진 사샤의 눈빛도 과거의 광채를 되찾았다. 난폭한 부랑아, 자유로운 검은 새로 되돌아간 그의 눈동자가 토파즈처럼 번뜩였다.

"저, 저……."

카로단은 소년의 다양한 동작에 정신이 팔려 그가 바로 앞까지 온 것을 얼른 깨닫지 못했다. 한 번의 도약으로 다섯 걸음 정도는 단축할 수 있는 사샤는 다음 순간 카로단의 코앞으로 구슬을 휘둘렀다.

"윽!"

첫 번째 불꽃을 피했나 싶은 순간, 뒤따라 날아든 꼬리가 카로단의 망토에 불을 붙였다. 카로단도 당하고만 있지는 않았다. 검을 한 바퀴 돌려 베자 망토에 붙은 불꽃이 사그라져 버렸다. 이어 달려든 불꽃은 검으로 내려쳐 베어 버렸다.

키릴은 정령들과 다투지 않고 그들을 진정시키려 소통 마법을 걸고 있었으나 응답이 쉽게 오지 않았다. 그러던 도중 카로단이 블로지스틴의 불을 잘라 끊는 모습을 보고 묘하게 미간을 찌푸렸다. 정령의 불을 자르는 검은 흔한 물건이 아니었다.

불의 띠는 절반으로 짧아졌지만 아직 기죽을 필요는 없었다. 사샤는 교묘하게 구슬을 떨어뜨리며 자세를 낮추더니 발끝으로 살짝 받아 호를 그리도록 걷어찼다. 발목 아래를 겨냥한 공격이었다. 계산이 맞아 들어가 구슬의 궤적보다 넓게 불꽃이 돌며 카로단의 부츠를 휘감아 버렸다. 불꽃이 가죽 부츠를 그을리며 태우자 카로단은 뜨거워서 펄쩍 뛰어올랐다. 사샤는 구슬을 쫓아가 집어 채찍을 감아 들이듯 멀찍이 돌리며 주변을 방어했다.

"건방진 꼬마 놈이!"

미라티사의 비늘을 입에서 빼낸 사샤가 손가락을 불쑥 내밀며 까딱거렸다.

"춤 실력이 형편없군. 퇴장!"

머리끝까지 화가 난 카로단의 검 끝에 푸른 기운이 서리더니 물처럼 방울방울 맺혔다. 뭔가 시작되려나 하는데 어느새 거센 물줄기가 뿜어져 나와 사샤의 몸에 부딪쳐 갔다.

"으앗!"

물줄기는 사샤의 몸을 다섯 발짝이나 날려 보내고도 힘이 남아 큰 나무 둥치에 부딪치며 나무껍질을 파헤쳐 사방으로 날렸다. 그걸 보고 감탄하거나 두려움에 떨 병사들이 남김없이 쓰러진 것이 아쉬울 정도로 대단한 힘이었다.

그때 키릴이 말했다.

"그 검, 내가 가져가야겠군."

태연한 어조였다. 카로단이 오히려 기가 막혀 말을 더듬었다.

"뭐, 뭐…… 지금 뭐라고 했지?"

키릴은 두 번 말하지 않았다. 그가 오른손을 허공에 내뿌리자 검을 쥔 카로단의 손이 부들부들 떨렸다. 마치 의지를 지닌 것처럼 검이 그의 손에서 튀어나가려 했다. 손과 팔에 이어 온 몸이 덜덜 떨렸지만 카로단은 검을 두 손으로 쥐지 않고 한 손으로만 버티었다.

"이, 이런…… 말도 안 되는……."

키릴은 미간을 찌푸렸다. 단숨에 빼앗으리라 생각했는데 저렇게 버티다니, 저 힘은 완력이 아니었다. 다른 마력이 개재되지 않고는 불가능했다.

그래봤자 잠깐이었다. 쨍, 하며 비명 같은 소리를 지른 검이 카로단의 손에서 떨어지더니 자석에 딸려가기라도 하는 것처럼 허공을 가로질러 키릴의 발 앞 흙에 푹 꽂혔다.

그런데 카로단이 끼고 있던 붉은 장갑 한쪽도 마치 살아 있는 것처럼 칼자루에 딸려왔다. 손바닥과 손등뿐 아니라 손가락 하나하나까지 감싸는 형태의 장갑인데 아무리 검을 꽉 쥐고 있었기로서니 함께 벗겨져 따라올 수가 있을까?

카로단은 반동을 이기지 못하고 뒷걸음질 치다가 바닥에 주저앉았다. 뒤로 손을 짚었던 카로단이 팔을 움직이자 사샤가 눈을 둥그렇게 떴다.

"어?"

키릴도 순간 흠칫했다. 장갑을 끼었던 자리에 있어야 할 오른손이 없었다. 손목 아래로 잘린 채 텅 비었다. 조금 전까지 카로단의 오른손은 분명히 검을 쥐고 있었는데?

"손을 잘라서 봉헌물로 바쳤군."

카로단은 핏발선 눈으로 방해자들을 노려볼 뿐이었다. 저항할 방법을 잃었지만 죽더라도 굴복하지는 않을 자였다. 체념한 눈빛이 아닌, 여전히 적의로 불타는 눈이었다. 키릴이 다시 말했다.

"웬만하면 칼집도 줘."

카로단의 허리에 매인 칼집을 똑같은 방법으로 쉽게 빼앗은 키릴은 한 발짝 물러섰다. 그러다가 사샤가 똑같이 따라하는 모양을 보고 눈살을 찌푸렸다.

손을 내밀어 폈다가 오므리는 동작만으로 검과 칼집이 허공으로 떠올랐다. 이어 약간의 거리를 두고 등 뒤에 매달렸다. 보이지 않는 밧줄로 묶기라도 한 듯했다. 키릴은 검에 절대 손을 대지 않았다.

키릴이 그냥 갈 기색이자 카로단의 얼굴이 심하게 일그러졌다.

"뭐지? 죽일 가치도 없다는 건가?"

키릴은 상대가 악당이든 아니든 자신에게 직접 해를 끼치지 않은 한 굳이 손대지 않았다. 상대가 원한을 품든 말든 그런 것도 관심 밖이었다. 또한 그냥 보내 주겠다거나, 왜 보내 준다거나 하는 말도 구구절절 하지 않았다. 살려줄 작정이면 그냥 무시했다. 그러나 카로단은 심하게 자존심이 상했다. 자신을 안중에도 두지 않는 태도가 모욕적으로 느껴졌다.

"지금 나를 죽이지 않으면 난 죽을 때까지 쫓아가서 그 검을 되찾을 것이다! 내 이름은 카로단 마이프허다. 똑똑히 기억해 둬라! 반드시 네놈을 뒤쫓아 되찾을 것이다! 그리고 그 검은……."

키릴이 돌아보았다. 둘의 눈이 마주쳤다.

"나처럼 손이라도 자르기 전엔 쓸 수 없는 검이란 말이다!"

"난 네가 아니야."

다시 몸을 돌렸을 때였다. 빛처럼 빠른 그림자가 키릴을 향해 달려들었다. 사샤가 소리를 질렀다.

"조심해요!"

네이판키아 소녀였다. 어느 새 무아지경에서 정신을 되찾은 소녀의 한쪽 눈이 생생하게 번쩍였다. 어이없을 정도로 직선적인 공격에 당황한 키릴이 물러서려 하자 사샤가 그 사이에 뛰어들었다. 쥐고 있던 블로지스틴의 구슬에서 불꽃이 튀어나와 소녀의 몸에 감기려 했다. 그러나 요르실드의 바람이 약한 불꽃을 말아 들여 흩어버렸다. 키릴은 내심 감탄하며 외쳤다.

"어디서 저렇게 말 잘 듣는 정령들을 구했는지 물어보고 싶을 정도인데!"

이어 키릴은 반격을 하는 대신 물었다.

"왜 나를 공격하지?"

대답 대신 돌아온 것은 파도처럼 밀려든 단단한 공기와 단 걸음에 코앞까지 다가온 소녀의 손이었다. 그녀의 자세는 매를 사냥하려는 이리처럼 묘한 데가 있었다.

"그만둬!"

사샤의 외침에도 아랑곳 않고 뻗어온 오른손이 키릴의 어깨를 움켜쥐고 나무 둥치로 밀쳤다. 간단히 말해 '밀쳤다' 이지 그 위력은 쇠뭉치를 휘두르는 힘에 준했다. 키릴의 몸 안에 있는 마법 반탄력이 작용하지 않았다면 어깨뼈가 으스러졌을 것이다.

충격으로 무릎이 꺾이며 머리카락이 얼굴을 덮었다. 통증을 채 느끼기도 전에 소녀의 왼손이 달려들어 키릴의 목을 와락 움켜쥐고 끌어올렸다. 가느다란 목쯤은 단숨에 부러뜨리고도 남을 힘이었지만 이상하게도 소녀는 그러지 않았다. 그녀는 천천히 키릴을 일으켜 세웠다.

"……."

무기질의 광채가 떠도는 보랏빛 눈동자가 열렬히 쏘아보았다. 격노 어린 눈을 본 키릴은 상황을 알아차렸다. 좀 전에 무아지경에서 깨어난 소녀는 적과 아군을 분별하지 못하고 자신 외의 모든 자를 침입자로 간주했다. 또한 소녀의 격노는 복수심에 가까웠다. 식물처럼 감정이 적은 네이판키아의 눈에 이토록 격렬한 감정이 서리기란 쉽지 않았다.

언뜻 보아 당하고 있는 입장이었지만 그런 것만도 아니었다. 키릴은 소녀를 죽이지 않고 정보를 들어야 했기에 강한 마법을 쓸 수 없었고, 짧은 망설임의 순간에 소녀가 선수를 쳤을 뿐이었다. 또 하나, 키릴은 이 소녀처럼 마법사에게 육박전으로 대항하려는 자를 만나본 일이 없어서 좀 당황했다. 소녀의 몸놀림은 다른 마법사들이라면 주문을 입 밖에 내기도 전에 제압당할 정도로 빠르고 강했다.

한순간이었다. 둘의 눈이 마주쳐 감정이 얽히고 행동이 멈춘 것은. 조금만 지체했다면 독수리 발톱보다 억센 네이판키아의 손아귀가 키릴의 몸을 찢어발겼을 것이다. 네이판키아는 아름답지만 요정이 아니었다. 그들의 삶이 자연에 가까운 만큼 야생적 잔인함도 그대로 갖춘 그들이었다.

"넌 뭔가 잘못 생각하고 있어! 우린 널 도와준 거라고!"

사샤의 말에 소녀의 손이 움찔, 멈추었다. 그 순간을 놓치지 않고 키릴의 손에서 파동이 일어났다. 그러는 동안에도 키릴은 소녀의 무생물처럼 아득한 눈동자를 보고 있었다.

"!"

소녀의 몸은 허공으로 불쑥 솟았다가 열 걸음도 넘게 날아가 풀밭에 처박혔다. 사샤의 입에서 탄성이 나왔다. 그러나 그것도 잠시였다. 키릴은 얼굴을 찌푸리며 바닥에 무릎을 꿇었다.

"괜찮아요? 그냥 있어요! 그 다음은 내가……."

키릴은 그 말만으로도 머리가 아파 와서 이마를 짚었다.

"다음 따윈 없어."

사샤가 무슨 소리인가 하고 돌아보니 쓰러졌던 네이판키아 소녀가 힘겹게 자세를 틀어 어디론가 가려 애쓰는 모습이 보였다. 사력을 다했지만 고작 몇 걸음을 기어갔을 뿐이었다. 조금 전까지 그런 괴력을 보이던 사람이 갑자기 저렇게 된 것을 이해하기 힘들었지만 요르실드의 바람도 서서히 약해지는 것으로 보아 소녀가 쇠약해진 것은 사실인 듯했다.

소녀가 다가가려는 쪽에 낭자하게 흐르는 핏빛 샘이 보였다. 어지간한 샤샤도 그걸 보자 인상을 찌푸렸다.

"으……."

피바다 속에 난도질된 시체가 널브러져 있었다. 갑옷을 입지 않은 걸 보니 죽은 자는 네이판키아인 듯했다. 잠시 후 소녀도 더 다가갈 힘을 잃은 듯 고개가 푹 꺾어졌다.

바람이 잦아든다.

키릴은 쓰러진 소녀에게 다가가 무릎을 꿇고 맥을 짚어 보았다. 소녀가 살아 있음을 확인한 그는 카로단을 돌아봤다.

"따라올 테면 얼마든지."

카로단이 마지막으로 본 것은 허공에 물방울처럼 맺혔다 사라진 광채뿐이었다. 광채가 스러지자 그 자리에는 마법사도, 소년도, 네이판키아 소녀도 없었다.

맥이 탁 풀린 카로단의 눈이 끊어진 손목을 내려다봤다. 아니, 실은 보고 있지 않았다. 눈앞에 조금 전의 광경이 스쳐갔다. 주문도 동작도 수인(手印)도 없는 마법, 힘든 기색 없이 몇 번이고 중첩해서 사용하는 마법이 인간에게 가능할까? 그런 일은 저 이조르칸트의 엘프 대마법사라 해도 불가능할 것이다.

쓰러졌던 병사들 가운데 몇몇은 정신을 차렸다. 카로단은 그들을 이끌고 숲을 빠져나갔다. 병사들은 오른손이 사라진 카로단을 두려워했지만 그의 마법이라도 없이는 불타는 숲을 빠져나갈 수 없었다.

고작 수십 명이라도 살아서 숲을 빠져나갈 수 있었던 이유는 저절로 잦아든 불길 덕택이었다. 더 태울 것이 없는 것도 아닐 텐데 이상한 일이었다. 아침녘에는 검은 연기만이 남아 간밤의 화재를 짐작하게 했다.

불길이 닿지 않은 숲 한 자락에 세 사람이 제멋대로의 자세로 잠들어 있었다.

우선 키릴. 나무줄기에 기대앉아 한쪽 무릎을 세우고 턱을 젖힌 채 정신없이 잠들어 있었다. 창백한 목선 언저리로 가파른 턱과 쇄골이 도드라졌다. 피로 탓에 입술이 약간 벌어졌고 그 뒤로 검은머리가 물처럼 흘러내렸다.

그리고 사샤. 풀밭에 대자로 누웠는데 오른팔만 접어 눈을 가렸다. 아침볕이 따가워서 그렇게 하고 잠든 모양이었다. 좋은 꿈이라도 꾸는지 알아듣지 못할 소리를 웅얼거리더니 잠시 후 입가에 엷은 미소가 떠올라 머물렀다.

마지막으로 키릴 맞은편의 나무 밑에 네이판키아 소녀가 잠들었는지 기절했는지 모를 상태로 쓰러져 있었다.

이제 소녀의 몸에 보호색이나 투명한 일렁임 같은 것은 없었다. 지금의 머리카락은 눈이 아플 정도로 선명한 주황이었다. 그러나 잠시 후 빛깔이 바래더니 다시 주홍빛 섞인 백금발로 변했다. 처참하게 죽은 네이판키아 여전사의 머리색과 비슷했지만 한층 투명하고 맑았다. 후광 같은 머리카락은 어깨와 등을 덮은 채 이따금 가볍게 날렸다.

숲은 고요했다.

숲속에 쓰러져 있는 소녀는 숲의 일부인 양 인간적인 특징들조차 섞여 녹아내리는 듯했다. 네이판키아는 인간이지만 숲의 종족이라고 불리는 엘프보다 오히려 불가해한 자들이었다. 그런 까닭에 지상에 두 발을 디딘 종족들 가운데 가장 정령과 가깝다고도 했다.

가장 먼저 깨어난 사람은 사샤였다.

눈을 뜨자마자 벌떡 일어나 앉더니 하늘을 올려다보고 한낮이 됐음을 알았다. 먼저 오랜 버릇 탓에 키릴이 옆에 있는 것을 확인하고 안심했다. 그는 아직도 키릴이 어느 날 자기를 내버리고 갈지도 모른다고 생각하고 있었다. 뒤이어 네이판키아 소녀를 보았다.

사샤의 눈은 현실적인 편이었다. 어려서부터 지독한 현실을 목격하며 살아온 탓이었다. 그는 엎드리다시피 쓰러진 그녀를 보며 가장 먼저 '인간이긴 했구나' 하고 생각했다. 광채나 빛깔이 사라지고 나니 조금쯤 겁나던 기분도 가셨다. 사샤는 소녀의 알몸에도 개의치 않았다. 어려서부터 올가를 비롯한 거리의 여자들과 친하게 지낸 데다 그녀들이 사샤를 동생처럼 스스럼없이 대했기 때문에 여자의 벗은 몸은 그리 놀랄 만한 것이 아니었다.

누구를 먼저 깨울까 생각하는데 여자의 어깨가 꿈틀하며 움직였다.

보호색을 쓰지 않은 네이판키아의 피부는 다른 어느 종족보다도 희었다. 아니, 희다기보다 반투명한 막이 한 겹 씌워진 듯했다. 곧 소녀가 상체를 일으켰다. 살과 뼈가 움직이기 시작하자 피부에 새로운 무늬가 나타나 물위에 기름을 띄웠을 때처럼 흘렀다. 청록색과 은회색의 파도가 어깨를 타고 내려가 등과 골반을 넘었다.

소녀는 두리번거리지 않았다. 사샤나 키릴을 보지도 않았다. 워낙 창백한 얼굴이라 사샤는 여자가 어디 아픈가 싶기도 했다. 긴 머리카락이 유일한 의복인 그녀는 일어나 느린 걸음으로 그 자리를 떠나려 했다.

사샤는 깜짝 놀랐다. 여기까지 기껏 데려왔는데 가버리면 키릴이 싫어할 텐데?

"잠깐……."

다른 목소리가 더 빨랐다.

"가지 마."

키릴이었다. 처음 자세 그대로, 소녀를 보지도 않고 한 말이었다. 자고 있는 줄 알았는데 아니었던 모양이었다. 어쩌면 그 순간 깨어났을지도 모른다. 하지만 그렇다고 보기엔 꽤 또렷한 목소리였다.

"서."

소녀는 귀가 들리지 않는 것 같았다. 적어도 사샤가 보기엔 그랬다. 사람이 부르는데도 멈칫하는 기색조차 없었다. 소녀는 다시 세 걸음 나아갔다.

"돌아갈 곳은 없어."

다시 몇 걸음. 이제 소녀는 숲 그늘로 들어갔다. 숲에서 그녀가 보호색을 쓰면 찾기도 힘들어질 것이다.

지금까지와 똑같은 어조로 키릴은 다시 한 번 말했다. 눈은 여전히 고개를 젖힌 채 하늘을 올려다보고 있었다.

"난 지금 네가 필요해."

공용어를 알아듣는 것인가? 사샤는 그 순간 소녀의 걸음이 멈추는 것을 보고 눈을 둥그렇게 떴다.

소녀가 천천히 돌아섰다. 얼굴에는 아무 표정도 없었다. 선 채로 더 움직이지도 않았다. 그러나 눈은 키릴을 보고 있었다. 한쪽밖에 없는 눈의 보랏빛이 빛났다.

키릴도 그걸 보고 있었던 모양이었다.

"드문 빛깔이다."

키릴은 드디어 몸을 일으켰다. 소녀가 선 곳 근처까지 가서 나무그늘에 앉았다.

"너도 앉아."

'너'는 둘이었다. 뒤따라온 사샤가 풀썩 주저앉았고, 소녀가 천천히 앉았다. 키릴의 목소리에 마력 따위는 없었다. 그런데도 소녀는 키릴의 목소리를 듣고 눈을 보자 신기하게도 그의 말을 따랐다.

그게 왜일지 궁금한 사람은 사샤뿐이었는지 키릴은 피로한 기색으로 눈가와 이마를 문지르며 아무 말이 없었다. 몸을 움직이니 소녀가 밀쳤던 어깨가 뻐근하게 아파 왔다. 문득 어린 시절, 요르실드의 바람을 타고 높은 나무에서 내려왔던 일이 떠올랐다.

소녀가 앉은 곳은 해가 잘 들어 피부가 희한한 광택을 냈기 때문에 알몸인데도 마치 광채의 의복을 입은 것 같았다. 어찌 보면 키릴에게는 다행이었다. 어쨌든 알몸을 똑바로 바라보는 무안함은 피할 수 있었다.

키릴이 입을 열었다.

"'파괴자의 날개' 라는 말을 알고 있나?"

"……."

소녀는 대답하지 않았다. 사샤는 이번엔 귀머거리가 아니고 벙어리인가 하고 머리를 굴려 봤다.

"모르나?"

"……."

소녀의 한쪽뿐인 눈은 무표정하게 키릴을 쏘아보았다. 그의 말을 이해하지 못했다는 표정은 아니었다. 화가 나서 침묵하는 것도 아니었다. 다른 생각에 잠긴 것 같지도 않았다. 그저 답하지 않을 따름이었다.

잠시 후 키릴도 이 말을 하지 않을 수 없었다.

"말을 할 줄 모르나?"

갑자기 소녀가 벌떡 일어섰다. 키릴과 사샤의 눈동자가 똑같이 따라 올라갔다. 몹시 궁금했던 사샤는 턱까지 치켜 올리고 있었다.

소녀는 키릴이 앉은 나무그늘로 들어갔다. 스르륵, 연녹색 물이 금세 목과 가슴을 타고 내려갔다. 보호색이었다.

"……."

이번에는 키릴이 어이가 없어 침묵을 지켰다. 소녀는 키릴 곁에 앉더니 다시 시선을 키릴에게 못 박았다. 그 눈빛 속에 알 수 없는 집요함이 있었다.

"……."

잠시 후 키릴은 시선을 돌릴 수밖에 없었다. 그늘로 들어와 광채의 의복을 벗은 소녀의 알몸은 또렷했다. 소녀 쪽에서는 조금도 부끄러워하는 기색이 없었지만 키릴은 네이판키아족이 아니었다. 어려서부터 거리의 여인들과 어울려 자란 소년도 아니었다.

더구나 소녀는 아름다웠다.

비인간적인 눈을 하고 있어도 소녀의 미는 네 인간족의 공통된 기준에서 최상이었다. 연약한 미모는 아니다. 발랄함과도 다르다. 신비로움과 야생성이 휘감긴 아름다움의 내부는 외부인의 침입을 금하는 독자적 세계였다. 휘장을 내린 성전, 금기를 어기고 잡으려는 자에게 보복을 가하는 저주받은 검과도 같았다.

마법사로서 보이지 않는 힘을 다루는 키릴이었기에 소녀의 주위를 감도는 분위기도 느낄 수 있었다. 그러한 닫힌 세계는 감정적인 문제가 아니라 이 소녀의 운명과 관계되어 있었다. 그것이 무엇인지는 아직 알 수 없었다. 다만 이 소녀는 다른 네이판키아들과도 달랐다. 네이판키아가 타인과 소통하지 않되 자유롭다면 이 소녀는 내면 자체가 금지된 성역이었다.

키릴이 일어서더니 자신의 로브를 벗었다. 사샤가 놀란 눈으로 쳐다봤다.

"뭘 하려고요?"

로브를 벗은 키릴은 헐렁한 검은 셔츠에 바랜 나머지 무슨 색인지 알아보기 힘든 바지 차림일 뿐, 장식이나 무기는 전혀 없었다. 그가 단검을 갖고 있음을 사샤는 알고 있었지만 그것은 어디까지나 야영용으로 호신의 의미는 조금도 없었기에 배낭 안에 들어 있을 따름이었다. 키릴은 네이판키아 소녀에게 다가가 벗은 로브를 덮어씌웠다.

"?"

로브를 들쓴 소녀의 얼굴에 질문이 떠올랐다. 키릴도 말을 잘 하지 않는 성격이었지만 상대가 더했기에 자신이라도 대답을 하지 않을 수 없었다.

"눈 둘 곳이 마땅치 않아서."

소녀의 얼굴에 고마운 빛 같은 건 없었다. 약간 불편한 듯 보일 뿐이었다. 사샤가 참견했다.

"로브가 지저분해서 싫은 게 아닐까요? 그 로브, 한 번도 빨래하는 걸 본 적이 없는데."

"……조용히 해."

키릴이 한 말은 진심이었다. 소녀에게 로브를 덮어준 것은 순전히 눈 둘 데가 없었기 때문일 뿐 다른 호의는 없었다. 다시 기묘한 회견이 시작되었다.

질문이 되풀이되었지만 여전히 대답은 없었으니 회견 치고 확실히 기묘하긴 했다. 엄밀히 말해 대화한다고도 할 수 없었다. 이런 식으로 상대방보다 많이 말하는 것은 도무지 키릴의 취향에 맞지 않았으므로 그는 은근히 화가 치밀었다.

"좋아서 당신을 구한 게 아냐. 도움이 되리란 생각이 아니었다면 여기까지 데리고 나올 이유도 없었어. 그러니까 뭔가 아는 게 있으면 말을 해. '파괴자의 날개'라는 말을 전혀 들어보지 못했단 건가?"

사샤는 이렇게 말을 많이 하는 키릴을 본 것이 처음이라고 생각하며 멀거니 두 사람을 보았다. 그러다가 심심해지자 슬슬 박자나 맞춰 보기로 했다.

"내 말을 듣고 있는 거야?"
"그래! 듣고 있는 거야?"
"모르면 모른다고 말하면 좋잖아."
"맞아! 모르면 모른다고 말해!"
"본래 말을 할 줄 모르나?"
"정말! 벙어린가?"
"……넌 입 좀 다물지 못해?"
"좋아! 입을 다물까?"
"……."
"……."

이렇게 되자 누가 누구와 대화하는지조차 모호해지고 말았다. 키릴이 소녀의 무응답에 화가 나서인지 사샤의 말참견에 화가 나서인지 모를 상태가 되어 입을 다물었을 때, 소녀의 얼굴에서 드디어 표정이 나타났다. 그러나 실컷 입 아프게 말한 보답으로는 너무 허무한 반응이었다.

소녀는 어리둥절한 표정이었다.

"······."

키릴은 점차 자신이 방향을 잘못 잡았음을 느꼈다. 그러나 딱히 방향을 틀 방법이 없었다. 네이판키아의 습성은 말로만 들었을 뿐 직접 대해본 것은 처음이었다. 그리고 말로만 들었을 때는 이렇게까지 벽창호일 줄은 상상도 하지 못했다.

"좋아, 그럼 내 질문에 고갯짓으로 답해봐. 당신은 내가 질문하는 내용을 전혀 모르나? 맞는다면 고개를 끄덕여 봐. 이렇게."

"······."

마지막 방법도 실패하고 말았다. 소녀는 눈도 까딱하지 않고 키릴을 응시할 따름이었다.

과거 온순하던 시절에서 유래한 키릴의 인내심은 이제 바닥났다. 그가 옛 일 때문에 고문을 증오하지만 않았다면 마법을 써서라도 소녀를 윽박지르려 했을 것이다.

"나와 말하기 싫어? 불만이 뭐지? 내게 뭔가 요구하고 싶나? 거래가 하고 싶나?"

"······."

"아무것도 원하는 게 없어? 그럼 도대체 왜 가버리지 않고 여기 앉아 있는 거야!"

자기가 있으라고 한 주제에 앞뒤가 안 맞는 말을 해버렸지만 키릴도 개의치 않았고 소녀도 개의치 않았다.

"나무나 돌에 대고 이야기해도 이보다 낫겠군."

그 순간 사샤가 킥, 웃었다. 평소 같으면 상관하지 않았을 텐데 신경이 날카로워진 터라 고개가 홱 돌아갔다. 사샤는 키릴의 화난 얼굴을 봤지만 여전히 피식피식 웃으며 말을 이었다. 이 소년은 예나 지금이나 키릴이 화를 내도 진심으로 두려워하는 일이 없었다.

"아아, 전에 말이죠, 제가 며칠 밤낮으로 쫓아갈 때 말이에요. 그때 꼭 그것과 똑같은 생각을 했었거든요, 헤헷."

때로 사샤는 묘한 방식으로 키릴의 마음을 가라앉히는 재주가 있었다. 한나절을 굶기도 했고 오랜만에 말을 많이 해서인지 슬슬 배가 고파왔다. 키릴은 일어나 가방을 끌어왔다. 본래는 식량을 꺼낼 생각이었다. 그런데 가방 주둥이에서 생각지 않던 물건이 툭 떨어졌다. 카로단의 검을 빼앗을 때 딸려온 붉은 장갑 한 짝이었다.

"!"

붉은 장갑을 발견한 소녀의 눈에 격심한 분노가 서렸다. 말릴 틈도 없었다. 방금 전까지만 해도 저렇게 앉은 채 며칠쯤은 꼼짝도 하지 않을 듯하던 그녀가 벌떡 일어나 맹수처럼 덤벼들었다. 그 살기에 키릴도 놀랐다. 싸늘한 기운이 등을 타고 내려갔다.

소녀의 두 손이 장갑의 억센 가죽을 갈기갈기 찢어 형체도 남지 않게 만드는데 수 초도 걸리지 않았다. 사샤가 놀라 입을 벌렸다.

"우와, 이 누나 힘 엄청 센데."

넉살 좋게 말하긴 했지만 사샤도 충격을 받은 기색이었다. 가죽을 이어 붙여 만든 전투용 장갑은 대단히 질겼다. 그런 것을 저리 쉽게 찢어 발길 정도라면 인간 남자의 힘쯤은 상대도 되지 않을 것이다. 키릴도 뜻밖의 광경을 접하고 섬뜩해졌다. 야생생활을 하는 네이판키아가 다른 인간족보다 힘이 센 줄은 알고 있었다. 그러나 근육질도 아닌 소녀의 팔에서 저토록 엄청난 힘이 나오다니, 눈으로 보지 않았다면 믿기 힘들 광경이었다. 그가 알기로 네이판키아의 성인 남성들도 저렇지는 않았다. 이 소녀는 네이판키아 중에서도 평범한 존재가 아니었다.

"저 장갑의 주인은 너의 원수인가?"

"……."

키릴은 네이판키아 족이 종족 개념뿐 아니라 가족의 개념조차 희미하다는 사실을 들어 알고 있었다. 그들에겐 결혼이 없었다. 유일한 가족은 어머니뿐, 약간 넓어 보아야 할머니 정도였다. 아버지가 누구인지 아는 일은 거의 없었다. 가장 강력하게 연결된 가족은 할머니와 어머니, 딸로 이루어진 형태였다. 그 이상 확장되면 이미 가족이 아니라 타인에 불과했다. 더구나 네이판키아 족의 타인 개념은 다른 인간족보다 몇 배 냉정했다. 그들에게 타인이란 길에 놓인 바위와도 크게 다를 것 없는 존재였다.

키릴의 머릿속에서 소녀가 마지막까지 다가가려 하던 피투성이 시체의 모습이 떠올랐다. 핏물 속에 잠긴 난도질된 시체.

"그가 네 어머니를 죽였나?"

장갑의 잔해를 떨어버리고 일어선 소녀는 다시 한 번 알몸이었다. 그러나 이번에는 두 사람 모두 서로를 똑바로 보았다. 다른 생각이 끼어들 여지가 없었다. 서로의 눈에서 무언가를 찾으려 했다. 입으로 말하지 않는 자는 눈으로 말하는 법이었다. 하나 뿐인 보라색 눈에서 키릴은 많은 것을 읽어냈다. 그는 올바르게 방향을 틀었다.

그때 소녀의 눈동자가 바르르 떨리더니 뜻밖의 일이 벌어졌다.

"비주."

사샤는 흠칫 놀랐다. 소녀는 벙어리가 아니었다. 동시에 두 손을 날개처럼 움직이더니 가슴으로 모았다. 키릴은 말문이 막혔다.

"……"

또렷한 발음보다 놀라운 것은 잘 조율된 악기 같은 목소리였다. 단어 하나만으로도 느껴졌다. 귓가에서 청색 파랑(波浪)이 이는 듯했다. 나뭇잎이 지저귀는 듯, 햇살이 노래하는 듯, 천연의 음으로 반짝거렸다.

"비주."

같은 동작이 되풀이되었다. 두 손을 가슴으로 모으며 흘러나오는 낯선 발음에는 고대 이스나미르어와 공용어의 중간 정도 되는 묘한 울림이 있었다.

"비주."

소녀가 표현하려는 뜻은 분명했다.

키릴이 마지못해 입을 열었다. 소녀처럼 스스로를 가리키진 않았다.

"키릴."

사샤조차 처음 듣는 이름이었다. 사샤가 입속으로 이름을 되풀이해 보는 동안 비주는 입 밖에 내어 말했다.

"키릴."

소녀의 입에서 나온 자신의 이름은 낯설었다. 비현실적이었다. 그녀가 말한 '키릴'은 그의 이름이 아니라 나무나 햇살, 냇물의 이름인 것처럼 아련하게 반짝거렸다. 뜻밖이었다. 예상하지 못했다. 무엇을?

모든 것을. 세상 모두를.

"거봐요. 지저분해서 싫어할 거랬지."

사샤는 비주가 장갑을 보고 달려드느라 바닥에 떨어져 버린 로브를 집어 언제부턴가 버릇이 된 잔소리를 중얼거리며 비주에게 도로 걸쳐 주었다. 물론 사샤의 말과 달리 비주는 로브에 별다른 감정이 없는 것 같았다.

"팔을 끼우고, 이쪽도, 이렇게 입는 거야."

사샤는 나쁘지 않은 선생이었다. 비주는 금방 키릴의 로브를 껴입더니 나름대로 만족한 듯 옷자락을 여미고 어깨를 으쓱했다. 비주는 이름을 말한 후로 다시 입을 열지 않았지만 키릴도 슬슬 질문을 포기한 상태였다.

그렇다면 어떻게 해야 할까. 더 물을 생각이 없다면 숲의 사람인 비주는 두고 가는 편이 낫지 않을까. 그렇다면 옷을 입힐 필요도 없었다. 물론 옷을 입게 한 사람은 사샤였고 키릴은 굳이 참견하지 않았을 뿐이었다.

간단하게 식사를 했다. 비주는 그들의 음식에 손을 대지 않았다. 배가 고픈 기색도 없었다. 그녀의 시선은 약간 높은 허공에 머물러 있었다. 거기에는 오후 햇살에 빛나는 잔가지와 새들의 부대낌에 떨어져 내리는 잎뿐이었다. 그녀가 무엇을 보는지 키릴과 사샤는 알 수 없었.

식사를 끝내고 일어섰을 때 사샤는 셔츠와 바지, 반장화 차림의 키릴을 쳐다보더니 말했다.

"그러고 있으니 전혀 마법사 같지 않은데요."

"입 다물어."

기묘한 일행이 걷기 시작했다. 오후가 깊어갔다. 햇살은 비주의 눈가에서만은 맑은 자수정 빛이었다. 잠시 제 빛깔을 되찾은 듯했던 머리카락에 서서히 흐름이 생기더니 보랏빛 감도는 은빛으로 변했다. 로브 밖으로 나온 손등에도 청보랏빛이 떠올랐다. 시체의 피부에나 감돌 법한 그런 색은 그녀를 한층 비인간적으로 보이게 했다. 사샤는 그런 변화가 신기한 나머지 계속 비주를 쳐다보며 걷다가 나무뿌리에 걸려 넘어질 뻔하기도 했다.

"으휴, 정말 이상한 누나라니까."

사샤는 동의를 구하려고 키릴을 쳐다보려다가 있어야 할 곳에 그가 없음을 알았다. 돌아보니 몇 걸음 뒤에 우뚝 선 그가 보였다.

"뭐해요?"

대답이 없었다. 뭔가에 귀를 기울이는 듯했다. 사샤는 로브 자락을 잡아 비주를 멈추려다가 오히려 비주 쪽에서 자기 팔목을 와락 움켜잡는 바람에 깜짝 놀랐다. 그녀는 엄청난 힘으로 사샤를 자기 쪽으로 끌어당겼다.

"왜, 왜 그래?"

"……."

물론 비주도 대답하지 않았다. 대답 대신 사샤를 한층 바짝 끌어당겨 나무줄기에 밀어붙이고 돌아섰다. 마치 자신이 사샤를 보호하기라도 하려는 듯한 자세여서 사샤는 어리둥절해졌다.

저만치에서 키릴의 목소리가 울렸다.

"더 숨을 필요는 없어."

바스락. 비주가 쏘아보던 나무 위에서 나뭇잎 몇 개가 떨어지더니 그림자 하나가 훌쩍 뛰어내렸다. 앳된 얼굴의 금발 젊은이였다. 이어 그들이 나아가던 방향에서, 덤불에서, 숲 이곳저곳에서 낯선 자들이 모습을 드러냈다. 언제 저 많은 사람이 숨어 있었는지 짐작도 가지 않았다.

십여 명은 되었다. 대부분 발그레한 뺨을 한 젊은이들이었고 여자도 몇 명 있었다. 손에는 하나같이 활을 들었지만 화살을 메겨 공격하려는 자는 없었다. 사샤는 그들이 남녀 구별이 어려울 정도로 아름다운데다가 뾰족한 귀를 가진 것을 보고 눈을 동그랗게 뜨며 외쳤다.

"엘프다!"

사샤는 엘프를 처음 보았다. 남녀 할 것 없이 훤칠하고 체격이 탄탄한 이들은 하얀 부리 엘프일 것이다. 엘프에는 세 갈래가 있는데 '그루터기 엘프', '하얀 부리 엘프', '무지개 껍질 엘프'라고 불렸다. 각각 나무, 새, 곤충의 영(靈)이 깃들인 까닭에 이런 이름이 붙었다고 했다.

가장 먼저 나타났던 젊은이가 키릴을 향해 말했다.

"실례했습니다. 불쾌하셨다면 사과드리겠습니다."

예의상 하는 말인 듯, 정말로 미안해하는 기색은 없었다. 키릴의 대꾸도 차가웠다.

"사과할 일은 처음부터 하지 않는 편이 좋지."

엘프 젊은이의 미간이 굳어졌다.

"반드시 그렇게 말씀하실 일은 아닙니다. 보시다시피 저희는 하얀 부리 엘프이고 이 숲에서 낯선 자들이 아니지요. 적어도 그대들보다는."

"이 숲이 당신들 거란 말인가?"

십여 명의 젊은이들이 일제히 활을 올리며 경계의 자세를 취했다. 화살은 메기지 않았지만 저들이 엘프인 이상 화살쯤은 눈 깜짝할 사이에 메길 것이다. 정중한 사과로 넘기려 했지만 상대방이 받아주지 않는다면 자신들도 저자세를 취할 이유는 없다는 태도였다.

다시 처음의 젊은이가 말했다.

"숲에는 주인이 없지요. 그리고 당신의 부주의한 반말은 거슬리는군요. 엘프의 나이는 겉모습으로 짐작할 수 있는 것이 아니니 예의에는 예의로 답하는 것이 바람직할 것이오."

엘프는 적어도 삼백 년, 길게는 천 년도 사는 존재들이었다. 저들이 스물 안팎으로 보여도 실제로도 그러리라 짐작하기는 힘들었다. 키릴은 손을 돌려 머리끈을 조이면서 대꾸했다.

"당신들더러 존댓말을 써달라고 한 기억은 없는데."

한 여자 엘프가 소리쳤다.

"다리언! 뭘 기다리지? 건방진 침입자들에게 본때를 보여주자. 숲을 태운 자들에게는 응당한 복수만이 있을 뿐이야."

그러고 보니 이들은 숲의 화재를 조사하러 왔던 모양이었다. 다리언은 시선을 키릴에게 박은 채 말했다.

"우리의 임무는 수장(首長)께서 오실 때까지 이들을 기다리게 하는 것뿐이야. 섣부른 행동은 삼가라."

기다리게 한다는 말은 실상 잡아두겠다는 의미와 다를 것이 없었다. 키릴의 눈썹이 치켜 올라갔다.

"우습군."

"뭐가 우습소?"

"빈 활을 들고 과녁이 기다려 주기를 바라나?"

다리언의 입가에 자신감이 스쳤다.

"우리가 공격하고자 한다면 미리 화살을 메기고 아니고는 조금도 중요한 일이 아니지요."

살아오면서 협박에 굴복해 본 일이 없는 사샤에게 그 말은 무척 기분 나쁘게 들렸다. 소년은 냉큼 비주 앞으로 뛰어나오며 외쳤다.

"너희들은 건방진 데다 상황 파악을 할 줄 모르는군!"

"뭐?"

좀 전에 말했던 여자 엘프가 사샤를 돌아봤다.

"조그마한 녀석이 못하는 말이 없네?"

"뭘. 너도 만만찮게 조그맣잖아!"

그녀는 하얀 부리 엘프치고는 키가 작은 편이었다.

"조그맣다니, 너 내 나이가 몇인지나 알아? 벌써 70살도 넘게 살아온 나라고!"

사샤는 혀를 날름 내밀며 킥킥 웃었다.

"이제 보니 늙어빠진 할망구잖아? 그러니까 그렇게 상황 파악을 못하지. 누가 누굴 잡아두겠다는 거야? 너희가 우릴 잡아둘 수나 있을 것 같아?"

화가 머리끝까지 난 여자 엘프가 사샤를 향해 다가섰을 때였다. 그녀는 사샤의 어깨를 잡아당기며 한 발짝 앞으로 나서는 비주를 발견했다. 두 여자의 눈이 마주치며 눈빛이 팽팽하게 맞섰다.

그때 다리언이 물었다.

"그대는 네이판키아 족이오?"

"……."

다리언은 미소를 지었다.

"대답이 없는 것을 보니 정말인 모양이군."

파괴자의 날개를 가진 자 219

다리언은 여자 엘프를 돌아봤다.

"물러서라, 엘민. 네이판키아 족은 나이 어린 자를 철저히 보호한다. 여자들의 경우엔 가벼운 위협만 접해도 반드시 상대방을 죽이고 말지. 공연히 싸움을 크게 만들지 마라."

사샤는 다리언의 말에 의아해져서 비주의 뒷모습을 보았다. 문득 엉망으로 난도질되어 있던 네이판키아 여자의 시체와 나중에 키릴이 했던 말이 떠올랐다. 사샤의 입에서 엉뚱한 질문이 튀어나왔다.

"그 사람이 정말 누나네 엄마였어?"

앞뒤 설명도 없이 무작정 나온 말이라 사샤도 곧 '이래서야 알아들을 리가 있나' 하고 생각하는 참이었다. 비주가 사샤를 돌아봤다. 한쪽 뿐인 눈이 사샤의 눈과 마주쳤다.

"아……."

사샤는 그 눈에서 대답을 읽고 말았다. 대답은 물론, 설명할 수 없는 강한 감정이 비명처럼 쏟아져 사샤는 귀가 다 먹먹해지는 기분이었다. 사샤는 어머니의 얼굴도 기억하지 못하는 아이였다. 그랬기에 더더욱 낯설고, 한 번도 느껴본 일 없는 진하고 뜨거운 감정이기도 했다.

키릴의 목소리가 긴장을 깼다.

"이만 가겠어."

키릴은 엘프들이 둘러싼 숲길을 향해 발걸음을 옮겼다. 사샤와 비주가 서 있는 즈음에 이르러 흘끗 바라보자 사샤는 금방 알아들었다. 사샤가 비주의 옷자락을 잡아당기며 말했다.

"가자."

"아직 갈 수 없습니다."

"그래도 가겠다면?"

다리언은 키릴을 훑어보는 기색이었다. 그의 몸에 무기가 보이지 않자 이상한 기분이 들었는지 물었다.

"그대는 마법사요?"

"당신과는 상관없는 일이지."

그만하면 키릴로서는 많이 대꾸한 셈이었다. 몇 걸음 걷던 키릴의 모습이 물처럼 흐려지다 지워져버렸다. 엘프들과 사샤까지 흠칫 놀라는 사이, 열 걸음쯤 나아간 곳에서 그의 모습이 다시 나타났다. 그는 여전히 숲 너머로 나아가고 있었다. 사샤가 다시 가자고 하려는 참인데 비주가 사샤의 손목을 끌어당겨 잡았다.

"응?"

키릴이 가려던 방향은 눈이 따가울 정도로 환했다. 그 너머에 우뚝 선 키 큰 그림자가 있었다. 처음에 그가 보이지 않았던 것도 무리가 아니었다. 엘프들은 대부분 금발이었지만 숲 너머에 선 자 만큼 완벽한 황금빛은 없었다. 마치 산머리에 걸린 금빛 구름 같았다.

키릴은 걸음을 멈췄다. 강건하면서도 부드러운 목소리가 말을 건네왔다.

"숲과 새의 친구는 지친 여행자들을 언제나 환영하오."

"……"

엘프들이 움직임을 멈췄다. 다음 순간, 그들은 활을 든 손을 꺾으며 동시에 허리를 굽혔다가 일으켰다. 엘민이 새된 목소리로 소리쳤다.

"오셨군요, 수장이시여! 그러나 우리가 이들을 환영해야 합니까?"

"물론이지."

그 자는 몇 걸음 다가와 사샤와 비주에게도 모습을 드러냈다. 건강한 체격에 후광 같은 금발과 청명한 푸른 눈빛의 소유자였다. 그 역시 활을 들었지만 화살 대신 창이라도 쏘아 보낼 수 있을 듯한 물건이라 다른 엘프들의 것과 비교가 되지 않았다. 목에는 흰 뿔피리가 걸려 있었다. '하얀 부리 엘프'라는 이름과 잘 어울리는 흰 부리였다.

다리언이 물었다.

"그렇다면 이들은 숲을 태운 자들과 관계가 없습니까?"

사샤는 이 놀랍도록 키가 큰 엘프를 한참이나 올려다보았다. 바위에 새긴 얼굴처럼 선이 강한 눈가와 입매에 장난기 있는 미소가 어려 있어 성격을 짐작하기가 어려웠다. 그때 비주의 손이 꽉 잡고 있던 사샤의 손목을 스르르 놓았다. 이어 긴장이 풀리기라도 한 것처럼 사샤에게 몸을 기대 왔다.

"있을 리가 없지."

수장이 대답하자 키릴이 말했다.

"오해가 풀려서 다행이군. 그럼 그만 가도 되겠지."

수장은 여전히 비켜 줄 생각을 하지 않았다.

"혹시 그대들은 숲을 태운 자들의 정체를 목격하지 못했소?"

"봤지만 말하고 싶지 않군."

엘민이 소리쳤다.

"그것 보세요! 저들이 숲의 적을 감싸려는 것이 분명하잖아요!"

수장은 고개를 갸웃거렸다.

"그대들이 그들을 감쌀 이유는 없으리라 생각하는데. 뭔가 말 못할 사정이라도 있소?"

수장은 키릴의 눈을 들여다보았다. 분명히 맑은 눈인데 이상할 정도로 방어적인 자였다. 무례함이든 오해든, 뭐든 뒤집어쓰고라도 상대방과 관계를 갖는 걸 애써 피하려 했다.

그런 짐작에 들어맞는 대답이 울렸다.

"그런 건 없어. 단지 설명하기가 귀찮아서야."

수장은 시선을 비주에게 옮겼다. 이어 엘프들에게 비주를 부축하도록 손짓하더니 키릴을 향해 말했다.

"아가씨는 몸이 많이 상했소. 도움을 주고 싶소만."

이어 호의를 보이듯 손을 내밀었다. 키릴은 손을 내밀지 않았다. 그는 개의치 않고 다시 손을 거두더니 싱긋 웃었다.

"다짜고짜 의심을 받았으니 불쾌한 것도 무리는 아니겠지. 내가 대신 사과하겠소. 하지만 도움을 거절하지는 마시오. 그대들에게 꼭 필요한 것이니까."

사샤는 상대가 뭐라고 권유하든 키릴이 거절할 줄로 알았다. 키릴은 상대가 끈질기면 끈질길수록 고집이 세어지는 성미였다. 그런데 뜻밖의 대답이 들려왔다.

"필요한 것을 정말로 줄 수 있다면 좋겠지."

수장이 고개를 끄덕였다.

"나도 그랬으면 좋겠소."

"내게 필요한 건 정보뿐인데."

"그게 숲에 대한 거라면 우리 이상으로 잘 알 자들은 없을 거요."

가까스로 타협이 이뤄지려는 찰나였다. 수장이 고개를 끄덕이더니 아직도 도사리고 있는 엘프들을 손짓해 불렀다. 엘프들은 즉시 움직여 이동 대열을 갖췄다.

수장이 말했다.

"그대 세 사람을 하얀 부리 엘프의 땅으로 초대하겠소. 다만 그 전에 이름을 물어도 되겠소? 이름이 없으면 부르기가 곤란하니 말이오."

"……"

키릴이 대답하지 않았지만 엘프는 자신의 이름을 말했다.

"나는 하얀 부리 엘프족의 수장, 미칼리스 마르나치야라고 하오."

엘프 미칼리스

하얀 부리 엘프의 땅은 이진즈 숲의 남쪽 자락이었다. 아니, 실은 그곳이 고향은 아니었다. 본래 이들 일족은 먼 이스나미르의 상텔로즈 숲에서 몇 백 년간 살아왔다. 그런 그들 중 일부가 수장인 미칼리스를 따라 이진즈 숲으로 이주해 살고 있었다. 숫자는 백여 명도 채 되지 않았다.

키릴과 미칼리스가 선두에, 뒤이어 사샤와 비주가, 그 뒤로 엘프들의 대열이 따랐다. 키릴과 나란히 가고 있어도 실상 미칼리스가 이야기를 주고받는 상대는 사샤였다. 사샤는 몇 마디 오가기도 전에 상대가 대단히 너그러운 성품임을 알았다. 시시비비를 가리거나 가벼운 무례를 물고 늘어지는 것은 그의 성격과 맞지 않았다. 엘프들이 까다롭고 예민하다고 알려진 것과는 딴판이었다.

그러나 그런 성격 때문에 미칼리스가 키릴 일행을 믿기로 한 것은 아니었다.

"네이판키아들은 누구보다도 숲의 적을 잘 알아보지. 한 번 적으로 인식하고 나면 거래나 설득이 전혀 통하지 않는 종족이기도 해."

비주가 함께 있었기에 숲의 적이 아님이 증명된 셈이었다. 미칼리스는 사샤와 이야기를 하며 가끔씩 키릴을 내려다보았지만 키릴은 대화 따위 듣지 못한 것처럼 반응이 없었다. 미칼리스는 아직껏 키릴의 이름조차 듣지 못했다. 그러나 불쾌해하는 기색은 없었다. 오히려 키릴이 이름을 말하면 안 되는 맹세라도 한 사람인 것처럼 너그럽게 존중해 주었다. 사샤가 머리를 긁적이며 변명하듯 말했다.

"본래 자기 이름 부르는 걸 싫어해."

그 말은 사실이었다. 비주를 만나기 전에는 사샤도 그의 이름을 몰랐던 것이다. 사샤의 말에 뒤따라오던 엘민이 발끈했다.

"넌 왜 수장님한테까지 끝끝내 반말이니? 자기 이름도 말할 줄 모르는 저 인간이나 너나 둘 다 너무 건방져."

엘프의 집단에서 수장이란 지휘자로 존경을 받긴 해도 인간들의 왕이나 영주처럼 권위적인 대상은 아니었다. 엘프는 독선적이고 자유로운 종족인 탓에 복종의 의미도 약했다. 그러나 진심으로 흠모하지 않으면 누군가를 수장으로 따르는 일도 없는 자들이 이들이었다.

사샤가 돌아보지도 않고 대꾸했다.

"너도 만만찮아."

"위아래도 없는 너보단 나아!"

사샤는 미칼리스를 흉내 내어 너그럽게 고개를 끄덕여 보였다.

"아, 그래. 나보다는 나아. 누가 아니랬나? 난 상관없다고."

사샤의 대꾸에 미칼리스가 웃음을 터뜨리는 바람에 엘민은 더 시비를 걸지 못하고 입을 다물었다.

저녁 무렵에야 일행은 엘프들의 거처에 도착했다.

거처라고 했지만 집 비슷한 것도 없었다. 지금까지 몇 번이나 지나쳐 오지 않았나 싶은, 키 큰 나무 몇 그루와 그루터기들이 둘러선 빈터가 나왔을 뿐이었다. 밤이 되자 날씨는 좀 싸늘했다. 사샤는 몸을 움츠리고 두리번대다가 실망해서 중얼거렸다.

"아무것도 없잖아."

사샤가 보지 못한 것이 있었다. 미칼리스가 빈터의 오른쪽을 향해 말했다.

"비크, 낯선 손님들이 많아서 놀랐어?"

사샤는 물론 키릴마저도 흠칫하며 그쪽을 쳐다보았다. 방금 전까지만 해도 아무도 없는 줄로만 알았다. 그런데 나무 그루터기 곁에서 한 사람이 일어섰다. 활기찬 하얀 부리 엘프들에 익숙해진 눈으로는 쉽게 발견할 수도, 알아볼 수도 없을 모습의 젊은 여인이었다.

밤빛의 긴 머리가 갸름한 뺨을 감싸며 무릎까지 흘러내렸다. 크지 않은 키에 나뭇가지처럼 호리호리했고, 단아한 눈매가 인상적이었다. 손에는 주목으로 만든 지팡이가 있었다.

손님들을 둘러본 여인이 미소를 지었다. 이어 가볍게 고개를 숙여 보였다.

"이베카입니다."

사샤가 감탄해서 중얼거렸다.

"그루터기 엘프구나. 정말 나무를 닮았다."

이베카는 오래 전부터 그 자리에 앉아 있었을 테지만 전해오는 말 그대로 그들은 '나무 사이에 있는 그루터기 엘프'를 발견하지 못했다. 그것은 마법도 아니고 착각도 아니었다. 그루터기 엘프는 나무 곁에서 몸과 마음이 동화되어 식물과 같은 상태가 되는 경우가 종종 있었다.

이베카가 빈터의 중심으로 나아가더니 쥐고 있던 지팡이를 세웠다. 끝이 흙 속으로 파고들지도 않았는데 지팡이는 스스로 우뚝 섰다. 담담한 광채가 손과 지팡이 주위를 떠돌았다. 그녀가 지팡이에서 손을 떼는 순간, 눈앞에서 휘장이 하나 벗겨지는 느낌이 들었다. 아니, 실제로도 그랬다. 잠깐 사이에 주위의 풍경은 완전히 바뀌었다.

숲이라는 사실만은 같았다. 그러나 하늘이 높아졌고 빈터는 까마득히 넓어졌다. 대기에는 온기가 돌았다. 무엇보다 저녁이 다 되어가던 하늘이 오전인 듯 푸르러졌다. 눈을 의심케 하는 풍경이었다.

나무 몇 그루가 드문드문 선 사이에 지금까지의 대여섯 배는 되는 엘프들이 나타나 웃고 있었다. 어디 숨어 있다가 갑자기 나타났는지 알 길이 없었다. 모두 금발의 하얀 부리 엘프들이었다.

어디선가 맛있는 냄새가 흘러왔다. 사샤는 코를 킁킁거리며 주위를 둘러봤다. 저만치 커다란 그루터기 다섯 개를 식탁으로 삼아 풍성한 만찬이 차려져 있었다. 둥근 빵, 긴 빵이 수북한 바구니 곁에 달콤한 나무 열매들이 담겼고 노루고기와 각종 소시지, 구즈베리 파이와 술인 듯한 향긋한 액체가 잔마다 그득그득 담겨 찰랑였다.

식탁은 삽시간에 활기찬 엘프들로 포위되었다.

"역시 민스치야 님! 잘 먹겠습니다!"

"와아, 이건 내가 좋아하는 벌꿀 소스잖아?"

"감사합니다, 민스치야 님! 야, 여긴 내 자리야!"

그녀는 이름이 많았다. 미칼리스는 비크라고 불렀고 스스로는 이베카라고 소개했으며 엘프들은 민스치야 님이라고 불렀다. 엘프의 나이는 겉모습으로 짐작할 수 없었기 때문에 깍듯하게 예의를 지키는 엘프들의 태도로 보아 이베카는 대단히 나이가 많은지도 몰랐다. 더구나 그녀가 엘프들을 바라보는 눈길은 어머니처럼 따뜻했다.

엘민도 다리언도 그들 속에 섞여버려 어디로 갔는지 찾을 길이 없었다. 미칼리스가 커다란 손을 펴 보이며 말했다.

"비크, 아픈 사람을 좀 돌봐줘야겠어."

이베카가 다가오더니 금방 시선을 비주에게 돌렸다. 누가 아픈지 바로 알아보는 모양이었다.

"그대는 정령을 부르는 자로군요. 정령들이 그대의 기력을 앗아가고 피를 차갑게 만들었어요. 이리 오세요. 자."

비주는 이베카를 가만히 보다가 한 발짝 물러섰다. 이베카는 진지한 얼굴로 비주를 응시했다.

"그대 종족은 외인(外人)의 도움을 좋아하지 않지요. 그러나 그대는 이미 그대 종족이 아닌 분들과 함께 이곳에 와 계시군요. 고향을 나와서도 금기를 모두 지키며 살 수는 없는 법이에요. 자의였든 타의였든 그대는 이미 집을 떠났어요. 까다로운 자는 넓은 세상에서 살아가기가 힘듭니다. 살기 위해서라면 채식만을 하던 자도 고기를 입에 대어야 하죠."

미칼리스가 피식 웃었다.

"그렇지만 당신은 채식만 하잖아."

이베카의 눈가에도 살짝 장난기가 어렸다. 그러나 곧 다시 비주를 바라보며 침착해졌다.

"모든 금기는 본래 살아가기 위해 생겨났어요. 살아가는 것 자체보다 더 중요한 금기는 없어요."

비주의 하나뿐인 눈이 이베카를 구석구석 살폈다. 이베카가 잠시 후 말했다.

"그대의 한쪽 눈은 다친 것이 아니로군요."

그 순간 비주가 한 발 나섰다. 이어 이베카가 인도하는 대로 부드러운 풀밭에 몸을 눕혔다. 키릴은 그런 과정을 남김없이 보고 있었다.

"다른 분들은 이쪽으로 오시오. 엘프는 음식으로 누군가를 속이지 않으니 걱정은 하지 않으셔도 되오."

한쪽에 작은 식탁이 남아 있었다. 미칼리스가 앉자 키릴 일행도 푹신한 잔디에 둘러앉았다. 다른 식탁과 차린 것은 비슷했지만 이베카의 자리인 듯한 곳에는 육류가 없었고 과일과 빵, 말간 수프 한 그릇이 놓여 있을 따름이었다.

"그루터기 엘프 일족에는 채식주의자가 많지."

미칼리스가 웃으며 말했다. 곧 식사가 시작되었다.

키릴은 음식이 하나같이 방금 차린 것처럼 따뜻하고 싱싱한 것을 보고 이것이 엘프들의 능력 가운데 하나인 결계의 힘임을 알았다. 음식들은 환각이 아니고 진짜였으므로 미리 음식을 차린 다음 시간이 흐르지 않는 결계 속에 보관했을 것이다. 결계는 엘프 중에서도 선택받은 소수만이 물려받는 기술이었다. 이베카의 힘일까?

이베카는 어느새 비주를 잠들게 하고 식탁으로 다가와 앉았다. 그녀가 무슨 처치를 했는지 키릴이나 사샤는 알 수 없었다. 이베카는 빵을 쪼개어 수프에 담그더니 미칼리스를 향해 부드러운 미소를 보냈다. 키릴은 곧 미칼리스와 이베카가 사랑하는 사이임을 알아보았.

눈이 마주칠 때마다 입가에 웃음이 머물렀고, 서로가 음식을 먹고 이야기하는 모습을 바라보는 시선에도 막 시작된 연인처럼 설렘이 들어 있었다. 어찌 보면 서로에게 익숙한 듯하다가 달리 보면 마치 짝사랑을 들킬까봐 걱정하기라도 하는 것처럼 은밀하게 시선을 감추곤 했다. 그러나 그들이 서로를 마음 깊이 배려하고 의지한다는 것만은 누구에게도 감출 수 없었다.

키릴은 까닭 모를 불편함을 느꼈다.

그가 더 이상 인간의 호의를 믿지 않고 새로운 상대와 관계 맺기를 꺼려온 것과는 별개로, 추억의 파편이 가슴 한 구석을 아프게 찌를 때가 있었다. 물론 연인이나 친구 무리와 마주칠 때마다 잃어버린 사람들을 생각했다면 지금까지 버텨내지도 못했을 것이다. 그러나 지금처럼 가까운 곳에서, 매 순간 진심어린 연인을 바라보는 것은 불편했다.

모든 연인들은 함께 하는 세월 가운데 어느 한 시기에만 진심인지도 모른다. 그러나 그렇다고 진심의 의미가 조금이라도 퇴색하는 것은 아니었다. 키릴도 한때 누군가의 진심을 받고 자신의 진심을 주었던 때가 있었다.

그러나······.

"아, 맛있게 잘 먹었다!"

식사를 끝낸 사샤가 엘프들을 흉내 내어 말하고는 이베카를 향해 씩 웃었다. 이베카도 마주 미소를 보냈다. 키릴은 그런 소년을 잠시 아득한 기분으로 바라보고 있었다.

식사한 자리를 치울 때는 마법의 힘을 빌리지 않았다. 당번이 나누어져 있는 듯 몇 명이 익숙한 솜씨로 뒷정리를 했다. 마지막으로 이베카가 처음의 지팡이를 들어 올리자 풍경은 다시 이곳에 도착할 무렵으로 되돌아갔다.

이미 밤이었다.

엘프들은 나무를 잘라 불을 피우지 않았다. 마법으로 만든 불길이 빈터 가운데에서 분홍빛으로 너울거리며 탔다. 엘프들이 잠자리 준비를 하는 동안 미칼리스는 키릴과 사샤를 마주하고 앉았다. 이베카는 비주를 돌보기 위해 자리를 뜨고 없었다.

"그럼 정보를 교환해 봅시다."

미칼리스는 웃음을 거두고 진지한 얼굴이 되었다.

"먼저 나는 숲에 위해를 가한 자들이 누구인지 알고 싶소. 이곳은 비록 규모는 작지만 많은 기억과 숲의 종족들을 품은 어머니의 땅이오. 우리는 감히 어머니의 머리를 태우고자 한 무도한 자들이 누구인지 알고 싶소."

미칼리스가 말을 끊었다가 다시 이었다.

"대신 당신이 숲에 대해 알고 싶은 것은 무엇이든 답해 드리겠소."

키릴이 이유 없이 따라오고 머무는 사람이 아님을 미칼리스도 이미 알고 있었다. 키릴이 말했다.

"당신 생각이 맞아. 저 아가씨와 나는 일행이 아니지."

치료해 주겠다는 제안 때문에 따라오지 않았음을 분명히 하는 말이었다. 미칼리스가 고개를 끄덕였다.

"그럼 먼저 물어보시오."

"네이판키아 족의 전승인 '파괴자의 날개'라는 말이 무엇을 의미하는지 알고 있나?"

미칼리스는 고개를 저었다.

"처음 듣는 말이오."

"그럼 이 거래는 끝이군."

엘프 미칼리스 **233**

미칼리스는 웃었다.

"저런, 성격이 급한 분이시군. 난 그 말고도 해줄 말이 많다고 생각하는데."

"난 더 필요한 얘기가 없어."

사샤는 예전에 키릴에게 마법을 가르쳐달라고 조르던 때 '필요로 하는 것이 없다'는 답을 들었던 일을 떠올렸다. 키릴은 당장이라도 일어설 듯했지만 미칼리스의 태도는 느긋했다.

"이를테면 당신의 검에 대해서라든가."

언뜻 보기에 키릴에게는 무기가 없었다. 그러나 카로단에게 빼앗아 가방에 매단, 투명화 마법을 걸어둔 검이 있었다. 미칼리스가 그걸 어떻게 알아보는지는 알 수 없었다. 키릴은 당황하지 않았다. 엘프 중에는 마법사가 많은 편이고, 수장인 미칼리스에게 그 정도 능력이 있다 해도 놀랄 것은 없었다. 그는 단지 대꾸했다.

"그래서?"

"당신은 공짜를 좋아하는군. 뭐, 좋소. 내가 그 검의 정체는 몰라도 주인을 가리는 물건임은 아오. 혹시 잡아보려 해 봤소?"

"그 정도로 바보는 아니오."

"훌륭하오. 만일 그랬다면 손이 크게 상했을 거요. 그 검에 든 얼음의 기운은 주인이 아닌 자에게 치명적이지. 나도 이럭저럭 오래 살아온 터라 전설적인 물건들도 몇 번 보았지만 그 검처럼 사람을 심하게 가리는 물건은 처음 보오. 어쩌면 누군가가 아직 세상에 나와서는 안 되는 검을 잘못 발굴한 것인지도 모르겠소. 혹시 전 주인은 그 검을 잡을 수 있었소?"

"그런 자였다면 내게 빼앗겼을 리가 없지."

물건을 강탈했다는 이야기를 버젓이 하는데도 미칼리스는 너털웃음을 터뜨렸다.

"잘 했소. 보물이 주인이 아닌 자의 손에 오래 있으면 반드시 화근이 되지. 그러나 그대 역시 주인은 아닌 것 같소. 내가 그대라면 그 검을 지니기보다 바위굴 같은 곳에 봉인해 버리겠소."

"그런 짐작 말고 내게 줄 정보는 없는 모양이군. 짐작이라면 나도 어느 정도 하고 있어. 검은 됐고, 날 잡으려면 더 그럴듯한 얘기라도 해보는 게 어떨까?"

미칼리스가 미처 대답하기도 전에 등 뒤에 섰던 엘민이 외쳤다.

"어쩌면! 뻔뻔스럽기가 하늘을 찌르는군요. 어디서 거래를 하려고 드는 거죠? 이만한 호의를 받았으면 보답하려 들지는 못할망정, 우리를 정보를 사고파는 자들로 취급하다니! 예의는 일방적인 게 아니에요. 내키기만 했다면 우리가 당신들의 입쯤 억지로 열지 못할 줄 알아요?"

키릴은 돌아보는 대신 대꾸했다.

"그럼 어디 솜씨를 구경하기로 할까."

"엘민! 네가 끼어들 자리가 아니다."

미칼리스의 어조는 엄격했지만 엘민은 쉽게 수그러들지 않았다.

"엿들은 것은 제가 잘못했습니다. 하지만 수장이시여, 저 자의 태도는 너무 건방집니다! 우리 일족을 철저히 무시하고 있잖아요?"

미칼리스가 엘민을 보았다. 화난 기색은 없었다. 그저 식사하라고 부른 상대에게 '그래?' 하고 대꾸하려는 정도로밖에 보이지 않았다. 그러나 나온 말은 의외였다.

"그런 말을 함부로 하지 마라. 넌 이 손님에게 실례되는 일을 할 만한 능력이 없어. 네 실력은 출중하지만 이 손님에 비하면 까마득히 멀었지. 실력이 뒷받침되지 않는 말은 공허한 메아리일 뿐이다."

어조는 여동생에게 말하듯 했지만 내용은 딴판으로 싸늘했기 때문에 사샤는 의심쩍은 눈으로 미칼리스를 쳐다보았다. 더 놀라운 것은 엘민의 반응이었다.

"정말인가요? 저 사람한테서는 전혀 마력이 느껴지지 않는데 어떻게……"

마법사들은 평소에도 몸에 마력의 기운이 잔존하기 때문에 같은 마법사끼리라면 서로를 쉽게 알아보았다. 그러나 주문이나 동작 같은 매개 없이 키릴처럼 생각만으로도 발동되는 마법은 사라질 때도 깨끗했다. 본디 마력의 기운이 남아 흐르는 것은 몸에도 그리 좋지 않았다. 마법은 자연스러운 상태를 바꾸는 힘이었으므로 산 자들의 몸에서 이루어지는 신진대사마저 종종 가로막곤 했다. 물론 〈랄트라〉나 〈아이〉가 미치는 파괴적인 영향과 비할 바는 아니었지만.

엘민 역시 미칼리스의 논지에 동조하면서 근거만을 의심할 뿐이었다. 사샤는 엘프들이란 본래 상대가 강한가 아닌가에 따라 태도가 달라지는 자들인가 싶어 뜨악해졌다.

미칼리스는 머리카락 속으로 손가락을 쑤셔 넣더니 빙긋 웃었다.

"글쎄, 그것까지는 모를 일이지. 하지만 내가 네게 거짓말을 할 이유가 없잖아."

키릴 역시 까닭 모를 불쾌감을 느꼈다. 아니, 실은 까닭을 알고 있었다. 호의도 적대도 아닌 애매한 관계가 싫은 것이다. 그는 세상에 다시 나온 후로 누군가와 호의를 주고받지 않았다. 그러나 지금은 엘프 미칼리스로부터 호의라 할 만한 것을 받았고, 그로 인해 중도적 태도를 취해야 하는 것이 어색하고 짜증스러웠다. 다시 태어난 그가 바라는 관계는 늘 깔끔한 적대, 또는 외면이었다. 그것이 그가 사람들에게 이름조차 말해 주지 않는 이유였다.

본래 키릴은 어렸을 때도 사람 사이의 관계에 능란한 편은 못 되었다. 낯선 사람에게 쉽게 다가가지 못하고 종종 쩔쩔매며 어눌한 말솜씨로 더듬거리던 것은 타인과 자신 사이의 깊은 골을 어떻게 해야 할지 몰랐기 때문이었다. 어린 시절의 그는 그 공백을 부드러운 호의로 메웠고, 지금은 차가운 적대로 채우고 있었다.

키릴은 엘민을 돌아봤다.

"뭔가 하고 싶다면 좋을 대로 해봐. 무례든 실례든 구경 값은 톡톡히 치러 줄 테니까."

미칼리스의 눈에서 이상한 빛이 떠올랐다. 그는 이 손님이 갑자기 화를 내는 까닭을 이해하지 못했다. 사실 키릴은 화가 나지 않았다. 이 상황을 간단하게 만들고 싶어 적대 쪽을 택했을 뿐이었다.

"뭐라고요? 아니, 손님이라고 존중하며 참아 주려 했더니 여기가 어딘 줄 알고 그런 소리가 나와? 우리가 고향 숲을 떠나 타지에 은둔하니 우습게 보이는 모양인데 잘났다는 실력을 한번 보여 보시지!"

엘민은 즉시 집중에 들어갔다. 사샤가 키릴을 보니 그는 엘민을 보지도 않고 바닥을 내려다보고 있을 뿐이었다. 마력을 모으는 것 같지도 않았다.

"디나드르 휘프타, 자하르 린크그 칼드(춤추는 태양, 타오르는 화살의 힘)!"

엘민이 두 손을 쳐들자 머리 위로 불타는 원반이 생겨났다. 표면에 크고 작은 돌기가 맺히더니 순식간에 부풀어 올랐다. 사샤가 벌떡 일어나는 순간 수십 개의 불꽃 화살이 솟아나 날아들었다. 자칫하면 숲에 다시 불이 날지도 모르는 공격을 잘도 한다고 생각했을 즈음, 화살들은 키릴의 몸 언저리에서 진로를 바꿔 머리 위로 똑바로 솟았다. 그대로 날아가 버린 화살은 돌아오지 않았다. 다음 공격도 마찬가지였다.

"어떻게 한 거지?"

"가르쳐 줘도 넌 배울 수 없어."

키릴이 손을 내밀자 안개의 밧줄이 무럭무럭 솟아났다. 엘민은 보호막으로 막으려 했지만 소용없었다. 밧줄은 보호막 채로 그녀를 휘감아 조여들어 막을 깨뜨려버렸다. 이어 엘민의 몸을 나뭇가지에 매달고 저절로 매듭을 맺더니 멈췄다.

"무슨 짓이야! 풀어줘!"

엘민이 외치자 밧줄이 움직여 그녀의 몸을 몇 바퀴 돌렸다. 마치 돌 팔매를 던지기 전에 돌을 맨 밧줄을 빙빙 돌리는 것과 비슷했다.

"그, 그만둬!"

회전은 멈췄지만 엘민은 정신이 어찔어찔해져 더 떠들지 못했다. 내려다보이는 키릴은 여전히 앉은 채였다.

"내려……."

입을 열자 다시 밧줄이 빙빙 돌았다. 엘민은 짧게 비명을 질렀지만 이내 잠잠해졌다. 그리고 밧줄이 멈추고도 더 이상 입을 열지 않았다. 교육의 효과였다.

"손님의 마법은 잘 보았소. 실로 훌륭하오."

미칼리스가 말했다. 그런데 아직도 화가 난 어조가 아니었다.

"엘민도 충분히 알았을 거요. 그러니 그만 쉬도록 내려 주시오."

키릴이 한쪽 어깨를 올려 보였다.

"당신이 직접 내려주면 돼."

"내게는 그런 능력이 없소."

키릴의 눈빛이 의아해졌다. 자신의 약점을 저렇듯 쉽게 말해버리는 자가 수장이란 말인가? 아니면 상대를 안심시키기 위한 거짓말일 뿐인가?

"당신의 부하니까 당신이 내려주는 것이 마땅하겠지. 난 지나가는 사람일뿐이니 그런 책임까진 없어."

명백히 억지였다. 한번 싸워보자는 말로 들리고도 남았다. 이윽고 미칼리스가 말했다.

"손님은 내 능력을 시험하고자 하오? 나와 대련이라도 해 보고 싶다는 거요?"

여름하늘처럼 갠 눈이 비 오기 전의 하늘 같은 회청빛 눈을 똑바로 보았다. 키릴이 대꾸했다.

"원한다면 피하지는 않지."

둘의 시선은 여전히 떨어지지 않았다. 사샤는 등 뒤로 엘프들이 다가왔음을 느꼈다. 일촉즉발이었다. 둘 다 분개한 빛은 없었지만 깔린 감정의 깊이는 짐작하기 어려웠다.

미칼리스가 말했다.

"그대와 나는 대련이 되지 않소. 그대는 마법사고 나는 전사요. 조건이 달라 서로 연습할 만한 상대가 되지 못하오. 그러니 만일 그대와 내가 서로 공격한다면."

그가 잠시 말을 끊었다가 이었다.

"그건 죽고 죽이는 결투가 될 뿐이오."

긴장감이 흘렀다.

미칼리스는 자신을 전사라고 칭했는데 실력 또한 범상치 않을 듯했다. 그의 무기는 아직 활밖에 보지 못했지만 온화함 뒤에 감춰진 바닥이 없는 힘은 사샤 같은 아이에게도 느껴지고도 남았다. 그에 비해 마주한 키릴은 한 손으로도 꺾이는 나뭇가지처럼 연약해 보였다. 둘 다 젊은이의 모습이었으나 미칼리스의 얼굴 뒤에는 숨겨진 몇 백 년이 있었다.

그때 등 뒤에서 새로운 목소리가 들려왔다.

"그럼 제가 손님의 수고를 덜어 드려야겠군요."

이베카였다.

밤이어서인지, 또는 긴장된 분위기 탓인지 이베카의 목소리는 낮은 휘파람처럼 생기 있게 들렸다. 활처럼 유연한 곡선을 가진 그림자가 어둠 속으로 나아가더니 나직한 주문이 흘렀다. 엘민을 묶고 있던 안개의 밧줄이 끊어지고 동시에 보이지 않는 힘이 그녀를 부드럽게 바닥에 내려놓았다. 일어서려던 엘민이 비틀거리다가 다시 쓰러지자 동료 엘프들이 둘러싸고 부축했다.

이베카의 목소리가 속삭임처럼, 어둠을 휘감아 흐르는 시냇물처럼 흘렀다.

"엘민, 그대가 손님께 무례를 범했기 때문이에요. 다른 사람을 원망할 수 없음을 알겠지요?"

잠시 후 엘민이 더듬거리며 대답했다.

"……예. 민스치야 님."

이베카는 대치 중인 두 남자에게 다가오더니 연인의 머리카락을 쓰다듬어 넘겨주었다. 이베카의 손이 닿자 미칼리스의 몸에서 감돌던 긴장감이 물처럼 흘러 사라졌다. 놀라운 일이었다.

이베카는 미칼리스의 등 뒤에 서서 키릴을 바라보며 빙그레 웃었다. 그 미소가 담담하고 부드러운 나머지 키릴조차도 대꾸할 말을 찾지 못했다.

이어 이베카의 입에서 뜻밖의 말이 나왔다.

"그대는 '파괴자의 날개'를 찾고 있다지요?"

"들은 거요?"

미칼리스가 자신의 목덜미를 쓰다듬는 이베카의 손을 잡으며 물었다. 이베카가 생긋 웃었다.

"엘프의 귀가 무엇 때문에 길겠어요?"

사샤는 갑자기 토끼가 떠올라 쿡쿡거리며 웃음을 터뜨리고 말았다. 소년이 웃자 분위기는 한층 부드러워졌다.

키릴이 물었다.

"그에 대해 할 말이라도?"

이베카가 고개를 끄덕였다.

"그래요. 나는 그것이 무엇인지 알 것 같군요. 다만 말해 주기 전에 나와 한 가지 약속을 해 주었으면 좋겠어요."

"무슨 약속이지?"

"우선 지키겠다는 맹세부터 해 줘요."

키릴이 미간에 주름을 모았다. 미칼리스가 말했다.

"비크, 그건 좋지 않군. 맹세를 요구하면서 내용을 말해 주지 않는 법은 없지."

"미카, 그럴 수밖에 없는 이유가 있어."

이베카는 미칼리스의 손에서 자기 손을 빼내 다시 그의 머리를 쓰다들었다. 그러면서 키릴을 보았다.

"무례하게 들리겠지요. 하지만 무리한 것을 요청하지는 않아요. 또한 이것은 나를 위한 약속이 아니라 그대를 위한 약속이에요. 내가 해 주려는 이야기도 쓸모없는 정보는 아니랍니다."

"……."

키릴은 생각에 잠겼다. 잠시나마 함께 있으면서 저들의 성격은 어느 정도 알 법했다. 무력으로 위협한다고 굴복할 자들이 아니었다. 그는 말없는 비주에게서 캐낼 수 없는 '파괴자의 날개'에 대한 정보가 절실했다. 정보가 형편없거나 요구가 무리할 수도 있지만 다 들어보고 나서 행동을 결정해도 늦지 않으리라. 최악의 경우에는 다 죽여 버리면 그만 아닌가.

이렇게 생각한 그는 입을 열었다.

"어떻게 맹세하길 바라지?"

"그대가 가장 사랑하고 아끼던 이의 영혼에 걸고 맹세하세요."

키릴이 고개를 들어 쏘아보자 이베카는 약간 놀란 듯했다. 그러나 뜻을 굽히지는 않았다.

"오늘 낮부터 그대를 보며 느꼈어요. 그대는 지극히 사랑하던 이를 잃었음에 틀림없다고. 그대의 상처를 일부러 건드리려는 것은 아니에요. 모욕을 주려는 것도 아니에요. 다만 그대가 결코 어기지 못할 맹세가 필요해요. 바로 그대를 위해서."

"……."

키릴은 망설였다. 그가 잃은 사람들……. 한 명도 아니었다. 그들의 이름을 다시 말하는 고통을 견딘다면……. 그러나 결국 모두 그들의 빚을 갚아 주기 위해서가 아니던가.

이베카를 보는 키릴의 눈은 날카롭다 못해 사나웠다.

"내 할아버지의 영혼에 걸고 맹세하면 되겠소?"

"그분의 이름을 말해야만 해요. 내겐 맹세를 관장하는 마법이 있는데 그를 위해 이름이 반드시 필요한 까닭이에요."

사샤는 키릴의 얼굴에서 시시각각 나타나는 변화를 보며 점점 더 놀랐다. 그가 키릴과 한 달 넘게 함께 다니고도 몰랐던 일을 이베카는 반나절 만에 알아차렸던 것이다.

사랑하는 사람을 잃었다?

키릴은 고개를 저었다. 할아버지의 이름을 말하면 자신의 성을 말해야 한다. 그러고 싶지 않았다. 그는 오랫동안 본명을 밝히기를 꺼려 왔다. 정체를 숨기기 위해서이기도 했지만 그보다 누군가와 본명을 주고받는 사이가 되고 싶지 않았기 때문이었다. 통성명을 하면 이후 헤어지더라도 자신의 존재가 다른 누군가에게 전해질 수 있다. 그는 누구에게도 이름을 남기고 싶지 않았다. 옛 친구들 외에 다른 친구를 사귀고 싶지 않았다.

입을 연 키릴의 목소리는 낮았다. 첫 마디는 떨리기까지 했다.

"나의 친구 프란디에 카리르밀…… 의 영혼에 걸고 당신과의 약속을 지키겠소."

사샤의 눈이 동그래졌다. 키릴의 입에서 나온 '카리르밀'이라는 성을 그도 알았다. 오래 전에 멸문된 가문이었지만 카리르밀 저택은 아직도 아르나브르에 남아 있었다. 왕궁의 재산이라 했지만 병사들이 출입을 통제할 뿐 내부를 보살피는 사람은 없었다. 사람들 사이에서 그곳은 기묘한 도서관으로 불렸다. 학자들은 허가를 받고 가끔 드나들곤 했다.

이베카는 그 이름을 말하며 키릴의 눈에 떠오른 분노를 보았다. 이베카가 말했다.

"내 어머니 아란체 민스치야의 영혼에 걸고 당신과의 약속을 지키겠어요."

이베카의 손에서 푸른 광채가 떠오르더니 그들이 앉아 있는 자리를 한 바퀴 감싸고 사라졌다. 그녀는 고개를 끄덕였다.

"고마워요. 그리고 그대에게 사과해요. 다시는 이런 요구를 하지 않겠어요."

"그런 소린 집어치우고 이제 '파괴자의 날개'에 대한 얘길 해보시지."

"그 이야기는 당신이 이곳을 떠나는 날, 그러니까 저 네이판키아 아가씨의 몸이 완전히 회복되는 그날 해주겠어요."

키릴은 분노를 참지 못하고 벌떡 일어섰다. 그에게 이렇게 무리한 요구까지 해 놓고서 또다시 말을 미루다니?

미칼리스가 재빨리 따라 일어나 이베카를 막아섰다. 그는 키릴보다 머리 하나 이상 컸다. 그는 먼저 이베카에게 말했다.

"비크! 나도 손님에게 말을 해 주는 것이 옳다고 생각하는데."

"안 돼요."

이베카는 키릴을 향해 말했다. 갈잎처럼 갸름한 눈매가 그를 보고 있었다.

"화를 내는 것도 이해해요. 하지만 어쩔 수 없어요. 지금 말해버리면 그대는 어떤 식으로든 약속을 지키지 않으려 할 거예요. 하지만……."

이베카의 말은 키릴의 날카로운 목소리로 가로막혔다.

"무슨 근거로 나를 의심하는 거지?"

"당신을 의심하지 않아요."

"그럼 뭘 어쩌겠다는 거야! 내가…… 내가 시시한 이름을 걸고 맹세한 것 같아? 그건 내 목숨과 바꾸어서라도 지키려 했던 이름이야!"

키릴의 입가가 바르르 떨렸다. 바라보는 이베카의 눈은 슬퍼 보였다.

"그렇게 소리치지 말아요. 내가 맹세한 이름은 거짓 같나요? 내 어머니는 나 때문에 인간들보다도 일찍 돌아가셨어요. 그대도 엘프가 얼마나 오래 사는지 알 거예요. 우리에겐 백 년도 이른 죽음임을……. 나는 어머니의 가슴에 못을 박고 죽음에까지 이르게 한 나쁜 딸, 그 이름은 내 평생의 빚이며 한이에요. 그런 내가, 감히 아무 데나 어머니의 이름을 끌어댈 수 있으리라 생각해요?"

"……."

분위기가 묘해져 버렸다. 사샤는 미칼리스의 눈에서도 같은 슬픔을 읽었다. 그들을 둘러싼 엘프들 중 누구도 기침 소리 하나 내지 않았다.

하얀 부리 엘프들 속에 홀로 섞여 사는 저 그루터기 엘프에게는 아마 사연이 있으리라. 하얀 부리 엘프들 역시 본류가 있는 고향을 떠나 이곳까지 온 이유가 있을 것이다.

키릴도 이베카도 한 마디도 더 하지 않았다. 그들은 서로의 아픔을 곱씹는 것처럼 한참이나 말없이 마주보았다.

나흘이 흘러갔다.

고요하고 평화로운 나날이었다. 더 이상의 분쟁은 없었다. 서로 이야기를 거의 나누지 않은 까닭도 있었겠지만 숲의 부드러운 분위기가 준 영향도 있었다.

이베카와의 약속을 받아들인 키릴은 미칼리스에게 카로단 일행에 대한 정보를 주었다. 그 과정에서 숲의 불이 저절로 꺼진 것이 아니라 엘프들이 진화했다는 것도 알았다. 미칼리스는 카로단 일행이 네이판키아 족을 포위하여 몰아붙이려는 이유만으로 불을 질렀다는 사실에 혀를 찼지만 그들이 네이판키아들에게 무엇을 빼앗으려 했는지는 짐작하지 못했다.

카로단 일행의 정체를 알아보기 위해 미칼리스를 비롯한 십여 명의 엘프가 이곳을 비웠으나 별다른 일은 일어나지 않았다. 미칼리스가 자리를 비웠을 때는 이베카가 아니라 다리언이 지휘 책임을 맡았다. 이베카가 엘프들에게 받는 존경을 생각하면 묘하긴 했지만 어쨌든 이베카는 하얀 부리 엘프가 아니었다.

엘프들의 일상은 소박했다. 몇 명은 나무열매나 버섯, 꿀 같은 숲의 식품을 구하러 나갔고, 몇 명은 정기적으로 사냥을 나갔으며, 다른 몇 명은 숲을 순찰했다. 엘민처럼 성급한 엘프들도 있었지만 그들 일족끼리는 말다툼도 쉽게 일어나지 않았다. 그리고 엘민은 미칼리스를 따라갔기 때문에 더 말썽을 일으킬 일이 없었다. 어쩌면 그걸 생각하고 미칼리스가 일부러 데려갔는지도 모를 일이었다.

오후가 되면 볕 따뜻한 곳에서 맷돌을 돌리며 노래하는 소리가 들려왔다. 반짝이는 시냇물 위에서도 상냥한 햇살이 춤을 추었다. 이들은 종족의 이름 그대로 새들과 잘 어울렸다. 나무 밑에서 멧새, 방울새, 울새 등과 말이 통하는 것처럼 장난치고 있는 엘프를 발견하기란 쉬웠다. 굳이 먹이를 주지 않아도 새들은 엘프 곁에 잘도 모여들어 지저귀었다.

밤이면 별빛 하늘 아래 마법의 모닥불이 탔다. 먼동이 터 오면 그날의 당번인 엘프들이 사박사박 돌아다니는 발소리가 들리고, 거기에 귀를 기울이다 보면 어느 새 향초가 든 수프의 고소한 향기가 아침을 깨웠다. 달콤한 물이 곳곳에 시내를 이룬 아늑한 숲에서의 삶은 단순함에 바치는 송가와도 같았다.

그날 점심때가 되어 미칼리스와 엘프들이 돌아왔다.

"성과가 있기도 하고 없기도 해."

이베카와 포옹을 나눈 뒤 미칼리스는 엘프들을 모아 놓고 있었던 일을 말해 주었다. 키릴과 사샤도 그 자리에 있었다.

"카로단 마이프허라는 자는 짐작대로 세르무즈 사람이더군. 살아남은 부하는 서른 명 정도 되겠던데. 그렇지만 놓쳐버렸어. 이미 국경을 넘어갔더라고. 다만 이상한 것은 그들이 넘은 국경이야. 그들은 세르무즈가 아니라 로존디아 쪽으로 갔더군."

"지금 여기가 로존디아 아닌가?"

사샤가 얼떨떨하게 질문했다. 곁에서 다리언이 웃었다.

"숲을 따라오느라 국경을 넘은 줄 몰랐군. 여긴 낫소야. 다만 숲은 엘프와 네이판키아의 땅이기 때문에 국경이 분명치 않지."

미칼리스가 말을 이었다.

"로존디아에는 불행히도 좋은 숲이 없어서 엘프의 마을도 없다. 정보를 알고 싶으면 우리 힘으로 조사할 수밖에 없다는 얘기지. 일이 이렇게 된 이상 끝까지 알아보지 않을 수 없으니 세 명이 자원해서 로존디아로 떠났다. 이번 일은 숲을 불태운 자에 대한 응징만으로 끝날 것 같지 않아. 그들이 네이판키아들에게 무엇을 캐내려 했는지 모르지만 대단히 중요한 것이긴 했던 모양이다. 왜냐면……."

미칼리스는 주위를 둘러보았다. 비주는 이베카의 치료를 받게 된 뒤로 거의 잠만 잤기 때문에 이 자리에 없었다. 비주가 없음을 확인하자 그가 말을 이었다.

"그 자들은 이 숲의 네이판키아 족을 모조리 죽인 것 같다. 우리와 함께 있는 한 명의 소녀를 제하고는."

엘프들이 가볍게 웅성거렸다. 큰 소란은 없었지만 이런 말들이 튀어나왔다.

"큰 친분은 없었지만 그들 역시 이 숲의 주민이었습니다. 숲을 위해서라도 복수해야 하지 않겠습니까?"

"일의 전말을 알아보지 않으면 안 되겠네요. 인간들이 이런 식으로 나라가 없는 종족들을 탄압하기 시작한다면 큰일이 아닙니까?"

"인간이 아니라 마브릴 족의 짓이야. 그들은 너무 호전적이야."

나라를 이루지 않은 종족은 여럿이었다. 인간족 가운데서도 네이판키아와 아르마티스가 그러했지만 역시 세 갈래의 엘프들이 가장 숫자가 많았다. 엘프들은 대륙 각지의 숲에 흩어져 살았는데 샹텔로즈 숲의 하얀 부리 엘프와 켈라드리안 숲의 그루터기 엘프 일족은 작은 나라와 맞먹을 규모였다.

나라는 다르지만 로존디아 출신인 사샤와 키릴도 마브릴 족이었다. 마브릴이 호전적이라는 평판은 온 대륙에 퍼져 있었지만 정작 당사자들만은 인정하려 들지 않는 이야기이기도 했다. 마브릴을 욕하자 사샤가 발끈하려는 참인데 키릴의 손이 그의 어깨를 천천히 눌렀다. 올려다보니 시선은 여전히 미칼리스를 향했지만 사샤에게 참으라고 한 것이 분명했다.

엘프들이 잠잠해지기를 기다려 미칼리스가 다시 말했다.

"너희 말이 맞아. 그들이 숲의 종족들의 공분(公憤)을 살 것이 분명함에도 이런 짓을 저질렀다는 점은 뒤집어 보면 그 목적의 중대함을 대변하는 증거이기도 하겠지. 일단 본격적인 행동은 추적자들이 돌아온 후로 미룬다. 우리는 추적을 떠난 동료들이 안전하기를 빌며 다른 정보를 모아보도록 하자. 추적 역할은 메를, 록스티, 그리고 엘민이 맡았다. 이 야기는 이것으로 끝이다."

사샤는 엘민의 이름을 들으며 '시끄럽더니 잘 가버렸군' 하고 중얼거렸다. 미칼리스가 흩어지는 엘프들 사이에 선 키릴에게 다가왔다.

"그대들은 어쩌겠소? 내 생각인데 카로단 일행이 당신이 찾는 것과 같은 걸 노리지 않았는지 의심되는군. 추적자들로부터 정보가 올 때까지 기다려 보겠소?"

"그럴 필요는 없어요."

이베카가 먼저 대답하며 나섰다.

"비주 아가씨는 몸의 균형을 되찾아 여행할 수 있을 정도로 회복되었어요. 그러니 약속한 대로 그대에게 대답을 드리지요."

이베카는 엘프들이 흩어지기를 기다려 키릴과 미칼리스를 불러 앉혔다. 가녀린 몸과 긴 머리카락 때문에 갈대 같기도 한 그녀의 머리에 오늘은 잎사귀로 엮은 소박한 관이 얹혀 있었다. 투박하게 엮은 관은 그녀의 고운 머리와 놀랄 만큼 잘 어울렸다.

사샤가 잽싸게 따라와 앉자 이베카가 홍소를 터뜨렸다.

"넌 오늘 떠날 텐데 이 누나가 보고 싶지 않을까?"

사샤는 망설이지도 않고 대꾸했다.

"응, 누나가 이렇게 예쁘니까 매일 꿈에 나타날 것 같아. 어쩌지."

미칼리스가 감탄한 건지 놀란 건지 모를 표정으로 사샤를 건너다봤다. 하지만 사샤야 예전에 거리의 여자들과 잘도 어울리던 녀석이니 이런 상황에 대답하는 말쯤은 백 가지도 넘게 알고 있었다. 이베카는 빙그레 웃고는 키릴을 보았다.

"비주 아가씨는 정령의 힘을 지나치게 사용해 몸이 상했지요. 네이판키아 족은 어떤 종족보다 정령과 가깝고, 그중 몇 명은 타고난 정령사로 대단한 파괴력을 발휘한다고 하지요. 비주 아가씨는 그런 피를 타고난 사람일 것입니다. 그리고 그녀가 다룬 정령은 요르실드였지요. 바람과 폭풍의 요르실드."

키릴은 자신도 아는 이야기를 천천히 더듬어 가는 이베카의 눈을 가만히 보았다. 며칠 함께 지내는 동안 이베카가 어떤 엘프인지 어느 정도 알 듯한 느낌이 들었다.

"요르실드는 알다시피 온화하기보다 폭력적인 바람이지요. 네 정령 모두 살아 있는 자들과 친하지 않지만 요르실드는 그중에서도 특히 쉽게 적대감을 드러내고 화도 잘 내지요. 요르실드의 힘이 생산적인 일, 그러니까 누군가를 돌보거나 뭔가를 만들어내는 경우는 극히 드물어요. 그들은 오직 부수고 갈기갈기 찢어 없앨 뿐이지요. 그런 그들이 비주 아가씨의 손끝에서 복종하며 말을 들었어요. 비록 정령의 힘 자체가 이질적인 기운인 탓에 몸이 상하긴 했지만."

이베카는 말을 멈췄다. 긴 눈초리가 가볍게 올라갔다가 내려왔다.

"이제 알겠어요?"

"알다니?"

지금까지 한 이야기는 키릴도 잘 아는 것뿐이었다. 무엇을 알았느냐는 말일까?

"요르실드는 만물을 감싸기보다 부수는 폭풍, 그것을 '파괴자의 날개'라 부르지 않는다면 무엇이라고 부르겠어요?"

잠깐 사이를 두고 키릴의 눈썹이 움직이더니 눈가에 묘한 감정이 일어나 번져갔다.

"그 말을 지금 나더러 믿으라는 거요?"

이베카는 키릴의 등 뒤를 보며 손을 흔들었다. 비주였다.

"앉으세요."

비주는 앉았지만 이베카가 아닌 키릴을 보고 있었다. 여전히 한쪽뿐인 보랏빛 눈과 마주치는 순간 비주의 손이 자신의 눈가로 다가갔다. 빠른 손길이 안대를 찢어 내렸다. 천 조각이 흩어져 떨어졌다.

모두가 보았다.

오른쪽과 똑같은 보랏빛 눈동자, 그 눈가에 황홀한 은빛 곡선이 춤추었다. 물방울, 꽃가루, 바람의 옷자락……. 아름다운 낙인이었다. 방금 살아난 듯 섬세한 광채가 나부꼈다. 태어날 때부터 일체였던 문신, 그러나 어떤 사정으로 감췄던 약속.

문신의 모양은 바로 날개였다.

말로 설명할 수 없는 신비로운 감정이 목을 막아버려 키릴은 입술만 벌린 채 말하지 못했다. 다른 자들도 마찬가지였다. 모든 것을 알았을 이베카만이 눈을 내리깔았다.

"날개……."

키릴의 입에서 한참 만에 떨어진 단어였다.

갖가지 생각이 소용돌이쳤다. 처음에 비주에게 직접 물었지만 대답은 듣지 못했다. 왜 그랬을까. 왜 감추고 있었을까. 그런 것을 왜 지금 그에게 보여준 것일까.

만일 '파괴자의 날개'가 한 사람을 가리키는 말이라면, 비주 자신이 열쇠란 말인가?

이윽고 이베카가 침묵을 깼다.

"이제 제 요구를 말해도 좋을 때겠지요?"

키릴은 문득 정신을 차리고 고개를 끄덕였다. 이베카는 상대의 마음조차 빨아들일 듯 깊은 눈으로 그를 바라보았다.

"비주를 데려가세요. 결코 버리지 마세요."

이베카의 눈은 진지했다. 아니, 그 이상으로 확신 어린 미래를 보는 눈이었다. 무엇을 보는 것일까.

"'파괴자의 날개'와 관계가 있음이 밝혀진 이상 데려갈지도 모르지. 그러나 왜 당신이 그걸 내게 부탁하지?"

"그녀는 그대에게 이름을 말했어요."

그것이 무얼 의미하는지 키릴은 얼른 깨닫지 못했다. 이베카의 말이 이어졌다.

"그대가 우리에게 이름을 말하지 않는 이유는 내가 알 수 없지만, 비주 아가씨의 종족인 네이판키아에 대해서는 조금 알아요. 그녀는 단 한 마디, 그대에게 이름을 말했을 뿐이에요. 그 다음부터 그대를 따라가기 시작했어요. 그런 행동은 네이판키아 족에게 있어 상대에게 자신을, 목숨까지 맡기겠다는 의미예요."

상상도 못한 이야기였다. 사샤는 당혹감을 느끼며 비주를 바라봤다. 키릴도 이 순간만큼은 사샤와 다를 것이 없었다.

"그대가 말했다시피 비주 아가씨의 존재가 그대의 목적에 부합되니 무리한 요구는 아닐 거예요. 하지만, 그래요, 오직 그대만이 그녀의 이름을 직접 들었어요. 비주 아가씨는 이곳에서 지내는 동안 내게 호감을 느끼는 듯했지만 끝까지 이름은 말하지 않았어요. 난 일전에 사샤가 말해줘서 그녀의 이름을 알았을 뿐이에요. 네이판키아 족은 타인에게 자신을 소개하지 않아요. 그들에게 이름은 보석이자 생명이에요. 그녀는 그것을 그대에게 주었어요."

이베카가 말을 맺었다. 키릴은 아무 대꾸도 하지 않았다. 사샤가 고개를 갸웃거리며 말했다.

"당신이 비주 누나를 구해줬기 때문이 아닐까요? 아니면 어머니를 죽인 원수와 싸워줘서라든가."

사샤는 일전에 비주의 눈빛을 본 후로 피바다 속의 시체가 비주의 어머니라고 확신했다.

키릴은 여전히 대답하지 않았다. 이베카가 다시 말했다.

"네이판키아 족은 그들이 태어난 곳을 죽을 때까지 떠나지 않아요. 만일 떠나고자 한다면 자신이 따를 새로운 고향을 찾아냈다는 의미와도 같아요. 네이판키아 족은 수가 많지 않지만 나무처럼 나고 자란 장소를 떠나지 않기 때문에 쉽게 구분이 돼요. 숲에 이름이 붙듯 한 땅에 사는 민족에게도 이름이 생겨나지요. 비주 아가씨의 일족에 대대로 전해 오는 이름은 '아리나즈미'라고 해요. 아리나즈미의 네이판키아 족, 그러니 그녀는 비주 아리나즈미가 되지요."

새로이 듣게 된 비주의 이름은 처음과는 다른, 독특한 느낌을 주었다. 나무의 이름이 비로소 사람의 것이 된 듯, 이제 뿌리를 벗어나 세상을 향해 걸을 수도 있을 것처럼 보였다.

비주가 입고 있던 발끝까지 끌리는 긴치마는 이베카의 옷이었다. 이베카는 그 옷으로 여행을 할 수는 없을 거라며 새로운 옷을 내주었다. 허리띠가 달린 흰 바지는 종아리에서 조이도록 되어 있고, 웃옷에는 짧은 망토가 달려 언뜻 작은 날개 같았다. 천은 튼튼한 종류여서 어디 걸린들 쉽게 찢어질 것 같지 않았다.

"전부 하얗잖아. 역시 여행에는 안 맞아."

사샤가 그새 뭘 안다는 것처럼 설교조로 중얼거리자 이베카가 얼굴을 붉혔다.

"내 옷 중에서 제일 활동적인 옷인걸. 이 숲으로 옮겨올 때도 저걸 입었으니까."

"그 전엔 어디 살았는데?"

"켈라드리안."

그 이름을 말하는 목소리에 향수가 묻어났다.

"그게 어디야?"

"노르마크 남쪽에 있는 아름다운 숲."

어쨌든 새 옷을 차려입은 비주는 알몸 위를 너울거리던 무늬를 연상하기 어려울 정도로 깨끗한 모습이 됐다. 색깔을 정의할 수 없는 머리카락은 오늘은 연녹색이었다. 인간에게는 없는 머리빛깔이었지만 본래 비주가 인간처럼 생각되지 않던 키릴이나 사샤는 도통한 사람처럼 그 모습을 바라봤다.

그러고 보니 흩어져 있던 머리카락도 한 가닥으로 단정하게 땋았다. 땋았는데도 허리까지 닿는 긴 머리였다.

"이젠 스스로도 땋을 수 있겠지?"

이베카의 말에 비주는 대답하지 않았지만 이베카는 대답을 들은 것처럼 고개를 끄덕였다. 키릴과 사샤는 이베카가 무슨 마법을 부리는지 알 도리가 없었다. 이곳에서 지내는 동안 비주와 대면할 일이 거의 없어서 이베카와 그녀가 어떤 관계가 된 것인지도 알 수 없었다.

미칼리스가 입을 열었다.

"파괴자의 날개라. 이제야 그 이름을 들어본 듯하다는 생각이 드는군. 그런데 그게 네이판키아의 전승이었단 말인가. 혹시 당신이 왜 그걸 찾으려 했는지 말해줄 수는 없겠소?"

키릴은 굳이 숨길 필요를 느끼지 않았다. 미칼리스가 짐작한 바가 맞다면 카로단 일행도 파괴자의 날개인 비주, 즉 태양의 탑으로 가는 방법을 찾고 있었다. 추적하러 떠난 엘프들이 돌아오면 이들도 자연히 모든 일을 알게 될 테니 지금 알려주는 편이 그들의 힘을 빌려 카로단 일행의 발을 묶는 데 도움이 될지 몰랐다.

"나는 태양의 탑을 찾고 있소. 파괴자의 날개는 그것의 열쇠지."

"태양의 탑?"

푸드득…….

숲 한쪽에서 새떼가 날아올라 하늘 가운데로 소용돌이쳐 갔다. 미칼리스는 자신의 활을 한 번 쓰다듬더니 물었다.

"그대도 고대 이스나미르의 돌을 찾소?"

태양의 탑에 있다는 타로핀을 말하는 것이리라. 모든 마법과 힘을 빨아들인다는 신비한 돌.

키릴은 고개를 가로 저었다.

"아니, 더 이상은 묻지 마시오."

"알겠소, 그래…… 알겠소."

미칼리스는 몇 걸음 물러나 두 팔을 쳐들었다. 단단한 근육이 엉긴 팔이었다.

"류에, 쥬세럼 달크 하그르그 아라스(새들이여, 하늘을 나는 흰 날개의 혼이여)!"

이어 목에 걸고 있던 흰 뿔피리를 입술에 대었다. 천둥 같은 소리가 나올 것만 같던 뿔피리에서는 악기라기보다 사람의 목소리와 같은 음색이 흘러나와 퍼졌다.

저도 모르게 하늘을 올려다보았다. 주위는 멀어질수록 빽빽한 숲이었다. 그 숲 위로 몇 마리랄 수도 없는 새들이 솟아올랐다. 수천 가지 깃털, 온갖 모양의 부리와 다리, 영롱한 눈을 가진 크고 작은 새들이었다. 새떼가 물결치며 기류를 타기 시작했다. 나뭇잎을 치는 은은한 북소리와 함께 펼친 날개들이 쏟아져 들어왔다.

"우와, 대단한데!"

새들의 그림자로 잠시 주위가 어두워졌을 정도였다. 빈터로 날아든 새들은 일부가 바닥에 앉고, 일부는 허공에서 날개를 퍼덕이며 미칼리스의 주위를 맴돌았다. 미칼리스는 그들과 이야기라도 하는 것처럼 손을 내밀고 입 속으로 중얼거렸다. 그는 곧 웃으며 고개를 끄덕거리더니 다시 알아들을 수 없는 말을 속삭였다. 그 모습은 마치 새들의 탄원을 들어주는 왕인 것만 같았다.

"그렇구나. 그래. 그래."

잠시 후 매처럼 생긴 흰 새 다섯 마리가 쏜살같이 내려왔다. 미칼리스는 다시 알아들을 수 없는 말을 몇 마디 했고, 다섯 마리 새들은 다투어 지저귀며 다가왔다. 내민 손에 한 마리가 앉고, 다른 놈은 어깨와 머리에 내려앉았다. 앉지 못한 두 마리의 날개가 깃발처럼 펄럭거렸다.

"그런가. 그랬던 건가."

미칼리스가 손을 내저어 앉았던 새를 떠나가게 하자 새들이 일제히 날개를 치며 날아올랐다. 빈터를 빽빽이 메웠던 새들은 분수처럼 곡선을 그리며 모두 다른 하늘로 날아올라 멀어져 갔다. 마지막 그림자들까지 사라질 즈음 미칼리스가 다시 그들에게 몸을 돌렸다. 특히 키릴을 보며 장난스러운 표정을 지었다.

"재미있는 광경이었기를 기대하오."

"아, 물론 기대만큼 재미있었소."

……라고 미칼리스의 말투를 흉내 내어 대꾸한 사람은 사샤였다. 미칼리스는 성큼성큼 다가와 사샤의 머리를 쓰다듬는 체 하다가 다 흐트러뜨려 놓으면서 키릴에게 말했다.

"믿을지 모르겠지만 새들로부터 정보를 들었소. 그들은 두 발로 걷는 자들보다 더 많은 것을 다른 눈으로 보곤 하지. 그런 까닭에 종종 멋진 정보를 제공하오."

키릴이 고개를 끄덕이자 미칼리스는 다시 아이처럼 웃었다.

"몇 마리는 적어도 이 숲에서는 나보다 오래 살았소. 그래서 나보다 잘 아는 것들이 있더군. 태양의 탑을 여는 아리나즈미 네이판키아 족의 전승, 파괴자의 날개를 아는 자에 대해서도. 아무래도 내가 당신에게 선물을 하나 주어야겠소."

미칼리스가 화살 통에서 창처럼 억센 그의 화살 한 개를 뽑았다. 이어 손쉽게 뚝 부러뜨리더니 화살촉이 있는 쪽을 내밀었다. 화살촉에는 미세한 무늬가 새겨져 있었다.

"이걸 가지고 가시오."

키릴은 물끄러미 보기만 했다.

"무엇에 쓰라는 것이오?"

"말하기 곤란하오. 하지만 분명 필요할 것이오. 황야 속의 버려진 신전을 보고 감히 대화하기 어려운 상대를 찾아 들어갔을 때, 천둥과 벼락보다 두려운 그 자와 마주했을 때, 그 자가 당신의 말에 귀 기울이지 않고 단지 적의만을 표시할 때, 이것을 내보이시오. 결과는 예측할 수 없으나 당신을 죽이지는 않으리라 믿소. 당신은 내가 말해주지 않아도 이게 필요한 때가 언제인지 알 수 있을 것이오."

"……."

키릴은 무슨 생각을 했는지 부러진 화살을 받아 가방 안에 넣었다. 그 모습을 보며 고개를 끄덕이던 미칼리스가 갑자기 물었다.

"그런데 당신은 아픈 곳이 있소? 그것을 고치고자 하오?"

방금 선물을 받았음에도 불구하고 키릴의 태도는 싸늘했다.

"알 바 아니오."

"알 바 아니겠지. 왜냐하면 나도 도와줄 방법은 없으니까. 이베카, 네가 보기엔 어때?"

이베카도 고개를 끄덕거렸다. 그녀도 이미 알고 있었던 모양이었다.

"고칠 수 없어, 난."

그러나 이베카는 한 걸음 다가왔다.

"하지만 아스트라한이라면 도와줄 방법이 있을지도 몰라요. 당신도 그 이름을 들어 보았나요? 그가 있는 곳은 여기서 멀지 않아요. 낫소 땅의 이조르칸트에 있는 '마음의 궁전'에서 몇 년째 머물고 있어요. 그이가 어디론가 모습을 감추지 않고 누구나 찾아올 수 있는 곳에 있는 일은 흔치 않으니 당신은 운이 좋아요. 이조르칸트까지는 며칠이면 갈 수 있어요. 그곳에 가면…….”

키릴은 고개를 내저었다.

“나는 바쁘오. 한가롭게 돌아다닐 여유가 없소.”

“하지만 그대의 생명이 걸린 문제인데…….”

“내 생명이니 내가 마음대로 하겠소.”

“……”

이베카는 잠시 입을 다물었다가 품안에 손을 넣었다. 다시 나온 손에 뭔가가 꼭 쥐어져 있었다.

“이걸 받아요.”

키릴이 받고 보니 보석이 박힌 반지였다. 마법사인 그녀가 주는 물건이 평범한 것은 아닐 터라 키릴은 곤혹스런 표정을 지었다.

“신세지고 싶지 않소.”

이베카는 웃었다.

“그대가 여자가 아닌데 반지를 준다고 당황하는 것이지요? 자, 그 보석을 잘 들여다봐요. 익숙한 빛깔 아니에요?”

키릴보다 사샤가 먼저 깨닫고 외쳤다.

“당신의 눈 색깔하고 똑같아요!”

이베카가 고개를 끄덕였다.

“랑드유 석영이에요.”

키릴은 말없이 보석을 내려다보았다. 랑드유 석영이 생산되는 스아드 지방의 내해 '일곱 개의 바다'. 그곳은 크레드니에 가문의 영지가 있는 곳이었다.

"그대가 아스트라한을 찾아가지 않겠다고 했지만 난 진심으로 그대가 건강해졌으면 해요. 바쁜 일이 끝나면 꼭 그를 찾아가서 그 반지를 내보이세요. 그는 약간 괴팍한 노인이지만 반지를 보면 반드시 그대를 치료해 주겠다고 할 거예요."

키릴은 고맙다고 하는 대신 딱딱하게 말했다.

"다시 말하지만, 신세지고 싶지 않소."

"신세가 아니에요. 난 그대에게 기대하는 것이 있어요. 지금은 말할 수 없지만 어쨌든 그대가 살아서 그 일을 해내길 기다릴 거예요."

"난 호의를 받았다고 당신의 부탁을 들어줄 만한 사람이 못되오."

"걱정 말아요. 그대의 성격으로 보건대 그대는 내가 무엇을 기대하는지조차도 알 수 없을 걸요. 앞으로도, 어쩌면 영영."

"……."

그리하여 키릴은 랑드유 반지도 받았다. 그는 이 엘프들이 어째서 이토록 친절한지 이해하기 어려웠다. 그러나 그는 어차피 오래 살지 못할 몸이었다. 어찌 되었든 좋지 않은가? 그들이 뭘 기대한다 해도 죽은 후에 해줄 수는 없는 노릇이니까.

키릴은 줄 수 있는 선물이 없었다. 그는 잠시 침묵하다가 두 엘프를 향해 말했다.

"키릴, 내 이름은 키릴이오."

엘프 미칼리스 **263**

떠날 시각이었다.

미칼리스와 이베카는 내일이면 다시 만날 듯 명랑하게 작별의 말을 건넸다. 엘프 몇이 미칼리스의 명을 받아 숲의 경계까지 그들을 안내했다. 엘프들은 숲에서 몸이 재빨랐지만 비주의 걸음이 한층 더 가벼웠다. 새로 선물 받은 흰옷의 망토가 작은 날개처럼 너울거리며 그녀의 걸음을 따랐다.

숲을 빠져 나오기 전부터 찬란한 물소리가 귀를 시원하게 씻어 주었다. 숲의 경계는 강둑이었다. 이진즈 강의 본류가 도도히 흐르는 것이 내려다보였다.

엘프들과 작별하고 키릴 일행은 선착장을 찾아 떠났다.

죽음 카드

느리게 떨어지는 대답조차 그지없이 우아하게 울렸다.
창백한 입술이 서서히 핏기를 되찾아갔다. 오직 입술만이.
새벽마다 악몽을 꾸는 것일까. 갓 깨어난 그녀는 늘 백합 빛 뺨,
아침 햇살 속에서도 차갑게 빛나는 대리석 이마, 눈물 어린 듯 말갛게 빛나는 눈이었다.
붉은 장미는 관(棺)을 장식하는 꽃일 뿐.
그녀가 날마다 잠들고 일어나는 아름다운 관 속에서 클라리몽드는
장미에 파묻힌 죽은 미녀였다. 천 년 전에 잠들어 깨어나지 못할 천사의 시체였다.
그러나 아침만의 일이다. 오직 렌만이 볼 수 있는 모습이었다.
이제 일어나 아침 단장을 마치고 아래층으로 내려가면 클라리몽드는
누구보다 화려하게 빛나는 오만한 미녀의 모습이 된다.

카드와 거짓말

키릴 일행이 이진즈 강을 거슬러 올라가 스조렌 산맥을 향해 가는 동안 미칼리스의 명을 받아 떠난 메를, 록스티, 엘민의 세 엘프는 아르나브르 근교에 이르렀다.

카로단 마이프허 일행이 일찍 출발하기도 했지만 이동도 빠른 편이어서 세 엘프는 꽤 서둘러야 했다. 엘프가 드문 나머지 구경거리 취급받기 십상인 로존디아 땅에서 평소 같으면 낮을 피해 여행했을 텐데 지금은 그럴 여유가 없었다. 키릴이 애증에 찬 눈으로 바라보곤 했던 아르나브르의 동문(東門)이 저만치 보이고, 그 앞에서 진입 허가를 기다리는 카로단 일행까지 확인하고서야 세 엘프도 한숨 돌렸다.

"저런 자들을 이끌고 잘도 이렇게 빨리 왔군."

메를이 말했다. '저런 자들'이란 카로단의 부하들을 가리키는 말이었다. 수십 명 가운데 기병은 다섯에 불과했고, 나머지도 말을 타긴 했지만 모두 기진맥진해 대열조차 간신히 잡고 선 모습이었다. 초췌한 몰골로 동문 앞에서 죽치는 모습은 흡사 거지 떼를 연상케 했다.

"문이 좀 크니까 얻으러 오는 거지들도 대규모구나."

엘민이 대꾸하며 픽 웃었다. 메를과 엘민은 비슷한 또래였다. 그러니까 대략 이십 년 정도밖에 차이가 나지 않는다는 말이다.

"정말로 뭔가 얻으러 왔을지도 모르지."

록스티는 셋 중 유일한 남자였는데 동료들과 엇비슷한 나이로 보여도 실은 삼백 살이 넘었다. 이진즈 숲의 하얀 부리 엘프들 중에서도 그 정도면 꽤 나이든 축에 속했다.

"그래. 주러 온 것처럼 보이진 않네."

메를이 재미있는 농담이라도 한 것처럼 웃어대더니 곧 고개를 갸웃거렸다.

"그나저나 우린 어떻게 안으로 들어간담?"

아르나브르는 엘프의 방문이 극히 드문 곳이라 정체를 밝히면 위험한 이방인으로 취급받기 쉬웠다. 통과 수속을 밟으려다 괜히 감옥부터 가게 될지도 몰랐다.

메를과 엘민이 소곤거리며 이야기하는 동안 록스티가 일어나 카로단 일행을 다시 굽어보며 중얼거렸다.

"뭘 찾으려고, 무슨 거래를 하려고 여기까지 왔을까?"

엘프들은 정식 통과 수속을 밟지 않았다. 엘프라는 사실만 밝혀도 금세 소문이 퍼질 텐데 그러다가 카로단 일행이 추적자를 눈치 채버리면 곤란했다. 밤을 틈타 가뿐하게 성벽을 타넘은 그들은 모자를 하나씩 구해 푹 눌러쓴 모습이었다. 밤이다 보니 뾰족한 귀만 드러나지 않으면 엘프라는 것을 쉽게 들키지 않을 것이다.

그들은 카로단 일행의 이동을 따라 왕성인 루아얄 궁전까지 접근했다. 거기까지는 쉬웠지만 그 다음이 문제였다.

메를이 고개를 갸웃거렸다.

"정말로 로존디아 왕을 만나러 왔나 보네."

"만나주긴 할까?"

"그건 나도 궁금한 문제인데."

다행히 궁전 안으로 침투할 필요는 없었다. 왕궁 서쪽에 탑이 있었는데 그 주위에 아직도 휴식을 취하지 못한 세르무즈 병사들이 아무렇게나 주저앉아 있었다. 카로단의 모습은 보이지 않았다. 행인으로 가장해 슬쩍 다가가 보니 탑 앞에 '크로노 다임러'라는 글자가 새겨진 바위가 보였다.

왕궁 주위에 작은 숲이 있어서 엘프들은 크게 안도하며 그리로 들어갔다. 록스티가 의견을 말했다.

"저들은 세르무즈 왕의 사절은 아니야. 첫째로 저들의 지휘관이 왕실 의전관에게 안내를 못 받고 있고, 둘째로 로존디아와 세르무즈는 딱히 좋다고는 할 수 없는 사이인데 사신이 군대를 이끌고 올 리 없고, 셋째로 세력 과시용이라고 보기에도 병사들이 지쳐빠져서 볼품이 없어. 그건 본국으로부터 충분한 보급을 받지 못했다는 의미도 되고. 저 꼴은 마치 항복하러 온 패잔병들 같잖아."

흑백논리에 익숙한 엘민이 즉시 말했다.

"그럼 저들은 배신자란 말이야?"

"글쎄. 쉽게 확신할 일은 아니겠지. 그렇지만 밀사라고 보기엔 너무 대놓고 오긴 했지."

"그럼 알아보러 들어가자! 마법으로 몸을 숨기면 되잖아. 뭘 꾸물거리는 거야?"

"엘민, 저긴 마법사의 탑이야. 시시한 마법은 금방 깨져."

그 말은 일리가 있어서 엘민도 입을 다물었다. 오래 가진 않았다.

"그럼 어쩔 참이야? 계획 있어?"

"마법 시선을 써보자. 엘프의 예지력은 인간에게 쉽게 간파되지 않으니 통할 거야."

'마법 시선'은 약간이라도 예언의 힘을 타고난 자만이 쓸 수 있었다. 록스티가 바로 그 역할이었다. 마법도 이들 중 가장 뛰어났다.

매개자 역할은 메를이었다. 둘이 손을 맞잡고 정신을 집중하자 곧 허공에 둥근 거울, 또는 샘물 같은 영상이 떠올랐다. 파문이 이는 물처럼 몇 번 흔들리던 영상이 이윽고 맑아졌다.

"카로단 마이프허입니다."

크로노 다임러 탑의 지하에 마련된 회의실에 두 사람이 마주 앉았다. 카로단이 미리 보냈던 전령이 용케 궁정 수석 마법사와 연락이 닿아 어렵사리 마련된 자리였다. 궁정 수석 마법사의 이름은 칼드라고 했는데 몇 년 전 갑자기 로존디아 왕궁에 나타나 이와 같은 엄청난 자리를 꿰어 찼다는 것 말고는 과거가 베일에 싸인 자였다. 그는 특히 사람을 만나기를 싫어한다고 알려져 있었다. 여왕의 부름이 있을 때를 제외하면 크로노 다임러 탑에 은둔하다시피 하는 데다 평소 로브에 달린 두건을 푹 덮어쓰고 다녔으므로 궁정 마법사들 중에서도 얼굴을 자세히 본 사람은 몇 되지 않았다.

방문객이 누구든, 그런 칼드와 회견이 성사되었다는 것부터가 궁정 마법사들이 들으면 깜짝 놀랄 일이었지만 카로단은 그런 사실도 몰랐다. 칼드는 카로단을 곁눈으로 보더니 무관심하게 대꾸했다.

"칼드요."

내심마저 무관심했던 것은 아니었다. 마이프허라면 세르무즈에서 가장 유명한 무인 가문이자 역대의 공신이 즐비한 집안이었다. 세르무즈 최고의 명예로 알려진 '마브릴의 빛나는 검'이라는 칭호를 가진 자 헤르트 마이프허 경은 일흔 노구였는데, 듣기로 반듯하고 빼어나다고 칭송이 자자하던 맏아들을 잃은 뒤로 시름에 잠겨 둘째에게 가문의 모든 일을 일임하고 은둔 중이라 했다. 형을 잃을 당시 카로단 마이프허는 십대 소년. 지금 탁자 너머에 와 앉은 그도 서른을 넘기지 않은 새파란 얼굴이었다.

'마브릴의 빛나는 검'이라는 칭호는 세르무즈 출신의 무인이라면 누구나 탐내고 존경하는 이름이었다. 마이프허 가문에게는 유감스럽게도 세습은 아니어서 그 이름을 하사 받기 위해서는 무예가 출중해야 할 뿐 아니라 나라에 공을 세워야 했고, 동료 무인들이 승복할 만한 지도력도 갖춰야했다. 그럼에도 불구하고 꽤 오래 전부터 이 칭호는 마이프허 가문의 독점적 권위로 여겨져 왔다. 타고난 기골에 어려서부터 받아온 교육, 아버지의 위광까지 등에 업은 젊은 마이프허 경들에게 도전하여 칭호를 빼앗으려는 자가 거의 없었던 까닭이었다.

그러나 이번만은 달랐다. 자헤르트 마이프허 경은 이제 도전자가 없다 해도 스스로 칭호를 내놓아야 할 정도로 늙었다. 아니, 사실은 벌써 몇 년 전에 내놓았어야 했다. 그가 주위의 수군거림을 무릎쓰고 칭호를 고수하는 이유는 누구나 짐작하다시피 아들 때문이었다. 아직 그 칭호의 주인이 되기에는 미숙한 데다 특히 평판이 좋지 않은 아들.

카로단 마이프허도 그 사실을 알고 있었기에 몇 년 전부터 공을 세울 만한 위험한 일마다 앞장서 뛰어들었다. 그러나 그는 어딜 가나 친구 대신 적을 만드는 성격이어서 동료나 선배들로부터 경원시되었고 그 결과 점점 더 외곬에 과격한 인물이 되어갔다. 그럼에도 불구하고 언젠가 '마브릴의 빛나는 검'이 되어야 할 카로단은 나쁜 평판을 뒤엎고도 남을 큰 공을 세우고 싶을 것이다. 노골적인 비아냥을 몇 번이나 참으며 버티고 있는 아버지에게 할 수 있는 보답은 그것뿐이었다.

칼드는 며칠 전 젊은 마이프허 경의 전령을 만나 회견을 허락한 후로 이와 같은 정보를 입수해 두었다. 카로단이 이 먼 곳까지 찾아온 이유도 약간은 짐작했다. 그가 알기로 카로단은 본래 마법을 배우던 자였다. 비록 형을 잃은 후로 '마브릴의 빛나는 검'이 되기 위해 무예 쪽으로 방향을 돌리긴 했지만 마법에 발끝이라도 담가본 자는 그 맛을 쉽게 잊을 수 없는 법이었다. 그러나 인간의 수명으로 마법과 검, 두 길을 모두 이루기란 불가능에 가까웠다.

카로단에게 필요한 것은 편법이었다. 마법사가 아니어도 웬만큼 마법을 쓰게 해준다고 알려진 고대 이스나미르의 특별한 물건이나 마법서들이 그 답이었다. 그는 몇 년 전부터 그런 것들을 추적하다가 어떤 검을 손에 넣기도 했다고 알려졌다. 그럼에도 불구하고 그는 아직도 뭔가를 찾고 있다는 소문이었다. 그런 그가 로존디아에 왔다면? 뻔하다. 국조 알스님 여왕의 타로핀 궤에 관심이 있는 것이다.

물론 적국이나 다름없는 로존디아에 온 것은 무리한 행동이었다. 무리하다 못해 위험천만하다. 병사들을 이끌고 오면서 행방이 숨겨졌기를 바랄 순 없을 것이고, 세르무즈 왕가에도 눈과 귀가 있었다. 배신자로 오해받을 소지는 충분했다.

그래서 칼드의 다음 말은 이러했다.

"경애하옵는 프랑도비네 9세 폐하의 명으로 이곳에 오셨소?"

"아니오."

듣던 대로 젊은이는 공손하지 않았다. 여기쯤 와서는 공손하려고 애쓰는 중일 텐데 두 마디째부터 벌써 상대하고 똑같은 말투를 썼다. 그러나 칼드는 상대가 예의를 갖춘답시고 우물쭈물하기보다 이렇게 나올 때 오히려 호기심을 느끼는 성격이었다. 어디 얼마나 대단한 놈이기에 이토록 오만불손한지 지켜봐야겠다는 결심이 섰다.

"그렇다면?"

"나 스스로의 판단에 따라 왔소. 그러나 궁극적으로는 세르무즈의 영광을 바라는 자요. 로존디아 궁정 수석 마법사님의 도움을 얻어 이름 높으신 주드마린 여왕 폐하를 알현하고 두 나라 모두에게 이로울 중대한 제안을 드리고자 하오."

"그 중대한 제안이 무엇인지 본인에게는 설명하지 않을 작정이오?"

"필요하다면 설명하리다. 본인은 궁정 수석 마법사 칼드 님께서 주드마린 폐하의 하해와 같은 성은을 받자와 큰 신임을 누리고 계신다는 점을 충분히 인지하고 있소."

아부치고는 좀 딱딱했지만 말은 잘한 셈이었다. 칼드는 생쥐가 곡예에 성공한 것을 본 것처럼 얼굴을 약간 폈다.

"그렇다면 지금 설명을 부탁드려도 되겠소? 비록 미력이나마 폐하를 곁에서 보필하는 본인이 직접 그대의 제안 내용을 상신하는 편이 폐하의 신뢰를 얻기에 적절하지 않을까 싶소."

비슷한 받아치기였다. 카로단은 별 반론 없이 바로 용건을 꺼냈다.

"태양의 탑을 아시오?"

뜻밖의 이야기였지만 칼드는 흠칫한 기색을 능숙하게 숨겼다.

"아오."

"어떤 곳인지도?"

"항간에 떠돌아다니는 이야기보다야 잘 알고 있소."

"그럼 그곳이 어디인지도 아시오?"

칼드는 약간 모험을 했다.

"아오."

카로단은 깜짝 놀라 고개를 쳐들었다. 먼지로 흐트러진 머리카락 밑으로 눈이 반짝였다.

"그렇다면 이야기가 쉬워지겠소이다. 나는 그리로 가는 길을 모르오. 오직 그것만을 몰랐소. 그대가 길을 안다면 우리는 거래할 것이 많아지오. 우리는 이익을 함께 나눌 수 있을 것이오."

국왕에게 제안할 내용치고는 지나치게 이해관계를 드러내는 말이었다. 어느 나라에서든 왕과 이야기를 나눌 때에는 명분이 필요한 법인데 젊은이는 그런 것도 무시해 버렸다. 칼드는 똑같은 인간이 되어 장단을 맞추기로 마음먹었다.

"거래란 대등한 것을 갖고 하는 법인데, 그대는 무엇으로 우리와 정보를 나누고자 하오?"

카로단이 자신만만하게 대꾸했다.

"난 태양에 탑을 여는 열쇠가 어디 있는지 알고 있소."

"호오!"

칼드는 감탄사를 내고는 목소리를 낮추었다. 반쯤은 과장된 연기였지만 무관심을 숨기려는 것이 아니라 오히려 열렬한 관심을 숨기려는 의도였다. 심드렁하던 기분은 일시에 사라졌다.

"그럼 그 행방을 말해 보시오. 내 무엇이라고 폐하께 말씀 올리면 되겠소?"

"그건 거래가 성사된 후에 이야기하도록 하겠소."

카로단은 바보가 아니었다. 칼드는 몸을 약간 뺐다.

"알겠소. 그렇다면 그대는 우리가 함께 탐험대라도 편성하자는 말이오?"

"바로 그렇소이다!"

칼드는 농조로 한 말 같았으나 카로단은 열성적이었다.

"군사를 빌려주시오. 우리는 어떤 자를 뒤쫓아야 하오. 그자가 태양의 탑을 여는 열쇠를 쥐고 있소. 그걸 빼앗아야만 탑에 들어갈 수 있소."

칼드는 다시금 몸을 더 뺐다.

"그자가 열쇠를 갖고 있다면 들어가는 방법을 아는 자는 그대가 아니라 그자로구먼."

"아니오! 그자는 우연히 열쇠를 가져갔을 뿐이오. 그게 무엇에 쓰는지, 아니 열쇠라는 사실조차 모를 게 분명하오. 다만 그게 무엇이든 손에 들어온 것을 쉽게 내놓지 않을 자일 뿐이오!"

"흐음. 그대의 말이 맞다 치더라도 군사를 빌려달라고? 한 명을 잡으려고? 대체 어떤 자이기에?"

카로단의 목소리가 갑자기 사나워졌다.

"그놈은 마법사요! 그것도 범상한 마법사가 아니었소. 대단히 빠르게, 마치 주문을 외울 필요가 없는 것처럼 마법을 쓰는 자였단 말이오. 누구도 그런 자를 쉽게 제압하진 못할 거요. 하지만 아무리 용빼는 재주가 있다 한들 한 놈이오. 일행이 있으나 신경 쓸 가치도 없소. 어찌 한 명이 수백, 수천의 군대를 당하겠소?"

두 사람이 여기까지 말했을 때 마법 시선으로 그들을 지켜보던 세 엘프는 깜짝 놀라 서로를 보았다. 엘민이 말했다.
"설마 그 건방진 자를 말하는 거야?"

"수백, 수천의 군대라고?"
칼드는 고개를 갸우뚱 기울였다.
"이보시오. 농담이 지나치군. 나라의 군대는 그런 뜬구름 잡는 이야기로 움직일 수 있는 게 아니오. 그대도 세르무즈의 장군이니 그 정도는 알 텐데? 나는 마법사이니 태양의 탑의 가치를 잘 안다 쳐도 우리 폐하께서는 마법사가 아니라 영명한 군주이시라오. 군대는 왕국의 손발과도 같은 존재로 폐하께서는 단 한 명의 병사라도 헛되이 쓸 수 없다고 생각하시지. 나는 궁정 마법사로서 폐하의 군대가 가치 있는 일을 위해 쓰인다는 점을 분명히 납득하시게 해드려야만 하오. 폐하께서도 저잣거리의 소문은 아시겠지만, 그런 것만으로 왕국의 군대를 내어 주시겠소?"

카로단의 얼굴이 붉어졌다. 꽤 똑똑한데도 혈기를 주체하지 못하는 것이 그의 단점이었다.

"마치 당신은 마법사가 아닌 것만 같군. 물론 여왕 폐하께선 마법사가 아니시겠지만 당신이 이 이야기에 마음이 동하지 않는다면 마법사라 할 수 있겠소? 고대 이스나미르의 무한한 지혜와 힘이 담긴 태양의 탑에 대한 정보를 가격이 적당하면 사고 아니면 안 사면 그만인 장난감 취급할 수가 있소? 당신 같은 일급 마법사가? 더구나……."

카로단의 목소리가 낮아졌다.

"그 속에 세상 모든 마법과 기운을 빨아들이는 신비한 타로핀이 잠자고 있다는 얘기를 아시오?"

칼드는 당황했다. 어찌 이 자가 그것까지 알까? 그건 알스님 여왕의 타로핀 궤에서 나온 문서에 적힌 말이었다. 아무리 시이를 2세 시절에 로존디아의 비밀문서들이 여럿 흘러나갔다 해도 태양의 탑과 신비한 타로핀에 대한 부분은 실용적인 지식이 아니므로 유출이 쉽지 않았을 터였다.

"그런 이야기를 어디에서 들었소?"

카로단은 입술을 움찔하더니 빠르게 말했다.

"그것까지는 말해줄 수 없소."

"근거가 없다는 말이나 마찬가지 아니오? 내가 뭘 보고 그 말을 믿어야 하지?"

일순 카로단의 눈매가 가늘어졌다.

"당신의 방금 말은 진실이 아니라고 생각되오. 나는 이 이야기가 최초로 나온 곳이 로존디아 국조께서 발견한 비밀의 돌궤라고 알고 있는데 어찌 왕궁의 최고 마법사인 당신이 이 이야기를 모를 수 있소? 나는 내게 이 이야기가 들어온 경로를 말하지 않겠다는 것뿐이오. 그 이야기 자체를 부인할 이유는 당신에게 없을 거요."

칼드는 냉랭한 미소를 지었다.

"좋소. 한데 그대는 어째서 세르무즈의 프랑도비네 폐하께 이 말씀을 드리지 않으시오? 그토록 영광스럽고 성공이 확실한 일이라면 어찌 군주께서 그대를 지원하지 않겠소?"

당신의 계획이 허황되거나 프랑도비네 9세가 멍청하거나, 둘 중 하나를 인정하라는 말이었다. 카로단은 의외로 침착하게 말했다.

"폐하께서는 총명하시오. 그러나 불행히도 주위에 무능하고 게으른 자들이 많아 성지(聖志)를 가리고 있소. 당신과 이렇게 이야기하고 있지만 나는 어디까지나 세르무즈의 신하요. 다만, 두 나라가 적국인지라 드러내어 협력할 수 없는 일을 당신과 나 같은 긴 안목을 가진 자들이 물밑에서 성사시킴으로서 두 나라 모두에 영광을 돌리자는 것이오. 나는 궁정 수석 마법사께서 현실적인 통찰에 뛰어나신 분이라 하여 심히 기대하면서 찾아왔소. 또한 여왕 폐하 역시 대륙의 미래를 내다보는 탁견(卓見)을 가지신 분이라 들었소. 아니었다면 나 역시 이렇게 위험한 협상을 시도하고자 하지는 않았을 것이오. 더구나 먼저 도착한 내 밀사의 글을 읽고 관심을 가지셨기에 우리가 지금 이 자리에 함께 앉아 있는 것이 아니겠소?"

입을 다문 칼드는 무표정한 얼굴이었다. 그러고 있는 그는 기괴한 대머리에 겹겹이 잡힌 주름들 탓에 마치 감정 없는 석상, 사원을 지키는 거대한 가고일(Gargoyle)처럼 보였다.

잠시 말이 오가지 않았다. 손익 계산이 시작된 것이다. 둘 다 머리가 좋은 사람들인 만큼 오래 걸리지 않았다.

칼드는 카로단이 안다는 열쇠의 행방을 듣는다 해도 이 자리에서 진위 여부를 가릴 방법이 없었다. 심지어 손에 넣은 후라 해도 마찬가지였다. 태양의 탑 앞에 가보기 전에는 확인할 수 없는 노릇이니까. 그렇다고 지레 포기할 필요는 없다. 저 자가 진짜라고 믿고 있는 걸 보면 투자할 가치는 있으리라. 카로단 이 자는 여기가 아니라면 다른 곳에서라도 원조를 구할 테고, 최악의 경우에는 자신의 힘만으로라도 추적을 시작하고야 말 것이다. 저 자는 이익을 함께 누리자는 거지만 그럴 필요가 있는가. 이쪽에서 우세한 군세를 지원하고 영리한 자를 딸려 보낸다면, 최후의 순간에 저 자를 제치고 비밀을 독식할 수도 있는 일이다. 그렇다면 많은 병력을 지원할수록 좋다.

칼드는 이렇게 계산을 끝냈다.

카로단도 모든 것을 말하지는 않았다. 그는 네이판키아 소녀를 데려간 낯선 마법사 역시 태양의 탑을 찾는다고 생각했지만 칼드에게 그 점까지 말해줄 필요는 없다고 생각했다. 그 마법사가 소녀를 데려갔기 때문에 소녀가 태양의 탑의 열쇠라고 추측했다는 점도 숨겼다. 그 정도로 대단한 마법사가 아수라장에 뛰어들어 단 한 명만을 채어 사라질 때는 의도가 있는 게 뻔하지 않은가.

또한 그는 칼드가 태양의 탑에 대해 다 알면서도 일부러 모르는 체한다고 느꼈다. 그건 저 자도 나름대로 손을 쓰고 싶기 때문이겠지. 즉, 관심이 있다는 얘기다. 그러니 자신이 내놓은 미끼를 물고 싶어 한다고 판단해도 좋으리라. 원조 제공을 약속한다 해도 머릿속으로는 다른 꿈을 꿀 공산이 크겠지만 나쁠 것 없다. 어차피 마지막에는 능력 있는 자가 모든 걸 가지면 된다. 여우를 끌어들여 늑대를 치고, 자신의 발톱은 간수해 두는 것이 가장 바람직하다. 어차피 시작부터 도박이 아니었나. 크게 걸수록 크게 따는 거다.

그리하여 카로단도 계산을 끝냈다.

"그게 뭐랄까, 처음부터 우리나라의 유산이었던 것을 남에게 넘기는 것도 달갑지 않은 일이오. 여왕 폐하께서도 국조 폐하의 궤에서 나온 비밀을 타국에서 온 그대가 홀로 추구하도록 모르는 체 하실 것 같지는 않소. 당신의 주장은 과장된 감이 없지 않으나 열의만은 높이 사오. 태양의 탑에 그대가 말한 그런 힘은 없다 해도 고대의 유적을 발견하는 것만으로도 가치 있는 일이 아니겠소? 로존디아는 본래 전설과 신비로 시작된 땅이고, 폐하께선 역사에 관심이 많으신 분이라오."

이렇게 관대하게 말하는 칼드의 속을 짐작하지 못할 카로단이 아니었다. 그 역시 겉으로는 점잖게 말했다.

"나와 그대 나라를 위해 다행스러운 결론을 내려 주셔서 고맙소. 지원 규모에 대해 본인이 생각하는 바를 문서로 준비했으니 검토해 주시길 바라오. 또, 조속한 시일 내에 여왕 폐하를 배알하는 영광을 누리기를 고대하겠소."

칼드는 고개를 끄덕였다.

"알았소. 지원 규모는 폐하의 하회를 받아 최종 결정하도록 하겠소. 그대와 그대 부하들을 위한 숙소를 마련하도록 말해두리다. 아, 그전에 하나 묻고 싶은 점이 있소."

카로단의 눈동자가 약간 움직였다.

"당신이 말한 적, 그 마법사가 열쇠를 가져갔다고 했소. 그렇다면 나는 그대가 아니라 그 마법사와 거래를 하는 편이 더 이익일 수도 있지 않겠소?"

카로단의 입가에 미소가 떠올랐다. 노력은 했지만 조소임을 숨기지는 못했다.

"듣자하니 그 자는 당신의 옛 제자라고 하던데…… 혹 사제 간의 옛 정이 남아 그런 말씀을 하시는 게요?"

"제자? 난 제자를 둔 일이 없는데?"

"글쎄, 학교에서 정한 담당 교수는 굳이 스승이라고 하지 않는지 모르겠지만 어쨌든 이 년이나 당신의 학생이었다고 들었는데."

이번에야말로 칼드는 깨끗이 뒤통수를 맞았다. 학교란 멜헬디를 말하는 것일 테고, 거기서 이 년이나 자신의 제자로 버텨낸 사람은 단 한 명밖에 없었다. 키릴로차 르 반.

놀란 표정은 재빨리 지웠지만 경계심이 두 배로 솟아올랐다. 로존디아 궁정에서도 몇 명밖에 모르는 사실, 그가 멜헬디 학교의 카 교수와 동일인이라는 사실을 이 자가 어떻게 알았을까?

이렇게 된 이상 억지로 숨기기보다 태연한 체 하는 쪽이 최선이었다.

"그대가 말한 자가 그놈이란 말이오? 진작 말했으면 걱정도 하지 않았을 것을 괜히 진지하게 생각했군. 어쨌든 그런 보잘것없는 관계는 예전에 끊어진 바요. 그와 나는 남남이나 다름없소."

"하긴 그렇겠지요. 그렇지 않고서야 어찌 제자가 스승에게 복수를 하려들 수 있단 말이오?"

이번만은 어지간한 칼드도 입을 딱 벌리고 말았다. 저 자가 키릴로차와 자신의 관계가 어떻게 변했는지조차 안단 말인가? 설마 마법사의 감옥이나, 이번에 루아얄 궁에 찾아온 일까지 아는 건 아니겠지?

곧 칼드는 마음속으로 고개를 저었다. 그럴 리 없었다. 키릴로차를 마법사의 감옥에 보낸 일은 심복인 반게레의 부하들과 주드마린 여왕, 브릴모 부자, 그리고 저 어릿어릿한 크레드니에 남작 외에는 모른다. 루아얄 궁에 들어와 마법 대결을 벌인 일 역시 여왕과 기사 로이카르트, 브릴모 부자밖에 알지 못했다. 시종들은 이미 죽음으로 모두 입을 막지 않았던가.

그러나 그 모두를 모른다면 어째서 '복수'라는 말을 했을까? 혹시 심복 중에 배신자가 있나? 아니면 섣불리 입을 놀려 그의 분노를 사는 것을 두려워하지 않을 정도로 어리석은 자가 있나? 그도 아니면 죽은 줄 알았던 자들 가운데 누군가가 살아 있는가?

"어지간히 놀라신 모양이군. 하지만 걱정은 마시오. 나는 당신과 힘을 합쳐 그 자의 물건을 강탈하는 것이 목적이니 당신에게 불리한 일은 전혀 퍼뜨릴 생각이 없소. 만일 내가 그런 일을 저지른다면 당신 역시 나에 대한 일을 세르무즈에 보고해버릴 것이 아니겠소. 후후훗."

그 말은 맞았다. 둘은 거래할 것이 있는 관계였다. 칼드도 모르지 않았다.

그럼에도 불구하고 칼드는 분명히 느꼈다. 이 젊은이는 예사 상대가 아니다. 다만 자신이 알아낸 비밀을 죽 숨기고 있다가 결정적인 순간에 터뜨릴 줄 모르는 것만은 어리석다. 지금 같은 때 잘난 체하며 말해버리면 결과적으로 경계를 부를 뿐이다. 칼드는 처음과 달리 카로단을 제대로 상대하겠다는 생각을 굳혔다. 그러려면 준비가 필요할 것이다.

결국 젊은이는 아직 가벼운 자였다.

세 엘프는 저들이 알아낸 사실에 혼란을 일으키며 머리를 갸웃거렸다. 그들이 알아들을 수 없는 이야기도 있었지만, 몇 가지 사실만은 분명했다.

"저들이 네이판키아 족을 몰살하면서까지 찾으려 하는 '태양의 탑'이라는 곳이 무척 대단한 장소인가봐."

마법 시선을 거둔 록스티가 첫 마디를 꺼냈다. 메를이 말했다.

"그런데 저 자들은 거기 가는 열쇠인가 뭔가 하는 것을 못 찾았다 그

거잖아? 그걸 가져간 사람은 수장님이 데려간 손님이고. 열쇠가 도대체 뭐지? 네이판키아 아가씨가 갖고 있었을까?"

"그 손님이 대단한 마법사라는 건 알겠어. 또 로존디아의 궁정 마법사와 사제 간이었는데 지금은 적이라는 것도. 그런데 그게 왜 비밀이 되는 거야? 뭐가 불리한 건데? 인간들은 알다가도 모르겠다니까."

"그 건방진 인간은 뭔가 엇가는 기억이 하나쯤 있을 줄 알았어. 원한이라고? 내 생각엔 저 궁정 마법사가 그 자에게 배신을 당한 게 아닐까 싶다."

그렇게 말을 맺은 사람은 아니나 다를까 엘민이었다. 메를이 어이없어하며 웃었다.

"무슨 소리야. 넌 배신을 한 쪽에서 복수하는 것 봤어? 제자가 스승에게 복수를 다짐했다고 했잖아. 복수는 배신당한 쪽이 해야지."

"나도 알아. 그렇지만 그 자는 배신 정도는 당하고도 남을 정도로 본래부터 거슬리는 작자였을지도 모른다고."

엘민이 신경질적인 반응을 보이는 까닭을 둘 다 알고 있었으므로 메를과 록스티는 더 반박하지 않았다. 엘민이 키릴의 지금 모습을 보고 어린 시절을 짐작하지 못하는 것은 어찌 보면 당연했다. 누구인들 짐작할 수 있겠는가?

"이제 어떻게 하지? 다행히도 인간들이 숲의 종족을 노리지는 않는 모양이야. 그럼 그 다음의 일은 인간들끼리의 문제잖아. 태양의 탑에 있다는 힘을 누가 갖든, 우리가 상관할 일은 아닌 것 같아."

메를이 말했지만 록스티의 생각은 달랐다.

"태양의 탑은 고대 이스나미르의 전승이야. 엘프의 피도 그들에게서 물려받았지. 상관하지 않을 수도 있지만, 악한 자가 강한 힘을 손에 넣으면 전 대륙에 재앙이 닥치게 돼. 우리가 방금 들은 회담은 중대한 거래였어. 한 명은 궁정 수석 마법사였고 또 한 사람은 마이프허 가문의 후계자였지. 그러니 태양의 탑이 준다는 힘은 결코 시시한 것이 아닐 거야. 우리가 평화를 바란다면서 그런 일을 무시해도 되는 것일까?"

"난 어느 쪽이 더 악한지 도무지 판단이 안 선다니까."

엘민이 다시금 입을 비죽거렸지만 이번에는 메를도 웃지 않았다. 잠시 침묵이 흐르다가 다시 록스티가 입을 뗐다.

"태양의 탑이란 건 어디에 있는 걸까?"

대답은 없었다. 밤이 되자 숲은 고요해졌다.

"수장께선 아시지 않을까? 적어도 민스치야 님은 아실지도 몰라. 그분은 이조르칸트의 대 회합에 초대받을 정도로 훌륭한 마법사잖아."

"그럼 우선 돌아가서 그분들에게 여쭤보자. 그런 다음에 행동을 결정해도 늦지 않……."

"늦을 거야, 아마도."

록스티는 예감을 느끼는 모양이었다. 비록 약하긴 하지만 그에게 예언력이 있음을 아는 엘민과 메를은 침묵을 지켰다. 비록 셋으로 이뤄진 추적대지만 지휘자 격인 록스티의 의견이 결국 그들의 의견이 되어야 했다. 그러나 록스티가 이윽고 내린 결론에는 둘 다 놀라지 않을 수 없었다.

"저들 사이에 숨어들자."

"뭘 어쩌려고?"

엘민의 질문에 록스티는 난감한 표정을 지었다.

"설명하기 곤란한 느낌이긴 한데, 어쩐지 누군가를 만날 것 같아. 그 사람이 쓸모 있는 이야기를 들려줄 것 같거든. 그 이야기를 듣고 돌아가는 편이 더 좋을 것 같아."

"그게 사실이라면 우리가 얻을 정보란 뭘까?"

"태양의 탑에 관련된 것?"

록스티는 다시 곤란한 표정을 짓더니 웃었다.

"안타깝지만 그건 아닐 것 같은데."

"카리르밀이라는 사람하고는 무슨 사이죠?"

키릴은 대답 대신 마법 불빛을 하나 만들어 발 언저리에 띄웠다. 사방에 누르스름한 안개가 깔렸다. 사샤는 키릴보다 조금 앞서 걸었다. 저녁 무렵이었다.

지상에서 한 뼘 높이로 뜬 불빛은 발끝에 채일 듯하면 나아가고, 아슬아슬하게 닿을 법하면 다시 쑥 나아갔다. 마치 발치를 따라오는 강아지 같았다.

"그 집안하고 당신하고 아는 사이였어요?"

"……."

바로 뒤에서 비주가 따라오는 소리를 들으려면 발을 멈추고 귀를 기울여야 했다. 그만큼 가볍고 기척이 없었다. 이 안개 속에서 눈 한쪽을 싸매고 있으니 걷기가 불편하지 않을까 하는 생각이 났다.

"당신도 본래는 귀족이었죠? 그렇죠?"

어쩐지 기분 나쁘게 들리는 질문이었다. 키릴은 고개를 저었다.

"아니에요? 귀족일 것 같았는데."

"왜?"

"그냥, 음…… 하여튼 좀 귀족같이 생긴 것 같아서요."

"네가 귀족을 언제 제대로 봤다고 그래."

근래 키릴은 예전보다 대답을 잘 하게 되어 사샤는 자기가 한 교육의 결과라도 되는 양 흐뭇해했다. 그러나 키릴이 답을 한다고 줄기차게 쏟아지던 질문이 멈추는 건 아니었다.

"그럼 귀족이 아닌데 어떻게 그런 대귀족 가문하고 친구예요? 그 집도 예전엔 대단한 집안이었다는데. 아, 그 집안이 망한 다음에 친구로 사귀었구나. 그렇죠? 맞죠?"

"……"

초여름 장마가 시작되는 인도자 아룬드(6월)에 접어들어 어제까지 그들은 비가 부슬거리는 길을 걸었다. 개는 듯했던 오늘도 저녁부터 몰려든 안개가 심상치 않았다. 마을이 멀지 않다는 이야기를 들은 지가 몇 시간인데 또 헤매는 중인지 주위에는 행인 한 명 지나가지 않았다.

먼 길을 가는 여행자로서 이 셋의 자질은 솔직히 실격이었다. 길을 모르는 여행자가 안내인도 지도도 없다면 길가는 사람들에게 묻기라도 잘 해야 하는데, 사샤를 제한 둘은 말하기를 좋아하지 않았고 남은 한 명인 사샤는 방향에 별 관심이 없었다. 키릴에게 여행의 목적을 듣지 못한 사샤로서는 아무 데나 같이 가기만 하면 됐지 굳이 어디로 가야 한다는 생각은 전혀 안 했다. 그런 상황이다 보니 멀쩡한 길을 두고 험한 데서 빙빙 도는 일이 심심치 않게 벌어졌다.

 무엇보다 갈 길을 정해야 할 키릴이 설상가상으로 방향을 잘못 잡아 헤매기 일쑤였다. 예전에 멜헬디 학교에서 감만으로 아르나브르까지 말을 달렸던 능력은 어디로 사라졌는지, 눈앞에 있다던 마을을 지나치고 야영이라도 해야 하는 밤이 되면 분위기는 눈물 나게 썰렁해졌다. 부랑아 사샤는 침대가 있으면 호강이고 길바닥 잠은 일상이었던 터라 별 불만이 없었지만 적어도 그런 날이면 키릴이 작은 일에도 쉽게 발끈한다는 것쯤은 알고 있었다.

 평범한 여행자들이었다면 셋 중 누구도 여행 동료로 달갑지 않았을 것이다. 한 명은 불친절하고 음침한 남자, 다른 한 명은 입만 열면 반말인 꼬마, 마지막은 벙어리보다 더한 침묵의 여자였으니까. 이 사회성 떨어지는 세 사람이 무슨 일들을 저지르며 여기까지 왔는지는 신성한 영혼들만이 알겠지만 어쨌든 그들은 세상 사람들에게 다행스럽게도 그들끼리 동료를 하고 있었다.

 "나, 그 저택에 가본 적 있는데."

 자칫하면 오늘도 바보짓이라는 생각에 기분이 나빠져 있던 키릴이 사샤의 말에 문득 반응했다.

"어땠지?"

"뭐, 폐가나 마찬가지예요. 사람들 말로는 원래 엄청 근사한 저택이었다는데 지금은 눈 씻고 봐도 그런 모습 없어요. 안에 큰 서재도 있다는데 왕립 도서관에서 책을 옮겨갈 자리가 부족해서 창고 대신으로 쓰는 거래요. 책이 많다지만 나야 못 가봤죠. 나 같은 애를 들여보내 줄 리도 없고요. 근처만 기웃거려봤는데 정원을 가로지르는 포석도 여기저기서 떼어 가버려서 엉망이에요. 그렇게 좋은 집이면 누구 다른 사람을 줄 일이지 왜 그렇게 내버렸는지 모르겠더라고요."

사샤는 생각나는 대로 지껄였지만 키릴에게는 가슴 한 구석이 아릿한 이야기였다. 사샤가 말한 서재는 드라니라바티 학생 시절에 여섯 친구들이 종종 모여 함께 웃고 떠들며 공부하던 곳이었다.

그곳에서 꺼내보았던 책들은 물론 벽에 새겨진 무늬들까지도 생생했다. 묵직한 참나무 탁자와 푹신한 의자들, 이글이글 타오르던 벽난로도. 벽난로가 너무 따뜻한 나머지 탁자에 머리를 묻고 깜빡 잠들었다가 겉옷 귀퉁이를 태워먹은 기억도 났다.

프란디에의 어머니는 아들과 친구들이 공부하고 있으면 맛있는 간식을 만들어 들여보내주시곤 했다. 한 번은 카리르밀 후작이 아끼는 희귀한 책에 과즙을 엎질러서 다들 혼비백산했는데 프란디에가 호기롭게 자기가 책임진다고 친구들을 안심시킨 다음 대강 말려서 슬쩍 갖다 꽂았다. 아주 나중에, 거의 반년이나 지난 뒤에 갑자기 들켜서 된통 혼났다는 얘기를 해 주던 녀석은 그때도 웃고 있었다.

떠올릴수록 빠져들 것 같아 키릴은 생각을 떨쳐냈다.

"그 얘긴 그만해."

하지만 사샤는 예리했다.

"당신, 거기 가봤죠? 집이 엉망이 되기 전에 말예요. 그 저택은 멋있었나요? 화려한 데였어요?"

"그만 하라고 했어."

사샤는 키릴을 흘끗 봤지만 고집을 부려보기로 작정한 모양이었다.

"프란디에 카리르밀이 누군지 가르쳐 줘요. 그럼 그만 할게요."

키릴은 걸음을 멈췄다.

사샤는 자기 때문에 그런가 싶어 흠칫 놀랐다. 그러나 곧 비주가 보이지 않음을 알았다.

"어, 그 누나 어디로 갔지?"

키릴이 손을 휘둘러 빛을 몇 개 띄워 보냈다. 잠시 후 십여 걸음 정도 떨어진 곳에 비주가 혼자 우뚝 서 있는 것이 보였다. 그들은 되돌아갔다. 안개 때문에 발밑도 잘 보이지 않았다.

"누나, 왜 그래? 얼른 마을까지 가야 저 양반이 화를 안 내지."

"……"

키릴은 비주를 바라보다가 그녀가 오른발을 뒤로 뺀 자세로 멈췄음을 눈치 챘다. 그는 다가가 바닥에 앉았다. 손을 내밀어 그녀의 발목을 잡으려 했다. 그때 누군가의 손이 그의 손목을 와락 움켜잡았다.

"아!"

키릴은 정말로 오랜만에 놀라 짧게 비명을 질렀다. 〈랄트라〉와 〈아이〉를 익힌 뒤로는 일전에 딱 한 번, 비주에게 당한 것 말고는 접근전을 허락한 적이 없어 느닷없이 손을 잡히는 일 역시 까마득한 과거에나 당해보았다. 어둡고 안개 속이 아니었다면 벌어지지 않았을 일이었지만, 상황보다는 자신이 이렇게나 놀란 것이 더 어이없었다.

허공에 띄웠던 빛을 발밑으로 끌어왔다. 그러는 동안에도 손을 빼려 했지만 낯선 손은 쉽사리 놓아주지 않았다. 잘 보니 괴물의 앞발은 아니었다.

그들이 걷던 황야는 곳곳에 그리스우드(greasewood) 따위의 관목이 무성하게 엉켜 자랐고 어제 내린 비로 바닥도 질척했다. 그런 곳에 흙투성이 사람이 하나 누워서 키릴의 손목을 잡고 안간힘을 쓰며 놓지 않았다. 키릴은 이상한 기분이 들어 오랜만에 마법이 아닌 물리적 힘을 동원해서 손을 당겼다.

그러자 쑥 빠졌다.

"놀랐죠?"

들려온 목소리는 여자였다. 그것도 이런 흙구덩이에 누워서는 도저히 낼 수 없을 경쾌한 목소리였다.

키릴 대신 사샤가 냉큼 말했다.

"진흙 사람이네."

"그래, 진흙 사람이다. 우와아, 꼬마야 무섭지?"

"하나도 안 무서워."

진흙 사람은 이윽고 비척거리며 일어나 앉았다. 어차피 온통 버린 옷이라 앉든 구르든 별 상관은 없었다. 그녀는 천연덕스럽게 다리를 펴고 앉더니 흙 묻은 손으로 역시 흙탕물이 흘러내리는 뺨을 슥 닦았다.

"담이 크구나, 꼬마야."

사샤는 보일락 말락 하게 웃었다.

"너도 담이 크군."

"내가 왜?"

"나한테 꼬마라고 하잖아."

갑자기 진흙 사람, 아니 그 여자는 킬킬거리며 웃기 시작했다.

"호호홋, 호홋, 하핫, 이런데 엎어져 있어도 웃을 기운은 남아 있다니, 호홋, 푸후후훗……"

여자가 사샤와 코가 닿을 듯 얼굴을 들이댄 채 웃어대는 동안 키릴은 자리에서 일어섰다. 그만 갈 기세임을 눈치 챈 진흙투성이 여자가 깜짝 놀라더니 다시 손을 내밀었다.

"잠깐만요. 이렇게 힘들여 불렀는데 내 용건이 궁금하지 않아요?"

"안 궁금해."

사샤가 당황한 듯한 여자에게 씨익 웃어 보였다. 여자는 영문도 모른 채 따라 미소를 지었다. 사샤는 발딱 일어나며 말했다.

"넌 사람을 잘못 골랐어."

"내가 뭘 하려는 줄 알고 사람을 잘못 골랐다는 거니?"

"그게 뭐였든 간에 잘못 골랐어."

키릴은 이미 몸을 돌린 후였다.

"비주, 가자."

여자가 황급히 따라 일어나더니 이번엔 비주의 앞을 가로막고 섰다. 비주의 태도도 이상했다. 비주의 힘을 생각할 때 이런 여자가 발목을 잡았다고 발을 빼지 못할 리 없었는데 이렇게 멈춰 섰고, 지금도 그녀가 막아서자 꺼리는 것처럼 물러섰던 것이다.

키릴이 돌아보자 여자는 계산이 엿보이는 태도로 생긋 웃었다. 이어지는 목소리도 간지러울 정도로 애교가 넘쳤다.

"아이, 너무하잖아요. 이렇게 비도 주룩주룩 오고 날씨도 눅눅하고 싸늘한 날에 길을 잃은 여행자를 그냥 버려두고 가다니, 어쩜 사람 인심이 그럴 수가 있어요? 그러지 말고 우리 저어쪽 마을까지만 동행해요. 네?"

키릴은 무심한 태도로 손바닥을 펼쳐 보았다. 그러더니 대꾸했다.

"비는 안 오는데."

여자는 머리를 긁적이더니 재빨리 이어 말했다.

"으음, 그렇지만 곧 올 것 같지 않아요? 정말이지 기분 나쁜 날씨잖아요."

"길을 잃은 건 그쪽이나 우리나 피차일반이야."

"아, 더 잘 됐네요! 그럼 우리 같이 길을 찾아봐요. 길을 잃었을 때는 일행끼리도 흩어지는 법이 아니라잖아요. 한 사람이라도 더 있으면 더 나은 생각이 나기 마련이죠. 어때요?"

"사양하겠어."

키릴은 비주의 손을 잡더니 여자가 막은 방향을 피해 다른 쪽으로 걷기 시작했다. 사샤는 장난스럽게 손을 팔락거리며 잘 있으라는 표시를 해 보이고는 얼른 뒤따라 뛰어갔다. 마법의 빛들도 키릴을 따라갔다.

그런데 여자는 쉽게 포기하는 성격이 아니었다. 뒤에서 진창을 튀기며 뛰어오는 소리가 들리자 사샤는 저 여자가 일전에 자신이 그랬던 만큼 끈질기게 따라올 수 있을까 하는 생각에 웃음이 나왔다.

"잠깐만! 기다려요! 기다리라니까요!"

여자는 일행을 앞질러 따라가 다시 가로막았다. 이번에는 팔까지 양쪽으로 벌렸다. 그쯤 되니 흙투성이인 줄로만 알았던 여자의 모습도 알아볼 만해졌다.

뒤를 짧게 자른 주황색 단발머리는 앞으로 올수록 길어지면서 어깨에 닿을 듯 날씬한 곡선을 그렸지만, 지금은 흠뻑 젖어서 찰싹 달라붙는 것 말고 다른 모양이 나오지 않았다. 트위드 천으로 만든 검은 케이프 아래로 무릎을 넘는 긴치마는 젖어서 다리에 휘감겼다.

비주가 다시금 여자를 두려워하는 것처럼 몇 걸음 물러났다. 여자는 비주의 반응은 개의치 않고 넋두리를 쏟아냈다.

"흑, 매정해서 눈물이 다 나려고 하네. 세상인심이 이렇게 박해졌을 줄이야. 혼자 다니는 가난한 여자는 행인이 등쳐먹지 않고 떠나주는 것만으로 만족해야 하는 건가요? 제발 그렇지 않다고 말해줘요. 바라는 것도 많지 않아요. 그냥 잠깐만 일행인 체 해주면 된다고요. 귀찮게 하지 않을게요. 응? 부탁해요."

"벌써 귀찮아."

드디어 시작된 '귀찮아'를 듣자 사샤는 속으로 키득거리며 외쳤다. 약 오르지!

여자는 정말 울기라도 하려는 것처럼 눈을 크게 뜨더니 두 손을 모아 쥐고 애처롭게 말했다.

"제가 귀찮다고요? 미안해요. 그렇지만 이런 꼴을 당한 이상 어쩔 수가 없어요. 정말로 미안해요. 진심으로…… 만일 당신이었다고 해도……."

그러나 여자는 말을 계속 할 수가 없었다. 키릴은 다시 방향을 바꿔서 걷기 시작했다. 사샤는 뒤따라가며 '이러니까 매번 길을 잃지' 하고 중얼거렸다.

여자는 잠시 그 자리에 선 채 키릴을 바라보았다. 찬바람이 일 듯 싸늘한 옆얼굴을 보고 있는 것이 아니었다. 그녀가 보고 있는 건 키릴의 주위에 뜬 마법의 등불들이었다.

잠시 후 여자가 내뱉었다.

"질 줄 알고?"

사샤는 가면서도 궁금해서 뒤를 흘끔거렸다. 여자가 걸음을 재촉하려다 다리에 휘감기는 치마 때문에 비척거리는 모양이 몹시 우스웠다. 키릴은 여자를 데려가지 않겠다고 했지 여자와 얘기를 하면 안 된다고 한 일은 없었다. 사샤는 뒷걸음으로 겅중겅중 걸어 여자 근처까지 가서는 짓궂게 웃었다.

"수고가 많아."

여자는 약간 헐떡거리면서도 미소를 잊지 않았다.

"그럼, 수고가 많지. 많고말고."

"그런데 말이야, 헛수고야."

"어째서 멋대로 단정하지?"

여자는 가볍게 대꾸하는 것 같았지만 어조에서 아까와는 다른 오기가 느껴졌다. 사샤는 왼손을 뻗어 흔들어 대며 대답했다.

"응, 저 사람은 한 번 안 데려가겠다고 한 사람은 정말로 안 데려가거든. 일주일을 굶으면서 쫓아가도 안 데려가."

"흥, 사람 나름이겠지. 얼마나 바보 같으면 일주일을 굶으면서 쫓아가겠어?"

사샤는 갑자기 화가 났다.

"체, 네가 얼마나 잘 해내는가 보자. 만약에 오늘 마을에 도착하기 전에 우리가 일행이 된다면 누나라고 불러주지."

"누나라고? 그야 당연하잖아. 그러고 보니 넌 왜 나한테 보자마자 반말이니? 흐음, 혹시 내가 너보다 어릴 것처럼 보이니?"

"흥, 그런 관대한 눈은 안 가지고 있다고."

여자는 사샤가 뭐라든 화내는 기색이 없었다. 코에 묻은 진흙을 자꾸만 문지르면서 팔짝팔짝 따라올 뿐이었다. 물론 여자는 최소한 스물은 넘어 보였다. 진흙 때문에 그 이상은 확실하지 않았다.

사샤는 팔짱을 낀 채 계속 거꾸로 걷다가 문득 생각난 것처럼 물었다.

"그런데 왜 따라와?"

"너한테 말해봤자 소용없잖아. 말 안 할 거야."

"무슨 말을 그렇게 하셔. 여기서 말하면 저 뒤통수만 보이는 남자한테도 분명 들릴 거라고. 혹시 구구절절 딱한 사정을 듣고 좀 고려해 줄지 알아?"

여자는 한숨을 내쉬었다. 그러더니 고백이라도 하듯 입을 열었다.

"난 쫓기고 있어."

"누구한테?"

여자는 눈을 치켜뜨다가 픽 웃어버렸다.

"그건 중요한 게 아냐. 하여간 쫓기고 있다 이거라고. 그래서 숨겨줄 일행이 필요해."

"숨으려면 한 백 명쯤 되는 사람들 사이에 숨어야지, 겨우 세 명 사이에서 숨을 수나 있겠어?"

"괜찮아. 난 날씬하니까."

사샤는 무슨 말인지 못 알아들었다. 그래서 되물었다.

"뭐?"

"아아, 됐어. 더 솔직히 말하자면 보아하니 네 불친절한 일행이 마법사인 것 같아서 말이지. 난 제대로 된 마법사를 한 명밖에 모르지만 내가 알기로 그들에게 서너 사람쯤 보호할 능력은 충분하거든."

사샤가 씩 웃었다.

"잘 봤어. 저 사람한테 그런 능력이 있는 건 사실이야."

"그렇지? 맞지? 역시 내 눈이 틀릴 리가 없어. 그래, 네가 대신 좀 전해 줘. 나하고 타프스크까지만 같이 가 달라고 말이야. 내가 지금 이 꼴이 되어서 그렇지 실은 꽤 여러 가지 일을 할 줄 안다고. 분명히 쓸모가 있을 거야. 숙박비를 빚지지 않을 정도로 돈도 있어."

물론 전해달라기보다 직접 들으라고 한 말이었다. 사샤는 콧방귀를 뀌었다.

"돈이 있으면 용병을 고용하면 되지."

"바보야. 용병을 고용하면 급료를 줘야 하잖니? 동료한텐 급료를 줄 필요가 없다고. 그런 간단한 이치를 몰라서야."

그러나 사샤는 한 수 더 뜨는 놈이었다.

"그래? 그럼 우리도 지금부터 용병으로 전업하는 편이 좋겠는데. 네가 돈을 내겠다면 그것도 좋고, 내기 싫다면 귀찮게 안 굴고 떨어질 테니 좋고."

"요 조그만 게! 흥, 날 바보로 아는 거야? 난 분명히 너희 동료가 될 수 있어. 두고 봐."

"할 수 있다면 지금 당장 해 보라고. 뭣 때문에 미뤄? 얼른 해봐. 못해? 해?"

여자는 뺨을 실룩거렸지만 여전히 화를 내진 않았다.

"모든 일엔 때가 있는 법이야."

"체, 큰소리만 치고는. 순 허풍쟁이."

"남의 이름을 맘대로 바꾸는 법이 아니지. 내가 아는 놈들 중엔 정말로 이름이 허풍쟁이인 사람도 있다고."

"갈수록 허풍이 늘잖아. 그럼 네 진짜 이름은 뭔데?"

여자는 혀를 쏙 내밀더니 말했다.

"이름 없어."

사샤는 놀라지 않았다.

"너도?"

"너도라니? 누가 또 이름이 없어?"

사샤가 어이없어하며 눈썹을 찡그렸다.

"이름 없는 사람이 누가 있겠어. 너도 마찬가지잖아. 단지 말하기 싫어하는 것뿐이지. 다만 여긴 너 말고도 그런 사람이 많아서 말이야."

"그게 혹시 너니?"

"난 사샤야."

"아하."

오만하게 입 꼬리를 내렸다 올리는 모양이 아까 전에 불쌍한 체 하던 때와는 딴판이었다. 연기력이 뛰어난 여자였다. 여자는 손을 깍지 껴서 머리 뒤로 올리려다가 젖어서 차가워진 머리에 깜짝 놀라더니 어깨를 으쓱하며 말했다.

"난 풀꽃이야."

"우우, 거짓말."

"정말이라니까. 나의 이름은 풀꽃의 이름, 세상에 자라나 누구도 돌아보지 않는 풀꽃······."

"잠깐, 지금 뭐라고 했지?"

키릴의 목소리였다.

사샤와 여자는 동시에 놀라 돌아봤다. 지금껏 그들이 무슨 얘기를 주고받든 들은 체도 하지 않던 키릴이 돌아선 채 여자를 보고 있었다. 비주는 같이 돌아섰지만 여전히 한 걸음 물러섰다.

여자는 곧 당황한 표정을 걷어버리고 엄지를 세워 자신을 가리켰다.

"나?"

"방금 했던 노래."

"노래?"

"모르나?"

여자가 살피는 듯한 눈길로 키릴을 쳐다봤다. 그러더니 태도가 은근해졌다.

"모르다니. 내가 방금 그 노래가사를 말했잖아. 이 노래의 유래도 전부 다 안다고."

"처음부터 끝까지 알고 있나?"

"그럼."

"불러봐."

여자는 곧장 노래하지 않았다. 대신 팔짱을 끼며 고개를 갸웃갸웃 했다. 키릴은 평소의 그와 달리 오늘은 인내심이 별로 없었다.

"어서."

"음…… 노래를 부르면 데려갈 건가? 타프스크까지 동행해 줄 거야?"

키릴은 고개를 저었다. 여자가 놀란 시늉을 했다.

"설마! 그럼 공짜로 노래를 듣겠단 거야? 이래봬도 나, 음유시인이야. 제대로 된 노래를 한다고. 아무 데서나 공짜로 할 만한 노래는 아니란 말이야."

"값을 지불하지."

"꽤 비싼데?"

"얼마지?"

여자의 입가에 점차 자신만만한 미소가 번져갔다. 사샤는 마음 한구석이 불안해졌다. 여자가 드디어 특유의 경쾌한 목소리로 외쳤다.

"1절 부르는데 백 메르장씩!"

잠시 후 여자는 눈을 크게 뜰 수밖에 없었다. 키릴은 품에 손을 넣더니 금화 한 움큼을 꺼내 그중 세 개를 손바닥에 얹었다.

"3절까지니까 삼백 메르장. 이걸로 됐겠지?"

"아……."

사샤가 입을 벌리며 키릴을 쳐다보았다. 말도 되지 않는 가격이었다. 일류 음유시인이라 해도, 수백 명이 모인 광장에서 노래를 불렀다 해도 이렇게 많은 수입은 도저히 올릴 수 없었다. 아니, 귀족의 살롱에서도 이런 바가지는 없었다.

여자가 입 끝을 실룩거리더니 미간을 찌푸렸다. 그녀에게도 초조한 기색이 나타났다.

"당신…… 아냐, 그래. 조건이 바뀌었어. 한 마디당 백 메르장을 받겠어. 그래도 내겠어?"

키릴은 싸늘한 얼굴로 대꾸했다.

"노래나 해봐."

"미쳤어요?"

사샤가 그렇게 외치는 가운데 여자는 얼굴이 약간 파래졌다. 이어 표정이 단호해졌다.

"아냐. 아냐. 이젠 생각이 바뀌었어. 절대로 돈은 받지 않을 거야. 그러니까 날 데려가. 타프스크 시까지만 동행해 줘. 아니, 보호해 줘."

키릴은 가만히 여자를 내려다봤다.

"귀찮은 일은 질색이야. 다른 방법을 생각해 봐."

"다른 조건은 없어! 노래를 들을 거야, 안 들을 거야? 날 데려가든지 노래를 못 듣든지 둘 중에 하나라고!"

키릴의 표정은 변하지 않았다. 그러나 목소리가 낮아졌다.

"고집을 부리는군. 난 그리 인내심 깊은 사람이 못 돼."

여자는 말속에 든 의미를 알아차린 듯했다. 그러나 물러서는 대신 이렇게 말했다.

"좋아. 정말로 그 노래의 유래가 궁금하단 말이지? 무슨 일이 있어도 그 노래를 나한테서 듣겠다 이거지?"

키릴이 대답을 하기 전에 여자가 펄쩍 뛰어 몇 걸음 물러섰다. 이어 품에서 짤막한 피리를 꺼내 입술로 가져갔다. 작은 피리에서 놀랄 만큼 크고 날카로운 소리가 울려 퍼졌다.

삐이이이익!

뭔가 신호를 하는 소리임을 눈치 챈 사샤는 긴장했다. 그러나 키릴은 별다른 생각이 없는 것 같았다.

귀를 찌르는 소리가 다시금 황야로 퍼져나갔다. 한 번, 두 번, 세 번, 다시 길게 끄는 한 번.

오래 가지 않아 급한 말발굽 소리가 들려왔다. 서너 마리는 되는 듯 했다. 동쪽에서 달려오고 있었다. 곧 안개를 뚫고 말 탄 사내 넷이 모습을 드러냈다. 노련한 기수들이었고 모습들도 거칠었다. 도적 무리거나 도시를 끼고 활동하는 용병단의 무리인 듯했다.

"저기 있다!"

그들이 찾는 것이 이 낯설고, 약간 뻔뻔스러운 여자라는 사실도 명확해졌다. 여자는 키릴을 보았다.

"있잖아, 저 자들은 날 죽이려고 해. 난 죄도 없는데! 어쨌든 내가 여기서 저 자들에게 죽으면 다시는 노래를 하지 못하게 될 거야. 그래서 당신한테 노래의 유래도 얘기해 주지 못할 거고. 그건 정말 슬픈 일 아니겠어? 난 진심으로 당신한테 얘기를 해 주고 싶거든!"

여자는 엄청난 도박을 한 셈이었다. 말을 탄 네 명의 사나운 남자를 키릴 혼자 해치울 수 있다는 쪽에 목숨을 건 것이다. 무모하거나 줄타기하는 인생을 즐기는 성격임에 틀림없었다. 사샤는 어이가 없어 손으로 이마를 짚었다. 이것은 키릴의 버릇이었지만 어느새 사샤도 배워 따라하고 있었다.

키릴은 눈을 내리깐 채 잠시 말이 없었다. 그러는 동안에도 말을 탄 사내들은 속속 다가왔다. 외침 소리도 커졌다.

"안개속이라 오늘은 놓쳤다 싶었는데 어찌된 일이지?"

"흥, 뭐가 어찌된 일이야. 저 잡년이 제삿밥 하루 당겨 먹겠다는 데 누가 말리겠나!"

여자는 기대에 찬 눈으로 키릴을 보고 있었다. 그러나 키릴은 곧바로 움직이지 않았다. 첫 번째 사내가 달려들어 채찍을 휘두를 때까지도 그랬다.

"뭐야. 도와주지 않을 테야?"

흠뻑 젖어 휘감기는 치마를 입은 것 치고 여자는 몸놀림이 빨랐다. 잽싸게 물러서더니 한 번 더 소리쳤지만 키릴은 여전히 움직일 생각이 없어 보였다. 여자의 얼굴에 당혹감이 스쳐갔다. 두 번째로 달려든 말 발굽에 밟힐 뻔한 여자는 도박꾼다운 말을 외치며 팔을 휘둘렀다.

"쳇, 내가 잘못 걸 리가 없는데!"

여자가 휘두른 것은 얼른 알아볼 수 없는 작은 무기였다. 안개 속이었기 때문에 더구나 보일 리가 없었다. 유일한 증거는 상대방의 비명이었다.

"어쿠! 으으…… 저년이!"

푸륵, 히히히히힝!

이번에는 말이 비명을 지르며 앞발을 꺾는 바람에 한 명이 말에서 떨어지고 말았다. 남은 세 마리의 말이 포위하려 달려들고 여자가 요리조리 방향을 바꾸며 도망치는 가운데 키릴을 비롯한 세 사람은 그 모양을 구경꾼들처럼 멀뚱히 바라보고 있었다. 말이 크고 보폭이 넓은 탓에 오히려 한 사람을 포위하는 일은 잘 되지 않았다. 여자는 계속 교묘하게 달아났지만 멀리 도망칠 수는 없었다.

사샤가 키릴을 올려다봤다.

"정말 안 도와줄 거예요?"

"……."

"그럼 나라도 도와줄까."

간만에 싸움을 보니 몸이 근질근질해져서 한바탕 끼어들어 보고 싶은 모양이었다. 그러나 키릴의 목소리가 들렸다.

"내버려 둬."

"에에……."

사샤의 아쉬움을 알기라도 한 것인지 여자는 계속해서 키릴 일행에게 접근하려 애썼다. 이상한 것은 도와주지도 않으면서 그 자리를 뜨지도 않는 키릴이었다. 무슨 대단한 구경도 아니고 관심이 없으면 아까처럼 가버리면 그만일 텐데.

다시 한 번의 포위를 간신히 피한 여자가 무슨 생각을 했는지 피하기를 그만두고 키릴을 향해 뛰기 시작했다. 그러나 방향이 단순해지는 순간 한 남자가 든 올가미가 목을 향해 날아왔다.

"윽!"

밧줄이 여자의 목을 휘감았다. 뒤로 나자빠지자 금세 흙바닥에 질질 끌려가는 신세가 됐다. 그녀를 옭아맨 남자는 신이 나서 말을 이리저리 돌리며 외쳤다.

"그럼 그렇지! 어디서 감히 사기를 쳐? 간덩이가 부어도 이만저만이 아니지."

"얼굴은 반반한데 머리가 나쁘지 뭐야! 겁도 없이 '회색 독수리' 단장님의 돈을 떼어먹고 달아나다니. 안됐지만 오늘 쓴맛 좀 봐라, 건방진 것아."

그런데 여자는 올가미에 묶이고도 고집이 보통이 아니었다.

"쳇, 시시한 작자들아 웃기지들 말아! 세상에 너희처럼 눈 먼 병신자식들만 있었으면 이 아가씨 벌써 부자 됐다, 갑부 됐어!"

"저게 어디서 입을 함부로 놀려?"

올가미를 쥔 남자가 말의 배를 한바탕 걷어차자 새된 비명이 울려 퍼졌다. 말과 사람이 반원을 그리며 황야를 돌았다. 안 그래도 후줄근하게 젖은 데다 흙투성이였던 여자는 꼴을 알아보기 힘들 정도로 진흙 범벅이 되었다. 말에 끌려 다니면서도 여자의 입에서는 간간이 오기 어린 목소리가 튀어나왔다가 묻히기를 되풀이했다.

"너희 회색 독수리 용병들…… 얼간이들밖에 없어서…… 그 돌대가리와 멍청함…… 감격의 눈물이…….”

한 남자가 키릴 일행 쪽을 바라보더니 소리쳤다.

"너희는 뭐야? 볼일 없으면 얼른 꺼져! 무슨 구경 난 줄 알아?"

기분 나쁠 정도로 조용히 서 있던 키릴의 입에서 낮지만 분명한 목소리가 흘러나왔다.

"구경 해 둬서 나쁠 것도 없지."

"뭐야?"

맨 끝에 도착했던 네 번째 남자가 소리쳤다.

"저 비쩍 마른 자식은 어디서 굴러먹다 온 골샌님이지? 가서 갈비뼈를 하나씩 분질러 주는 게 어때?"

"단검도 하나 휘두를 줄 모르게 생겨갖고는…….”

그들의 평가를 들으며 사샤는 화가 나기보다 웃음을 참을 수가 없었다. 사실 그들의 평가는 틀리지 않았다. 키릴은 폭력적인 눈빛만 제하면 어딜 봐도 싸움 좀 하게 생긴 구석이라고는 없었으니까.

그런데 어찌된 셈인지 키릴의 입에서도 미소 비슷한 것이 번졌다. 그는 턱을 기울이더니 말했다.

"저 여자는 입만 열면 거짓말인데 그래도 바른 말을 한 가지는 했군."

생략된 뒷말은 사샤의 입을 통해 킬킬거리는 웃음과 함께 외쳐졌다.

"회색 독수리는 눈 먼 병신들의 집단이다!"

반응은 눈 깜짝할 사이에 튀어나왔다.

"죽여!"

"저 자식들, 다 죽여 버려!"

갑자기 목적이 바뀐 남자들이 말발굽으로 깔아뭉개버릴 것처럼 세 사람을 향해 달려들었다. 그런데 키릴이 한 번 마법을 쓰기도 전에 움직여 간 그림자가 있었다.

"어쿠!"

언뜻 보인 것은 길게 땋은 머리채 뿐, 유성처럼 빠른 발이 허공을 딛고 올라오는 것처럼 날아들더니 첫 번째 남자의 정수리를 걷어찼다. 사람 한 명의 키 이상을 단숨에 뛰어오른 셈이었다.

그게 끝이 아니었다. 말 등에서 뒤로 자빠지며 다리로만 버티고 있던 사내의 목덜미가 비주의 손으로 덥석 움켜쥐어져 허공으로 올라갔다. 말은 주춤거렸지만 이상하게도 비주를 떨어뜨리려 하지 않았다.

가늘지만 단단한 팔, 그 안에 깃들인 힘은 인간 남자의 몇 배다. 잡힌 채로 허공에 뜬 남자는 자신의 처지를 믿을 수가 없어서 눈을 크게 떴다가, 비주의 비인간적인 얼굴을 보고 얼어붙은 것처럼 할 말을 잊었다.

"으…… 으…….."

앳된 기색이 남은 흰 얼굴에는 아무 감정도 나타나지 않았다. 그러나 비주의 왼손이 다가가자 우드득, 하는 소리가 섬뜩할 만큼 선명하게 울렸다.

"아……."

머리가 뒤로 축 늘어지는 것을 본 자들은 등골을 타고 내리는 싸늘한 감각에 몸이 굳어졌다. 방금 전까지 유희하던 기분은 박살났다. 키릴도 순간적으로 당혹감을 느꼈다. 사샤는 말할 것도 없었다. 올가미에 걸린 채 흙바닥을 구르던 여자도 자기 눈을 믿지 못하는 표정이었다.

그러나 비주 자신은 아무 느낌도 없는 얼굴이었다. 목이 부러져 죽은 상대를 툭 떨어뜨리자마자 바닥으로 뛰어내렸다. 말을 타고 무장을 갖춘 세 남자는 빈손인 소녀의 눈빛을 마주 대하자마자 혼비백산했다.

"가, 가자!"

"괴물이야! 도…… 도망쳐!"

단검 하나 쥐지 않은 손으로 눈 깜짝할 사이에 상대를 죽여 버리는 상대 앞에서는 체면도 소용없었다. 잡은 여자도 이미 안중에 없었다. 그들은 올가미를 내버리고 전속력으로 말을 몰아 도망쳤다.

한참 만에 키릴이 입을 열었다.

"비주, 이리와."

사라져 가는 남자들을 바라보던 비주가 몸을 돌려 가벼운 걸음으로 키릴 곁에 가 섰다. 쓰러져 있던 여자가 비척거리며 일어섰다.

"무모한…… 퉤, 도박은 패가망신을 부르는군. 젠장, 퉤, 내가 잘못 건 탓이니 누굴 원망하겠어."

입에 들어간 흙을 뱉어내고 이젠 색깔조차 알아보기 힘들게 된 머리를 넘기면서 여자는 그들에게 다가왔다. 비주는 그녀가 다가오자 다시 한 걸음 물러섰다.

"본의였든 아니었든 도와준 셈이니 고맙다고 해야겠지. 아아, 오늘은 일진이 나빠. 이런 걸레 꼴이 되어 본 것도 얼마만의 일인지. 퉤, 퉤."

여자는 확실히 겁을 냈지만, 그래도 비주를 향해 손을 내밀었다.

"고마워. 아가씨. 난 지지에 카니크. 당신 이름은?"

"……."

비주는 대답 대신 다시 한 걸음 물러섰다. 지지에는 고개를 갸웃거리더니 곧 말했다.

"뭐, 나 같은 여자한테 이름을 말하고 싶지 않은 것도 무리는 아니지. 예쁘고도 무서운 아가씨, 당신의 앞날에 정위치 태양 카드의 빛이 가득하기를. 카드의 이름을 거는 건 나로선 최대한의 인사야."

지지에는 가볍게 고개를 숙여 보이고는 몸을 돌려 휘적휘적 걸으면서 뭔가를 찾았다. 곧 울퉁불퉁한 돌 틈에서 어깨 끈이 길고 네모진 가죽가방을 하나 찾아내어 대각선으로 걸어 메었다. 그리고 손을 흔들며 자리를 떠나려 했다. 그때 키릴이 말했다.

"잠깐만."

"왜?"

"노래는 알려주지 않을 셈인가?"

지지에의 얼굴에 의아한 표정이 떠올랐다가 곧 미소로 변했다.

"끈질기네. 아까 말했잖아. 내 조건은 변함없다고."

"이제 보호를 받을 필요는 없어진 것 아닌가?"

지지에는 한바탕 기지개를 켰다. 그러더니 싱긋 웃었다.

"뭐, 그렇다고 갑자기 조건을 바꾸는 것도 우습잖아? 분명 '절대로'라고 말한 지 반시간도 안 됐는데 그렇게 손바닥 뒤집듯 바꿔서야 내 신용도 말씀이 아니라고. 후훗, 공돈 삼백 메르장을 놓치는 건 아깝지만 날 도와준 사람들에게까지 사기를 치고 싶진 않거든. 직업상의 윤리랄까."

 "……."

 지지에는 키릴이 대답하지 않자 동의한 것으로 알았는지 고개를 끄덕이고 몸을 돌렸다. 그리고 아직도 엉겨 붙는 치마를 펴려고 노력하며 그들이 온 방향과 반대쪽으로 멀어져 갔다.

장미에 파묻힌 죽은 미녀

당신이 없는 오늘.
당신이 없어도 또 한 번의 생일을 맞는 나.
여전히 살아가는 나.
이젠 당신이 내 곁에 없는데도.

"아가씨, 크레드니에 남작께서 보내오신 아침 선물입니다. 창가에 꽂아 드릴게요."

고국에서 데려온 하녀 렌의 목소리가 언제나처럼 아침을 깨웠다. 그녀가 한 말도 익숙했다. 짧으면 닷새, 길면 한 달에 한 번은 꼭꼭 들어온 말이었다.

오늘은 약간 달랐다. 신선한 장미꽃 스물일곱 송이를 화병에 꽂으며 하녀가 말했다.

"브릴모 도련님께서도 선물을 보내셨습니다. 또 고향에 계신 남작 어르신의 편지를 가지고 하일록이 왔어요. 기억나시지요? 제 막냇동생이랍니다."

"응."

클라리몽드는 좀 전의 꿈에서 벗어나지 못한 듯 흐릿한 눈빛으로 렌을 바라보았다. 얇은 휘장이 하늘거리는 침대에서 반쯤 몸을 일으킨 그녀의 곁으로 아침 햇살이 안개처럼 부서졌다. 흐트러졌지만 풍성한 금발은 여전히 황홀했다. 스물일곱의 그녀, 프랑슈콘느 남작 가의 클라리몽드가 스조렌 왕국을 떠나온 후로 일곱 번째 맞는 생일 아침이었다.

꽃을 다 꽂은 렌이 아가씨의 가운을 들고 침대 머리맡에 와 서며 말했다.

"생일 축하드려요. 아가씨."

클라리몽드의 약간은 초점 없는 눈동자가 렌의 입가에 머물렀다. 바다처럼, 하늘처럼 푸른 눈이었다. 하녀는 언제나 생각하곤 했다. 이 얼마나 아름다운 아가씨인가. 밀랍으로 빚은 인형처럼, 지상으로 떨어진 불운한 천사처럼.

"고마워."

느리게 떨어지는 대답조차 그지없이 우아하게 울렸다. 창백한 입술이 서서히 핏기를 되찾아갔다. 오직 입술만이. 새벽마다 악몽을 꾸는 것일까. 갓 깨어난 그녀는 늘 백합 빛 뺨, 아침 햇살 속에서도 차갑게 빛나는 대리석 이마, 눈물 어린 듯 말갛게 빛나는 눈이었다. 붉은 장미는 관(棺)을 장식하는 꽃일 뿐. 그녀가 날마다 잠들고 일어나는 아름다운 관 속에서 클라리몽드는 장미에 파묻힌 죽은 미녀였다. 천 년 전에 잠들어 깨어나지 못할 천사의 시체였다.

그러나 아침만의 일이다. 오직 렌만이 볼 수 있는 모습이었다. 이제 일어나 아침 단장을 마치고 아래층으로 내려가면 클라리몽드는 누구보다 화려하게 빛나는 오만한 미녀의 모습이 된다. 늙고 젊은 귀족들의 시선이 그녀가 지나간 발자국마다 머무르고, 소년들은 그녀의 손짓 몇 번에 칼에 찔린 듯 고통스러워했다. 그녀는 쉽게 미소를 주지 않았다. 얼음 심장과 여왕의 눈동자를 가진 그녀는 사람의 마음을 빼앗고, 다시는 돌려주지 않았다.

"내려가 보세요, 아가씨. 아침부터 들이닥친 심부름꾼들이 쌓아 놓은 선물이 응접실 테이블에 하나 가득이랍니다. 모두 아가씨의 생일을 축하하는 선물이에요."

느리게 얼굴을 씻고 옷을 갈아입으며 클라리몽드는 서서히 낮의 모습으로 되돌아갔다. 그녀의 관인 흰 침대에는 그림자만을 한 자락 남기고서, 아침 선물인 장미에는 눈길도 주지 않으면서.

응접실로 내려가자 테이블 위에는 정말로 선물이 그득하게 쌓여 있었다. 모두 대륙 각지의 진귀한 산물과 세공품들이었다. 그녀의 치수에 맞추어 특별히 주문된 저 드레스들을 위해 얼마나 많은 재봉사들이 밤늦게까지 일해야 했을까. 바다가 없는 로존디아에서는 값을 따질 수 없

는 진주와 은조개 벽걸이와 이스나미르에서도 남부에서 왔음에 틀림없
는 최고급 보나르체 포도주 상자. 정교한 은제 음악상자 위에서 춤추는
인형의 드레스는 가장 좋은 새틴. 값비싼 보석이 박힌 브로치와 목걸
이, 반지, 팔찌들. 그녀를 위해 노래하려고 문밖에 서서 기다리는, 나름
대로 이름난 음유시인과 악사들. 금박 종이에 적힌 장문의 편지들. 1천
메르장도 더 주어야 살 수 있다는 샴페인 빛 털과 녹색 눈동자를 가진
새끼고양이.

그 모두가 처음 아르나브르에 온 내게 당신이 사주었던 레몬파이 한
조각만도 못해.

클라리몽드는 고개를 돌려 렌을 불렀다.

"네 동생을 들여보내 줘. 아버님의 편지를 보고 싶어."

결국 선물 더미에 손끝 하나 대지 않은 그녀는 편지를 받아들자 소년
의 머리를 쓰다듬어주고는 거실로 올라갔다. 화려한 예장을 갖추고 긴
장한 채 미녀의 등장을 기다리던 시인과 악사들에게는 이제부터 기약
없는 기다림의 임무가 남아있었다.

"아, 모르겠어, 모르겠어, 정말 모르겠어. 도대체 미인은 무엇을 생각
하지? 클라리의 머릿속은 다른 여자들과 딴판이란 말인가?"

클라리몽드의 생일인 그날, 일츠 브릴모의 아침은 오랜 친구의 넋두
리를 들어주며 시작되었다. 다짜고짜 찾아온 친구와 방금 전에 식사를
마친 참이었다. 일츠는 의자에 앉아 방을 왔다 갔다 하는 친구에게 대

꾸했다.

"클라리의 머리 주위에는 후광이 있잖아. 천사라고. 넌 아직 못 본 거야?"

크레드니에 남작, 롬디오 크레드니에에게는 속이 바작바작 타는 일곱 해였다. 키릴을 잃은 클라리몽드가 이제 자신에게 오리라는 희망으로 가슴이 부풀었던 때가 언제였는지 기억조차 나지 않았다. 물론 그 희망을 슬쩍 불어 넣어준 당사자가 일츠였다는 사실도 똑같이 잊어버렸다. 단지 클라리몽드는 다른 사람보다 좀 더 가까운 곳에, 그러나 여전히 손이 닿지 않는 곳에 서 있었다. 인형처럼 무감정하게, 온갖 구애와 호의를 사려는 노력에도 눈썹 하나 움직이지 않으면서.

"클라리는 물론 천사지만, 지상에 발 딛고 사는 천사잖아! 어째서 그렇게 얼음장 같지? 어째서 나한테는 그렇게 차갑지? 전에는 분명……."

롬디오는 말을 뚝 그쳤다. 그 다음에 나올 이름 때문임을 모를 일츠가 아니었다. 아직도 그 이름들은 둘에게 금기였다. 아니, 실은 롬디오에게만 금기였다.

"그래, 그래. 이제 넋두리는 그만해. 오늘 저녁이면 볼 수 있을 테니 다시 한 번 그녀를 감동시킬 새로운 말을 생각해 보라고. 유치해선 안 된다는 걸 잊지 마. 클라리는 이제 스물일곱이니까."

"오늘 저녁에 볼 수 있다고? 어떻게?"

롬디오는 클라리몽드의 생일을 위해 성대한 파티를 열겠다고 했다가 어제 정중하고 우회적인 거절의 답변을 들은 참이었다. 일츠가 짧은 머리카락을 쓰다듬으며 대꾸했다.

"오늘 우리 집에서 초여름 파티가 있잖아. 클라리도 초대했어. 오겠다는 회신도 받았고."

"뭐라고?"

문간까지 걸어갔던 롬디오가 순식간에 일츠가 앉은 의자 앞까지 되돌아왔다.

"어째서 내가 초대할 때는 눈도 깜짝하지 않다가 네 초대에만 응하는 거지? 응? 이게 벌써 몇 번째야? 어떻게 이럴 수가 있지! 아니, 혹시 너……."

롬디오가 말로 뱉기 전에 일츠가 손을 내저었다.

"억측은 그만둬. 넌 클라리를 위해서 파티를 열겠다고 했으니 그녀가 부담스러워서 거절한 거라고. 우리 집 파티는 예년부터 있던 초여름 파티일 뿐이고, 우리 모두는 친구인데 클라리를 초대하지 않는다면 말이 안 되잖아? 그녀도 거절할 이유가 없고 말이야. 게다가 생일 파티를 열지 않겠다고 한 클라리한테도 즐거운 밤을 보낼 기회잖아. 연인이 없는 클라리니까 이런 날은 친구들과 지내는 것이 제격이지."

"그런…… 아니……."

롬디오는 얼굴이 붉어졌다 하얘졌다 하면서 뭐라 말하려 했지만 결국 적당한 말을 찾아내지 못했다. 일츠의 얼굴은 지극히 태연했고 이야기는 자연스러웠다. 트집을 잡을 구석이 없었다. 언제나처럼.

처음이 아니었다. 이미 몇 번인가 어느 파티 석상에서 일츠는 클라리몽드와 나란히 나타난 일이 있었다. 가벼운 에스코트였지만 7년간이나 애태워 온 롬디오로서는 쉽게만 생각할 일이 아니었다. 일츠는 그들이 소년이던 시절부터 지금까지 어떤 여자와도 필요 이상 가까이 지낸 일이 없었다. 한 번의 염문조차 없었다. 또한 롬디오의 기억 속에서 멜헬디 학교 시절의 클라리몽드는 키릴 다음으로 프란디에나 앙리오트와 더 잘 어울렸고 일츠와는 언제나 약간 거리가 있었다. 그러나 지금의 두 사람은?

그러나 일츠는 분명히 잘라 말했다. 자신은 클라리몽드에게 연애 감정을 가져본 일이 없고, 앞으로도 롬디오를 그녀의 잠정적 애인으로 생각하고 있노라고. 네 영역을 침범할 생각은 조금도 없다고.

분명 클라리몽드는 옛 친구라는 명목으로 롬디오를 여타 구애자들보다 가깝게 대하고 있긴 했다. 그러나 그녀는 멜헬디에서도 키릴을 만나기 전까지는 이름 높은 얼음 여왕이었다. 그리고 스물일곱이 된 지금 한층 더, 소용돌이처럼 깊은 매혹을 지녔다. 더 짙은 향기, 헤어나기 힘든 혼미함.

롬디오가 옛 일을 기억해냈을 즈음, 친구의 밝은 목소리가 그를 깨웠다.

"자, 자, 됐어. 이러고 있을 때가 아니잖아. 쓸모없는 한탄은 그만두고 오늘 그녀를 만나면 어떻게 할지나 생각해보는 편이 좋겠어. 난 아버님하고 의논할 일이 있어서 먼저 나가봐야겠다. 이따 시간 맞춰서 와. 아, 클라리는 여섯 시에 오겠다는군."

일츠는 가볍게 손짓으로 인사하면서 거실 왼쪽으로 난 문을 열고 사라졌다. 이 거실에는 똑같은 문이 맞은편에도 있었다. 그러나 그 문은 잠겨 있었고 문 안쪽 방은 아무도 사용하지 않았다.

일츠는 롬디오와 달리 작위도 없었고 공식적인 직위도 없었다. 두 부자가 궁정에 파벌을 조성한다는 느낌을 주지 않으려 한 결과였다.

"왔느냐."

일츠가 궁정에 출입하는 표면적 용건은 언제나 개인 자격으로 아버지를 만나려는 것이었다. 그러나 들어온 후의 행동은 마음대로였다. 그것은 그만큼 브릴모 대사제가 루아얄 궁전에서 지내는 시간이 길다는 의미이기도 했다. 물론 브릴모 집안의 위세로 보아 일츠의 출입을 막을 사람은 아무도 없었지만 일츠는 성격대로 언제나 위병소에서 정식 수속을 거쳤다. 그래서 이곳에서 교대하는 위병들은 일츠 브릴모의 얼굴이라면 아주 잘 알고 있었다.

루아얄 궁전 안에서 가장 장식이 없는 방, 그러나 주드마린 여왕이 정무를 보는 로아킨 홀에 가장 가까이 붙어 있는 이 널찍한 방은 언제부터인가 브릴모 대사제의 집무실이 되었다. 이제 사람들은 거의 다 잊어가고 있지만 과거 이곳은 시이를 8세가 가장 신임하는 신하였던 추밀원 의장 카리르밀 후작의 방이었다. 지금에 이르러 그때의 기억을 살려주는 것은 벽면에 가득한 오래된 책들뿐이었다.

아버지와 아들 사이에 분위기를 부드럽게 하기 위한 일상사 이야기

따위는 필요하지 않았다. 다른 사람들의 눈에는 유난스러울 정도로 예의를 지키는 것처럼 보이는 이 부자는 실상 눈빛만 마주쳐도 서로의 흉중까지 짐작할 정도로 친숙한 사이였다. 그들의 정확한 예절은 다만 오랜 버릇일 뿐이었다.

"궁정 수석 마법사께서 새로운 젊은이를 폐하께 소개했다지요?"

"그래. 들었다시피 세르무즈 마이프허 가문의 젊은이다."

다가와 의자에 비스듬히 걸터앉는 일츠의 입가에 젊은이다운 미소가 떠올랐다.

"로존디아의 국력이 한층 강해지려나 보군요."

아버지도 미소를 보였다.

"보탬이 된다면 좋겠지. 마이프허라는 이름은 언제고 시시한 자의 것이 아니었으니."

"그 가문의 역사는 말 그대로 마브릴의 빛나는 영광 아닙니까. 이제 같은 마브릴인 우리나라에도 영광을 내려주시려나 지켜봐야겠군요."

아버지가 아들처럼 장난스런 어투로 말을 받았다.

"그가 영광을 나눠줄 것 같다."

일츠가 등받이에 기댔던 몸을 당겼다.

"예상대로군요. 거래 내용이 궁금한데요."

"글쎄. 고문서 따위엔 관심이 없던 열등생 아들이 과연 이 이야기를 알아들을까 걱정이 앞선다."

일츠는 싱긋 웃었다. 롬디오 앞에서는 금기인 이름이 쉽게도 튀어나왔다.

"아버지, 언제까지나 키릴츠 녀석과 저를 비교하시면 안 돼요. 비록 얼치기밖에 안 되는 실력이긴 해도 멜헬디 학교에 갈 재주는 있던 놈입니다."

"그 얘기를 들으니 오늘에야 심히 자랑스럽구나. 진작 좀 말해주지 그랬느냐."

"안팎으로 로존디아의 영광을 드높이느라 좀 바쁘다 보니까요. 아버지께서 이해하세요."

어느새 머리가 백발로 변한 브릴모 대사제가 손가락을 탁자 위에서 까딱거렸다.

"그 마법사 녀석이 있었으면 오늘 좀 쓸모가 있었을 것 같구나."

역시 키릴 이야기였다. 일츠는 단지 이렇게만 대꾸했다.

"현실적인 관점이 우리 가문의 전통이다 보니 이 아들이 그 방면엔 좀 떨어집니다."

"녀석아, 나는 그렇다 쳐도 너는 루이즈의 아들이 아니냐. 그러니까 네가 칼드 씨한테 그만큼의 배움도 얻었던 게고."

그 이름 앞에서는 내내 거리낌 없던 일츠도 잠깐 침묵을 지켰다. 그러나 오래 가진 않았다.

"어머니께는 늘 감사하고 있습니다."

아디아스 역시 루이즈 이야기를 오래 하고 싶어 하지 않았다. 그는 곧 본격적인 화제를 꺼냈다.

"태양의 탑이라는 이름을 들어보았느냐?"

"역시 전 낙제생이군요. 못 들어봤습니다."

"네가 낙제를 하려면 로존디아 왕실의 비밀서고가 시험 과목이 되는 날이 와야겠지. 모르는 것은 당연한 일이야. 그건 국조 알스님 여왕 폐하 때부터 전해오는 타로핀 돌궤, 그 안에서 나온 고대의 문서 가운데 하나에 적힌 전설이다."

실질적인 것을 좋아하는 일츠는 최소한의 관심만을 보였다.

"용도가 뭡니까?"

아디아스는 비밀서고를 직접 찾아보았지만 그간 여러 문서가 유출된 까닭인지 카로단이 말한 이상의 내용은 남아 있지 않았기에 설명은 추상적일 수밖에 없었다.

"……카로단 마이프허의 손에 사라진 문서가 들어갔는지는 알 수 없다. 그러나 그 자는 태양의 탑뿐만이 아니라 탑으로 들어가기 위한 유일한 열쇠, '파괴자의 날개'의 전승이 네이판키아 족에게 있다는 사실도 알고 있었다."

"그걸 찾아야 하는 겁니까?"

아디아스는 묘한 미소를 머금고 아들을 바라보았다.

"아쉽게도 그 열쇠는 지금 네 친구의 손에 가 있다."

일츠도 키릴이 왕궁에 침입해 칼드와 대결을 벌이고 주드마린을 만난 일을 알고 있었기에 아버지의 이야기에 새삼 놀라지는 않았다. 다만 고개를 갸웃했다.

"그 녀석도 태양의 탑을 찾는 겁니까?"

"사실이야 모르지만 아마도 그렇지 않을까. 키릴츠는 힘을 얻어 복수를 할 작정인지 몰라도, 기실 마법에 몸담은 자라면 누구든 솔깃할 이야기니까."

일츠는 어깨를 으쓱하고 고개를 저었다.

"전 아무래도 예외인 모양이군요. 고문서에 적혀 있는 말이라고 전부 진실이라 할 수는 없는 일 아니겠습니까? 전 그런 불분명한 것을 찾는 데 시간을 낭비하기보다 좀 더 실질적인 일에 관심을 기울이겠습니다."

부자는 마주보고 빙그레 웃었다. 둘의 생각은 똑같았다.

"그렇지만 로존디아 사람들은, 아니 이 대륙에 발 딛고 사는 마법사들은 로존디아 국조 여왕이 발견한 타로핀 궤의 일이라면 영혼을 팔아서라도 손에 넣으려 하는 모양이다. 젊은 마이프허 역시 똑같은 생각인 듯하고. 다만, 그 자의 희망은 좀 더 정치적이더군."

일츠도 짐작하고 있었다.

"세르무즈의 가문들 간의 권력 다툼 문제이겠군요. 차기 '마브릴의 빛나는 검' 칭호를 얻으려면 뭔가 확고부동한 공을 세워야 할 테니 무인 집안의 인간조차 그런 것을 탐내는 게 아니겠습니까. 탐내어 보았자 자기한테 득 될 것도 없을 텐데."

"맞다. 그러나 하나는 틀렸다. 카로단 마이프허는 기사이면서 동시에 마법도 배운 자라고 하더라. 그런 외도를 했으니 그의 검 실력이 그리 출중하지 못함은 금방 짐작할 수 있는 일이지 않겠느냐? 마이프허의 이름을 가졌다면 검만 휘둘러도 충분히 최고가 될 텐데 어째서 마법 따위를 배우려 했는지는 모르겠다. 어쨌든 그는 자신을 위해서라도 태양의 탑이 준다는 능력을 원하는 모양이다."

"그래서, 칼드가 그를 지원하기로 한 겁니까?"

결정된 지원 규모를 말하던 아디아스 브릴모는 새로운 이야기를 시작하기 직전에 목소리를 낮추었다. 비록 방 주위에 소리가 새어나가지 않도록 반영구적인 마법 장벽을 쳐 놓긴 했지만 그래도 궁정 수석 마법사의 실력은 무서웠다. 아니, 그보다 마법은 지키는 자보다 숨어드는 자에게 유리한 법인 것이다.

"너도 알지 않느냐. 칼드는 궁정 수석 마법사 따위의 직위에는 관심조차 없는 자다. 폐하가 쉽게 내주지 않는 〈하치러그 랄트라〉와 〈젤나러그 아이〉, 두 권의 마법 책만이 그가 원하는 전부지."

"그렇다면 그 태양의 탑이라는 곳이 문제의 마법 책들과 무슨 관계가 있는 모양이네요. 그래서 그걸 찾아내기 위해서 카로단을 지원하려는 거고요. 아마 사냥개로 쓰고 싶은가 보죠."

아디아스 브릴모는 감탄한 눈으로 아들을 바라봤다.

"어떻게 알았느냐? 아니, 칼드가 뭔가 우리가 모를 다른 이유로 태양의 탑을 찾으려는 것일 수도 있지 않느냐?"

"그럴 리가요. 그는 어디까지나 마법에 영혼을 판 인간입니다. 마법과 무관한 것엔 관심이 없지요. 그가 문제의 마법 책들보다 더 강력한 마법을 얻을 길을 알아냈다면 여왕 폐하께서 이런저런 핑계를 대며 내주지 않는 두 책에 대한 미련을 내버리고 벌써 태양의 탑인지 뭔지를 찾으러 가버렸을 겁니다. 그 사람처럼 성질 급한 사람이 무엇 때문에 번거롭게 사냥개 따위를 부린단 말입니까? 그가 여길 떠나지 못하는 것은 순전히 그 책들 때문이에요."

대사제의 얼굴에 만족한 웃음이 떠올랐다.

"과연 내 아들이 이 분야에서는 우등생이구나."

일츠는 칭찬을 받고도 엷게 미소 지었을 뿐, 곧 말을 이었다.

"그리고 한 가지 더 있죠. 좀 전에 태양의 탑에는 모든 마법을 빨아들이는 신비한 타로핀과 그것을 둘러싼 작은 타로핀 조각들이 있다고 하셨죠? 칼드는 그 가운데 하나를 벌써 손에 넣은 것 같은데요."

대사제는 영문을 모르겠다는 얼굴이 되었다.

"무슨 소리냐? 그가 벌써 거길 갔다 왔는데 또다시 가려 한단 말이냐?"

"그게 아닙니다. 일전에 폐하의 근위 대장, 로이카르트 르 덴 경에게서 아버지도 함께 이야기 들으셨죠. 키릴츠가 궁에 침입해서 칼드와 맞대결을 벌였을 때의 일 말입니다."

대사제의 미간에 주름이 잡혔다. 그 역시 로이카르트에게서 키릴을 물리칠 때 칼드가 썼다는 이상한 마법 이야기를 들었다. 로이카르트는 키릴이 완전히 우세한 상황에서 갑자기 쓰러졌으며 칼드는 키릴의 마력에서 자유로워져 이공간으로 이동해 버리더라고 말해 주었다. 일츠는 마법에 대한 지식이 상당한 사람이라 그런 일은 단 하나, 마법이 갑자기 끊겨버릴 때만 가능한 일임을 알고 있었다. 따라서 의아할 수밖에 없었다. 키릴이 쓰러진 것은 끊어진 마법의 반탄력 때문이었을 것이다. 그러나 칼드를 제압할 정도로 강한 마법을 어떻게 갑작스레 끊을 수 있단 말인가. 그럴 수 있는 마법이나 물건이 세상에 존재하지 않음을 일츠는 잘 알고 있었다.

"그 답은 나왔죠. 칼드는 문제의 타로핀을 하나쯤 갖고 있는 것이 분명합니다. 따라서 달리 얻을 곳이 또 있지 않은 한 이미 태양의 탑에 한번 갔다 왔다는 얘기가 됩니다. 다만 이상한 점은 그 '파괴자의 날개'라는 부분입니다. 그 열쇠가 없으면 탑 안에 들어갈 수 없다고 했죠? 설마 열쇠가 여러 개일 리는 없겠고, 열쇠는 키릴츠가 갖고 있다면서요. 그렇게 생각하면 칼드가 태양의 탑에 가봤다는 가설은 다시 무너지는 거죠."

"아니라면 어떻게 타로핀을 손에 넣었단 말이냐?"

"그거야말로 저도 궁금한 점입니다. 직접 묻지 않는 한 답은 없겠죠. 그러니까 직접 물어야죠."

"직접 묻다니?"

"설마 카로단 마이프허를 지원할 부대에 우리 편 한둘 정도 끼워 보내지 않을 생각은 아니시죠?"

"음……."

아디아스 브릴모는 이제 웃지 않았다. 일찍부터 해온 생각이긴 했다. 하지만 오늘 다시 한 번 젊은 아들의 실력이 무시할 수 없을 정도로 자란 것을 접하자 그는 일종의 두려움을 느꼈다. 서른도 되지 않은 나이에 전략적인 문제에 확고하게 눈을 뜬 아들이 앞으로 또 어떤 일을 저지를 것인가 하는 우려이기도 했고, 늙은 자신을 그가 대신할 날도 멀지 않았다는 우울함이기도 했다.

"그럴 생각이다."

"물색해 놓으셨나요?"

"몇 가지 생각은 하고 있다."

"제가 추천을 해도 좋을까요?"

아들의 입가에 자신만만한 미소가 스쳤다.

"해 봐라."

"좋은 친구가 있으니 조만간 보내 놓겠습니다. 놀라시진 말고요. 아, 물론 결정은 아버지께서 해 주세요."

아디아스는 무겁게 고개를 끄덕였다.

"그러자."

정치적인 화제는 끝났다. 늙은 아버지는 한숨을 내쉬더니 딸의 일을 입에 올렸다.

"조만간 안을 보러 달크로이츠에 한번 가긴 해야 할 텐데 좀처럼 시간이 나지 않는구나. 마지막으로 신성령에 다녀온 지도 한 해가 넘었으니 아스테리온 대사제라는 이름이 무색할 지경이다."

"저도 가보고 싶긴 해요. 어린 시절의 기억도 있고, 최근 몇 년간은 좀처럼 가보지 못했으니까요. 이젠 안도 수습 무녀가 아니죠?"

"올해 초에 정식 무녀가 되었을 게다. 어려서는 무녀가 되지 않겠다고 그토록 울고불고 하더니만."

아버지의 얼굴에는 상심한 빛이 떠올랐고, 아들은 어쩔 수 없다는 것처럼 담담한 표정이 되었다. 아버지는 몰랐지만 일츠는 알고 있었다. 상류 사회의 놀이와 화려하고 예쁜 것을 좋아하던 안, 좀 더 커서는 사내애처럼 껑충한 키에 거침없이 활발하던 그녀가 왜 편안한 생활과 좋은 혼처를 뿌리치고 재미없는 아스테리온 무녀가 되기를 자청했는지. 그 이유는 분명한 만큼이나 쓸쓸했다. 게다가 이유의 절반은 자신이 만든 것이나 다름없었다. 안의 결심을 되돌릴 수 없음을 알았을 때 그는 마음속으로 중얼거렸었다.

'프란 녀석, 이런 식으로 보복이냐.'

언제나 그렇듯 이런 일상사에 있어 부자간의 대화는 흐릿하게 맺어졌다. '조만간', '곧'을 되풀이하고는 결국 일 년이고 이 년이고 실천하지 못하는 나날이었다. 정치적인 문제에서는 결론도 명확하고 행동력이 넘치는 그들이었지만 이런 분야의 처리는 어찌된 셈인지 어설프기 그지없었다.

브릴모 대사제의 집무실을 떠나 궁전 밖으로 나선 일츠의 발걸음은 크로노 다이머 탑으로 향했다. 아버지와 약속한 '좋은 친구'를 오늘 안으로 준비시켜 내일 아침에는 선보이겠다고 마음먹었다. 칼드가 지원하기로 한 병력은 이제 하루 이틀 안에 선별이 끝날 것이다. 성질 급한 칼드가 일을 느릿느릿 진행할 리가 없었다. 그러니 자신의 일처리도 빨라야 했다.

그로부터 보름가량이 흘렀을 즈음, 키릴 일행은 스조렌 땅에 와 있었다. 정확히는 지지에라는 여자가 같이 가자고 우겨대던 그 도시, 타프스크에 막 들어온 참이었다. 타프스크는 중부 지명 치고는 묘하게 스아드 지방의 어감이었다.

"참, 그 여자는 여기 왔을까?"

사샤는 새삼 그때의 일을 기억해내고 피식 웃으며 주위를 둘러보았다. 이어 키릴을 흘끗 쳐다보았지만 말을 붙이지는 않았다. 그는 키릴이 좀 전부터 화가 나 있다는 걸 알고 있었다. 알고 보면 우스운 이유였다.

사샤도 얼마 전에 안 거지만 키릴은 유난히 동물을 싫어했다. 그 가운데서도 개를 가장 싫어했다. 싫어한다고 죽여 없애거나 하는 건 아니고, 마주치게 되면 일부러 피했다. 로존디아 남부의 들판을 가로지르는 등짐 상인들 가운데는 큰 개를 데리고 다니는 자들이 종종 있었는데 오늘 낮에도 그런 자들과 마주쳤었다. 그런데 개 한 마리가 이상한 반응을 보였다.

크릉, 컹!

키릴을 보더니 유난스레 짖어 대다가 주인의 제지도 뿌리치고 뛰어나가 키릴의 품으로 덥석 뛰어들었다. 사샤도 깜짝 놀랐지만, 그 순간의 키릴은 놀랐다기보다 숫제 겁을 집어먹은 것처럼 보였다. 황급히 물러서다가 돌부리에 걸려 볼썽사납게 넘어질 뻔했다. 비주가 재빠르게 그의 어깨를 붙잡았다. 가늘지만 억센 두 손이 반쯤 껴안다시피 부축하고 보니 키릴은 얼굴이 하얗게 되어 이를 악물고 털북숭이 개를 내려다보고 있었다.

알고 보니 개는 키릴을 공격하려 한 것이 아니라 친근감을 표현하려 한 모양이었다. 공포에 질린 사람처럼 온 몸이 굳어진 키릴에게 몸을 비비고 끙끙대며 머리를 들이미는 등 갖은 애교를 떨었다. 개 주인이 달려와 사과하며 개를 끌어간 후에도 키릴은 한참 동안 멍청해진 얼굴이었다. 비주의 품에서 일어나는 것조차 잊어버리고 끌려가다시피 떠나는 개를 바라보고 있었다.

"당신 같은 마법사가 개를 무서워해요?"

사샤가 짓궂게 물었지만 잠시 후 정신을 차린 키릴은 아무 대꾸도 하지 않았다. 놀란 상태에서 갑자기 화난 사람으로 돌변하더니 이곳에 도착할 때까지 한 마디도 않고 입을 꾹 다물고 있었다.

그래서 사샤는 몹시 심심해졌다. 키릴은 말이 없고 불친절한 것 같아도 실은 꽤 놀려먹기 좋은 말상대였다. 그에 비하면 비주는 벙어리, 아니 실은 없는 사람이나 다름없었다. 이만큼이나 여행하면서도 아직껏 단 한 마디도 나눠보지 못했다.

이즈음 사샤는 은근히 재미있는 일행이라도 한 명 생겼으면 했다. 그때 지지에라는 여자도 상당히 재밌는 사람 같았는데. 같이 왔으면 지금만큼 지루하진 않았을걸.

일행이 큰 거리로 접어드니 이런 곳에서 흔히 그렇듯 거리 한쪽에 싸움이 벌어진 상태였다. 큰 술집 겸 여관 앞이었다. 중년 남자 둘이 서로 주먹을 휘두르려고 헛손질을 해대는 가운데 십여 명의 사람들이 그들의 팔과 다리를 붙들거나 잔소리를 하느라 난리였다.

"아이고, 도대체 누구 때문에 싸우는 거야? 자네들이 이럴 사이가 아니잖은가!"

"그깟 일로 이런 추태라니 부끄럽지도 않아? 그까짓 돈 몇 푼이 다 뭐야? 아니, 그 사기꾼의 계산대로 놀아날 참인가?"

"아주머니가 와야 정신들을 차리겠군, 엉!"

"누가 얼른 가서 순스나를 오라고 해! 얼른 와서 찬물 한 바가지 확 씌우라고 그래라! 아예 동이 째로 가져오라 그래!"

사샤는 은근히 호기심이 동했다. 아르나브르에 살 당시 싸움에 끼어들면 생기는 건 많고 손해 볼 일은 없었다. 딱히 생기는 게 없더라도 싸우는 사람을 놀리는 것만큼 효과만점인 놀이도 없었다. 그는 키릴을 돌아봤지만 그가 귀찮은 일을 싫어한다는 것을 기억해 냈다. 사샤와는 반대인 것이다.

사샤는 으흠, 하고 목을 가다듬었다.

"저 여관이 제일 좋아 보이기는 한데, 싸우는 사람들 때문에 좀 위험하겠죠? 미친개한테는 물리기 전에 피하는 편이 좋으니까."

"……"

그리하여 사샤는 '타프스크 최고의 소시지'라는 흔들 간판이 붙은 문제의 여관에 안착하는데 성공했다. 때는 여름이라 활짝 열어놓은 창문들 너머로 싸우는 소리가 다 들렸다. 잠시 후 정말로 누군가가 무서운 마누라를 모셔온 모양인지 쩌렁한 목소리가 군중의 웅성거림을 뚫고 울렸다.

"에첸! 왈도! 둘 다 그만두지 못해? 다들 포도주통에 거꾸로 엎어버리기 전에 당장 그 손들 놔요! 어허, 어서!"

뚱뚱한 몸집의 아주머니가 두 손을 허리에 올린 채 호통 치자 멱살을 잡고 엉겼던 두 남자도 간신히 떨어졌다. 언뜻 보기에는 둘러싼 사람들이 떼어놓은 것처럼 보이지만 실제로는 아주머니의 호통 때문이었다. 그들은 체면 탓인지 친구들의 손에 붙잡혀서도 여전히 놓아주기만 하면 당장 도로 붙을 것처럼 험악한 눈길을 주고받았다. 그러나 사샤는 저 아주머니가 온 이상 싸움은 다 끝났음을 간파했다. 이 나이가 되도록 싸움 구경으로 잔뼈가 굵어온 그였다.

"순스나! 당신도 알잖아, 저 자식이 날 부추기지 않았다면 내가 그런 판에 끼었을 리가……."

"아냐! 내가 언제……. 난 처음부터 그런 자리에서 빌려준 돈 따위는 받을 생각이 없었어! 게다가 언제 내가 소문을 퍼뜨리고 다녔다는 건지……."

"둘 다 작작하고 입들 닥쳐요! 으이구, 똑같은 인간들 주제에 서로 떠넘길 책임도 많아!"

사샤는 순스나라는 아주머니가 둘 중 누구의 부인일지 모르겠다고 생각했다. 어찌된 셈인지 에첸과 왈도라는 두 남자는 똑같이 순스나 앞에서 자기 쪽이 죄가 없음을 해명하려고 안간힘을 썼다. 키릴까지 저도 모르게 밖을 내다보는 참인데 주문한 맥주와 물을 가져온 급사가 끼어들었다.

"순스나는 저 둘 다의 부인이었죠."

"에?"

사샤의 입에서 이상한 소리가 튀어나오자 급사는 유쾌하게 웃었다.

"세 사람은 원래 소꿉친구들인데 순스나는 처음에 에첸하고 결혼했다가 헤어지고 왈도하고 결혼했다오. 그런데 얼마 전에 그 왈도하고도 다시 헤어진 상태거든. 지금은 셋이서 다시 어릴 때처럼 좋은 친구들로 지내는데 두 남자는 아직도 순스나에게 미련을 버리지 못해 저러고 안달이라오."

사샤는 킥킥 웃었다. 순스나라는 여자는 체격도 딱 벌어지고 허리가 출렁거릴 정도로 살집도 좋은 데다 입도 걸고 목소리도 쩌렁쩌렁한 것이 도무지 남자들한테 인기 있을 것처럼 보이지 않았다.

"사실 에첸과 왈도도 둘도 없는 단짝친구들인데, 어젯밤에 어쩌다가 사기 노름을 하는 여자한테 걸려서 순식간에 각자 백 메르장도 넘게 잃었지 뭐요. 오늘 제정신이 들고나니 그 책임을 서로한테 떠넘기느라 저 꼴이 된 거라오. 뭐, 그래도 저러다가 오늘밤쯤 되면 같이 술통 껴안고 실실거리고 있을 테니 별로 걱정할 일은 아니지만 말요."

잡담을 마친 급사는 가려다 말고 비주를 흘끗 봤다. 맥주를 마시지 못할 나이로는 보이지 않았지만, 어쩐지 소녀 같은 느낌도 들어서였다.

테이블에서 멀어지며 그는 허, 하는 감탄사를 흘렸다. 한쪽 눈을 싸맨 보랏빛 눈동자의 소녀가 기가 막힌 미인이었기 때문만은 아니었다. 그 머리, 인간의 것이 아닌 듯한 하늘색 머리의 순수한 색을 보고 감탄한 것이다. 그는 평범한 사람인지라 당연히 물들인 머리로 생각했지만 저렇게 고운 물을 들이는 염료가 있다는 이야기는 아직 들어보지 못했다.

비주는 선명한 머리카락과 대조적인 백밀랍 같은 얼굴로 키릴을 빤히 보고 있었다. 그러다가 테이블 위에 놓인 물컵을 당겨 한 모금 마셨다. 맥주는 그녀가 아니라 사샤의 몫이었다. 물론 사샤는 아직 술을 마실 나이가 아니었지만 키릴은 그런 것에 아무 관심도 없어서 그가 마시겠다고 하면 그냥 주문해 주는 편이었다.

밖의 싸움은 대강 마무리되는 중이었다. 두 남자는 순스나의 망치 같은 주먹에 한 차례씩 쥐어 박히고는 화해의 술을 사겠다고 서로 우겨댔다. 역시 비슷한 수순을 거쳐 순스나는 둘의 목덜미를 쥐고 술집 안으로 밀어붙였다.

"싸우지들 말아! 술은 내가 살 테니까!"

그리하여 구경꾼들까지 십여 명의 손님들이 우르르 '타프스크 최고의 소시지'의 홀로 밀려들어오게 되었다. 주인장은 갑작스런 손님 무리에 희색이 가득해져서 의자를 빼 준다, 술을 날라 온다 하며 수선을 떨었다. 가게 안에 손님이라고는 키릴 일행을 제하고 두 테이블뿐이었으므로 빈자리는 어디고 잔뜩 있었다.

에첸과 왈도, 순스나는 손님 무리와 떨어져 따로 테이블을 잡고 앉았다. 그들에게는 잔이 아니라 3갤론짜리 나무술통이 날라져 왔다. 그 즈음 세 사람은 어느새 화해의 술을 마시려는 게 아니라 술내기를 하러 모인 사람들처럼 눈을 번뜩이고 있었다. 소꿉동무였던 셋은 나이가 들고부터는 서로 만만찮은 술내기 친구였다. 1쿼트짜리 잔을 무기 삼아 하나씩 쥐고 3갤론의 술을 다 비우는 데 채 몇 분도 걸리지 않았다.

"커, 술맛 좋다!"

"한 통 더 할까?"

다른 사람이라면 한 잔이라고 할 것을 이들은 한 통이라고 했다. 순스나가 호탕하게 외쳤다.

"좋지! 이번 건 내가 내니까 그 다음 통은 에첸, 네가 내라."

"음, 내가 내지."

에첸이 고개를 끄덕끄덕하더니 급사를 부르려고 두리번거렸다. 급사는 마침 키릴 일행의 테이블에 음식을 가져다주던 참이었다.

"어이, 여기, 여기!"

급사는 접시들을 내려놓느라 돌아보기까지 시간이 걸렸다. 급사가 얼른 오지 않자 순스나와 왈도도 그쪽을 보았다. 순간, 순스나의 눈빛이 이상하게 변했다. 한참이나 키릴을 살펴보는 기색이더니 잠시 후 중얼거렸다. 알 수 없지. 알 수 없는 일이야. 비슷한 사람은 얼마든지 있어.

다시 고개를 돌리는 참인데 순스나를 주의 깊게 보고 있던 왈도가 기분이 상해 참견했다.

"어이, 순스나! 젊은 녀석은 저번에 빨강머리 하나로 족하잖아. 요즘도 새 남편감 물색 중인가?"

순스나의 솥뚜껑 같은 손이 왈도의 등허리를 쳤다. 보통 사람들 같으면 놀라 혼비백산할 정도로 거친 손찌검이었다.

"이 양반이 아직도 정신 못 차려! 그럼 내가 네 녀석들보다 나은 남편감을 구하지 못할 것 같으냐?"

그러자 주문을 끝낸 에첸도 끼어들었다.

"어허, 무슨 소리! 당신도 이젠 옛날의 예쁜 처녀가 아냐! 이 살 좀 봐. 뒤룩뒤룩한 허리하고는!"

발끈할 줄 알았더니 순스나는 이런 말에는 별로 마음이 상하지 않는 모양이었다.

"푸후후후……. 그래도 이 몸은 재활용 같은 건 몰라! 네놈들보다 훨씬 새파랗고 화통한 남자를 곧 구할 테니까 얌전히 구경들이나 하셔!"

왈도가 키릴 쪽을 손가락질했다.

"저쪽은 새파랗게 젊은지는 몰라도 화통한 성격으로는 안 보이는데 그래. 어때? 저런 축이 요즘의 취향인가?"

"어디, 순스나의 새 취향이 어떤데 그래?"

돌아본 에첸은 무심코 비주가 마실 물을 더 주문하려고 고개를 돌린 키릴과 눈이 마주쳤다. 키릴은 그들 테이블의 이야기를 귀담아듣지 않아 그의 눈빛이 뭘 의미하는지 몰랐다. 에첸은 눈을 둥그렇게 뜨고 중얼거렸다.

"허, 꽤나 잘생겼는데."

그 틈에 왈도는 순스나가 다시 한 번 키릴을 바라보며 눈빛이 이상해지는 것을 느끼고 완전히 기분을 잡치고 말았다.

"뭐야! 이 몸도 왕년엔 근방에서 알아주는 미남이었다고! 내가 순스나 말고 아무도 돌아보지 않았던 탓에 노총각으로 늙고 있을 때 큰길에 한번 떴다하면 내 얼굴을 보려고 고개 돌리는 처녀들이 얼마나 많았는지 알아?"

왈도의 말은 별로 신빙성이 없어 보였다. 온 얼굴에 비죽비죽한 수염에 주먹코, 거기다 울룩불룩한 뺨을 보면 젊었을 때도 미남이었으리라고는 도저히 생각되지 않았다. 그에 비해 순스나 쪽은 눈매가 서글서글하고 코가 오뚝한 것이 한때 예뻤을지도 모르겠다 싶은 얼굴이었다.

에첸이 킬킬거리기 시작했다.

"왈도 네놈이 미남이었으면 난 백작 댁 외동 아드님이다 이놈아! 네가 길 걸어갈 때 돌아본 여자들은 어디서 저렇게 촌스럽고 못난 놈이 저 잘난 줄 알고 대로를 활보하나 기가 막혀서 쳐다본 게 틀림없지! 핫하하……."

"이 자식이, 너 말 다 했어?"

"내 말이 틀렸냐? 넌 본래부터 착각이 심하잖아. 어제만 해도 예쁘장한 사기꾼 아가씨가 슬슬 꾀니까 금세 입이 헤벌어져서 있는 돈 없는 돈 다 끄집어낸 거 아냐. 나한테 돈 빌려준답시고 안 쓰던 선심까지 쓰고……."

이 말은 순스나 앞에서 결코 해서는 안 될 말이었기에 왈도의 얼굴이 벌겋게 달아올랐다. 두 친구는 다시 한 번 싸움이 붙을 기세로 서로를 노려보았다.

"다들 그만 좀 해둬! 화해의 술이 어쩌고 할 땐 언제고, 자꾸 이런 식이면 맥주고 뭐고 확 엎어버린다?"

순스나가 소리쳐도 이번에는 쉽게 수습이 되지 않았다. 왈도가 먼저 벌떡 일어났다. 에첸도 지지 않았다.

"이 거짓말쟁이가!"

"흥, 색마 녀석!"

"건달 주제에!"

"엉터리 대장장이면서!"

"뭐야? 엉터리 대장장이? 너 말 다 했어?"

"그럼! 네놈이 엉터리 대장장이인 거 타프스크가 다 안다!"

멱살을 잡으려는 두 사람을 순스나가 움켜잡아 떼 놓았다. 둘은 그래도 순스나에게는 거칠게 대하지 않았다. 대신 화가 난 왈도가 순스나를 향해 소리 질렀다.

"당신도 그래! 당신이 무슨 살롱의 귀부인인 줄 알아? 이쪽이면 이쪽이다, 저쪽이면 저쪽이다, 확실히 할 일이지 어디서 건달 같은 용병이나 끌어들여서 먹이고 재우고……."

순스나도 화가 났다.

"내가 내 집에 손님을 재우는데 내 맘이지 네놈이 무슨 상관이야! 네가 내 남편이라도 되냐? 무슨 꼴같잖은 참견이야, 참견이! 내가 이래서 당신하고 헤어진 거야. 알아?"

"내가 당신이 이런 수작이나 하며 살 줄 알고 안 놔주려고 했던 거야! 어디 젊은 놈팽이 한 두서넛쯤 더 끌어들여 보시지! 저기 저 치는 어때?"

이들은 '당신'과 '너' 쯤은 아무렇지도 않게 섞어 썼다. 너라고 할 때는 소꿉친구고 당신이라고 할 때는 전 남편이나 전 부인이고 뭐 그런 모양이었다. 그러나저러나 '저 치'라고 하며 왈도의 손이 가리킨 사람은 키릴이었다. 남의 얘기에 무관심한 키릴과 달리 심심한 동료들을 포기하고 옆 테이블의 이야기를 흥미진진하게 듣던 사샤는 흠칫하며 키릴을 봤다. 지금 이 사람 기분 나쁜데. 자칫 수틀리면 다 엎어버리고 갈지도 모르는데.

순스나는 당황한 것 같았다.

"조용히 못해? 왜 죄 없는 사람은 끌어들이고 야단이야?"

"죄? 죄는 나도 없다!"

"나도 없는데?"

도무지 대화가 되지 않았다. 왈도는 술도 얼큰하게 오른 김에 몸이 가늘고 약해 보이는 키릴을 붙들어 오기라도 할 기세였다. 순스나는 기를 쓰며 그를 말렸다.

"이거 못 놔?"

"못 놓는다! 어쩔 테냐?"

"얼씨구, 이 여자가 젊은 놈들한테 눈을 돌리더니 전 남편을 우습게 보네?"

옆에서 에첸이 거들었다.

"무슨 소릴! 순스나는 네가 남편일 때도 널 우습게 봤다고."

"너는 뭐 달랐을 것 같아?"

옥신각신하는 그들을 지켜보다 사샤는 문득 재미있는 생각이 났다. 곧장 의자에서 뛰어내려 몇 걸음 다가가더니 큰소리로 외쳤다.

"이 사람 건드리지 마요!"

영문을 몰라 멍해진 것은 세 사람뿐이 아니었다. 생각에 잠겨 있던 키릴도 퍼뜩 현실로 되돌아왔다. 사샤는 곧 이어 외쳤다.

"건드리면 좋은 일은 일어나지 않을걸요?"

"뭐야?"

"저 꼬마 녀석이 지금 무슨 소릴 지껄이는 거야?"

두 남자가 어이가 없어 서로 얼굴을 쳐다보는 동안 사샤는 숨을 한 번 들이마시고 마지막으로 준비한 말을 소리쳤다.

"성격이 아주 더럽거든요!"

비주가 키릴의 얼굴을 보았다. 당황함을 넘어 잠시 넋이 나간 듯한 키릴을 보자 무표정하던 비주의 얼굴에도 미소 비슷한 것이 스치는 듯했다.

사샤는 이제 곧 터질 상황에 대한 기대감으로 얼굴이 발그레해졌다. 그로서는 최선을 다해 술집의 세 사람을 배려해 준 셈이었다. 지금까지 함께 오면서 키릴의 성격을 어느 정도 파악한 결과 '당신은 이러이러하지?'라고 말하면 꼭 반대로 하는 버릇이 있음을 알아차렸던 것이다. 이를테면 '저 여관은 피할 생각이겠죠?'라고 하면 그리로 들어가는 따위의 행동 말이다.

'이 사람은 성격이 더러워서 무슨 짓을 저지를지 몰라요!'라고 외친다면? 아마 열 중 아홉은 화가 나도 꾹 참고 식사만 할 것이 틀림없었다. 그렇지만 술꾼들은 발끈해서 덤벼들지도 모르지. 그러면 어떤 상황이 벌어질까?

그러나 사샤의 기대를 깨뜨리는 목소리가 들려왔다.

"그놈도 좀 정신이 이상한 것 같던데."

에첸이 한 말에 왈도도 고개를 끄덕였다. 곧 순스나의 외침이 뒤를 이었다.

"정신이 이상하다니! 도대체 누구 얘길 하는 거야?"

"그야 당신이 데리고 있던 풋내기 용병 얘기지 누구겠어?"

순스나는 여전히 그 누군지 모를 용병 이야기가 나오자 발끈했다.

"누가 풋내기 용병이야? 그 사람이 얼마나 실력이 대단한데 대장장이 주제에 함부로 지껄여?"

"실력이야 어찌됐든 경험은 별로 없나 보더라고."

"맞아, 맞아."

갑자기 한패거리가 된 두 전 남편을 향해 순스나가 소리를 질렀다.

"너희가 마르셀리안을 알면 얼마나 안다고 멋대로 지껄여?"

마르셀리안?

키릴의 몸이 움찔했다. 그의 머릿속에 올해 초 주드마린이 건네준 편지, 그리고 그녀가 하던 말이 환하게 떠올랐다. '그 자는 힘겹게 방랑하고 있는 모양이더군요.'

키릴은 벌떡 일어나 세 술꾼에게 다가갔다. 사샤가 예상과 완전히 어긋나는 결과를 보며 난감해하는 동안, 키릴은 특유의 무례한 태도로 그들에게 물었다.

"당신이 말한 마르셀리안은 지금 어디 있지?"

질문한 대상은 순스나였다. 순스나는 놀란 듯했지만 그렇다고 움츠러드는 기색은 조금도 없었다.

"당신이 누군데 멋대로 답을 해라마라야?"

옆에서 왈도가 맞장구쳤다. 좀 전에 깎인 점수를 만회하고 싶은 모양이었다.

"그럼! 타프스크의 순스나를 누가 감히 윽박질러? 이런 건방진……."

반응은 즉각적이었다. 키릴의 왼손이 다가가는가 싶더니 왈도의 멱살을 움켜쥐고 육중한 몸집을 허공에 번쩍 쳐들었다. 순스나와 에첸뿐 아니라 술집 안 모든 사람의 눈이 등잔처럼 커졌다. 착각인가 싶어 눈을 몇 번이고 비비는 사람도 보였다. 손은 점점 올라가 왈도의 발이 의자를 디딜 수 있을 정도에서 멈추었다. 키릴은 마르긴 했지만 키는 후리후리하게 컸다.

그러나 아무리 봐도 곱게만 생겼지 완력은 세어 보이지 않는 젊은이였다. 흘러내린 소맷자락 안쪽에서 드러난 손목은 나뭇개비처럼 가늘었다. 그런 팔에서 어떻게 저런 힘이 나온단 말인가?

키릴은 힘겨워하는 기색도 없었다. 처음의 무표정 그대로였다. 그대로 다시 순스나를 봤다.

"이제 대답하고 싶은 기분이 드나?"

순스나의 얼굴에도 충격이 숨김없이 드러났다. 몇 번이고 곁눈질해서 살펴봐도 왈도의 발은 마룻바닥에서 떨어져 있었다. 잠시잠깐 왈도가 방심해서 이런 기습을 당했다 해도 근방에서 알아주는 장사인 그였으니 바로 뿌리치고 내려와야 정상일 텐데, 마치 쇠 집게에라도 붙들린 것처럼 그 손에서 벗어나지 못했다. 심지어 숨이 막혀 얼굴이 점차 시뻘게졌다.

순스나는 설마, 하고 생각하며 고개를 저었다. 그녀는 다른 사람들처럼 이걸 기적으로 보지 않았다. 인간의 몸이란 정직해서 이런 힘을 기르는 동안 몸이 저런 상태로 남아 있을 수는 없었다. 이모가 한때 마법을 공부했기에 어려서 몇 가지 주워들은 이야기가 있었다. 답은 하나뿐이었다.

'설마'를 되풀이하면서도 맴도는 말이 있었다. '검은 머리, 회청빛 눈의 젊은 마법사. 이제 세상에 하나뿐일 친구.'

순스나는 더 참지 못하고 묻고 말았다.

"혹시, 당신은…… 당신이…… 키릴츠?"

쿵!

키릴의 손에서 떨어진 왈도가 마룻바닥을 구르는 소리가 홀 전체를 울렸다.

키릴의 창백한 얼굴에 서서히 홍조가 돌았다. 굳어 있던 표정이 풀렸다. 오랫동안 기다리던 선물을 받은 사람처럼 눈에는 슬픈 듯, 기쁜 듯 종잡을 수 없는 빛이 어렸다.

"그는…… 어디 있소?"

순스나는 키릴의 표정을 보고 있었다. 수십 년간 시장거리에서 사람을 상대해 온 그녀는 자신이 부른 이름이 눈앞에 선 이 사람의 것임을 확신했다. 그러자 곧 아쉬운 기색이 떠올랐다.

"가버렸소. 다시 돌아올지는 모르겠어."

"어디로?"

키릴의 목소리는 안타까웠다. 아니, 절박했다. 만사를 귀찮아하고 뭔가에 관심 갖는 일이 없던 그에게 그런 모습은 처음이었다. 지켜보던 사샤는 기분이 묘해졌다.

"세르무즈 군인들을 따라서 가 버렸어. 착한 사람, 불쌍한 사람이었는데. 옛 일을 잘 기억하질 못해서 뒤죽박죽인 소리를 곧잘 늘어놓곤 했지. 여기 두 양반이 머리가 어쩌고 하던 말에 마음 쓰지 말아요. 난 그이가 충격으로 그렇게 됐다는 걸 금방 알았어. 내 동생처럼 잘 해주었다오. 그런데도 뭔가 부족한 것 같았어. 기억을 떠올리게 해 주려고 애도 많이 썼지만 소용이 없더라고."

"여기서 얼마나 머물렀소?"

"두 달쯤인가. 떠난 지도 벌써 한 달은 넘었소."

"······."

키릴이 입을 다물자 술집 전체에 침묵이 흘렀다. 사람들은 키릴이 틀림없이 마법사일 거라며 수군거렸다. 이런 변두리 도시에 사는 사람들이 마법사를 만나볼 기회는 좀처럼 없었다.

순스나가 말했다.

"여기서 이러지 말고 다들 내 집으로 갑시다. 그이가 남기고 간 것들이 있으니 당신에게 주겠소. 그리고 혹시 모르니 편지라도 한 장 남겨놓으시구려. 그이가 당신 얘길 많이 했소. 아니라면 내 어찌 당신을 보자마자 알아보았겠어."

순스나의 집은 시장 거리에서 뻗어나간 골목 중 하나의 끄트머리에 있었다. 에첸과 왈도도 따라와서 일행은 모두 여섯이었다.

"여기요."

순스나가 방문을 열려 하자 키릴이 가볍게 제지했다. 그리고 혼자 들어가겠다고 말했다. 순스나는 잠시 그의 얼굴을 보다가 고개를 끄덕이고 한 발 물러섰다.

키릴이 혼자 방에 들어가고 문이 닫혀 있는 동안 사샤는 아까 술집에서 떠오른 묘한 감상에 다시 빠져들었다. 처음 만났을 때부터 매정하고 독하고 싸늘하던 사람이었다. 어쩌면 그런 점을 더 좋아했던 것 같기도 했다. 같이 다니는 동안 다른 모습들을 보긴 했지만 그래도 그는 언제나 같은 그였다. 자신 쪽이 그런 그의 모습에 점차 적응해가고 있다고 생각했다.

지금의 키릴은 달랐다.

그에게는 잃어버린 친구들이 있는 모양이었다. 그 친구들을 지금도 사랑하는 것 같았다. 전에 미칼리스를 만났을 때 이베카와 맹세하던 도중 한 말처럼 '자기 목숨과도 바꿀 정도로' 소중하게 생각하는 것 같았다. 있을 수 있는 일이다. 그는 사샤보다 나이가 훨씬 많다. 안타까운 사람, 잊힌 장소, 잃어버린 연인도 있을 수 있는 나이인 것이다.

과거의 그가 어떤 사람이었는지는 모른다. 아니, 실은 지금과 다른 그의 모습 자체가 잘 연상이 되지 않는다. 키릴은 태어났을 때부터 어른인 듯, 그렇게 냉정하고 자신만만했을 것만 같다. 순진한 아이였을지도 모른다는 상상이 잘 되질 않는다.

그렇지만 과거의 그는 어쩌면 지금과 같은 사람은 아니었는지도 모른다. 그때의 그에게는 자신을 버리고라도 구하고 싶은 친구들이 있었다. 아니, 사실 그런 건 중요하지 않았다. 그때의 그는 그런 마음의 틈을 열어놓고 있었는지 모르지만 지금의 그는 전혀 그렇지 않으니까.

함께 다니고는 있지만 조금도 마음을 열어주지 않는다.

문 안쪽에서는 부스럭거리는 소리도 나지 않았다. 안에서 무엇을 하고 있는지 모르겠다. 가만히 앉아 친구의 추억을 되새기고 있는 걸까. 아니면 눈물이라도?

그도 울 수 있을까?

사샤는 한 번 만나보지도 못한 키릴의 친구들에게 알 수 없는 질투심을 느꼈다. 자신에게는 과거라 할 만한 특별한 사건이 없는데, 키릴은 여전히 과거 속에서 살고 있다는 사실이 분했다. 곁에 있지만 사실은 곁에 있지 않았다. 마음은 그 사람들에게 줘버렸고 눈앞에는 껍질뿐인 것이다.

한참 만에 키릴이 밖으로 나왔다. 손에는 봉한 편지가 있었다.

"만일 마르셀리안이 돌아오면 이걸 전해줘요. 그리고."

순스나가 편지를 받아들고, 키릴은 말을 멈춤과 동시에 숨조차 잠시 멈춘 듯했다. 잠시 후 한숨처럼 작은 목소리가 흘러나왔다.

"……그를 돌봐줘서 고마워요."

순스나의 눈시울이 순식간에 붉어져서 다른 사람들도 놀랐다. 그녀는 앞치마로 눈가를 훔치더니 서둘러 한쪽의 서랍장으로 다가갔다. 열쇠를 따고 첫째 서랍을 당겨 수건에 싸인 꾸러미를 꺼냈다. 그걸 키릴에게 건네주었다.

"내게 이걸 주면서 보관해 달라고 했어. 귀하게 여기던 물건이라서, 그래서 어쩌면 이걸 찾으러라도 다시 돌아올지 모른다고 생각했던 게야. 그걸 믿고 당신의 편지도 맡아둘 생각이 났고. 언제고 돌아오면 돌려줄 생각이었는데…… 당신도 어쩌면 봐야 할 것 같아서."

무명 수건이 풀렸다. 사샤는 무슨 보물이 들었나 잔뜩 궁금해져서 수건 속을 들여다보았다. 그 안에 보물은 없었다. 유리가 깨지고 일그러진 안경테가 얌전히 놓여 있을 따름이었다.

"……."

키릴이 안경테를 집어 올렸다. 손이 미세하게 떨렸다.

안경이란 귀족이나 부자가 아니면 갖기 힘든 고가품이었지만 이렇게 망가져서는 쓸모가 없을 듯했다. 사샤가 할 수 있는 생각은 그 정도가 전부였다. 그러나 키릴에게 그건, 너무나 익숙한 물건이었다.

햇빛을 받아 반짝거리던 테, 유리알 속의 친근한 눈, 흘러내리는 안경을 버릇처럼 추켜올리던 손가락, 홧김에 집어던졌다가 며칠 동안 장님으로 지내면서 후회하던 사람의 콧잔등에 늘 얹혀 있곤 했다. 끝내 고통스럽게 망가지고 만 몸과 마찬가지로 이지러진 동그라미…… 마지막을 보지 못했던…….

키릴이 이를 악물며 입을 세게 다무는 것을 사샤는 보았다. 그러고도 한참 동안 입술을 떨며 침묵했다. 이 안경테가 여기 있게 되기까지의 과정이 눈으로 보는 듯 펼쳐졌다. 너무 생생하고 아파서, 차라리 기억을 잃었더라면 더 좋았으리라 싶을 정도로.

어쩌면 그래서 그도 기억하지 못하는 것이리라.

"그가 과거를 잊었다고 했습니까?"

"어떤 때는 기억하는 것처럼 보이기도 했지만 곧 다시 뒤엉켜 버리는 모양이었소. 뭐, 솔직히 나로선 다 알 수야 없었지. 알면서도 일부러 피하는지, 정말로 잃어버렸는지는."

키릴은 안경을 다시 수건에 싸서 순스나에게 돌려주었다.

"그가 갖고 있는 편이 좋겠죠. 나는……."

키릴은 뒷말을 삼켰다. 자신의 삶이 얼마나 남았을지 짐작할 수가 없어서였다. 잠시 후 그가 말했다.

"다시 돌아오겠다고 전해 주십시오. 옛 친구는 그와 죽어간 다른 모두를 위해 중요한 일을 하고자 한다고, 반드시 이루고 돌아오겠다고 말해 주십시오."

돌아오지 못하더라도 기다리지 말라는 말은 하지 못했다. 순스나는 고개를 끄덕였다.

"알았소. 그런데 젊은이, 나도 한 가지 물읍시다. 마르셀리안 말인데, 그게 그이의 본명이오? 성은 뭐고, 어디 출신이오? 또…… 주제넘은 참견일지 모르겠지만 도대체 그이에게 무슨 일이 있었던 게요?"

이제 키릴은 어느 정도 평정을 되찾았다. 침착한, 그러나 전처럼 차갑지는 않은 목소리가 흘러나왔다.

"이름은 앙리오트 마르셀리안 페레올입니다. 마르셀리안은 그의 죽은 동생 이름이기도 했습니다. 나와 그 안경의 주인을 비롯한 친한 친구들은 앙리라고 불렀죠. 그나 나나 모두 로존디아의 아르나브르 사람입니다. 그에게 무슨 일이 있었는지는……."

키릴은 놀랍게도 미소를 지었다.

"말하기 어렵군요."

순스나는 고개를 끄덕이다가 다시 갸웃거렸다.

"알겠어, 알겠어……. 그런데 페레올이라는 성은 어디선가 들어본 듯한데? 글쎄, 어디였더라. 착각인가."

키릴은 대답하는 대신 말했다.

"이만 가겠습니다. 여러 가지로 고맙군요."

"아니, 무슨 이런 걸 갖고. 좋은 소식을 주지 못해서 나도 안타깝구려. 참, 그가 혹시 돌아오면 당신이 어디로 갔다고 말해야 하지? 그이도 당신을 찾고 싶어 할 것 같은데 말이오. 그가 이름을 말한 친구는 당신 하나뿐이어서."

키릴은 고개를 저었다.

"사실 저는 그를 찾으려면 찾을 수 있습니다. 아시다시피……."

순스나는 술집에서의 일을 생각하고 얼른 고개를 끄덕였다.

"그렇군. 당신 정도의 마법이라면야. 그런데 왜 찾지 않는 게요?"

"더 나은 때가 있으리라 생각합니다. 할 일을 끝내고 나서 찾아가겠다고 말해 주십시오."

그간 키릴은 복수를 위해 일껏 다져 놓은 마음이 친구를 만나는 순간 무너져 내릴까봐 우려해 왔다. 할아버지나 친구들은 그의 마음속에서 가장 부드러운 부분이자 곧 약점이었다. 지금의 그는 약해져서는 안 되었다. 그가 주드마린에게 앙리오트의 소식을 듣고도 찾지 않은 것은 그 때문이었다. 오늘 낯선 사람의 입에서 그의 이름을 듣자 도저히 견딜 수가 없어서 그의 행방을 물었지만, 정말로 만났더라면 어떻게 되었을지는 장담할 수가 없었다.

순스나는 모든 것을 이해하는 것처럼 고개를 끄덕거렸다.

"알았어. 더 참견하는 건 주제넘겠지. 가시구려. 갔다가 나중에 다시 돌아오시구려."

 순스나의 친절한 제안에도 불구하고 키릴은 그 집에 묵기를 사양하고 다른 여관을 찾아 하룻밤을 지냈다. 그리고 다음날 새벽같이 일어나 길을 서둘렀다.

 "으아……. 졸려 죽겠어요. 벌써 가요?"

 사샤가 불평을 해 봤자 소용없었다. 비주는 언제나처럼 소리 없이 일어나 칭얼대는 사샤를 깨우는 키릴을 문밖에서 기다리고 있었다. 그녀는 잠도 없거니와 놀랄 만큼 잠귀가 밝았다.

 미명이 듣는 거리로 나섰을 무렵 몇 군데의 술집 앞에는 밤새 술을 퍼마신 술꾼들이 아직도 제정신을 차리지 못하고 해롱거리며 앉아 있었다. 그 가운데 익숙한 얼굴이 있었다.

 "어! 너, 어제 그놈!"

 왈도였다.

 "벌써 가? 어제…… 끅! 이 천재 대장장이님을 완전히 웃음거리로 만들어 놓구서, 그러구서 멋대로 가면 다야?"

 사람들과 마주치지 않으려 한 건데 오히려 엉뚱한 얼굴에게 걸리고 말았다. 키릴은 대꾸하지 않고 걸음을 빨리 했다. 등 뒤로 술 취한 왈도의 목소리가 계속 들려왔다.

 "어디…… 흐끅! 정말로 그렇게 무서워? 마법, 마법사아…… 진짜 실력 있으면 다시 한번 덤벼 봐. 엉!"

사샤가 웃음을 참으며 억지로 진지한 목소리를 냈다.

"참아요."

"……."

왈도는 심지어 몸을 일으키더니 비틀거리며 쫓아오기 시작했다.

"이거 순 도둑놈일세……. 마음 약한 우리 마누라가 당신 때문에 어제 밤새 훌쩍거리잖아! 끄윽…… 그렇게 소리 소문도 없이 도둑고양이처럼 가버리는 게 아니지! 그 누구야, 그래, 그 아가씨만 해도 그래. 내가 언제 돈을 도로 뺏는다고 하길 했나, 왜 새벽같이 도망치나 그래?"

누구 얘기를 하는지 알 길이 없었다.

"하여간…… 다들 새벽같이 도망치는 데는 뭐가 있어서…… 응! 그 카드쟁이 아가씨를 만나면 말이지, 응, 응, 만나면……."

키릴은 한층 걸음을 빨리했다. 사샤와 비주는 아예 더 빨랐다. 왈도의 마지막 외침이 저만치에서 멀어졌다.

"내 돈 갖고 얼른 좋은 데 시집이나 가라고 그래!"

끝끝내 무슨 소리인지 알 수 없었다.

피곤한 하루였다.

긴 꿈으로도 위로받지 못할 하루가 그날도 끝났다. 클라리몽드는 느리게 발을 끌며 이층으로 올라갔다. 파티란 몹시 피곤하다. 남들 앞에 얼굴을 보이고, 아름답게 각인되고, 마음을 주지 않는 일은.

어렴풋이 기억이 났다. 그래, 롬디오가 그랬다. 자기 마음은 안타깝다 못해 타버릴 지경이라고. 그녀는 가볍게 웃었다. 그런 말을 들으며 아무 동요 없이 웃을 수 있는 사람은 드물지도 모른다.

클라리몽드의 집은 작았다. 일부러 그런 곳을 택했다. 일츠는 근사한 저택도 줄 수 있다고 했지만 그녀가 거절했다. 공평한 거래만을 원한다면서. 오직 주는 만큼만 받는다.

그러니 롬디오와 결혼할 필요는 없는 것이다.

롬디오의 마음을 받아들이지도, 놓아주지도 않는 것처럼 아르나브르의 영리한 귀족 젊은이들을 쓸모없는 열정에 빠뜨리면 그뿐, 그 이상의 일은 할 필요가 없다.

그 몇 년간 자살 소동을 벌인 자들의 구구절절한 뒷이야기와 함께 '아르나브르의 독배', '그림 속의 미인', '가시 장미' 따위의 악의어린 별명들도 생겨났다. 사람들은 클라리몽드가 수많은 구혼자들의 경쟁을 경마 보듯 즐긴다고도 했고, 남자들을 애타게 해서 값진 선물을 긁어모으는 귀족 창녀나 다름없다고도 했다. 애인은 따로 있는데 인기가 떨어질까 봐 감추고 있을 뿐이라고도 했다. 그 애인이 누구라는 추측도 십여 가지나 돌아다녔다.

그런 사람들이 흔히 하는 짐작과 달리 클라리몽드는 화려한 생활에 대한 동경도, 값지고 아름다운 물건에 대한 갈망도 거의 없었다. 그러나 배우로서 필요한 소도구만은 정확하게 알았다. 너무나 잘 알아서 한 달에 두어 번씩, 필요한 물품의 종류와 재료, 산지까지 세심하게 적은 명세서를 하녀의 손에 들려 브릴모 저택으로 보내곤 했다.

자신이 해낼 역할만을 위해 이 아름답고 크지 않은 집과 귀한 장신구, 드레스들도 필요했다. 클라리몽드에게 이 이상으로 잘 맞는 일은 다시없었다. 마음을 주지 않는 차가운 미인 역할은 그녀의 천직이었다.

마음을 주지 않는 일.

너무나 쉽다.

클라리몽드는 그날 무도회장에서 시선을 한 몸에 받았던 흰 새틴 드레스가 구겨지는 것도 아랑곳 않고 의자를 끌어당겨 화장대 앞에 앉았다. 사파이어가 붙은 백금제 귀걸이와 목걸이도 아무렇게나 탁자 위에 내던졌다. 그녀는 물건을 소중하게 다루는 성격이 못 되었다. 그런 것들은 꾸미고 나설 때 필요할 뿐, 돌아온 후에는 반짝거리는 돌조각에 불과했다.

브러쉬를 들어 화사한 금빛 머리를 빗질했다. 거울 속의 완벽한 미녀는 다른 누군가가 아닌 자신이었다. 그림도 인형도 필요 없었다. 다른 모든 것이 빛을 잃고 자신의 모습만이 빛났다. 스스로도 너무나 잘 알았다. 잘 알고 심지어 이용하고 있지만, 그건…….

아무 가치도 없었다.

자신이 빼어나게 아름다운데도 불구하고 클라리몽드는 아름다움 자체에 별 가치를 두지 않았다. 오히려 자신이 너무 아름답기 때문에 관심이 없는지도 모른다. 아름다움만으로는 누군가를 부러워할 필요가 없었다. 이미 스물일곱이지만 열여덟 살 아가씨보다 화사한 장밋빛 뺨, 비단결 같은 머리털, 핏방울처럼 붉은 입술을 가진 자신.

그녀는 거울 속의 자신에게 말했다. 이토록 완벽한 재산이라니. 그러나 그걸로 뭔가 하지 않으면 안 돼. 가만히 놓아두면 무의미하게 사그라져 버릴 뿐이지.

클라리몽드는 대단히 실질적인 사람이었다. 과거 여섯 친구들 가운데 일츠 브릴모와 가장 닮은 성격이었고, 그래서 당시에는 그와 가까워지는 것을 되도록 피했다. 일츠와 처음으로 계약할 때 말했듯 자신의 갑옷이 어떤 것인지 알고 활용할 줄 알았다. 그녀는 아름다움보다 힘이 더 좋다는 것을 누구보다도 잘 알았다.

한때는 부러울 것 없는 완벽한 연인을 가졌었다. 정령들의 질투를 받아 슬픈 결말을 맞았다는 수군거림까지 돌아다녔을 정도로. 그러나 클라리몽드는 언제부터인가 그 사랑이 그런 식으로 끝나리라고 예감했었다. 그리하여 결말이 왔을 때 누구보다도 놀라지 않은 사람 역시 그녀 자신이었다.

진심이 아니었던 건 아니다. 진심이었고, 오늘 이 순간까지도 진심이다. 아직도 그 한 사람만을 사랑했다. 다른 사람한테 마음을 주지 않기가 너무나 쉬운 까닭이 그것이었다. 이미 다른 누군가를 사랑하고 있다. 그보다 완벽한 연인은 존재하지 않는데 누가 그녀의 마음을 그에게서 빼앗을 수 있단 말인가.

클라리몽드는 연인을 추억할 물건을 하나도 지니지 않았다. 오직 기억뿐이었다. 아파하며 울지도 않았다. 단지 꿈을 꿀뿐이다. 꿈속의 연인에게 몇 번이고 되풀이해 말했다.

난 너에게, 단 한 사람에게 마음을 주었어. 마음은 가장 중한 것이니 그것을 주었으면 족한 거야. 이제 더 줄 것은 없어. 내 가장 소중한 것은 네 거야. 단지 그것만.

연인에게 하는 말이자 동시에 자신에게 하는 말이기도 했다. 클라리몽드는 자신이 갈 길을 잘 알고 있었다. 별로 괴로워하지도 않았다. 단지 밤새 꿈을 꾸고 나서 나른하고 아픈 듯한 얼굴로 매일 아침 일어날 뿐이었다.

나는 그를 놓쳤어. 다시는 잡을 수 없어. 단 한 번 품에 안았던 나의 새. 점점 더 멀어져 가는 모습만을 바라볼 뿐이지.
나는 시체. 살아 있는 그를 붙잡을 수 없는, 십자가에 못 박힌 죽은 연인.

키릴은 퍼뜩 깨어났다.
어젯밤에 피운 모닥불이 아직도 따뜻하게 너울거렸다. 칼날처럼 서늘한 곡선을 가진 얼굴에도 붉은 빛이 일렁였다. 그는 잠시 아무것도 보이지 않는 검은 허공을 주시했다.
풀린 머리채를 쓸어내려 가다듬었다. 얼굴을 만져보니 땀 비슷한 물기가 축축하게 미끄러졌다. 손은 곧 목으로 타고 내려갔다. 그는 문득 자신이 너무나 해쓱해졌음을 느꼈다.

어린 시절부터 늘 마른 편이긴 했어도 이 정도는 아니었는데 최근에는 뼈가 드러날 정도로 말랐다. 피부가 창백해지는 것처럼 이것도 마법의 부작용인가?

어쩌면 부작용은 생각보다 빨리 덮쳐올지도 모른다. 조만간 마법을 쓸 수 없을지도 모른다. 그렇게 된다면 모든 일이 한층 어려워지겠지. 마법이 있어도 이토록 힘든 일이 아닌가.

키릴은 고개를 흔들며 방금 꾸었던 꿈을 되새기려 애써 보았다. 그러나 퍼뜩 깨어날 정도로 인상 깊었던 그 꿈이 이젠 잘 떠오르지 않았다. 어렴풋이 떠오르는 건 금빛, 차가움, 그리고 목소리.

아직껏 이유를 묻지 못했던 한 사람의 모습.

"……."

규정지을 수 없는 애증이 마음 깊은 곳에서 소용돌이치고 있음을 다시 한 번 깨달았다. 애정이었든 증오였든 그건 목이 타는 감정이었다. 무감각한 것과는 달랐다.

키릴은 캄캄한 숲을 향해 말했다.

"오랫동안 보고 싶었지. 그래서 찾아온 건가?"

유령은 대답하지 않는다. 머릿속의 그림자도 마찬가지였다.

키릴은 다시 한 번 존재하지 않는 유령을 향해, 이번엔 또렷하게 말했다.

"언젠가 다시 마주볼 날이 있을 거야."

불꽃이 사그라졌다.

　죽은 이들을 기억하는 자는 긴 여행을 위해 다시 머리를 누이고 잠에 빠져들었다.

〈4권에서 계속〉